中巖圓月

東海一漚詩集

増田知子

序

鎌倉時代の末から室町時代にかけて盛んであった五山文学は、前期、中期、後期にわけることができるが、その前期において虎関師錬、雪村友梅、別源圓旨らとともに活躍した禅僧に中巌圓月がいる。その詩文は玉村竹二編『五山文学新集』第四巻にまとめられており、詩についてはその中の『東海一漚集』の巻二から巻五、及び巻之後集に一四六篇、二二一首が収められている。

中巌の詩は、その内容から見て、一、禅の教義に関わりのある作　二、禅僧や、時の政治家との贈答詩　三、折りにふれ事にふれての述懐の作　四、旅中の作　五、その他　にまとめることができるが、このうち、特に禅の教義に関係のある詩は難解で、五山文学の専門家でない私には内容が十分には理解できないものも多い。しかしその他の詩は比較的わかり易く、それらを通して中巌の人となりとその生涯を伺い知ることができるように思う。

中巌の詩を読んで感じることは、その七十六年の生涯が苦闘と憤懣の連続であったということである。その苦闘の原因の多くは、彼の不屈の信念とそれに基づく行動、それに対する周囲の反撥によるものであり、その憤懣は、その信念が叶えられないことによるものであった。したがって中巌の生活は、その信念を貫くための苦闘と、信念が叶えられぬための憤懣に堪える日々であったろうと推測される。

そのような彼の心の支えとなったものの一つは、杜甫の詩であり、その生き方であった。たとえば中巌の101「偶《たまた》ま杜詩を看《み》感有りて作る」詩（全32句）を見るに、その冒頭に次のように詠う。

久しく廃して野趣を成し、早涼 杜詩を読む。
「男児 功名を遂ぐるは、亦た老大の時に在り」と。
予を起こして百懶《ひゃくらん》を回《めぐ》らす、庭樹に稍《やうや》く秋の颸《かぜ》あり。
彌《いよい》よ信ず 古賢の語、之を譬《たと》ふれば 病《やまひ》に医に遇ふがごとし。

このとき中巌は五十歳過ぎ、利根の止止庵に在って鬱々としていたようであるが、ある朝、杜詩「高三十五書記を送る十五韻」を読み、そこに「男児 功名を遂ぐるは、亦た老大の時に在り」とあるのを見て発奮し、自分もまだこれからだと、思いを新たにしている。

また、66「三月の旦《あさ》、童《わらべ》の杜詩を吟ずるを聴きて感有り、之に続く三絶」では、杜甫の「絶句 漫興」九首に「二月 已《すで》に破れて三月 來り、漸《やうや》く老いて春に逢ふこと能く幾回《いくたび》ぞ。思ふこと莫《な》かれ 身外 無窮の事、且《か》つは盡くさん 生前 有限の杯」と詠うのを踏まえて、

二月 已に破れて 三月 來り、芳華 極めて好く 老いは相催《もよほ》す。
春風 逼《せま》る莫《な》きに桃花は落《ち》り、茶旗の 次第に開くに任《まか》放す。（其の一）

過ぎ行く春に老いてゆく己の身を重ねて、「全才」の詩人杜甫を偲んでいる。中巌の詩は、杜甫を敬慕し、其の誠実なる生き方に学ぶことによって、「思い 邪《よこしま》 無き」ものとなったのであろう。

著者の増田知子さんは、広島大学大学院で朝倉尚教授に師事して中巌圓月の詩を学び、高等学校に勤めたのちも中巌の詩を読み続けて十年、このたび中巌研究の基礎作業として其の訳注を完成された。

しかしながら中巌の詩には、佛典・漢籍からの典故が多く踏まえられており、それを読み説き、詩語の意味を確かめながら、中巌がその詩句に託した思いを読みとることは、なかなかに難しいことである。したがって此の訳注には、なお不十分な箇所も多いことであろうが、それらについては其のつ

ど訂正を加えながら、より完全な業績となるように努めてほしい。それとともに此の基礎作業を踏まえ、中巌詩についての研究を更に深めていただきたいものと願っている。

平成十四年三月　森　野　繁　夫

中巖圓月『東海一漚詩集』目次

はじめに ………… 7

東海一漚詩集　巻之一 ………… 11

1 游武夷山
2 瘧疾
3 贈張學士 并序
4 贈涂都料 并序
5 庚午三月、東陽和尚書所見詩韻
6 和儀則堂韻、謝琳荊山諸兄見留
7 古意
8 九宮觀酬車提点
9 寄天如則首座
10 泰定二年、寓保寧、會諸江湖名勝
11 金陵懷古
12 遊赤松宮
13 思郷
14 歸郷中留博多寄別源（二首）
15 贈珣白石
16 阿觀島
17 中宵發築紫津
18 壇浦
19 龜山
20 須觀洋
21 竃戸關
22 嚴島（二首）
23 鞆津
24 兵庫

東海一漚詩集　巻之二 ………… 57

25 和答融書記、兼柬明極和尚
26 定亂之後、朝廷請明極和尚住瑞龍、召見次、藤丞相問道師偈以答、江湖依韻相賀、予亦隨衆
27 寄前大理藤納言
28 寄夢窓國師
29 石屛喜不聞卜隣
30 和別源韻五首
31 和韻相城懷古
32 歳　晩
33 和答別源二首
34 擬古三首
35 戲贈別源不聞 并序
36 新　年
37 答不聞
38 藤谷書懷六首
39 和答東白
40 藤谷春日二首
41 謝竺仙和尚訪
42 和答玄森侍者
43 贈求書人
44 和酬東白二首
45 送澤雲夢

東海一漚詩集　巻之三

46 寄智通講師
47 寄藤刑部（忠範）
48 和韻贈太虚 并序
49 寄東白
50 謝觀青瓷香炉 并序
51 春　雪
52 上野道中 并序
53 早　起
54 利根山行春四首
55 三絶句
56 招　友
57 江　岰 并序
58 會無隱　多多良顕孝寺
59 求菖蒲 并序

60 和東白韻寄藤刑部二首 并序
61 復和前韻寄院司二首
62 又酬刑部二首
63 依前韻贈東白二首
64 答充太虚四首
65 答東白
66 三月旦聽童吟杜句有感續之三絶
67 五言二絶
68 答藤刑部書告病

東海一漚詩集 巻之四

東海一漚詩集 巻之四 …… 181
69 戊申夜在守江和韻別源
70 己酉猶未起守江作詩遣情
71 船中贈別源
72 和答泊船和尚
73 和謝忻大喜相訪
74 和九峯
75 和禪興全提韻
76 物初師翁感事韻
77 鴉偸燭
78 藤陰雜興二十首
79 寄令上人千蘆鴈圖
80 五言三絶句
81 偶觀韋蘇州詩
82 和虎關和尚病中韻

東海一漚詩集 巻之五

東海一漚詩集 巻之五 …… 218
83 己丑元日
84 自壽
85 春分後梅未開、詩寄山中諸友（一～三）
86 贈九峯
87 和答鈍夫（一～二）
88 和答方崖
89 又答九峯
90 己丑九月八日微雪降、詩以記之
91 庚寅七月六日早涼、走筆記怪

92 其晩風起、入夜旋猛且雨、次日風轉勁勢、不可止、又作云
93 和實翁相陽懷古
94 熱海
95 圭方崖觀苔脯、淡無味、且求小馬兒繩、以偈與之
96 和韻奉寄全提和尚
97 惜陰偶作（一～七）
98 修溝
99 無題
100 讀在宥篇、摘取篇中語、以成五言八句、效一進一退體
101 偶看杜詩有感而作
102 客有寄詩數篇、其首題曰讀淵明歸去來辭、余甚有所激、故書其後云
103 偶興
104 兜率寺陋房、夜爲大風雨所擺揺、睡醒而作
105 客有寄詩自誇以清無欲、和而酬之
106 五言四絶（一～四）
107 筍
108 芡實
109 苦熱
110 立秋日書扇面
111 扇面山茶畫得不工全無顏色頗似瘮死者、題其傍云
112 浴罷、題扇面、有繪蒲翁草
113 戲題扇面（裏有芭蕉）
又（裏有花鳥）
114 壬辰正月六日作
115 和答明巖（正因）
116 臨別贈密林書記
117 利根春、贈山中諸友
118 物初翁瓶梅、磵陰翁折而爲二。其一奇而不怪、其一怪而不奇。止々庵前有梅、奇而且怪。凡物睽而后合、理之使然也。有感予、故効顰而作
119 止々庵前、來禽着花、花容頗似薝蔔、而粧淡紅、可愛也、効楽天體、作來禽嘲薝蔔一首
120 又作薝蔔答來禽一首
121 茶問酒
122 酒答茶
123 題雪寄懷

東海一漚詩集 巻之後集 ………… 290
124 九月渡海作五言絶句
125 田中寺書所見
126 題横幅（鴝鴿鶺鳩）二首
127 舟泊國東
128 雨中戒晝寝
129 十月廿七日
130 贈訓侍者
131 題竹堂行巻
132 重陽
133 題水墨蘭横幅
134 題墨竹二首
135 效老杜戯作俳諧體
136 歳次庚子、行年六十一、仲秋無月爲憾、以老矣、明年不可期也、詩與浄業、亦以夫頗聡明故寵之也
137 軍士圖（一〜二）
138 春興（一〜二）
139 扇面
140 與覺一
141 送令侍者（時佛光・佛國二翁、謚号新降）
142 題扇面（一〜八）
143 示僧童道秀
144 夜起求火
145 追和礀隱翁雲錦亭
146 瀟湘八景
佛種慧濟禪師中巖月和尚自歴譜 ………… 328
あとがき ………… 347

はじめに

中巖圓月は鎌倉・南北朝時代の五山・臨済宗の僧で、詩文を能くし、五山文学発展の基礎を築いた一人と言われる。このたび中巖研究のための基礎作業として其の詩を訳し注を付けた。テキストは玉村竹二編『五山文学新集』第四巻に収められている『東海一漚集』によった。

中巖圓月の生涯については、北村澤吉著『五山文学史稿』（冨山房 昭和一六年）第二編の「吉野朝期」に次のようにまとめられている。今それを引用させて頂くことにする。

中巖、名は圓月、相州・鎌倉の人、姓は平、土屋の族にして桓武帝の遠孫なり。幼より睿發、年八歳に及び壽福に入り、僧童と為り、十二、道慧に従ひ、『孝経』『論語』を読み、且つ時の数学者に就いて九章算法を学ぶ。後、『中正子』を著し「治暦篇」を修めしは蓋し此に得たるものか。夙《つと》に密教を学びしに、雲屋東明に謁してより心を禅に寄す。

十九歳、渡海せんとして博多に赴きしも、綱司の乗船を許さざるによりて果たさず。帰りて虎関に濟北庵に謁す。時に虎關『釈書』を撰し、關を掩ふて客を謝す。独り不聞と中巖と参叡を許されしのみ。彼 五家符命を作り虎關に稱せらる。

正中元年、二十五となり、再び渡海せんとせしも、兵亂のために船出でず。翌年、遂に江南に到る。其の冬、雪竇に寓し、其れより天下の巨刹 碩衲を尋ね、嘉興・天寧・霊岩・保寧・洪洲・雲岩・呉門・道場・浄慈・浅塘、皆其の足跡を遺さざるはなく、所在遊学の徒、古林、龍山、東陵、雪村らと合離す。偶々《たまたま》其の友 不聞、天朝の嫌疑に触れ難に罹《かか》るを救はんがため武昌に至り、遂に百丈に登りて東陽に参し密を受く。我邦 百丈の系統は実に中岩によりて始めてつがれしものにして、亦た彼が後日 他の擠排《せいはい》を蒙りて不遇に陥るに至りし一因たりとす。時に元の文宗 即位し、治綱を張る。天下師表閣を建つ。中岩 命ぜられて上梁文を作る。百丈を出でてより廬阜・鄱湖・金華を経、径山に上り、回りて霅《そふ》に過《よ》ぎりて友の絶際を弔し、一峰と共に淛東《せいとう》に出で、凡そ彼の土に在ること八年にして正慶二年に帰国す。

時に関東 北条氏 既に亡ぶと雖も、兵塵 未だ収まらず、身を容《い》るるに處なく、博多の大友氏に依り、次で南禅に帰る。時勢を痛議して「原民」「原僧」二篇を作り上表 以聞す。時に大友氏の殊遇を得たるは、彼が「祭大友江州直庵」の文中に「予初識公、在乙丑。予南遊八年而帰、見遇殊厚。原民、原僧、自謂覆瓿、而公縦臾敢塵帝黈。臨當寫文、紙筆手授云云」（予初め公を識るは、乙丑に在り。予は南遊すること八年にして帰り、遇せらるること殊《こと》に厚し。「原民」「原僧」自らは覆瓿《ふほう》と謂《おも》ふに、而るに公は縦臾《しょうゆ》して敢へて帝黈《ていとう》を塵《けが》す。文を寫すに臨當《あた》りては、紙筆手《て》づから授く云云）とあるを以て知るに足る。

建武元年、圓覚に帰り、「中正子」十篇を作る。暦應三年、『瑣細集』を作る。藤谷に門を杜《と》ぢて世と接せず。藤谷は大谷氏の墳處なり。同二年、上州利根に吉祥寺を始む。百丈東陽の法嗣たるを表示せんがために洞宗の徒の怒りを招き、不聞・別源ら和会して事無きを得たり。同四年、「日本書」を修す。後醍醐帝に焚かる。康永元年、鎮西に下り、復た船に乗じて東陽を訪はんとして成らず。帰りて藤谷・利根の間に在り。

貞和元年、虎關を海蔵院に訪ひ、『元亨釈書』を泛覧す。是より年々鎌倉・京都・豊後の間に往来し、席暖なるに至らず。『蒲室集』の注釈、其の間に成る(延文三年、天龍に於て)。延文五年に至り、京の葛村に妙喜世界を作りて閑居す。貞治二年、足利氏 強《し》ひて之を等持に入らしむ。等持は足利氏の顧問処なり。義堂 書を寄せて之を誓む。中巌乃ち直に印を解きて妙喜に帰り、使者 頻《しき》りに臻《いた》るも堅く閉じて起たず。三年、近江に行きて龍興寺を始む。應安八年、七十六歳を以て卒す。佛種慧濟禅師と贈稱せらる。

『東海一漚集』の「東海一漚」とは、中巖の自稱であり、「一漚」は、一つの泡のこと。『楞嚴經』に「父母 所生の身を反觀するに、〜存するが若く亡するが若く、湛たる巨海に流るる一浮漚《ふおう》の如く、起滅して從《よ》る無し」、また「空の大覺《だいかく》中に生ずること、海に一漚《いちおう》の發するが如し」とあるのに拠るのであろう。作品の配列順は、二六歳から三三歳までの在元時の作に始まり、ほぼ作られた時期の順に並べられているように思われる。しかし制作時期の不明なものも多く、配列についての詳しいことはわからない。

なお中巖の生涯の詳細については、本書の終わりに中巖編『佛種慧濟禅師中巖月和尚自歴譜』を附した。『五山文学新集』には、『東海一漚集』の巻二に「詩」二六首、巻三に「詩」三五首、巻四に「詩」三九首、巻五に「詩」三〇首、巻六に「詩」五七首、巻之後集に「詩」三四首を収めており、詩は合計二二一首となるが、連作を一作として数えて一四六篇とした。そうして巻一の「賦」を省いたので次のような構成となった。

巻一 1〜24 二四篇　巻二 25〜45 二一篇　巻三 46〜68 二三篇
巻四 69〜82 一四篇　巻五 83〜123 四一篇　巻之後集 124〜146 二三篇

東海一漚詩集　巻之一

1

游武夷山　武夷山《ぶいさん》に游《あそ》ぶ

群峯簇簇沒煙靄　群峯《ぐんぽう》 簇簇《そうそう》として煙靄《えんあい》に没《ぼっ》し
天柱獨抜青天外　天柱《てんちゅう》 獨《ひと》り抜《ぬ》く 青天《せいてん》の外《そと》
手援鐵索登雲梯　手《て》もて鐵索《てっさく》を援《と》りて 雲梯《うんてい》を登《のぼ》る
眼眩股戰心將退」　眼《め》は眩《くら》み股《あし》は戰《おのの》き 心《こころ》は將《まさ》に退《しりぞ》かんとす
仙翁縦臾上上頭　仙翁《せんをう》に縦臾《しょうゆ》されて 上頭《じゃうとう》に上れば
別有世界窮深幽　別《べつ》に世界《せかい》の深幽《しんいう》を窮《きは》むる有《あ》り
下視下方如按圖　下《した》 下方《かはう》を視《み》れば圖《ず》を按《あん》ずるが如《ごと》く
九曲縞帯清溪流」　九曲《きうきょく》の縞帯《かうたい》 清溪《せいけい》は流《なが》る
天下洞天三十六　天下《てんか》の洞天《どうてん》 三十六
何縁縮在我雙目　何《なに》に縁《よ》りてか縮《ちぢ》まりて我《わ》が雙目《さうもく》に在《あ》る
白石鑿鑿草菲菲　白石《はくせき》は鑿鑿《さくさく》として 草《くさ》は菲菲《ひひ》たり
物物無不仙種族」　物物《ぶつぶつ》 仙種《せんしゅ》の族《ぞく》ならざるは無《な》し

向使秦皇曾一來
徐生不可尋蓬萊
吾家萬里青海外
到此鄉念消如灰

向《さき》に秦皇《しんくわう》をして曾《かつ》て一《ひと》たび來《きた》らしめば
徐生《じよせい》は蓬萊《はうらい》を尋《たづ》ぬ可《べ》からざらんに
吾《わ》が家《いへ》は萬里《ばんり》 青海《せいかい》の外《そと》
此《ここ》に到《いた》りて鄉念《きやうねん》は 消《き》えて灰《はい》の如《ごと》し

【語釈】

＊『自歷譜』に「元の天曆元年（一三二九）己巳、春、錢唐を起ちて閩に入る」とある時（三〇歳）の作であろう。以下、13「思鄉」までは在元中の作。

［武夷山］福建省・崇安県の南にあり、仙霞山脈の起頂。その昔、神人武夷君がここに住んでいたという。三十六峯三十七巖がある。

［簇簇］群がり生ずるさま。

［天柱］天を支えている柱。ここでは武夷山の大王峯をいう。「天柱」の語は、『列子』湯問篇に「共工氏、顓頊《せんぎょく》と帝と爲るを争ふ。怒りて不周の山に觸れ、天柱を折り地維を絶つ」と見える。

［雲梯］高く雲の中にまで續く梯子。晋・郭璞の「遊仙詩」に「靈溪に潛《ひそ》み盤《わだかま》るべし、安《いづく》んぞ雲梯に登るを事とせん」とある。

［縦臾］（登るように）促すこと。

［九曲］武威山中の溪流の名。群岫の間を貫いて流れている。

［洞天三十六］真仙の居所。泰山、衡山、華山など三十六の山に洞天があり、武威山も其の中に入っている。

［白石鑿鑿］『詩經』唐風・揚之水に「揚れる水、白石は鑿鑿たり」とあるのによった。「鑿鑿」は、巖の険しいさま。武威山中には仙館岩、大藏岩、仙鶴岩などの名勝があり、いずれも怪岩奇石であった。

［菲菲］盛んに香るさま。『楚辭』離騷に「佩繽紛として其れ繁く飾り、芳菲菲として其れ彌《いよい》よ章《あきら》かなり」とある。

［秦皇］秦の始皇帝。

［徐生不可尋蓬萊］「徐生」は秦の徐福のこと。始

め皇帝の命を受け、蓬萊山を尋ねて東海に船出したという。「蓬萊」は、神仙が住むと傳えられている仙山。(『史記』巻一一八、淮南衡山列傳)

【訳】

武夷《ぶい》山に遊ぶ詩

峰々は群がり生じて煙靄《もや》のなかに没し、天柱のごとき武夷山だけが青天の外に抜け出ている。

鉄の鎖につかまりながら雲間の梯子《はしご》を登れば、目はくらみ足はふるえおののいて引き返したくなる。

仙翁に促《うなが》されて頂《いただき》に上れば、此の世とは別の幽深な場所がそこにあった。

下の方を見ると地圖を見ているようであり、縞《しま》の帯のような九曲の清溪が流れている。

天下の洞天は三十六箇所あるが、それがどうして縮まって私の視野の中にあるのだろう。

白い石は険《けわ》しく聳《そび》え 草は盛んに茂っている、ここにあるのは全て仙界の物ばかり。

もし始皇帝がここに來たことがあったなら、徐福《じょふく》は蓬萊山《ほうらいさん》を尋ねる事はできなかっただろう。

我が家は萬里も離れた青い海の彼方、ここに來て故郷を懷《なつか》しむ氣持は灰のように消えてしまった。

2　瘧《ぎゃく》　疾《しつ》

三尸謀疾疫　　三尸《さんし》　疾疫《しつえき》を謀《はか》り

二豎穴胸膈　　二豎《にじゅ》　胸膈《きょうかく》に穴《かく》る

老天盍誅之　　老天《ろうてん》　盍《なん》ぞ之《これ》を誅《ちゅう》せざる

陰虫放毒螫」　陰虫《いんちゅう》は　毒螫《どくせき》を放《はな》つ

熏熇氣相蒸　　熏熇《くんかく》　氣《き》は相《あ》ひ蒸《む》し

風雷勢虩虩 風雷《ふうらい》 勢《いきほ》ひは虩虩《げきげき》たり
天地成甗鐓 天地《てんち》は甗鐓《げんたい》と成《な》り
濈濈汗流腋」 濈濈《しふしふ》として汗《あせ》は腋《わき》に流《なが》る
俄爾輒送寒 俄爾《にはか》にして輒《すなは》ち寒《かん》を送《おく》られ
凛凛氷底溺 凛凛《りんりん》として氷底《ひようてい》に溺《おぼ》る
衾裯重繒絖 衾裯《きんちう》に繒絖《そうくわう》を重《かさ》ね
當暑莫之斁」 暑《しよ》に當《あ》たりて之《これ》を斁《いと》ふ莫《な》し
胡爲須臾間 胡爲《なんす》れぞ 須臾《しゆゆ》の間《かん》に
陰陽忽変易 陰《いん》と陽《やう》と 忽《たちま》ち変易《へんえき》する
咳嗽和噴嚏 咳嗽《がいそう》は噴嚏《ふんてい》に和《わ》し
涕泗交津腋」 涕泗《ていし》は津腋《しんえき》に交《まじ》はる
反仄不暫安 反仄《はんそく》して暫《しばら》くも安《やす》んぜず
何當定枕席 何《なん》ぞ當《まさ》に枕席《ちんせき》を定《さだ》むべき
起臥偕難爲 起臥《きぐわ》 偕《とも》に爲《な》し難《がた》く
動輒求扶掖」 動《やや》もすれば輒《すなは》ち扶掖《ふえき》を求《もと》む
眼眩混方圓 眼《め》眩《くら》みて 方圓《はうえん》を混《こん》じ
顛倒視黒白 顛倒《てんたう》して 黒白《こくはく》を視《み》る
平生茹蔬筍 平生《へいぜい》は 蔬筍《そじゆん》を茹《くら》ひ
欣然口自適」 欣然《きんぜん》として 口《くち》は自《おのづ》から適《てき》す
今設五侯鯖 今《いま》は五侯鯖《ごこうせい》を設《まう》くるも

苦淡同氷檗
少間倚縄牀
痩質如乾腊」
傍有相過者
視吾疑欺魄
終日口唅呀
觸事多怒嚇」
回心自省身
萬里海外客
所志無人知
越語憐荘舃

苦淡《くたん》にして 氷檗《ひようはく》に同《ひと》し
少間《しばら》く 縄牀《じやうしやう》に倚《よ》れば
痩質《さうしつ》は 乾腊《ほしにく》の如《ごと》し
傍《かたは》らに相過《あひす》ぐる者《もの》有《あ》り
吾《われ》を視《み》て 欺魄《ぎはく》かと疑《うたが》ふ
終日《しゆうじつ》 口《くち》は唅呀《がんが》たり
事《こと》に觸《ふ》れて 怒嚇《いか》ること多《おほ》し
心《こころ》を回《めぐ》らせて 自《みづか》ら身《み》を省《かへり》みるに
萬里《ばんり》 海外《かいぐわい》の客《きやく》
志《こころざ》す所《ところ》は 人《ひと》の知《し》る無《な》し
越語《えつご》して 荘舃《さうせき》を憐《あは》れむ

【語釈】

＊『自歴譜』に「元の泰定三年（一三二六）丙寅、遂に江西、洪州、西山、雲蓋に上り、夏を過ごす。瘡を發す」とある時の作であろう。二七歳。

［三尸］三虫。道家の説で、人の體内に住み着いて害をなす三匹の虫。庚申の夜に出てきて、人の密事を天帝に告げるという。

［二豎穴胸膈］春秋時代・病氣になった齊の景公の夢に疾病が二人の子供になって現れ、名医の治療を避けるために肓膏《こうこう》の間に隠れる相談をしていたという話に基づく。（『春秋左氏傳』成公十年）

［老天］おてんとう様。天帝をいう。

［陰虫］三尸とともに人の腹中にいて、人の大害をなすという。

［熏熇］火氣の盛んなさま。

［虩虩］恐れるさま。『易』震卦に「震の來るや虩虩たり」とある。

[甗鐓] こしきと槌。

[澱澱] 水の行き出るさま。

[衾裯重繒絖] 『詩經』召南の「小星」に「肅肅として宵に征《ゆ》き、衾と裯とを抱く」とある。「繒」は帛の総称。「絖」は絮の細きもの。「纊」に同じ。李華の「古戰場を弔う文」に「繒纊も温むる無く、指を墮《おと》し膚を裂く」とある。

[當暑莫之斁] 『論語』郷党に「暑に當りては縝の絺綌《ちげき》、必ず表して出づ」とあり、『詩經』周南「葛覃」に「絺と爲し綌と爲し、之を服して斁《いと》ふ無し」とある。

[咳嗽] 聲が有り痰が無いのが「咳」、痰が有って聲が無いのが「嗽」、聲が有り痰が有るのが「咳嗽」。

[噴嚏] くしゃみ。

[反仄] 反側。氣にかかる事があり、眠られないで寝返りをうつこと。

[枕席] 枕と敷物。轉じて眠ること。

[扶掖] 助ける。扶助。

[五侯鯖] 非常な珍味。「鯖」は魚と肉を混ぜて煮たもの。婁護という人が、五侯から賜わった種々の肉を雑《まじ》え煮て作ったという。「五侯」は、漢の成帝の舅である王氏兄弟五人をいう。(『西京雑記』巻二)

[苦淡同氷糵] 「苦」は「糵《きはだ》」を謂い、「淡」は「氷」を謂う。白居易の「三年 刺史と爲る」詩に「三年刺史と爲り、氷を飲み復た糵《きはだ》を食ふ」とある。

[欺魄] 土人形。『列子』仲尼に「南郭子は形は欺魄の若し」とある。

[啥呀] 口を大きく開くさま。

[莊舃] 戰國時代・越の人で、楚に仕えていたが、病氣になった時には故郷の越を思って、越の歌を歌っていたという。

【訳】

瘧《おこり》の疾《やまい》

人の體内にいる三匹の虫が はやり病を謀って、病魔は胸と膈の間に潜《もぐ》り込んだ。

おてんと様は　どうしてこいつを誅しないのか、陰《かげ》で蠢《うごめ》く虫が　毒を放つ。

燃えるような熱い氣が　身體を蒸しあげて、風雷のような勢いは恐怖の思いを抱かせる。

天地はこしきと槌となって身を攻め、集まった汗は腋の下へ流れる。

ところが俄かにやたら寒くなって、凛々として氷の底に溺れたようだ。

掛け布團と夜着の上に絹と綿を重ね、そのときは　嫌がってもおれない。

どうして僅かの時間の間に、陰と陽とが突然に変化するのだろう。

咳《せき》と　嚔《くしゃみ》とがあわさって、涙は汗に混じって出る。

寝返りばかり打って暫くも安んずることができない、どうしてゆっくりと寝ておれようか。

起きることも横になっていることも　どちらも難しく、どうかするとすぐに介添えを求めてしまう。

目が眩《くら》んで四角と丸がごっちゃになり、黒と白が反対に見える。

平生は野菜や筍を食べて、その旨さに欣然としていたのに。

今は五侯鯖《ごこうせい》をこしらえても、苦くて無味なることは氷か蘗《きはだ》のよう。

暫く縄で編んだ椅子に倚りかかっていると、痩せた身體は干し肉のようだ。

側を通り過ぎる人があると、私を見て土人形かと疑う。

一日中　口を大きく開けて、何かにつけて　ひどく怒ることが多い。

心をめぐらせて　我が身を省《かえり》みるに、故郷から萬里　海外からの旅人。

私の志を知っている人は誰もおらず、心細さに日本の歌を口ずさんでいる自分を憐れんでいる。

3　贈張學士　并序

張學士《ちやうがくし》に贈《おく》る　并《なら》びに序《じよ》

序

予既游廬阜、將過番陽。買舟彭蠡、風悪、不可往也。信宿落星寺、觀瀾張學士會此。出吟藁示予、且談以大極無極之義、以及一貫不二之道。予亦以詩遺之。

予《よ》は既《すで》に廬阜《ろふ》に游《あそ》び、將《まさ》に番陽《はやう》を過《す》ぎんとす。舟《ふね》を彭蠡《はうれい》に買《か》ふも、風悪《かぜあ》しく、往《ゆ》く可《べ》からざるなり。落星寺《らくせいじ》に信宿《しんしゆく》するに、觀瀾《かんらん》の張學士《ちやうがくし》此《ここ》に會《くわい》す。吟藁《ぎんかう》を出《い》だして予《よ》に示《しめ》し、且《か》つ談《だん》ずるに太極無極《たいきよくむきよく》の義《ぎ》を以《もつ》てし、以《もつ》て一貫不二《いつくわんふじ》の道《みち》に及《およ》ぶ。予《よ》も亦《ま》た詩《し》を以《もつ》て之《これ》に遺《おく》る。

客邸細讀觀瀾文　　客邸《かくてい》にて細《こま》かに觀瀾《かんらん》の文《ぶん》を讀《よ》む
風清四座收塵氛　　風《かぜ》は四座《しざ》に清《きよ》く　塵氛《ちんふん》　收《おさ》まる
三復之后猶未厭　　三復《さんぷく》の后《のち》　猶《な》ほ未《いま》だ厭《あ》きざるも
無那冬日將黄昏」　　那《いか》んともする無《な》し　冬《ふゆ》の日《ひ》は將《まさ》に黄昏《たそがれ》ならんとす
夢中得句参李杜　　夢中《むちゆう》に句《く》を得《え》ては　李《り》・杜《と》に参《なら》び
郊島瘦寒何足云　　郊《かう》・島《たう》の瘦《さう》・寒《かん》　何《なん》ぞ云《い》ふに足《た》らん
詩文於道爲小技　　詩文《しぶん》の　道《みち》に於《お》けるや　小技《せうぎ》爲《た》り
試將大道倶相論」　　試《こころ》みに大道《たいだう》を以《もつ》て　倶《とも》に相論《あひろん》ず
究盡幽明歸無極　　幽明《いうめい》を究盡《きうじん》して　無極《むきよく》に歸《き》し
一貫儒佛空諸群　　儒佛《じゆぶつ》を一貫《いつくわん》して　諸群《しよぐん》を空《くう》にす
楊墨申韓寧復數　　楊《やう》・墨《ぼく》・申《しん》・韓《かん》　寧《なん》ぞ復《ま》た數《かず》ならん
莊老虛玄猶弗援」　　莊《さう》・老《らう》の虛玄《きよげん》にも　猶《な》ほ援《よ》らず

天賜先生不失時
今上政是清明君
佇看場屋得意后
護法着論毋相諼

天《てん》は先生《せんせい》を賜《たま》ふに　時《とき》を失《うしな》はず
今上《きんじやう》は政《まさ》に是《こ》れ　清明《せいめい》の君《きみ》
佇《たたづ》みて看《み》る　場屋《じやうおく》　意《い》を得《え》し后《のち》は
護法《ごはう》　論《ろん》を着《あらは》して相諼《あひわす》るること毋《なか》れ

【語釈】

＊『自歴譜』に「至順元年（一三三〇）庚午、節に至りて秉拂の后、職（書記）を解かれ、路を廬阜に借りて、龍岩・柏叡の二老を訪れ、鄱湖を過ぎて竺田和尚に永福に参じ、歳を過ごす」とある時の作か。三一歳。

［廬阜］廬山のこと。

［番陽］鄱陽のこと。

［彭蠡］鄱陽湖の一名。

［信宿落星寺］一宿を「舍」となし、再宿を「信」となす。「落星」湖は彭蠡湖の西北に在り、湖に小山が有って、星が水に落ちて化したものと傳えられている。

［太極無極］『易』繫辭傳に「易に太極有り、是に両儀を生じ、両儀 四象を生じ、四象 八卦を生ず」とある。「無極」は、太極の異名。宇宙の本體が無味無臭、無聲無色、無始無終であるので、このように言った。

［一貫不二］『論語』里仁篇に「子曰く、参や、吾が道は一以て之を貫くと」とある。

［夢中得句］宋・謝靈運が夢に謝恵連を見て「池塘春草を生ず」の名句を得た話を踏まえる。

［郊島痩寒］唐の孟郊と賈島の詩風を評した語であって、「寒」は寒乞、「痩」は枯痩の意。蘇軾「柳子玉を祭る文」などに見える。

［詩文於道爲小技］杜甫「華陽の柳少府に貽《おく》る」詩の「文章は一小技、道に於て未だ尊しと爲さず」とあるのによった。「小技」は、小さな技。「道」は、聖人の大道。

［幽明］有形無形の象。『易』繫辭傳に「仰ぎて以て天文を観、俯して以て地理を察す。是の故に幽明の故を知る」とある。

［荘老虚玄］荘子、老子の學は、並びに虚無幽玄を主としている。

［場屋］科擧の試験で士を試みる處をいう。

［護法著論］舊解に「張商英無盡居士、護法論を著す。今、張學士は同姓なれば、故に之を用ふ」という。

【訳】

張《ちょう》學士に贈る詩　并びに序

序

私は廬《ろ》阜《ふ》に遊んだあと、番《は》陽《よう》湖《こ》を過ぎようとした。彭蠡《ほうれい》で舟を買ったけれども、風が悪くて往くことができなかった。落星寺に宿を取ったところ、そこで觀瀾の張學士と會った。彼は詩藁を出して私に見せ、また「太極無極」の義を談じて、話は「一貫不二」の道にまで及んだ。私も亦た詩を作って彼に遺《おく》った。


旅の宿で詳しく觀瀾の文を讀んだ、風は辺りに清らかに吹き　汚れた氣は収まっていた。

三度　讀みかえしたのち　まだ飽き足りないが、冬の日は黄昏《たそがれ》になろうとするのを　どうしようもない。

夢の中で名句を得て李白や杜甫の仲間になろう、孟郊や賈島の詩風など問題にならない。

しかし詩文は道においては小技でしかないから、試みに大道について倶に論じ合うことになった。

この世もあの世も究《きわ》め盡くして無極の境地に入り、儒・佛を一貫する理を論じて諸々の思想などは無いも同然。

楊子・墨子、申不害・韓非子もどうして數の中に入ろうか、荘子や老子の虚玄の論も猶お頼りとはしない。

天は先生を此の世にお恵みになり　時を違うことはなかった、現在の天子は誠に清明の君である。

科擧《かきょ》の試験に合格した後は、法を護るの論を著わして　私との約束を忘れないでほしい。

4

贈涂都料　并序

涂都料《じよとれう》に贈《おく》る　并《なら》びに序《じよ》

序

百丈鼎建法堂、天下師表閣。繩墨一託南昌涂都料。既成、詩以贈之。

百丈鼎建《ひやくじやうていけん》の法堂《はうだう》は、天下師表閣《てんかしへうかく》。繩墨《じやうぼく》は一《いつ》に南昌《なんしやう》の涂都料《じよとれう》に託《たく》す。既《すで》に成《な》れば、詩以《しもつ》て之《これ》に贈《おく》る。

上古未發顓蒙前
土處而病木而顛
大壯既設栟幪后
風雨不動長安然」
規矩方圓能視制
莊生何爲苦棄捐
當時孰敢攦倕指
亦有工巧于今傳」
涂子胸中曲盡數
舍其手藝唯心剸
左引右杖搊而使
其手藝者咸從焉」

上古《じやうこ》 未《いま》だ顓蒙《せんもう》を發《ひら》かざりし前《まへ》
土處《どしよ》して病《や》み 木《き》にして顛《お》つ
大壯《だいさう》にして既《すで》に栟幪《へいもう》を設《まう》くるの后《のち》
風雨《ふうう》にも動《うご》かず 長《なが》く安然《あんぜん》たり
規矩《きく》 方圓《はうえん》は 能《よ》く制《せい》を視《しめ》す
莊生《さうせい》 何爲《なんす》れぞ苦《くる》しんで棄捐《きえん》するや
當時《たうじ》 孰《たれ》か敢《あ》へて倕《すい》の指《ゆび》を攦《を》らん
亦《ま》た工巧《こうこう》の 今《いま》に傳《つた》はる有《あ》り
涂子《じよし》は胸中《きようちゆう》 曲《つぶ》さに數《かず》を盡《つ》くすも
其《そ》の手藝《しゆげい》を舍《お》きて 唯《た》だ心《こころ》の剸《まま》にす
左《ひだり》に引《ものさし》 右《みぎ》に杖《つえ》もて 搊《さしまね》きて使《つか》へば
其《そ》の手藝者《しゆげいしや》は 咸《み》な焉《これ》に從《したが》ふ

大雄天下師表地
故堂凄涼知幾年
一朝忽視而眦裂
撤去脱梠并差椽」
間架繩墨才展布
乃復大義爲重宣
耽耽渠渠犖柱石
會看飛詔來九天

大雄《たいゆう》は天下《てんか》の師表《しへう》の地《ち》なるに
故堂《こだう》は凄涼《せいりやう》として 幾年《いくねん》なるを知《し》らん
一朝《いつてう》 忽《たちま》ち視《み》て 眦《まなじり》は裂《さ》け
脱《ぬ》けた梠《ひさし》 并《なら》びに差《ず》れた椽《たるき》を撤去《てつきよ》す
間架《かんか》に繩墨《じやうぼく》の 才《はじ》めて展布《てんぷ》され
乃《すなは》ち復《ま》た大義《たいぎ》は 重《かさ》ねて宣《の》べられん
耽耽《たんたん》 渠渠《きよきよ》として 柱石《ちゆうせき》を犖《かた》くすれば
會《かなら》ず看《み》ん 飛詔《ひせう》の九天《きうてん》より來《き》たるを

【語釈】

「都料」木匠のこと。

「顓蒙」愚かな状態。『楊子法言』學行に「天 生民を降すに、倥侗《こうとう》 顓蒙《せんもう》なり」とある。

「土處而病木而顚」韓愈の「原道」に「古への時、人の害多し。聖人なる者立つ有りて、然る後、之に教ふるに相生養《せいやう》するの道を以てす。～木處して顚じ、土處して病むなり。然る後、之が宮室を爲《つく》る」とあるのによる。

「大壯」『易』の卦の一つ。『易』繫辭傳下に「上古は穴居して野處す。後世の聖人、之に易《か》ふるに宮室を以てす。上棟 下宇、以て風雨を待つ。蓋《けだ》し諸《これ》を『大壯』に取る」とある。

「帲幪」とばり。『楊子法言』吾子に「震風 凌雨、然る後に夏屋の帲幪《へいもう》を知る。」傍らにあるのが「帲」で、上にあるのが「幪」。

「風雨不動長安然」杜甫「茅屋、秋風の破る所と爲る歌」に「安《いづ》くにか広厦の千萬間なるを得て、大いに天下の寒士を庇ひて倶に顔を歡《よろこ》ばさん。風雨にも動かず 安きこと山の如くなるを」とあるのによった。

「規矩方圓能視制～當時孰敢攦倕指」『孟子』離婁上に「離婁の明、公輸子の巧も、規矩を以てせざれば、方圓を成す能はず」とあり、また『莊子』胠篋篇には「鉤縄を毀絶し、規矩を棄て、工倕の指を攦《を》れば、而《すなは》ち天下始めて、人ごとに其の巧を有せん」とある。「規」はコンパス。「矩」は定規。

［大雄］山名。百丈山ともいわれた。唐代、馬祖道一の嗣、百丈懐海が、大雄山に僧堂を中心とした禪門最初の禪院を建立したという故事がある。

［曲盡數］柳宗元「梓人傳」の語を使用。「宮を堵に画くに、盈尺にして曲さ《つぶ》に其の制を盡くす」とある。

［舎其手藝唯心制］「梓人傳」の語を使用。「継ぎて歎じて曰く、彼は將《まさ》に其の手藝を捨て、其の心智を専らにして、能く體要を知らんとするものか」とある。

［左引右杖攜而使］「梓人傳」の語を使用。「梓人は左に引を持ち右に杖を執《と》りて、中に處る」とある。

［脱梠］ぬけ落ちた庇。

［差椽］古くなり合わなくなったたるき。

［間架］家屋の構造の名。あじろ。「間」は梁と梁との間。「架」は桁と桁との間。その間は三間である。

［耽耽渠渠］「耽耽」は、奥深いさま。「渠渠」は、深く広いさま。

［會看飛詔來九天］韓愈「憶昨行、和張十一」詩に「忽ち飛詔の天より來る有り」とあり、韋應物「答中書劉舎人」詩に「忽ち九天の詔を睹《み》る」とある。

【訳】

涂都料に贈る詩　并びに序

序

百丈鼎建《ていけん》の法堂は、天下師表閣である。その再建にあたり縄墨の仕事が全て南昌の涂《じょ》都料に託された。既にそれが完成したので、詩を詠じて彼に贈った。

大昔　人がまだ無知から抜け出ていない頃には、人々は土の中に穴居して病み　木の上に住んでは顛落した。

聖人の指導によって帳を設けてからは、風雨にも動かず長く安泰であった。
コンパスや差し金によって方圓は正確に作られる、莊子は何を無理してこれを棄てたりするのだろう。
當時 誰が工倕《こうすい》の指を折ったりしただろうか、それゆえ巧みな大工の技が今に傳えられているのだ。
涂子は胸中 詳しく技術を知っているが、その手芸を表に出さずに 唯《た》だ心のままに動く。
左手に物差し右手に杖を持ち それを振って部下を使えば、大工たちは皆それに從った。
大雄は天下の模範となるべき場所なのに、故堂はものさびしく 幾年になるのだろう。
ところが一朝 ふとそれを見て 眦《まなじり》も裂けんばかり、抜け落ちた庇とはずれかけていた垂木が撤去されていた。
あじろには墨繩が はじめて延ばされており、かくて復た大義が宣《の》べ広められるに違いない。
奥深くしっかりと 柱石が築かれるなら、必ず勅命が 九天の上から來るのが見られることであろう。

5 庚午三月、東陽和尚書所見詩韻

庚午三月《こうごさんぐわつ》、東陽和尚《とうようをしやう》の書《しよ》に見《しめ》す所《ところ》の詩韻《しいん》

女兒傭織布　女兒《ぢよじ》は 傭《やと》はれて布《ぬの》を織《お》り
日爲家人哺　日《ひ》に家人《かじん》の 哺《たべもの》の爲《ため》にす
年荒將縮手　年荒《としあ》れて 將《まさ》に手《て》を縮《とど》めんとするも
未忍棄而走」　未《いま》だ棄《す》てて走《に》ぐるに忍《しの》びず
粥技不當直　技《わざ》を粥《ひさ》ぐも 直《あたい》に當《あ》たらず
圭撮輕兩疋　圭撮《わづか》にして 兩疋《りやうひつ》よりも輕《かろ》し
質躬獲數錢　躬《み》を質《しち》にして 數錢《すうせん》を獲《え》

助饋慈母筵　助《たす》けとして慈母《じぼ》の筵《もと》に饋《おく》る

【語釈】

［庚午］元の至順元年（一三三〇）中巌三十一歳。

［縮手］手を収める。仕事を止める。

［粥技］技術を売り物にする。

［圭撮］僅かばかり。「撮」は、三本の指で摘むほどの量。

【訳】

庚申三月、東陽和尚への書に示した詩韻

女の子は傭《やと》われて布を織り、毎日　家族を養うために働いている。
今年は穀物が實《みの》らず　もう仕事を止めようと思っても、家族を見捨てて逃げるわけにはいかない。
どんなに布を織っても　それだけの儲《もう》けにはならず、稼《かせ》いだ銭は布二疋《にひき》よりも軽い。
我が身を質に入れて幾らかの銭を得て、暮らしの助けに慈母の許《もと》に送る。

6　和儀則堂韻　謝琳荊山諸兄見留

儀則堂《ぎそくだう》の韻《いん》に和《わ》す　琳荊山諸兄《りんけいざんしよけい》の留《とど》め見《ら》るるに謝《しや》す

吾才應無用　我《わ》が才《さい》は　應《まさ》に無用《むよう》なるべし
世情嫌不羈　世情《せじやう》　不羈《ふき》を嫌《きら》ふ
比來亦太嬾　比來《ひらい》　亦《ま》た太《はなは》だ嬾《ものぐさ》なるは
天性惟由之」　天性《てんせい》　惟《た》だ之《これ》に由《よ》る
落魄隱窮巷　落魄《らくはく》して　窮巷《きゆうかう》に隠《かく》れ

從容交卑微　從容《しようよう》として　卑微《ひび》と交《まじ》はる
尚口焉攸用　尚口《しやうこう》　焉《いづく》んぞ用《もち》ふる攸《ところ》ぞ
乃爲時輩疑」　乃《すなは》ち時輩《じはい》の爲《ため》に疑《うたが》はれん
門無長者車　門《もん》に長者《ちやうじや》の車《くるま》の無《な》ければ
免摳百結衣　百結《ひやくけつ》の衣《ころも》を摳《かか》ぐるを免《まぬが》る
憶昔頗好事　憶《おも》へば昔《むかし》　頗《すこぶ》る事《こと》を好《この》み
稽書且賦詩」　書《しよ》を稽《かんが》へ　且《か》つ詩《し》を賦《ふ》す
乃以爲瑣細　乃《すなは》ち以《もつ》て瑣細《ささい》と爲《な》し
問道旁求師　道《みち》を問《たづ》ねて旁《あまね》く師《し》を求《もと》む
圖南託海賈　南《みなみ》を圖《はか》りて　海賈《かいこ》に託《たく》し
迴涉滄溟瀰」　迴《はる》かに滄溟《さうめい》の瀰《ひろ》きを涉《わた》る
颶風揚巨浪　颶風《ぐふう》は　巨浪《きよらう》を揚《あ》げ
萬丈雪山巇　萬丈《ばんじやう》　雪山《せつざん》のごとく巇《けは》し
焼紙酬天呉　紙《かみ》を焼《や》きて　天呉《てんご》に酬《むく》ひ
撃鉦脅怒螭」　鉦《かね》を撃《う》ちて　怒《いか》れる螭《みづち》を脅《おびや》かす
風定海心清　風定《かぜさだ》まり　海心《かいしん》は清《す》み
衆寶交珍奇　衆寶《しうはう》　珍奇《ちんき》に交《まじ》はる
方諸與珊瑚　方諸《はうしよ》と珊瑚《さんご》と
鬪光敓亢箕」　光《ひかり》を鬪《たたか》はせて　亢《かう》・箕《き》を敓《うば》ふ
夜色混天水　夜色《やしよく》は　天水《てんすゐ》に混《まじ》はり

身若居瑠璃
舟子款乃歇
客有洞簫吹」
始作嗚嗚聲
満座皆無怡
漸有容與態
聽者同舒眉」
或復羅尊俎
宴久酒味漓
或設詩文筵
競出嚢中錐」
海賈五百衆
各縦其天資
獨予閟幽僻
固守無人窺」
將過白水洋
暮到耽羅垂
擧手揖尊者
相望隔淥漪」
緬想徐生舶

身《み》は瑠璃《るり》に居《お》るが若《ごと》し
舟子《しうし》　款《よろこ》びて乃《すなは》ち歇《つ》くすに
客《きやく》に洞簫《とうしやう》を吹《ふ》くもの有《あ》り
始《はじ》めは嗚嗚《おお》の聲《こえ》を作《な》せば
満座《まんざ》は　皆《み》な怡《よろこ》ぶもの無《な》し
漸《やうや》くにして容與《ようよ》の態《たい》有《あ》り
聽《き》く者《もの》は　同《とも》に眉《まゆ》を舒《の》ばす
或《ある》いは復《ま》た尊俎《そんそ》を羅《つら》ね
宴《えん》　久《ひさ》しくして　酒《さけ》の味《あじ》は漓《うす》し
或《ある》いは詩文《しぶん》の筵《えん》を設《まう》け
競《きそ》ひて嚢中《なうちゆう》の錐《きり》を出《い》だす
海賈《かいこ》　五百《ごひやく》の衆《しう》は
各《おのおの》の其《そ》の天資《てんし》を　縦《ほしいまま》にす
獨《ひと》り予《われ》は　幽僻《いうへき》に閟《ひそ》み
固《かた》く守《まも》れば　人《ひと》の窺《うかが》ふ無《な》し
將《もつ》て白水《はくすゐ》の洋《なだ》を過《す》ぎ
暮《くれ》に耽羅《たんら》の垂《ほと》りに到《いた》る
手《て》を擧《あ》げて　尊者《そんしや》に揖《いふ》し
相望《あひのぞ》みて　淥漪《ろくい》を隔《へだ》つ
緬《はる》かに想《おも》ふ　徐生《じよせい》の舶《ふね》

満載童丱兒
蓬萊在何許
采芝食其蕤」
回首顧三韓
山勢張差池
近取九龍潭
遠拒渦漩危」
桂林護流求
遼水縈高麗
轇轕萬里間
一目視平陂」
碇泊昌國東
珠玉走相追
時予辭海賈
抽身往南疑」
誓言得道後
歸國化庶黎
海賈感斯言
自嘆吾何卑」
江南叢席概

満載《まんさい》す 童丱《どうくわん》の兒《じ》
蓬萊《はうらい》は 何許《いづこ》にか在《あ》る
芝《し》を采《と》りて 其《そ》の蕤《しべ》を食《くら》はん
首《かうべ》を回《めぐ》らせて 三韓《さんかん》を顧《かへ》りみれば
山勢《さんせい》は 張《は》りて差池《しち》たり
近《ちか》く 九龍潭《きうりゆうたん》に取《と》り
遠《とほ》く 渦漩《くわせん》の危《あや》ふきを拒《さ》く
桂林《けいりん》は 流求《りうきう》を護《まも》り
遼水《れうすゐ》は 高麗《かうらい》を縈《めぐ》る
轇轕《かうかつ》たり 萬里《ばんり》の間《かん》
一目《いちもく》 平陂《へいは》を視《み》る
昌國《しやうこく》の東《ひがし》に碇泊《ていはく》すれば
珠玉《しゆぎよく》 走《はし》りて相追《あひお》ふ
時《とき》に予《われ》は 海賈《かいこ》に辭《じ》し
身《み》を抽《ぬ》きて 南疑《なんぎ》に往《ゆ》かんとす
誓《ちか》って言《い》ふ 得道《とくだう》の後《のち》は
國《くに》に歸《かへ》りて 庶黎《しよれい》を化《くわ》さんと
海賈《かいこ》は 斯《こ》の言《げん》に感《かん》じ
自《みづか》ら嘆《たん》ず 吾《われ》は何《なん》ぞ卑《いや》しきと
江南《かうなん》には 叢席《さうせき》の概《おほ》く

布星又分碁
禪悦参未飽
一頓思蒿枝」
足迹半天下
中年神已罷
一朝取鏡照
忽驚鬢毛稀」
只可拋深林
擁葉煨蹲鴟
今春出楚徼
再遊淛水湄」
久聞金華地
風俗淳應嬉
振策來靈源
一見如故知」
淙淙玉澗流
青青祇樹囲
脩竹琅玕色
寒梅氷雪肌」
良朋寧易得

星《ほし》を布《し》き 又《ま》た碁《ご》を分《わ》かつがごとし
禪悦《ぜんえつ》は 参《さん》ずるも未《いま》だ飽《あ》かず
一頓《いっとん》 蒿枝《かうし》を思《おも》ふ
足迹《そくせき》は 天下《てんか》に半《なかば》し
中年《ちゅうねん》にして 神《しん》は已《すで》に罷《つか》る
一朝《いってう》 鏡《かがみ》を取《と》りて照《て》らせば
忽《たちま》ち驚《おどろ》く 鬢毛《びんまう》の稀《まれ》なるに
只《た》だ 深林《しんりん》に拋《よ》りて
葉《は》に擁《くる》まりて 蹲鴟《そんし》を煨《や》く可《べ》きのみ
今春《こんしゅん》 楚《そ》の徼《さかひ》を出《い》で
再《ふたた》び淛水《せいすゐ》の湄《みぎは》に遊《あそ》ぶ
久《ひさ》しく聞《き》く 金華《きんくわ》の地《ち》
風俗《ふうぞく》は 淳《あつ》くして應《まさ》に嬉《よろこ》ぶべしと
策《つえ》を振《ふ》りて 靈源《れいげん》に來《きた》れば
一《ひと》たび見《あ》ひて 故知《こち》の如《ごと》し
淙淙《そうそう》たり 玉澗《ぎょくかん》の流《なが》れ
青青《せいせい》たり 祇樹《ぎじゅ》の囲《かこ》み
脩竹《しうちく》は 琅玕《らんかん》の色《いろ》
寒梅《かんばい》は 氷雪《ひょうせつ》の肌《はだ》
良朋《りょうはう》は 寧《なん》ぞ得易《えやす》からん

庶乎從爾思　爾《なんぢ》の思《おも》ひに従《したが》はんことを庶《ねが》ふ
物我俱相忘　物《もの》と我《われ》と 倶《とも》に相忘《あひわす》れ
引得幽禽儀」　引《ひ》き得《え》たり 幽禽《いうきん》の儀《ぎ》
勝境不忍去　勝境《しやうきやう》は 去《さ》るに忍《しの》びず
人情難別離　人情《にんじやう》 別離《べつり》し難《がた》し
無奈田園蕪　田園《でんえん》の蕪《あ》れたるを奈《いか》んともする無《な》し
胡爲乎不歸」　胡爲《なんす》れぞ 歸《かへ》らざる
況復枌陰人　況《いは》んや復《ま》た 枌陰《ふんいん》の人《ひと》の
勧我多云爲　我《われ》に勧《すす》めて 多《おほ》く云爲《うんい》するをや
獨因諸君厚　獨《ひと》り諸君《しよくん》の厚《あつ》きに因《よ》りて
且緩吾行期」　且《か》つは吾《わ》が行期《かうき》を緩《ゆる》くす
吾行時不拘　吾《われ》の行《ゆ》くは 時《とき》に拘《こだは》らず
所欲是便宜　欲《ほつ》する所《ところ》は 是《こ》れ便宜《べんぎ》のみ
雨餘穀江満　雨餘《うよ》 穀江《こくかう》は満《み》ちて
一軻輕如飛　一軻《いつか》 輕《かろ》きこと飛《と》ぶが如《ごと》からん

【語釈】

「儀則堂・琳荊山」いずれも婺州《ぶ》（浙江省金華県）出身の中國僧で、東陽徳輝の弟子。

「尚口」口舌を貴び、弁舌をもって人を動かすこと。『易』困卦に「言有り信ぜられずとは、口を尚《たっと》べば乃ち窮するなり」とある。

「門無長者車」『史記』陳丞相世家に「家は乃ち負郭の窮巷なるも、然れども門外に多く長者の車轍有り」とある。

［百結衣］敗れ衣。『王隠晋書』に「董威、市に於て砕繒を得、輒ち以て衣と為し、号して百結衣と曰ふ」とある。

［圖南］大鵬が翼を張って、遥か南冥（南海の果て）に行かんとすること。『荘子』逍遥遊篇に拠る。

［海賈］舟に乗って海外へ出掛ける貿易商人。

［天呉］海神の名。

［嚢中錐］隠れていた才能が現れること。『史記』平原君列傳に見える。

［耽羅］韓國の済州島。

［徐生舶］始皇帝の命で東海に仙人の島を捜しに行った徐福の話に拠る。『史記』淮南衡山列傳。

［九龍潭］底の知れない海のことか。王維「方尊師の嵩山に歸るを送る」詩に「仙官 往かんと欲す 九龍潭、旄節 朱旛 石龕に倚《よ》る」とある。

［昌國］浙江省にある県名。

［珠玉］『韓詩外傳』六に「珠玉の 足無くして至るは、君の之を好めばなり。士の 足有るも至らざるは、君の好まざればなり」とある。

［南疑］南方にある九疑山の意。今の湖南省にある。

［叢席］禪林のこと。

［禪悦］心を禪家の悟りに楽しませること。

［一頓思蒿枝］「蒿枝」は、よもぎの枝。『臨済録』に「我は二十年、黄檗先師の處に在り、三度 佛法的的の大意を問ひ、三度 他の賜杖を蒙るも、蒿枝の払著するが如く相似たり。如今、更に一頓の棒を得て喫せんと思ふも、誰人か我が為に行ひ得ん」とある。

［足迹半天下］蘇軾「亀山詩」に「身づから行くこと萬里 天下に半ばし、僧は一菴に臥して初めて白頭」とある。

［擁葉煨蹲鴟］「擁葉」は、木の葉を抱いて暖をとることか。「蹲鴟」は芋のこと。『史記』貨殖傳に「汶山の下に蹲鴟有り」とある。

［靈源］金華県の智者寺の境致に有った。

［物我俱相忘］江淹「擬孫綽詩」に「物と我と俱に懐ひを忘れば、以て鷗鳥を狎《な》らす可し」とある。

［無奈田園蕪、胡為乎不歸］陶潛の「歸去來の辭」を踏まえる。

［枌陰］漢の高祖の郷里、豊の社の名。轉じて郷里

をいう。

［云為］云うことと為すこと。言動。『易』繫辞伝　下に「是の故に変化　云為あり」とある。

［轂江］金華府城の東南を流れる江。

【訳】

儀則堂《ぎそくどう》の韻に和す、琳荊山《りんけいざん》の諸兄の引き留めに謝して

私の才能は　今の世ではきっと無用なのだろう、それは世情が不羈《ふき》の志の持ち主を嫌がるから。

それに此の頃　またひどく物憂いのは、私の天性が　そうだからだろう。

落ちぶれて　むさ苦しい町の中に隠れ、くつろいで低い身分の者たちと付き合っている。

弁舌を使って人を動かすことなど　どうしてしようぞ、もしそんなことをしたら時の人たちに疑われるだろう。

門には身分の高い人の車は　やってこないから、破れ衣の裾をからげなくてもよい。

憶えば昔は　いろいろと事を好み、書物を讀み　また詩も作ったものだ。

それを小さなつまらぬ事と考えて、道を問い　広く師を求めようとした。

そこで南方に行こうとして　船商人を頼り、遥かに青海原の広がりを渡った。

つむじ風は　大きな浪を揚げ、それは萬丈の雪山のように険《けわ》しいものだった。

紙錢を焼いて　海神に贈り、鉦《かね》を叩いて　怒れる螭《みづち》を威《おど》した。

風がおさまると海面は静まり、衆《おお》くの賓が珍奇な物に混じって現れた。

大蛤と珊瑚と、それらは亢星や箕星の光を奪うように輝いていた。

夜の景色は　空と海とに融けこんで、此の身は紺青色の玉の中にいるようだった。

船頭が舟歌を歌い終わると、船客の中に洞簫を吹く者がいた。

始めは嗚嗚《おお》という聲なので、満座の人は皆な喜ばなかったが。

ようやくゆったりとしてきて、聽いている者は　ともに眉を舒《の》ばした。

或いは復た御馳走を羅《つら》ねていたが、宴會が長くなって 酒の味も漓《うす》くなる。

そのような時に 詩文の會が開かれて、みんな競って文才を盡くした。

海商たち五百人それぞれに、その天資をほしいままにするが。

獨り私は奥の方にひそんで、じっとしているので 誰も私を氣にする者はいない。

かくして白水の海を過ぎ、暮れ方に耽羅《たんら》のほとりに到る。

手を擧げて尊者に礼拝し、それを眺めつつ遥かに波間を遠ざかってゆく。

はるかに徐福の船のことを想う、その船には子供達をいっぱい載せていたという。

彼が目指した蓬莱《ほうらい》は いったいどこにあるのだろう、そこに生える仙芝を採って その蘂《しべ》を食べたいものだ。

首を回して遼東を顧りみれば、山の様子は 高く低く連なっている。

航路を九龍潭に近くとり、危険な渦を遠くに避ける。

桂の林は琉球を護っており、遼水は高麗を巡っている。

萬里の間 船を進め續けて、此の目に 平らな土地が見えてきた。

昌國の東に停泊すると、足の無いはずの珠玉が 走って追い掛け合う。

その時 私は海商に別れを告げ、ひとり南方の九疑山へ往こうとした。

そうして誓って言うには「道を得た後は、國に歸って多くの民衆を教化します」と。

海商は此の言葉に感心し、自分は何と卑しいことをしているのだろうと嘆く。

江南には禪林がたくさんあり、星を布き 碁石をばらまいたようだ。

そこで禪の修行をしたが まだ満足できず、更なる成長を心に期した。

巡った足跡は 天下の半ばに達するほどであり、中ごろにして 精神《こころ》は已に疲れ果ててしまった。

ある朝 鏡をとって見てみると、髪の毛がまばらになっているのに びっくりした。

ただ奥深い林にこもり、木の葉にくるまって 大きな芋を焼くだけの暮らしだった。
此の春 楚を出て各地を巡り、再び浙水のみぎわに遊んだ。
久しい間、此の金華の地は、風俗は淳《あつ》く氣持ちのよい所と聞いていた。
そこで杖を振るって蠡源に來てみると、一目見ただけで 昔馴染みの土地のようだった。
さらさらと美しい谷川が流れており、青青と祇樹に囲まれている。
長い竹は 玉のような色をしており、寒中に咲く梅は 氷雪の肌のよう。
良き朋は どうして得やすかろう、私はあなたの思いに従うことを願った。
そうして物と我と どちらをも忘れて、奥深く棲む鳥と 馴れ親しめるようになった。
この勝境は 去るに忍びないし、人の情として 別れ難いものがあるが。
我が田園の蕪《あ》れるのを見捨ててはおけない、どうして歸らずにおれようか。
まして同郷の人たちが、私にあれこれと言ってくださる。
ただ 皆さんの厚い情によって、しばらく出立の時期を延ばすことにした。
私は出立する時期には拘《こだわ》ってはいない、都合のよい時を願っているだけである。
雨あがりに 穀江の水が増したとき、一艘の舟が飛ぶように輕く走っていくことであろう。

7 古意《こい》

一片春空雲　　一片《いっぺん》 春《はる》の空《そら》の雲《くも》
藹藹天成文　　藹藹《あいあい》として 天《てん》に文《あや》を成《な》す
數竿風前竹　　數竿《すうかん》 風前《ふうぜん》の竹《たけ》

戛戛自然曲　戛戛《かつかつ》として 自然《しぜん》の曲《きょく》あり
曲兮不入俚人耳　曲《きょく》あるも俚人《りじん》の耳《みみ》に入《い》らず
文也不爲時俗喜　文《あや》あるも時俗《じぞく》の喜《よろこ》びと爲《な》らず
春雲乃消　春雲《しゅんうん》 乃《すなは》ち消《き》え
竹風乃止　竹風《ちくふう》 乃《すなは》ち止《や》むや
斐然競作咬哇起　斐然《ひぜん》として競《きそ》ひ作《おこ》り 咬哇《かうあ》 起《お》こる
世間得喪猶循環　世間《せけん》の得喪《とくさう》は 猶《な》ほ循環《じゅんくわん》するがごとし
大雅豈可止而已　大雅《たいが》 豈《あ》に止《や》む可《べ》きのみならんや

【語釈】

［一片春空雲、藹藹天成文］「**靄靄**」は、雲がたなびくさま。韓愈「酔ひて張秘書に贈る詩」に「君が詩は態度多し、**靄靄**たり春空の雲」とある。

［戛戛］竹の觸れ合う音。

［曲兮不入俚人耳］『莊子』天地篇に「大聲は里耳に入らず」とある。「俚人」は俗人。

［斐然］色鮮《あざ》やかに美しいさま。『論語』公冶長篇に「吾が党の小子は狂簡にして、斐然《ひぜん》として章を成す」とある。

［咬哇］みだりがわしい歌聲。淫聲。

［得喪］うまくいく時といかない時。成功と失敗。

［猶循環］『史記』高祖本紀の賛に「三王の道は、循環するが若し。終りて復た始まる」とある。

［大雅］正しい歌聲、音楽。「咬哇」の反対。ここは自分たちの正しい生き方を意味している。

［豈可止而已］『論語』憲問篇に「子、磬《けい》を衛に撃つ。蕢《き》を荷《にな》ひて孔氏の門を過ぐる者有り。～曰く、鄙なる哉、硜硜乎《こうこうこ》たり。己を知ること莫くんば、斯れ已《や》まんのみと」とある。

【訳】

ひとひらの 春の空の雲、靄靄《あいあい》として 天に模様をえがいている。
數本の 風にゆれる竹が、カッカッと 自然の曲を奏でる。
その曲は 俚人の耳には入らず、雲の美しさも 時俗の人には喜ばれない。
春の雲が消え 風に吹かれる竹の音が止むと、斐然《ひぜん》として淫《みだ》らな歌聲が競い起こる。
しかし世の中の得喪《とくそう》は 循環してやってくるもの、大雅の聲が どうして止《や》まってしまうことがあろうか。

8 九宮觀酬車提点

九宮観にて車提点に酬《こた》ふ

九宮當有老陽數
一觀先開玄牝門
太極圖中吾喪我
相邀天竺古皇孫

九宮《きうきゆう》 當《まさ》に老陽《らうやう》の數《すう》 有《あ》るべし
一觀《いつくわん》 先《ま》づ開《ひら》く 玄牝《げんひん》の門《もん》
太極圖中《たいきよくずちゆう》 吾《われ》は我《われ》を喪《うしな》ひ
相邀《あひあ》ふ 天竺《てんぢく》 古皇《こくわう》の孫《そん》

【語釈】

［九宮観］「九宮」とは、叶蟄、天留、倉門、陰洛、上天、玄委、倉果、新洛、招揺の星宿で、太一歳星は常に冬至の日に叶蟄《けふちつ》の宮に居り、四十六日ごとに移動していく。「観」は建物。

［車提点］「車」は姓。「提点」は職名。ここでは九宮観の職事の人。

［老陽數］陽數の極、九をいう。「九宮観」の「九」に懸けて言ったもの。

［玄牝門］萬物を生ずる道をいう。「玄」は其の作用の微妙で奥深いことを言い、「牝」は道が萬物

を生ずるのを牝が子を産むのに喩えて言う。『老子』第六章に「谷神 死せず、是れを玄牝と謂ふ。玄牝の門、是れを天地の根と謂ふ」とあるのに拠る。

［大極圖］宋の周敦頤が、太極、即ち宇宙の根本を圖解し、萬物發展の理由を明らかにしたもの。

［吾喪我］無我の境地にあること。『荘子』齊物論篇に「南郭子綦曰く、今 吾は我を喪《うしな》へり。汝は之を知るやと」とある。

［相邀天竺古皇孫］「天竺」は佛を、「古皇」は老子をいう。「孫」は提点であり自分のこと。提点と自分が此處で出逢ったことをいう。

【訳】

九宮觀で車提点に酬《こた》える

九宮は陽數の極にあるはずのところ、この觀において先ず玄牝《げんぴん》の門が開かれる。

太極圖中　私は無我の境地に入り、佛と老子の孫がここに出會うことになった。

9　寄天如則首座

天如則首座《てんにょそくしゅざ》に寄《よ》す

獅巖古佛已過去　　獅巖《しがん》の古佛《こぶつ》は已《すで》に過《す》ぎ去《さ》り

日月収光天地間　　日月《にちげつ》　光《ひかり》を収《おさ》む　天地《てんち》の間《かん》

克家有此多聞士　　家《いへ》を克《よ》くして　此《こ》の多聞《たぶん》の士《し》有《あ》り

結集遺文利世間　　遺文《ゐぶん》を結集《けっしゅう》して　世間《せけん》を利《り》す

【語釈】

［天如則首座］天如惟則のこと。臨濟宗楊岐派の僧。吉安（江西省）永新の人。天目山の中峰明本の法

を嗣ぎ、姑蘇の師子林に住す。「首座」は、座中の首位に就く者。

［獅巖古佛］中峰明本のこと。元末、臨濟宗の僧。一二六三～一三二三。

［日月］獅巖古佛の教えに喩える。

［克家］よく先代の業を継ぐこと。『易』蒙卦に「子、家を克《よ》くす」とあるのによる。

［多聞士］多く聞き知っていること。釈尊の弟子のうち、その説法を最も多く聴聞した阿難を多聞第一という。ここでは天如惟則を指す。

［遺文］中峰明本の書き残した文章をいう。


【訳】

天如則首座《しゅざ》に寄せる

獅巖古佛は已に過去の人となり、日も月も その光を天地の間に収めてしまった。
しかし克《よ》く家を継ぐ 此の多聞の士が有り、遺文をまとめて世間の人々に恵みを与えておられる。

10 泰定二年、寓保寧、會諸江湖名勝

泰定《たいてい》二年《ねん》、保寧《ほねい》に寓《ぐう》し、諸々《もろもろ》の江湖《かうこ》の名勝《めいしやう》に會《くわい》す

一別家山期未満　一《ひと》たび家山《かざん》に別《わか》れて 期《き》に未《いま》だ満《み》たざるに
如何切切欲歸心　如何《いかん》せん切切《せつせつ》と 歸《き》を欲《ほっ》する心《こころ》
更來衣服着新色　衣服《いふく》を更《か》へ來《きた》りて 新色《しんしょく》を着《き》るも
留得語言存舊音　語言《ごげん》を留《とど》め得《え》て 舊音《きうおん》を存《そん》す
拙句解嘲慵下筆　拙句《せつく》もて 嘲《あざけ》りを解《と》かんとするも筆《ふで》を下《くだ》すを慵《おこた》り
痩顔拭唾耐煩襟　痩顔《さうがん》に唾《つば》を拭《ぬぐ》ひて 煩襟《はんきん》に耐《た》ふ

同來遊子飄蓬去　同《とも》に來《き》たる遊子《いうし》は飄蓬《へうはう》のごとく去《さ》り
蹭蹬無由伴短吟　蹭蹬《ざうとう》伴《とも》に短吟《たんぎん》するに由《よし》無《な》し

【語釈】


*『自歴譜』に「大元泰定三年、丙寅の春、呉の靈岩に掛搭し、幾《いくば》くも無く建康に往き、古林和尚に保寧に見《まみ》ゆ」とある。したがって「二年」は「三年」の誤りであろう。

〔泰定〕元の年号。一三二四～二八。

〔保寧〕南京にある鳳台山保寧寺。

〔江湖〕世間。世の中。

〔名勝〕名士。名望のある人。

〔存舊音〕日本語が、つい出てしまうというのであろう。

〔解嘲〕漢・揚雄は、人の嘲りに対して「解嘲」の文を作り、それに應えた。

〔痩顔拭唾耐煩襟〕「煩襟」は、心の悶え。この句は『唐書』婁師徳傳の故事を踏まえる。

〔同來遊子〕この寺に一緒にやって來た僧たちを指す。

〔蹭蹬〕足場を失ってよろめくさま。


【訳】


泰定二年、保寧寺にとどまり諸々の天下の名士に出會う
故郷に別れを告げて まだ一年にもならないのに、胸にせまる歸心をどうしたものか。

衣服を更えて新しい色のものを着ても、言葉には故郷のなまりが残っている。

下手な句で人の嘲りを解こうとするが筆を下すのが面倒、痩せた顔に吐きかけられた唾を拭って耐えている。

一緒に來た旅人は 轉蓬のように去ってしまい、疲れよろめいて ともにいささか吟ずるすべも無い。

11 金陵懐古

金陵《きんりよう》懐古《くわいこ》

人物頻遷地未磨
六朝咸破有山河
金華舊址商漁宅
玉樹残聲樵牧歌」
列壑雲連常帯雨
大江風定尚生波
當年佳麗今何在
遠客蒼茫感慨多

人《ひと》と物《もの》は頻《しき》りに遷《うつ》るも 地《ち》は未《いま》だ磨《へ》らず
六朝《りくてう》は咸《み》な破《やぶ》れたるも 山河《さんか》有《あ》り
金華《きんくわ》の舊址《きうし》は 商漁《しやうぎよ》の宅《たく》
玉樹《ぎよくじゆ》の残聲《ざんせい》は 樵牧《せうぼく》の歌《うた》
列壑《れつがく》に雲《くも》は連《つら》なり 常《つね》に雨《あめ》を帯《お》び
大江《たいかう》に風《かぜ》は定《さだ》まるも 尚《な》ほ波《なみ》を生《しやう》ず
當年《たうねん》の佳麗《かれい》 今《いま》何《いづ》くにか在《あ》る
遠客《ゑんかく》 蒼茫《さうぼう》 感慨《かんがい》多《おほ》し

【語釈】

［金陵］六朝時代の都、建康のこと。今の南京。南齊・謝脁の「入朝曲」に「江南 佳麗の地、金陵帝王の州」とある。

［六朝］金陵の地に都した呉・東晋・宋・齊・梁・陳の王朝をいう。

［有山河］杜甫「春望」に「國破れて山河在り、城春にして草木深し」とある。

［金華］金華宮。青渓の東に在り、臺城を去ること三里。梁の大同中に築かれた。

［玉樹］玉樹後庭花のこと。陳の後主が宮中の宴會で歌わせていた歌曲。やがて陳は滅亡した。

［残聲］名残の歌聲。

［樵牧歌］樵夫や牧人の歌。「玉樹」の名残が、樵牧の歌として残っているという。

［當年佳麗］六朝、特に陳の後宮にいた美女たちを指す。

［遠客］遠来の旅人。作者自身のこと。

［蒼茫］青々として遥かなさまをいうが、ここは寂しい心情が込められている。

【訳】

金陵懐古

人と物は次々と変遷したが土地はまだ磨り減ってはいない、六朝は いずれも皆な滅びたが 山や河は有る。
金華宮の舊い址《あと》は 商人や漁夫の家になっており、「玉樹」の名残の聲は 樵夫や牧人の歌に残っている。
列なる谷には雲が連なって 常に雨を帯びており、大江には風が静まっても 尚《な》お波が立っている。
その昔の美人たちは 今どこにいるのだろう、遠くから來た旅人は蒼茫たる思いで感慨にふけっている。

12　遊赤松宮
赤松宮《せきしょうきゅう》に遊《あそ》ぶ

晨興把短笻　晨《あした》に興《お》きて 短《みじか》き笻《つえ》を把《と》り
來問石羊蹤　來《きた》り問《と》ふ 石羊《せきやう》の蹤《あと》
日出金門啓　日《ひ》出《い》でて金門《きんもん》は啓《ひら》き
雲開紫閣重」　雲《くも》開《ひら》きて紫閣《しかく》は重《かさ》なる
青天飛白鶴　青天《せいてん》に白鶴《はくかく》は飛《と》び
黒水閟蒼龍　黒水《こくすゐ》に蒼龍《さうりゆう》は閟《ひそ》む
蓮社憑誰約　蓮社《れんしや》は誰《たれ》に憑《よ》りてか約《やく》さん
駕言從赤松　駕《が》して言《ここ》に赤松《せきしよう》に從《したが》ふ

【語釈】

*『自歴譜』に「元の至順二年辛未春、金華に到り、夏、雙林に於てす」とある、此の時の作であろう。三二歳。

［赤松宮］浙江省金華県の東二十里。晋の黄初平が登仙したと言われるところで、後の人が此處に祠

を立て、赤松宮と号した。

［石羊蹤］黄初平が仙術を得て、白石を羊に変えたという故事。「叱石成羊」（『神仙傳』）

［金門・紫閣］赤松宮の門・閣。

［蓮社］東晋の慧遠が廬山に作った佛教の結社。

［駕言從赤松］「蓮社」のような結社に入りたくても其のつての無いままに、ここ「赤松宮」にやってきた、というのであろう。

【訳】

赤松山の社に遊ぶ

朝早く起きて 短い杖をにぎり、石羊の蹤《あと》を訪ねてやって來た。

日が登って 金門が啓《ひら》き、雲が開いて 紫閣が重なっているのが見える。

青天には 白鶴が飛びまわり、黒水には 蒼龍を潛《ひそ》めている。

蓮社《れんしゃ》には誰を頼りに加わればよいのかわからぬまま、私は はるばると赤松宮にやって來たのだ。

13 思郷

郷《きやう》を思《おも》ふ

東望故郷青海遠　東《ひがし》のかた故郷《こきやう》を望《のぞ》めば青海遠《せいかいとほ》く
十春間却舊園花　十春《じつしゆん》 間却《かんきやく》す 舊園《きうえん》の花《はな》
可憐蝶夢無憑仗　憐《あは》れむ可《べ》し 蝶夢《てふむ》は憑仗《たよ》るもの無《な》く
飛遍江山不到家　飛《と》びて江山《かうざん》を遍《あまね》くするも 家《いへ》に到《いた》らず

【語釈】

［十春］十回目の春。十年間。

［舊園花］故郷の我が家の庭に咲いている花。

［蝶夢］昔、荘周が夢に蝶に化し、楽しんで彼我の別を忘れた故事による。（『荘子』齊物論篇）

【訳】

故郷を思う

東のかた故郷を望めば 青い海は遠く果ても無く、十回目の春を迎えて舊園の花も忘れてしまった。

残念なことに夢に蝶になっても頼るものは無く、江山を どんなに飛んでいっても 家にはたどり着けない。

14 歸郷中留博多寄別源二首

歸郷《ききやう》し中《なか》ごろ博多《はかた》に留《とど》まりて別源《べつげん》に寄《よ》す二首《しゆ》

其一

江湖憶昔共萍蹤　　江湖《かうこ》 昔《むかし》を憶《おも》へば 共《とも》に萍蹤《へいしよう》し

各自漂流歸海東　　各自《かくじ》 漂流《へうりう》し 海東《かいとう》に歸《かへ》る

彼此情含無限事　　彼此《ひし》 情《じやう》は含《ふく》む 無限《むげん》の事《こと》

都盧只在不言中　　都盧《すべ》て 只《た》だ不言《ふげん》の中《うち》に在《あ》り

【語釈】

＊『自歴譜』に「元の仁宗の三年壬申夏の初め、玄一峯と偕《とも》に淛東に過《よぎ》り、倭舶に下りて歸郷す。顕孝寺に在りて、夏を過ごし冬を經る。即ち日本の元弘二年なり」とある。

［別源］別源圓旨。曹洞宗宏智派。越前の人。圓覺寺で東明慧日に従うこと十二年、大事を了華して嗣法す。元應二年（一三二〇）入元、元徳二年（一三三〇）歸朝す。

［江湖］楊子江と洞庭湖。

［萍蹤］あちこちと水草のようにさまよい歩くこと。

［歸海東］「海東」は日本のこと。別源は元應二年

庚申に南遊し、元徳二年庚午に東歸した。圓月の歸國する三年前であった。

〔彼此〕別源と作者。

〔都盧〕すべて～。

【訳】

其の一

江や湖を 昔を憶えば共にさまよったものだが、それぞれに漂流した末に海の東に歸ってきた。

そなたと私と心の中には無限の事が含まれており、全ては只だ 言わず語らずのうちにそれは在る。

其二

白雲堂上白頭師　白雲《はくうん》 堂上《だうじやう》 白頭《はくとう》の師《し》

堂下諸郎誰白眉　堂下《だうか》の諸郎《しよらう》 誰《たれ》か白眉《はくび》なる

兄弟團欒相語處　兄弟《きやうだい》 團欒《だんらん》し 相語《あひかた》る處《とき》

莫忘糊口四方兒　忘《わす》るる莫《な》かれ 糊口《ここう》 四方《しはう》の兒《じ》

【語釈】

〔白雲〕圓覺寺白雲庵のこと。

〔白頭師〕東明慧日を指す。

〔白眉〕兄弟中の優れた者。蜀の馬良には兄弟が五人あり、良が最もすぐれていた。良には眉に白毛があったので、人々は「白眉 最も良し」と称したという。ここで「白眉」とは、別源を指すのであろう。

〔兄弟〕上の「堂下諸郎」を指す。

〔餬口四方兒〕人に寄食しながら旅をしている者。隱公十一年の『左氏傳』に「寡人に弟有り、和協する能はずして、其の口を四方に餬《のり》せしむ」とあるのによる。ここは作者自身のこと。

【訳】

其の二

白雲庵の堂上には白髪の師がおられる、堂下の諸郎のうち　いったい誰が白眉《はくび》であろうか。

兄弟たちが集まって語り合うとき、四方をさすらっている私のことを忘れないでほしい。

15　贈珣白石

珣白石《しゆんはくせき》に贈《おく》る

兄自江南來　兄《けい》は江南《かうなん》自《よ》り來《き》たり
弟欲江南往　弟《てい》は江南《かうなん》に往《ゆ》かんと欲《ほっ》す
相逢筥崎西　相逢《あひあ》ふ　筥崎《はこざき》の西《にし》
共聽萬松響」　共《とも》に聽《き》く　萬松《ばんしよう》の響《ひび》き
想像泛鯨涛　想像《さうざう》す　鯨涛《げいたう》に泛《うか》び
飄然入滉瀁　飄然《へうぜん》として　滉瀁《くわうやう》に入《い》るを
兄也爲客久　兄《けい》や　客《かく》と爲《な》りて久《ひさ》しく
心孤憶宗党」　心《こころ》は孤《ひと》り　宗党《そうたう》を憶《おも》ふ
此會良慰情　此《こ》の會《くわい》は　良《まこと》に情《じやう》を慰《なぐさ》む
吾弟況倜儻　吾《わ》が弟《てい》の　況《いは》んや倜儻《ちうたう》たるをや
相引坐山堂　相引《あひひ》きて　山堂《さんだう》に坐《ざ》すれば
清風拂書幌」　清風《せいふう》は　書幌《しよくわう》を拂《はら》ふ
慇懃問故郷　慇懃《いんぎん》に故郷《こきやう》を問《と》へば

山川如指掌　山川《さんせん》は　掌《たなごころ》を指《さ》すが如《ごと》し
舊友皆零落　舊友《きういう》は　皆《み》な零落《れいらく》し
風景不同曩　風景《ふうけい》は　曩《むかし》に同《おな》じからず
獨喜白雲師　獨《ひと》り喜《よろこ》ぶ　白雲師《はくうんし》の
雲深得涵養」　雪深《ゆきふか》くして　涵養《かんやう》を得《え》たるを
吾毎逢人言　吾《われ》　人《ひと》に逢《あ》ひて言《い》ふ毎《ごと》に
所聞轉惝怳　聞《き》く所《ところ》　轉《うた》た惝怳《しやうきやう》す
秖今因弟語　秖《まさ》に今《いま》　弟《てい》の語《ご》に因《よ》って
爬著多年癢」　多年《たねん》の癢《やう》を　爬著《はちやく》す
日晩將登舟　日《ひ》晩《く》れて　將《まさ》に舟《ふね》に登《の》らんとし
告訣心惘惘　訣《わか》れを告《つ》ぐれば　心《こころ》は惘惘《まうまう》たり
別離固是惜　別離《べつり》は　固《もと》より是《こ》れ惜《お》しくも
游方亦宜奬　游方《いうはう》は　亦《ま》た宜《よろ》しく奬《すす》むべし

【語釈】

＊『自歴譜』に「至順三年、倭船に乗りて郷に歸る。顕孝寺に在りて夏を過ごし冬を經る」とある。

〔兄〕中巖、つまり自分のこと。

〔弟〕白石のこと。

〔筥崎西〕筥崎宮（今の福岡市東区箱崎に鎮座）の西の、萬松山承天寺か。

〔鯨涛〕大波のこと。

〔滉瀁〕水の深く広いさま。

〔宗党〕一族の人々のこと。

〔倜儻〕他に拘束されずに行動すること。衆人にかけ離れて優れていること。

〔如指掌〕掌を指すように詳しくわかり易いこと。

［白雲師］東明慧日を指す。
［涵養］恩澤を施すこと。
［惝怳］驚くさま。心の安らかでないさま。
［惘惘］ぼんやりするさま。
［游方］修行のために四方に行脚すること。

【訳】

珣白石に贈る

兄（私）は江南から歸って來て、弟（白石）は江南へ往こうとしている。
箱崎の西で逢い、一緒に 萬松の響きを聽く。
思えば私は 大波に泛《うか》んで、飄然と 広い海に乘り出した。
兄は旅人となって久しく、心は孤獨で一族の人々のことばかり憶っていた。
此の度の出會いは まことに氣持ちが慰められる、吾が弟は まして優れた存在なのだから。
連れだって山堂に坐れば、清らかな風が書斎の帳《とばり》を拂う。
おもむろに故郷のことを問ねると、山川の様子を掌を指すように話してくれる。
舊友は皆な亡くなってしまい、風景は昔と同じではない。
ただ 白雲師が、雪深いところで恩澤を施しておられるというのをうれしく思う。
私は 人に逢って話をするたびに、聞いた内容について 氣にかかっていたが。
まさに今 弟の話によって、多年癢《かゆ》かったところを爬《か》いたような思いだ。
日が晩《く》れて 舟に乘ろうとする、別れを告げると 心はぼんやりとなる。
別離は 誠に名残惜しいが、修行の爲の旅は やはり奨《すす》めなければならぬこと。

16 阿観島　藍島、属筑之前州

阿観島
漁家八九依青石
佛屋三間帯翠嵐
箕踞松陰舒一嘯
天風吹海水揆藍

漁家《ぎょか》 八九 青石《せいせき》に依《よ》り
佛屋《ぶつおく》 三間《さんけん》 翠嵐《すゐらん》を帯《お》ぶ
松陰《しょういん》に箕踞《ききょ》して 一嘯《いっせう》を舒《の》ばせば
天風《てんぷう》 海《うみ》を吹《ふ》きて 水《みづ》は藍《あい》を揆《くだ》く

【語釈】

＊「阿観島」に始まる十首の詩は、自注に「右十首は、元弘の亂後、博多より上京する道中の作なり」とあるように、連作である。「阿觀島」以下、「中宵、筑紫の津を發す」「壇の浦」「龜山」「須觀洋」「竃戸關」「嚴島」二首「鞆の津」「兵庫」と續く。

[阿觀島] 自注に「藍島は、筑の前州に屬す」とある。

[元弘亂] 「元弘」は、後醍醐天皇の年号。（一三三一～一三三四）。「亂」とは、南北朝の亂。

[佛屋] 寺のこと。

[翠嵐] 翠色の山氣を帯びた風。

[箕踞] 足を投げ出して坐ること。

[嘯] ここは詩を吟ずることをいう。

【訳】

阿観島

漁師の家が八・九軒 青い岩に寄り掛かるようにあり、三間の広さの寺が 翠嵐に霞《かす》んで見える。
松の蔭に足を投げ出して のびやかに嘯《うそぶ》けば、天風は海に吹きつけて 藍色の波を立てる。

17 中宵發築紫津

中宵《ちゆうせう》に築紫津《つくしつ》を發《はつ》す

夜半西風天外來　夜半《やはん》 西風《せいふう》 天外《てんぐわい》より來《きた》り
征帆隱隱掛危桅　征帆《せいはん》 隱隱《いんいん》として危《たか》き 桅《ほばしら》 に掛《か》かる
二三百里須臾過　二三 百里《ひやくり》 須臾《しゆゆ》に過《す》ぎ
白浪舂撞響若雷　白浪《しらなみ》は舂撞《しようどう》し 響《ひび》きは雷《らい》の若《ごと》し

【語釈】

［中宵］夜の半ば。夜中。

［隱隱］大きな音の形容。帆に當たる風の音であろう。

［舂撞］波浪が船に打ちつける。

【訳】

夜中に築紫津を船出する

夜半の西風は 天外から吹いてきて、船の帆は大きな音をたてて高い帆柱にかかる。

二三百里は またたく間に過ぎてしまい、白浪は船にぶつかって 雷のような響きをあげている。

18 壇浦

壇《だん》の浦《うら》

晩浦煙横日影斜　晩浦《ばんぽ》に煙《もや》は横《よこ》たはり 日影《ひかげ》は斜《なな》めに
漁歌送恨落蘋花　漁歌《ぎよか》は恨《うら》みを送《おく》り 蘋花《ひんくわ》 落《ち》る
封侯能有幾人得　封侯《ほうこう》は 能《よ》く幾人《いくたり》の得《う》る有《あ》らん

戰骨乾枯堆白沙　　戰骨《せんこつ》は乾枯《かんこ》し 白沙《はくさ》に堆《うも》る

【語釈】

［壇浦］下關の東方にあり、源平最後の海戰が行われた場所である。

［送恨］平家が壇浦で滅んだ恨み。

［戰骨乾枯堆白沙］唐・曹松の「己亥の歳」の詩に「君に憑《よ》りて話すこと莫《な》かれ 封侯の事、一將 功成りて萬骨枯《か》る」とある。

【訳】
壇の浦
夕暮れの入江に靄《もや》がかかり日影が斜めにさしている、漁夫の歌は平家滅亡の恨みを送り 浮き草の花が散る。
諸侯に封《ほう》ぜられた者は幾人いたというのか、戰死者の骨は枯れ干《ひ》からびて白い沙に積み重なっている。

19　龜山　在赤間關、祠八幡大神、阿彌陀寺之東
龜山《かめやま》　赤間關に在り、八幡大神を祠《まつ》る、阿弥陀寺の東

十歳重來鰲背遊　　十年《じふねん》 重《かさ》ねて來《きた》り 鰲《おおがめ》の背《せ》に遊《あそ》ぶ
青山疊疊思悠悠　　青山《せいざん》 疊疊《でうでう》 思《おも》ひは悠悠《いういう》
仙宮不管興亡事　　仙宮《せんきう》 管《かかは》らず 興亡《こうばう》の事《こと》
檻外滄波白鳥浮　　檻外《かんぐわい》の滄波《さうは》 白鳥《はくてう》は浮《う》かぶ

【語釈】

［龜山］自注に「赤間が關に在り、八幡大神を祠る。阿彌陀寺の東」とある。赤間が關は下關の古名。阿彌陀寺には壇浦の戰いで海底に沈んだ安徳天皇が祭られている。

［鰲背］大海龜の背中。龜山のこと。

［思悠悠］十年前のことを遥かに思い出している。

［仙宮］赤間が關にあった、八幡大神を祀る宮をいうのであろう。

【訳】

龜山

十年たって復たやってきて　大海龜の背中で遊ぶ、青い山は重なりあっており　思いは遥か。
仙宮は人の世の興亡の歴史とは關わりなく、手すりの向こうの滄《あお》い波に白い鳥が浮かんでいる。

20　須恵洋　末之御崎、在赤間東

須《す》恵《ゑ》洋《なだ》　末の御崎は、赤間の東に在り

十幅蒲帆滿腹風　十幅《じふふく》の蒲帆《ほはん》に　滿腹《まんぷく》の風《かぜ》
蒼波渺渺望無窮　蒼波《さうは》　渺渺《べうべう》　望《のぞ》みは窮《きは》まり無《な》し
坐來不覺舟行疾　坐《ざ》し來《きた》れば　舟行《しうかう》の疾《はや》きを覺《おぼ》えず
只見山移篷隙中　只《た》だ山《やま》の移《うつ》るを篷隙《はうげき》の中《なか》に見《み》るのみ

【語釈】

［須恵洋］自注に「末の御崎は、赤間の東に在り」とある。

［渺渺］遥かにして果てもない形容。

［篷］舟室は苫で囲いがしてあったようである。

【訳】

須恵洋

十幅の蒲帆は　滿腹の風を受け、蒼《あお》い波は遥かに　果てもなく續いている。

舟の中に坐って來たので疾《はや》さに氣づかず、只だ苫《とま》の透き間から山が移りゆくのが見えるだけだった。

21 竈戸關
竈《かまど》戸の關《せき》

關山護海湊千檣
簇簇人煙蔽夕陽
咿喔櫓聲破冥靄
驚飛白鷺過滄茫

關山《くわんざん》 海《うみ》を護《まも》りて 千檣《せんしやう》を湊《あつ》め
簇簇《ぞくぞく》たる人煙《じんえん》 夕陽《せきやう》を蔽《おほ》ふ
咿喔《いあく》たる櫓聲《ろせい》は 冥《くら》き靄《もや》を破《やぶ》り
驚《おどろ》き飛《と》ぶ白鷺《はくろ》は 滄茫《さうばう》を過《す》ぐ

【語釈】

［竈戸關］現在の山口県熊毛郡上關町長島にあった中世の海關兼海港。竈戸の呼称は地形が竈《かまど》に似ているためという。

［關山］竈戸關の周囲の山々。

［簇簇］群がり集まるさま。

［人煙］食事の支度などのために燃やす火の煙。岑参「磧中の作」に「今夜は知らず 何れの處に宿らん、平沙 萬里 人煙絶《た》ゆ」とある。

［咿喔］櫓を漕ぐ音。

［滄茫］青く果てしない水面の形容。

【訳】
竈戸の關
關の周囲の山々が海を護っているため 千もの 檣《ほばしら》が集まり、群がりのぼる人煙は 夕日を蔽《おお》いかくしている。
ギイギイと櫓《ろ》の音が 深い靄《もや》を破り、驚いて飛び立った白鷺が 青く續く水面を過ぎてゆく。

22　嚴島　二首

其一

翠髪紅粧淡掃眉
仙裙翳翳櫂瑠璃
我來爲問龍宮裏
早晩獻珠成佛時

翠髪《すゐはつ》 紅粧《かうしやう》 淡《あは》く眉《まゆ》を掃《は》き
仙裙《せんくん》 翳翳《えいえい》として 瑠璃《るり》に櫂《あら》はる
我《われ》 來《きた》りて爲《ため》に問《と》ふ 龍宮《りゆうぐう》の裏《うち》
早晩《さうばん》 珠《たま》を獻《けん》ぜん 成佛《じやうぶつ》の時《とき》

其二

神游勝境示靈踪
怪異峰巒涌海中
月照廻廊潮又満
夜深誰在水晶宮

神《かみ》は勝境《しやうきやう》に游《あそ》びて靈踪《れいそう》を示《しめ》し
怪異《くわいゐ》なる峰巒《ほうらん》は 海中《かいちゆう》に涌《わ》く
月《つき》は廻廊《くわいらう》を照《て》らし 潮《しほ》は又《ま》た満《み》ち
夜《よ》 深《ふか》くして誰《たれ》か在《あ》る 水晶《すゐしやう》の宮《みや》

【語釈】

［嚴島］広島湾に浮かぶ、平家ゆかりの島。宮島。平清盛の造営した嚴島神社がある。

［翠髪〜］嚴島の山々、鳥居、山にかかる雲を、擬人的に表現した。

［仙裙〜］山々の裾が海に入っている様子を、これも擬人的に表現した。「翳翳」は、かげっているさま。

［櫂瑠璃］「瑠璃」は海の色。「櫂」は、濯に通じ、洗う意。

［早晩］いずれそのうちに〜。

［勝境］景色のすばらしい場所。

［靈踪］不思議な足跡、事柄。

［峰巒］峰々。嚴島の峰々が、神の不思議な力によって海中から涌き出たものと考えた。

［水晶宮］嚴島の社殿をそのように見立てた。

【訳】

嚴島

其の一

緑の髪 紅の化粧に 淡く眉を一はけ、仙衣の裙《すそ》の辺りは翳《かげ》って暗く 瑠璃色の海に洗われている。
私はここにやってきて 龍宮を訪問したが、そのうち悟りを開いた時には珠を獻上することにしよう。

其の二

神様は此の勝境に游んで 靈なる跡を残された、怪異な形をした峰々が 海中から涌き出たのだ。
今や月は廻廊を照らし 潮は又た満ちてきた、夜深く いったい誰がこの水晶の宮にいるのだろう。

23 鞆津 備後州

鞆《とも》の津《つ》 備後《びんご》の州《くに》

楸梧風冷海城秋　楸梧《しうご》 風《かぜ》は冷《つめ》たし 海城《かいき》の秋《あき》
燹火煙消灰未収　燹火《せんくわ》は消《き》ゆるも 灰《はひ》は未《いま》だ収《おさ》めず
遊妓不知亡國事　遊妓《いうぎ》は知《し》らず 亡國《ばうこく》の事《こと》
聲聲奏曲泛蘭舟　聲聲《こゑごゑ》に曲《きよく》を奏《さう》して 蘭舟《らんしう》を泛《うか》ぶ

【語釈】

［鞆津］自注に「備後の州」とある。現在の広島県福山市の港町。沼隈半島の先端に位置し、古くから潮待ち港となっており、すでに鎌倉時代から宿屋や遊女屋が軒を連ねていた。

［楸梧］ヒサギとアオギリ。

［海城］海辺の城。鞆の港のそばに砦が築かれていたようである。そのために嘗てここで戦が行われ、町は戰火に見舞われた。

［燹火］兵亂のために起こる火事。兵火。

［遊妓不知亡國事］唐・杜牧の「秦淮」の詩に「商女は知らず 亡國の恨み、江を隔てて猶ほ唱ふ 後庭花」とあるのを踏まえる。「亡國」とは、天皇が権力を失い、足利幕府が成立したことをいうのであろう。

［泛蘭舟］「蘭舟」は、「桂の櫂《さを》に蘭の舟」と称されるように木蘭で作った美しい舟。『楚辞』九歌・湘君に「桂の櫂に蘭の枻《かい》」とある。仙女の乗る舟かと思われるが、ここは遊女が乗っている。

【訳】

鞆の津

楸《ひさぎ》と梧《あおぎり》に吹く風の冷たい 海城の秋、戰火の煙は消えたが 灰はまだそのままだ。

遊妓たちは國が亡びたことも知らぬげに、聲々に音曲を奏でながら 蘭舟を浮かべている。

24　兵　庫

因貪水陸刀錐利
欲廃山河龍虎盤
相國遽薨都會散
帝京依舊是平安

水陸《すゐりく》 刀錐《たうすゐ》の利《り》を貪《むさぼ》るに因《よ》りて
山河《さんか》 龍虎《りゆうこ》の 盤《わだかま》るを廃《はい》せんと欲《ほつ》す
相國《しやうこく》 遽《には》かに薨《こう》じて 都會《とくわい》は散《さん》じ
帝京《ていきやう》は舊《きう》に依《よ》りて 是《こ》れ平安《へいあん》なり

【語釈】

〔水陸刀錐利〕水上陸上の僅かの利益。

〔欲廃山河龍虎盤〕治承四年（一一八〇）六月、平清盛は龍虎の盤る帝王の地、京都から、都を兵庫の福原に遷した。しかし土地が狭いために都にはできず、また貴族や寺院勢力の反發をうけて、十一月、再び京都に遷都した。

〔相國〕宰相。平清盛のこと。

〔都會〕造営途中の新都の町町。

〔平安〕無事平安と平安京を重ねている。


【訳】

兵庫

水上・陸上における刀錐《とうすい》のごとき利益を貪《むさぼ》って、龍・虎の盤《わだかま》る山河にある都を廃止しようとした。

しかし相國が遽《にわ》かに亡くなったために新都は解散し、帝京はもと通りとなり無事平安であった。

東海一漚詩集　巻之二

25

和答融書記　兼柬明極和尚

和《わ》して融書記《ゆうしよき》に答《こた》へ、兼《か》ねて明極和尚《みんきをしやう》に柬《おく》る

荊州願識久心期　荊州《けいしう》の願識《ぐわんしき》久《ひさ》しく心《こころ》に期《き》す
偶得相逢白水湄　偶《たまた》ま相逢《あひあ》ふを得《え》たり 白水《はくすゐ》の湄《ほとり》
世路艱虞何可説　世路《せいろ》の艱虞《かんぐ》 何《なん》ぞ説《と》く可《べ》けん
宗門淡薄實堪悲」　宗門《しゆうもん》の淡薄《たんぱく》なる 實《まこと》に悲《かな》しむに堪《た》へたり
人窮智短今猶古　人《ひと》の窮《きゆう》して智《ち》の短《たん》なるは 今《いま》も猶《な》ほ古《いにしへ》のごとし
法弱魔強我怨誰　法《はう》の弱《よは》くして魔《ま》強《つよ》きは 我《われ》 誰《たれ》をか怨《うら》まん
蹭蹬不唯眼前事　蹭蹬《そうとう》たるは唯《ただ》に眼前《がんぜん》の事《こと》のみにあらず
文王箕子亦明夷　文王《ぶんわう》 箕子《きし》も亦《ま》た明夷《めいい》なり

【語釈】

［融書記］希融書記は懶牛と号す。元の人で法を明極に嗣ぎ、後に隨侍して日本に來た。

［明極和尚］次の詩にも出てくる。明極楚俊のこと（一二六四～一三三八）。臨濟宗楊岐派松源派。慶元

府（浙江省）昌國の人。元徳二年（一三三〇）に渡來。建武五年九月、建仁寺で没す。

［荊州願識］唐の荊州太守韓朝宗は、よく後進を抜擢した。「願識」は、識られんことを願う意。李白「韓荊州に與ふる書」に「生きては萬戸侯に封ぜらるることを願はず、但だ一たび韓荊州に識られんことを願ふのみ」とある。

［白水湄］南禪寺を指す。「白水」は洛東の白河のこと。「湄」は、みぎわ。ほとり。

［艱虞］艱難辛苦すること。

［宗門淡薄］『人天寶鑑』に「慈航朴禪師、其の徒を誡めて曰く、今時の佛法は淡薄にして、名は存するも實は忘れらると」とある。又た『釈門正統』に『大集經』を引いて「佛法の淡薄なることは、一斛の水に一升の酪を解くが如し。看れば酪色に似るも、食らへば則ち味無し」と。

［人窮智短］『禪林類聚』に「人貧にして智短く、馬痩せて毛長し」とある。

［法弱魔強］「證道歌」に「聖を去ること遠くして邪見深く、魔強く法弱くして怨害多し」とある。

［蹭蹬］よろめく。道を失う。

［文王］周の文王。殷の諸侯であったとき、讒言によって紂王にとらえられたこともある。のち天下の三分の二を歸属させ、次の武王の時に殷に代わって天下を治めた。

［箕子］殷の箕子。紂王の時の人。害に遭うことを恐れて其の明智を隠して現さなかった。

［明夷］『周易』の卦の一つ。「夷」は傷。明にして傷《そこな》われることで、賢者が志を得ずして讒を憂い誇りを恐れる意。


【訳】

融書記に和し答え、兼ねて明極《みんき》和尚に送る

「荊州」のお見知りを久しく心待ちにしていましたが、たまたま白水のほとりでお逢いすることができました。

世路の艱難辛苦は どうして説き盡くせましょう、宗門の衰えを思うと 實に悲しくてなりません。

人は窮すると智観も駄目になるのは今も昔と同じ、法が弱まると魔が強くなるもの 私は誰を怨めばよいのか。

道を失ってよろめくのは何も今に始まったことではなく、あの文王《ぶんのう》や箕子《きし》も亦た「明夷」の状態があったのだ。

26 定亂之後、朝廷請明極和尚住瑞龍、召見次、藤丞相問道、
　師偈以答、江湖依韻相賀、予亦隨衆、

亂《らん》を定《さだ》むるの後《のち》、朝廷《てうてい》は明極和尚《みんきをしやう》に瑞龍《ずゐりゆう》に住《とど》まらんことを請《こ》ふ。召見《せうけん》の次《じ》、藤丞相《とうじやうしやう》道《みち》を問《と》ひ、師《し》は偈《げ》を以《もつ》て答《こた》ふ。江湖《かうこ》韻《ゐん》に依《よ》りて相賀《あひが》し、予《よ》も亦《ま》た衆《しう》に隨《したが》ふ。

禪袍薫御香　　禪袍《ぜんはう》御香《ぎよかう》を薫《かほ》らせ
演法事非常　　法《はう》を演《の》べて事《こと》は非常《ひじやう》なり
賢相奉天命　　賢相《けんしやう》天命《てんめい》を奉《はう》じ
老師観國光」　老師《らうし》は國《くに》の光《ひかり》を観《み》る
向羅夷貉猾　　向《さき》に夷貉《いかく》の猾《みだ》すに羅《かか》り
多見猘猰狂　　多《おほ》く猘猰《けいがう》の狂《きやう》なるを見《み》る
聖德俄休復　　聖德《せいとく》俄《には》かに休復《きうふく》し
擢登龍阜堂　　龍阜《りゆうふ》の堂《だう》に擢登《てきとう》さる

【語釈】

［定亂之後］鎌倉幕府が倒れて建武の中興が成った時期をいう。『自歴譜』元弘三年（一三三三）の条に「予は三十四歳。夏五月、關東亡ぶ。時に予は豊後萬壽の西方丈に在り。秋、博多に歸る。冬、大友江州（貞宗）に隨って上京。南禪の明極（楚俊）和尚會下に在り」とある。

［明極和尚］名は楚俊、字は明極。元の人。建長、南禪、建仁等を歴徙す。建武三年に建仁で遷化す。

［瑞龍］南禪寺の山号。

［藤丞相］後醍醐天皇の丞相、洞院實世。

［偈］佛や佛の教えを讃える韻文體の經文。

［禪袍薫御香］朝廷に召見されたことをいう。「禪袍」は明極和尚の法衣。「御香」は召見の間の香。

［演法事非常］召見の際に藤丞相に佛道について質問され、偈によってそれに答えたことをいう。その偈とは次のようなものであった。


　玄旨無形像、推明果異常。

　水中撈兔影、空裏撮蟾光。

　石女雲間舞、泥牛海底行。

　禪心纔啓悟、真性露堂堂。

玄旨 形像無きも、推明すれば果たして常に異なる。
水中 兎影を撈《すく》ひ、空裏 蟾光を撮《と》る。
石女 雲間に舞ひ、泥牛 海底に行く。
禪心 纔《わづ》かに啓悟し、真性 露《あらは》れて堂堂たり。

「事非常」とは『漢書』司馬相如傳に「蓋し世に必ず非常の人有り、然る後に非常の事有り、然る後に非常の功有り」とある。

［賢相］藤丞相（洞院實世）を指す。

［観國光］「國光」は國の威光、國家の盛徳をいう。『周易』観卦・六四の卦辭に「國の光を観る、用て王に賓たるに利あり」とある。

［夷狢猾］東北方のえびすが都を亂す。『尚書』舜典に「蠻夷 夏を猾《みだ》す」とある。夏は中國。

［猘獒］氣の狂った犬。關東武士を指す。

［休復］『周易』復卦、六二の卦辭に「休《よ》く復《かへ》る。吉なり」また象傳に「休復の吉なるは、仁に下るを以てなり」とある。

［擢登］抜擢して登用する。

［龍阜堂］南禪寺瑞龍山を言う。


【訳】

亂を定めた後、朝廷では明極和尚に瑞龍寺に住むように請《すす》められた。天子召見のとき藤丞相が佛道について問ねられたのに、師は偈によって答えられた。世の人は詩を作って相賀し、私も亦た衆に隨った。

禪袍に御香を薫らせながら、佛法を演《の》べること なみなみならぬものがあった。賢相は天子の命を奉じてお迎えし、老師は國家の盛德を觀んとして参内されたのだ。先ごろは夷貉《いかく》の被害に罹《かか》り、あちこちで氣の狂った犬が暴れていた。しかし聖德なる天子が俄かに還御《かんぎょ》され、（老師を）龍皐の堂に抜き擢《あ》げられたのだ。

27 寄前大理藤納言

前《さき》の大理《だいり》なる藤納言《とうなごん》に寄《よ》す

世運醍醐五百春
忻逢聖德有賢臣
龍盤虎踞基依舊
鳳舞鸞翔儀轉新」
寂寂庭中無獄者
潭潭府內聚文人
古來獻替忠良事
豈棄蒼生辭逆鱗

世《よ》の運《めぐ》りは醍醐《だいご》より五百の春《はる》
聖德《せいとく》に逢《あ》ひ 賢臣《けんしん》 有《あ》るを忻《よろこ》ぶ
龍《りゆう》のごと 盤《わだかま》り 虎《とら》のごと 踞《うづくま》りて基《もとゐ》は舊《きう》に依《よ》り
鳳《ほう》のごと舞《ま》ひ 鸞《らん》のごと翔《かけ》りて儀《ぎ》は轉《うた》た 新《あらた》なり
寂寂《せきせき》たる庭中《ていちゆう》に 獄者《ごくしや》は無《な》く
潭潭《たんたん》たる府内《ふない》に 文人《ぶんじん》を聚《あつ》む
古來《こらい》 獻替《けんてい》は 忠良《ちゆうりやう》の事《こと》
豈《あ》に蒼生《さうせい》を棄《す》てて逆鱗《げきりん》を辭《じ》せんや

【語釈】

＊正慶二年八月、後醍醐天皇は洞院實世ら上卿に命じて群士の戰功を賞させようとしたが、うまくいかず取りやめになった。

〔大理〕官名。刑獄を司る官。
〔藤納言〕洞院實世。
〔醍醐五百春〕第六十代醍醐天皇から後醍醐天皇ま

で四百三十餘年であるが、ここは大略を擧げた。『孟子』公孫丑篇に「五百年にして必ず王者の興る有り。其の間 必ず世に名ある者有り」とあるのによった。

〔聖徳有賢臣〕漢の王褒に「聖主得賢臣頌」（『文選』巻四七）の作がある。

〔龍盤虎踞〕地勢が険阻で要害堅固なこと。『三國志』蜀書、諸葛亮傳。

〔鳳舞鸞翔〕天下太平の象徴。

〔寂寂庭中無獄者〕「寂寂」は静まりかえっているさまをいう。「庭中」は大理府の法廷の中。罪を犯す人がいないので裁判を行う必要がないために「寂寂」としている。謝靈運「齋中讀書」詩に「虚館に諍訟は絶え、空庭に鳥雀は來る」とある。また『論語』顔淵篇に「子曰く、訟を聴くは吾は猶ほ人のごときなり。必ずや訟無からしめんか」とある。

〔潭潭府内聚文人〕「潭潭」は奥深いさま。「府内」は大理府の役所内。「藤納言」はそこに「文人」詩文に巧みな人々を集めていたようである。

〔獻替〕可を進め否を止めさせることで、君主を補佐する者の務めをいう。

〔忠良事〕忠良の臣下の仕事。

〔蒼生〕人民のこと。

〔逆鱗〕君主の怒りをいう。龍の頷の下に逆に生えた鱗が一枚あり、人がこれに觸れると龍は怒って人を殺すという。龍は人君の象。『韓非子』説難にある話による。

【訳】

前《さき》の大理なる藤納言に寄す

世の運りは醍醐帝から五百年、聖徳の天子に逢い 賢臣が側にあるのを忻《よろこ》ぶ。
龍盤 虎踞 基《もとい》の堅固さは昔のままだが、鳳舞 鸞翔 儀法はいよいよ新たになった。
ひっそりとした法庭の中に罪有る者は無く、奥深い役所の内には文人が聚められている。
古來 獻替は 忠良の臣の仕事であり、どうして人民を棄てて逆鱗《げきりん》を避けたりしてよかろうぞ。

28　寄夢窓國師

夢窓國師《むさうこくし》に寄《よ》す

道不虛行行有時
旁流大化塞坤維
流淵餘滴九淵水
佛國真宗一國師」
脚下変化獅子窟
棒頭敲出鳳皇兒
檀林舊業臨川寺
五百年來再築基

道《みち》は虛《むな》しくは行《おこな》はれず　行《おこな》はるるに時有《ときあ》り
旁《あまね》く流《なが》るる大化《たいくわ》は　坤維《こんゐ》を塞《おほ》ふ
流淵《りうえん》の餘滴《よてき》は　九淵《きうえん》の水《みづ》
佛國《ぶっこく》の真宗《しんそう》は　一國《いっこく》の師《し》
脚下《きやくか》に変化《へんくわ》す　獅子《しし》の窟《いはや》
棒頭《ぼうとう》に敲《たた》き出《い》だす　鳳皇《ほうわう》の兒《じ》
檀林《だんりん》の舊業《きうげう》　臨川寺《りんせんじ》
百年來《ひやくねんらい》　再《ふたた》び基《もとゐ》を築《きづ》く

【語釈】

［夢窓國師］夢窓疎石。臨濟宗佛光派。伊勢の人。正中二年（一三二五）後醍醐天皇の勅によって南禪寺に住した。天皇没後、足利尊氏の請で天龍寺開山となった。他に臨川寺、等持院、真如寺、西芳寺などを開いた。

［道不虛行］『周易』繫辭傳下に「苟《いや》しくも其の人に非ざれば、道は虛《むな》しくは行はれず」とある。然るべき徳の有る人でなければ易の道は行われない、という意味。徳ある人があってこそ道は行われるものである。

［行有時］今や有徳の師、夢窓國師の存在によって、佛道が盛行することになったのをいう。

［大化］大いなる德化。

［坤維］大地を支え保つ大綱。

［龍淵餘滴九淵水］「龍淵」は、南宋の径山無準和尚の方丈「龍淵室」をいう。夢窓は無準の四世の後であるため「餘滴」という。「龍淵」から流れ出た「餘滴」が日本に流れきて「九淵の水」となった。「九淵」は、極めて深い淵。

［佛國真宗一國師］「佛國」は、佛の住んでいる清浄な國土で、浄土、清浄國土ともいう。「真宗」は、真實の教えの心。それが夢窓國師に傳えられていることをいう。

［獅子窟］優れた人物を打ち出す道場のたとえ。

［棒頭敲出鳳皇兒繩］その指導の下に優秀な人材を輩出したことをいう。

［檀林舊業］「檀林」は、嵯峨天皇の皇后が嵯峨の地に建立した寺院。その舊址に臨川寺が建てられた。

［臨川寺］臨濟宗天龍寺派。山号は靈龜山。京都市右京区嵯峨にあり、夢窓國師を開祖とする。

［五百年來］『孟子』公孫丑篇に「五百年にして必ず王者の興る有り。其の間 必ず世に名ある者有り」とあるのによる。臨川寺の再興についていう。

【訳】

夢窓國師に寄せる

道というものはそれだけが行われることはなく有徳の人物が現れた時にこそ行われるもの。その時旁《あまね》く行き渡る広大な徳化は大地を覆い盡くす。

龍淵からの餘滴は深い淵の水となり、清浄佛土の真の教えは一國の師たるあなたに傳わる。

あなたは脚下を獅子窟に変化せしめ、棒頭から鳳凰兒を敲《たた》き出される。

檀林寺の故址に建てられた臨川寺、五百年ぶりに再び基礎を築かれた。

29 石屏喜不聞卜隣

石屏《せきへい》にて不聞《ふもん》の隣《となり》を卜《ぼく》するを喜《よろこ》ぶ

雲寒友社久崩淪
豈意窮居有徳隣
層架安書千百巻
短牀容客兩三人」
頽垣重理拂蒼蘚
壞砌新修疏緑筠
漸覺吟身入佳境
定應詩句往來頻

雲寒《くもさむ》く 友社《いうしや》 久《ひさ》しく崩淪《はうりん》す
豈《あ》に意《おも》はんや 窮居《きゆうきよ》に徳隣《とくりん》 有《あ》るを
層架《そうか》は 書《しよ》を安《やす》んずること 千百 巻《くわん》
短牀《たんしやう》は客《かく》を容《い》るること 兩三人《りやうさんにん》
頽《くづ》れたる垣《かき》は 理《なほし》を重《かさ》ねて蒼《あを》き蘚《こけ》を拂《はら》ひ
壞《こは》れし砌《みぎり》は新《あらた》に修《をさ》めて緑《みどり》の筠《たけ》を疏《う》う
漸《やうや》く覺《おぼ》ゆ 吟身《ぎんしん》の佳境《かきやう》に入《い》るを
定《さだ》めて應《まさ》に詩句《しく》の往來《わうらい》 頻《しき》りなるべし

【語釈】

*中巖が藤谷に蟄居していた時に、不聞も隣にやってきて住んだというから、この時の作であろう。

［不聞］別源とともに中巖の親友。兩者に關する作に33「和して別源に答ふ」、35「戯れに別源・不聞に贈る」、37「不聞に答ふ」などがある。

［卜隣］隣に住みかを定めた。

［友社］友達の集まり。

［有徳隣］『論語』里仁篇に「子曰く、徳は孤ならず。必ず隣有りと」とある。

［短牀］「牀」は、夜は寝台、晝は長椅子に使用する。

［漸覺吟身入佳境］『晉書』顧愷之傳に「甘蔗を食ふ毎に、常に尾より本に至る。人或いは之を怪しむに、云ふ、漸《やうや》く佳境に入ると」とある。

【訳】

石屏で 不聞が隣に住みかを決めたのを喜ぶ

雲は寒く友達の集まりは長い間とだえており、この窮居に徳の仲間が來るとは思ってもみなかった。

重ね棚には千百巻もの書物が置かれているが、短牀には二三人の客が坐れるだけだ。

崩れた垣は修理を重ねて蒼い苔を拂い、壞れた砌《みぎり》は新たに整えて緑の竹を植えた。

詩を吟ずる我が身が次第に佳境に入るのが感じられる、きっと詩句の往來が頻繁になることだろう。

30 和別源韻五首
別源《べつげん》の韻《ゐん》に和《わ》す五首

其一

寒雲忽起洞門中
落日將春煙外峯
城郭與人共非是
千年鶴宿寺前松

寒雲《かんうん》 忽《たちま》ち起《お》こる 洞門《とうもん》の中《なか》
落日《らくじつ》 將《まさ》に春《お》ちんとす 煙外《えんぐわい》の峯《みね》
城郭《じやうくわく》と人《ひと》と 共《とも》に是《ぜ》に非《あら》ざるも
千年《せんねん》 鶴《つる》は宿《やど》る 寺前《じぜん》の松《まつ》

【語釈】

＊別源の「漫成」に和した作であるが、第四首は別源「無睡」三首の第二に和したものである。
別源の「漫成」第一は次のような作である。

院落蕭蕭秋雨中、開窓盡日望前峯。

向來天地一雙眼、掛在岩頭千尺松。

院落 蕭蕭 秋雨の中、窓を開きて盡日《ひねもす》前峯を望む。

向來 天地は一雙の眼、掛かりて岩頭 千尺の松に在り。


［洞門］山の洞穴。雲は山中の洞窟から湧き出ると考えられていた。

［落日將春］『淮南子』天文訓に「日 禺泉を經るを是れ高春《かうしよう》と謂ひ、連石に至るを是れ下春と謂ふ」とある。

［煙外峯］夕靄の向こうにかすむ峯々。

［城郭與人共非是、千年鶴宿寺前松］『列仙傳』丁

令威の條にある話に基づく。丁令威は漢の遼東の人で、仙術を學んで仙人になった。令威が鶴に化して郷里に歸って來たとき次のような詩を作ったという。「鳥有り鳥有り丁令威、家を去りて千年今始めて歸る。城郭は故《もと》の如きに人民は非、何ぞ仙を學ばずして塚の壘壘たる。」此の二句は、世の人々が佛道に背を向けていることを嘆いているのである。

【訳】

別源からの詩に和する

其の一

寒々とした雲が 忽ち洞窟の中から起こり、落日は まさに靄の彼方の峯に沈まんとしている。

城郭も人も 共にまともな状態ではないけれど、千年の間 鶴は寺の前の松に宿っている。

其二

夢覺樓頭四鼓鳴
斜斜残月半窓明
楮衾如鉄不堪擁
忍聽山風巻葉聲

夢《ゆめ》覺《さ》めて樓頭《ろうとう》に四鼓《しこ》は鳴《な》り
斜斜《しゃしゃ》たる残月《ざんげつ》は 半窓《はんさう》に明《あき》らかなり
楮衾《ちょきん》は鉄《てつ》の如《ごと》く 擁《よう》するに堪《た》へず
忍《しの》びて聽《き》く 山風《さんぷう》 葉《は》を巻《ま》くの聲《こえ》

【語釈】

*別源「漫成」の第三は次のような作である。

呦呦山鹿叫群鳴、夜静秋堂月正明。
記得飛來峰下住、冷泉亭上聽猿聲。

呦呦《いういう》として山鹿は叫びて群鳴し、夜静かに秋堂 月は正に明らかなり。記し得たり 飛来して峰下に住《とど》まるを、冷泉 亭上に猿聲を聽く。

[四更] 午前二時ごろ。

[楮衾如鉄不堪擁]「楮衾」は、楮《こうぞ》で織った布で作

った夜着。杜甫の「茅屋 秋風の爲に破らるるの歌」に「布衾多年冷似鉄」（布衾は多年にして冷たきこと鉄に似たり）とあるのによる。

［山風巻葉］蘇軾「王子立の次兒縄子《じょうし》迨《たい》を哭するの韻」に「回り看る 十年の事、黄葉 秋風に巻く」とある。

【訳】

其の二

夢が覺めると樓上で四更を告げる太鼓が鳴っており、斜めに傾いた残月の光が 半分開けた窓に明るい。楮《かみ》の衾《しとね》は鉄のように冷たいけれど、山風が木の葉を吹き巻くのを じっと聴いている。

其三

日月蹉跎時屢遷　日月《にちげつ》 蹉跎《さた》として 時《とき》は屢《しばし》ば遷《うつ》り
幾回嗟嘆思悠然　幾回《いくたび》か嗟嘆《さたん》して 思《おも》ひは悠然《いうぜん》たり
何如放下諸縁了　何如《いか》にして諸縁《しょえん》を放下《はうげ》し了《を》へて
獨向雲林深處眠　獨《ひと》り雲林《うんりん》の深《ふか》き處《ところ》に向《おい》て眠《ねむ》らん

【語釈】

＊「漫成」第四は次のような作である。
世上紛紛幾変遷、静中風景尚依然。
天恩只在林間久、未奪閑窓一枕眠。
世上 紛紛として幾たびか変遷す、静中の風景は尚ほ依然たり。天恩 只だ林間に在りて久しく、未だ奪はず 閑窓 一枕の眠り。

［蹉跎］進み難い状態をいう。志を得ないさま。
［悠然］憂いに沈むさま。
［放下諸縁］この世のしがらみを全て棄ててしまって。「勅修清規座禪儀」に「諸縁を放捨し、萬念を休息す」とある。
［雲林］雲のかかっている林。俗世間を離れている

場所に例える。許渾「隠者を送る詩」に「媒無く
路を逕《ゆ》けば草は蕭蕭、古より雲林は市朝に遠し」
とある。

【訳】

其の三

志を得ない月日 時機はしばしば過ぎ去り、これまで幾度 嘆息《ためいき》つきつつ憂いに沈んだことか。
何とか此の世の諸縁を捨て去ってしまい、獨り雲林の深い處で眠りたいものだ。

其 四

著麻衣破那堪補
焼葉灰寒難再紅
寂寞謾將古人比
却慚道業不相同

麻衣《あさぎぬ》の破《やぶ》れたるを著《き》る 那《なん》ぞ補《つくろ》ふに堪《た》へん
葉《は》を焼《や》けば灰《はひ》は寒《さむ》く 再《ふたた》びは紅《こう》なり難《がた》し
寂寞《せきばく》として謾《みだ》りに古人《こじん》を將《もち》て比《くら》ぶれば
却《かへ》って道業《だうげふ》の相同《あひおな》じからざるを慚《は》づ

【語釈】

*「漫成」第五は次のような作である。

窓外芭蕉薑葉大、鶏冠階上筆頭紅。
休言種子天生異、風土此方知不同。

窓外の芭蕉 薑葉は大に、鶏冠 階上 筆頭は紅なり。
言ふ休《な》かれ 種子は天生異《こと》なると、風土 此の方 同じからざるを知る。

［著麻］靈澈「東林寺にて韋丹刺史に酬《こた》ふる詩」に「年老いて心は間《しず》かに外事無し、麻衣 草坐も亦た身を容《い》るべし」とある。

［謾將古人比］貧しい暮らしに耐えた古人をあれこれ引き合いにして、我が貧しさと比較してみる。

［却慚］古人は貧しさに耐えて「道業」に励んだが、自分はそうでないことを慚づかしく思う。

［道業］佛道によって人を導き化すること。

【訳】

其の四

破れた麻の着物 どうして繕《つくろ》うに堪《た》えられよう、葉を焼けば灰は冷たくなって もはや紅くはならない。

寂しさのあまり無闇に古人を引き合いに出してみるが、かえって道業の及ばないのを慚《は》じるばかり。

其 五

窮途不見憐鹽馬　窮途《きゅうと》 鹽馬《えんば》を憐《あは》れむを見《み》ず

俗眼秖應愛画龍　俗眼《ぞくがん》 秖《た》だ應《まさ》に画龍《ぐわりゅう》を愛《あい》すべし

拊石今難臻百獸　石《いし》を拊《う》つも今《いま》は百獸《ひやくじう》を臻《いた》し難《がた》ければ

且隨兒輩賦雕蟲　且《かつ》は兒輩《じはい》に隨《したが》ひて雕蟲《てうちゆう》を賦《ふ》さん

【語釈】

＊別源「無睡」三首の中の第二を踏まえた作。

江海一節湘楚竹、高懸墻角不飛龍。

拗成兩橛用其半、打壁敲床趨老蟲。

江海一節 湘楚の竹、高く墻角に懸かりて飛龍とならず。兩橛《けつ》を拗成して其の半ばを用ひ、壁を打ち床を敲きて老蟲を趨《はし》らす。

［憐鹽馬］千里の馬が塩を積んだ車を牽かされて山道に苦しんでいるのを、通りがかりの伯楽が見て、千里の馬であることを見抜いた話を踏まえる。(『戰國策』楚策)。作者は自分を「窮途の鹽馬」にたとえている。

［俗眼秖應愛画龍］「俗眼」は、杜甫「丹青引」に「途《みち》の窮して反って 俗眼の白きに遭ふ」とある。「愛画龍」は、『新序』雑事五にある葉公子高の話。「子高は龍を好んで、室屋や彫文、全て龍の模様であった。天龍がそのことを聞いて下りてきて窓から中を窺うと、葉公は驚いて魂魄を失ってしまったという。これは龍を好むというのではな

く、龍に似て真に非ざるものを好むというものだ。」

［拊石今難臻百獣］『尚書』益稷に「夔《き》曰く、於《ああ》、予《われ》石を撃ち石を拊《う》てば、百獣 率《ひき》ゐ舞ひ、庶尹は允《まこと》に諧《かな》ふと」とある。強く打つのが撃で、輕く打つのが拊。「夔」は舜の臣の名で、音楽を担當した。

太平の世の政治をいう。

［且隨兒輩賦雕蟲］「雕蟲」は詩文を指す。漢の楊雄の『法言』に「雕蟲篆刻、壯夫は爲さざるなり」とあるのを踏まえる。

【訳】

其の五

窮途にある鹽馬を憐れんでくれるような人はいない、俗人の眼では唯《た》だ画かれた龍を愛するのが關の山。

石を拊《う》っても今は百獣を集めることは難しい、まずは兒輩に隨って詩文でも作っていよう。

31 和韻相城懷古

和韻《わいん》　相城《さうじやう》　懷古《くわいこ》

夕陽慘淡古城秋　　夕陽《せきやう》 慘淡《さんたん》たり 古城《こじやう》の秋《あき》
松櫪風高暗送愁　　松《まつ》・櫪《くぬぎ》に風《かぜ》は高《たか》く 暗《あん》に愁《うれ》ひを送《おく》る
憶昔威雄嚴虎豹　　憶《おも》ふ 昔《むかし》 威雄《ゐいう》は虎豹《こへう》よりも嚴《げん》なるを
見今黧黒類猿猴」　　見《み》る 今《いま》 黧黒《れいこく》なること猿猴《ゑんこう》に類《るゐ》するを
誰將蔚蔚蒿萊地　　誰《たれ》か蔚蔚《うつうつ》たる蒿萊《かうらい》の地《ち》を將《もつ》て
來換紛紛絲管樓　　來《きた》りて紛紛《ふんぷん》たる絲管《しくわん》の樓《ろう》に換《か》へたる
舊観唯餘山内寺　　舊観《きうくわん》は唯《た》だ餘《あま》す 山内《さんない》の寺《てら》

長廊無事有僧遊　　長廊《ちやうらう》 事無《ことな》く 僧《そう》の遊《あそ》ぶ有《あ》り

【語釈】

［相城］相模（鎌倉）の町。

［慘淡］薄暗く、悲しげなさま。

［黧黒］黄色を帯びた黒色。やつれた顔の形容。『列子』黄帝篇に「年老い力弱く、面目は黧黒《りこく》なり」とある。

［蔚蔚］盛んに茂っているさま。

［蒿莱］（荒れ地に生えている）雑草。

［紛紛絲管］杜甫「花卿に贈る」詩に「錦城の絲管は日に紛紛、半ばは江風に入り半ばは雲に入る」とある。

［舊觀］昔の様子、ありさま。

［山内］鎌倉の荘の名。東は建長寺から西は圓覺寺の西に至る野をいう。

［長廊無事有僧遊］唐の李渉「開聖寺に題する」詩に「長廊 事無くして僧は院に歸り、盡日 門前 獨り松有るのみ」とある。


【訳】

和韻　相州懷古
夕陽が寂しそうにさしている 古城の秋、松と櫪《くぬぎ》の林に風は高く どこからか愁いを送ってくる。

憶えば其の昔 威勢は虎や豹よりも恐れられていたのに、今は窶《やつ》れ果てた猿猴のようになってしまった。

いったい誰が雑草の生い茂る土地を以て、琴や笛の賑やかに聞こえていた高棲と換えたのであろう。

昔の様子は但だ山中にある寺院に残っているだけで、長い廊下では何事も無かったかのように僧が遊んでいる。

32　歳　晩
歳《とし》の晩《くれ》

歳晩天寒處
風清月白時
長吟乗逸興
獨坐歎幽姿
世事那堪説
人生自有涯
目前如可遣
身後不須期

歳晩《としく》れて　天寒《てんさむ》き處《とき》
風清《かぜきよ》くして　月白《つきしろ》き時《とき》
長吟《ちやうぎん》して　逸興《いつきやう》に乗《じやう》じ
獨坐《どくざ》して　幽姿《いうし》を歎《たん》ず
世事《せいじ》は　那《なん》ぞ説《と》くに堪《た》へん
人生《じんせい》　自《おのづ》から涯《かぎ》り有《あ》り
目前《もくぜん》　如《も》し遣《や》る可《べ》くんば
身後《しんご》　須《すべか》らく期《き》すべからず

【語釈】
［風清月白］蘇軾「後赤壁の賦」に「月白く風清し、此の良夜を如何せん」とある。
［逸興］世俗を脱した風流の趣き。
［幽姿］世の中から隠れ棲んでいる自分の姿をいう。

【訳】
歳の暮れ

歳暮れて　天の寒々としている折り、風清く月白き時。
長く吟じては　逸興に乗じ、獨り坐しては　己の幽姿を歎いている。
世の中の事は　口で説明することなどできはしない、人生は　おのずから限界があるのだ。
目前の時を　もし過ごすことができれば、死んだ後のことは　あてにすべきではない。

33　和答別源二首

和《わ》して別源《べつげん》に答《こた》ふ

其一

心以形労何太迷　心《こころ》 形《かたち》を以《もっ》て労《ろう》するは何《なん》ぞ太《はなは》だ迷《まよ》へる
錦毛照水眩山鶏　錦毛《きんまう》 水《みづ》に照《て》りて 山鶏《さんけい》を眩《くら》ます
新題詩見篇篇妙　新《あら》たに題《だい》する詩《し》は 篇篇《へんへん》 妙《めう》を見《あらは》し
久廃碁應着着低」　久《ひさ》しく廃《はい》する碁《ご》は應《まさ》に着 着《ちやくちやく》と低《おとろ》ふなるべし
天也丘軻無遇魯　天《てん》なるかな 丘《きう》・軻《か》の魯《ろ》に遇《あ》ふこと無《な》き
時哉管晏有功齊　時《とき》なるかな 管《くわん》・晏《あん》の齊《せい》に功《こう》有《あ》るや
想君寒榻永宵坐　想《おも》ふ 君《きみ》の 寒榻《かんたふ》に 永《なが》き宵《よひ》に坐《ざ》するを
憶我同舟過淛西　憶《おも》ふ 我《われ》の 舟《ふね》を同《おな》じくして淛西《せいせい》に過《よ》ぎるを

【語釈】

＊別源の「偶作」に次のようにある。

知時不失性何迷、莫把羽毛分鳳鶏。
日月環中無始末、乾坤世上有高低。
一心寧異隨情別、萬物雖殊歸理齊。
誰怪歩趨同不得、前程各自有東西

時を知りて失はざれば 性 何ぞ迷はんや、 羽毛を把《と》りて 鳳鶏を分かつこと莫かれ。 日月 環中に始末無く、 乾坤 世上に高低有り。 一心 寧《なん》ぞ異なりて情に隨ひて別る、 萬物 殊《こと》なると雖も理に歸して齊《ひと》し。 誰か怪しまん 歩趨の同《とも》にするを得ず、 前程 各自 東西 有るを。

［心以形労何太迷］ 陶淵明「歸去來辭」に「既に自ら心を以て形の役《えき》と爲す。何ぞ惆悵《ちうちやう》として獨り悲しまんや」とある。

［錦毛照水眩山鶏］ 山鶏は自分の毛の美しさに酔って目が眩み、水に溺れてしまうという。『博物志』物性に「山鶏に美毛有り。自ら其の色を愛し、終日 水に映《てら》し、目眩《くら》みて溺死す」とある。ここは、世俗的な地位の高さを求めると結局は身を滅ぼす

ことになると言っているのであろう。

［丘軻］魯の孔子、名は丘と、孟子、名は軻。

［管晏］齊の管仲と晏嬰。　［想君～坐、憶我同舟過淛西］「想」は作者の想像。以下は別源に關係すること。浙江の西の地でのことを思い出している。


【訳】

和して別源に答える

其の一

形で心を悩ますとは何とひどく迷っていることか、山鷄の錦のような毛は水に照り映えて其の目を眩《くら》ませる。

新たに示された詩はどれもすぐれたものだが、久しく止めている碁の腕は次第に衰えているに違いない。

天命というものか孔子・孟子が魯で不遇であったのは、時というものだろう管仲・晏嬰が齊で功を立てたのは。

君が冷たい寝床に眠れぬままに坐っているのを想い、君と舟を同じくして浙江の西に行ったのを憶い出している。

其二

窓間吐月夜沈沈
壁角光生藤一尋
窮達與時俱有命
行藏於世総無心」
夢中誰謂彼非此
覺後方知古不今
自笑未能除僻病
逸然乘興發高吟

窓間《さうかん》　月《つき》を吐《は》きて　夜《よ》は沈沈《ちんちん》
壁角《へきかく》　光《ひかり》は生《しやう》じて　藤一尋《ふじいちじん》
窮達《きゆうたつ》と時《とき》と　倶《とも》に命《めい》有《あ》り
行藏《かうざう》の世《よ》に於《お》けるや　総《すべ》て心《こころ》無《な》し
夢中《むちゆう》　誰《たれ》か謂《い》ふ　彼《かれ》は此《これ》に非《あら》ずと
覺《さ》めて後《のち》に方《まさ》に知《し》る　古《いにしへ》の今《いま》にあらざるを
自《みづか》ら未《いま》だ僻病《へきびやう》を除《のぞ》く能《あた》はざるを笑《わら》ひ
逸然《いつぜん》として興《きよう》に乗《じやう》じ　高吟《かうぎん》を發《はつ》す

【語釈】

＊別源の「偶作」第二は次のような作である。

永宵潜思世昇沈、同到黄泉不可尋。
指鹿威権真可笑、屠龍功業枉労心。
暗中開眼看天地、夢中聚頭誥古今。
山月臨窓秋寂寂、寒蛬唧唧砌遍吟。

永宵 潜《ひそ》かに世の昇沈を思ふ、同《とも》に黄泉に到らば尋ぬ可からず。鹿を指す威権 真に笑ふ可し、龍を屠《ほふ》るの功業は 枉《いたづ》らに心を労す。暗中に眼を開きて天地を看、夢中に頭を聚めて古今を誥《いまし》む。山月 窓に臨めば 秋は寂寂、寒蛬《かんきょう》 唧唧《しょくしょく》 砌《みぎり》に遍《ひと》へに吟ず。

［夜沈沈］夜の更けてゆくさま。蘇軾「春夜」に「歌管 楼台 人寂寂、鞦韆 院落 夜沈沈」とある。

［行蔵］世に出て道を行うことと、世から退いて隠れることをいう。『論語』述而篇に「之を用ふれば則ち行ひ、之を舎《す》つれば則ち蔵《かく》る」とある。

［夢中誰謂彼非是］「彼非是」は、物事を世俗的に評価して是非を論ずることであろう。そのような事を論ずるはずがないのに、夢の中で自分が是非を論じているのを見る。

［古不今］昔は自分もそうであったが、今は事情が異なってきている。

［僻病］世俗の常識に基づく偏った考え方をいう。

【訳】

其の二

窓の辺りに月が出て 夜は沈沈と更けてゆく、壁の隅に光が生じて 藤が一尋ばかり映っている。
窮達と時とは どれも運命というものがあるのだから、世における出処進退には すべて無心でありたい。
夢の中で誰が「彼は此ではない」などと言おうか、覺めて後に方《はじ》めて 昔は今とはちがうのだと知る次第。
自分はまだ僻病を除くことができないでいると笑いながら、逸然と興のわくままに聲高らかに吟ずる。

34　擬古三首

其一

浩浩劫末風
塵土飛蓬蓬
天上日色薄
人間是非隆
螻蟻逐臭穢
鳳凰棲梧桐
獨有方外士
俛仰白雲中

浩浩《かうかう》たり　劫末《ごふまつ》の風《かぜ》
塵土《ぢんど》は　飛《と》びて蓬蓬《はうはう》たり
天上《てんじやう》　日色《につしよく》は薄《うす》く
人間《じんかん》　是非《ぜひ》　隆《さか》んなり
螻蟻《ろうぎ》は　臭穢《しうわい》を逐《お》ふも
鳳凰《ほうわう》は　梧桐《ごとう》に棲《す》む
獨《ひと》り　方外《はうぐわい》の士《し》　有《あ》り
白雲《はくうん》の中《なか》に俛仰《ふぎやう》す

【語釈】

［浩浩劫末風］「浩浩」は、広大なさま。「劫末風」は、世の終わりの風。

［塵土飛蓬蓬］『莊子』秋水篇に「蛇は風に謂ひて曰く、今、子は蓬蓬然として北海に起こり、蓬蓬然として南海に入る。而して肖《かたち》有る無きに似たりと」とある。

［日色薄］白居易「長恨歌」に「峨嵋山下　人の行くこと少《まれ》に、旌旗　光無く日色薄し」とある。

［螻蟻逐臭穢］『莊子』徐無鬼篇に「羊肉は蟻を慕はずして、蟻　羊肉を慕ふは、羊肉の羶《なまぐさ》ければなり」とある。

［鳳凰棲梧桐］鳳凰は梧桐だけに止まる。『詩經』大雅・巻阿に「鳳凰は鳴く、彼の高岡に。梧桐は生ず、彼の朝陽に」とある。また『莊子』秋水篇に「夫れ鵷鶵は南海に發して北海に飛ぶ。梧桐に非ざれば止まらず、練實に非ざれば食はず、醴泉に非ざれば飲まず」とある。

［方外］この世界の外。世俗を超越した世界。『莊

子』大宗師篇に「孔子曰く、彼は方の外に遊び、而して丘は方の内に遊ぶ者なりと」とある。ここの「方外士」とは、作者自身のことであろう。

［俛仰］伏すことと仰ぐこと。つまり起居動作をいう。

［白雲］俗界の彼方、仙郷を象徴する語。『荘子』天地篇に「千歳 世を厭ひ、去りて上仙し、彼の白雲に乗りて、帝郷に至らん」とある。

【訳】

擬古三首

其の一

あまねく吹き荒れる 世の終わりの風に、塵や土は 盛んに飛び散っている。
天上に 日の光は薄く、人間の世界では是だ非だと賑やかなことだ。
螻や蟻は臭い物や汚れた物を逐いかけているが、鳳凰は 梧桐に棲みつく。
ここに獨り 世俗の外にいる人がいて、白雲の中に俛仰している。

其二

天上何所有　天上《てんじやう》は 何《なに》の有《あ》る所《ところ》ぞ
仰看色蒼蒼　仰《あふ》ぎ看《み》れば 色《いろ》は蒼蒼《さうさう》たり
兩輪於其中　兩輪《りやうりん》 其《そ》の中《なか》に於《おい》て
駆逐相継光」　駆逐《くちく》し 相《たが》ひに 光《ひかり》を継《つ》ぐ
星宿雑經緯　星宿《せいしゆく》は 雑《まじ》りて經《たて》に緯《よこ》に
縦横粲然張　縦横《じゆうわう》に 粲然《さんぜん》として張《ひろが》る
下土地不平　下土《かど》 地《ち》は平《たひ》らかならず

風悪塵飛揚」
人生如夢幻
凡百應無常
愛別怨憎苦
日夜焦中腸」
何當乘雲去
飄然入帝郷

風《かぜ》は悪《あ》しく 塵《ちり》は飛揚《ひやう》す
人生《じんせい》は 夢幻《むげん》の如《ごと》く
凡百《ぼんびやく》 應《まさ》に無常《むじやう》なるべし
愛別《あいべつ》 怨憎《あんぞう》の苦《くる》しみは
日夜《にちや》 中腸《はらのうち》を焦《こ》がす
何《なん》ぞ當《まさ》に 雲《くも》に乘《の》りて去《さ》り
飄然《へうぜん》として 帝郷《ていきやう》に入《い》るべき

【語釈】

［蒼蒼］青黒い色。天の色。『莊子』逍遙遊篇に「天の蒼蒼たるは其れ正色か」とある。

［兩輪］太陽と月。

［継光］晝は太陽が、夜になったら月が出て世界を照らす。

［星宿］星座。天には二十八の星宿がある。東西南北の四つに分かれ、それぞれ七宿ずつが配置されている。

［雜經緯］星座が經《たて》と緯《よこ》に並んでいる。『周礼』大宗伯の疏に「二十八宿、天に隨ひて左轉するを經と爲し、五星の右旋するを緯と爲す」という。

［縦横粲然張］星座が縦と横にきちんと並んで、燦然と光を放っている。

［下土］下界。上天の対。

［凡百］あらゆる物。すべての物。

［愛別怨憎苦］生苦、老苦、病苦、死苦、愛別離苦、怨憎會苦、求不得苦、五陰盛苦を、八苦という。

［焦中腸］腹の中が焦げつくようだ。陶潜「己酉の歳の九月九日」に「古《いにし》へより皆な没《ほろ》ぶことあり、之を念《おも》へば中心《こころのうち》は焦《こ》がる」とある。

［乘雲去・入帝郷］『莊子』天地篇に「千歳 世を厭《いと》ひ、去りて上仙し、彼の白雲に乘りて、帝郷に至る」とある。白雲は仙郷のイメージを持つ語。

【訳】

其の二

天上には　いったい何が有るのだろう、仰ぎ見れば　その色は　ただ蒼蒼と。
太陽と月は　その中で、逐《お》いたてあって　互いに光を継續している。
星宿は　雑《まじ》りあって經《たて》に緯《よこ》に列なり、縦横に　粲然と広がっている。
しかし此の下土では大地は安定しておらず、吹く風は穢《きたな》く塵は飛揚する。
人生は夢まぼろしの如く、すべてのものは無常であるようだ。
愛する者との別れ　怨み憎しみによる苦しさが、日夜　腹の中を焼き焦がす。
何時になれば白雲に乗って去りゆき、飄然と上帝の郷に入ることができるのか。

其　三

吾愛李太白　　吾《われ》は愛《あい》す　李太白《りたいはく》
騎鯨捉明月　　鯨《くじら》に騎《の》りて　明月《めいげつ》を捉《とら》ふ
世上不知仙　　世上《せじやう》　仙《せん》となるを知《し》らず
以爲水中没」　以《もっ》て水中《すゐちゆう》に没《ぼっ》せりと爲《な》す
茫茫宇宙間　　茫茫《ばうばう》たる宇宙《うちう》の間《かん》
誰復比風骨　　誰《たれ》か復《ま》た　風骨《ふうこつ》を比《ひ》せん
萬里秋天高　　萬里《ばんり》　秋天《しうてん》　高《たか》く
獨有捎空鶻　　獨《ひと》り空《そら》を捎《かす》める　鶻《はやぶさ》　有《あ》り

【語釈】

［吾愛李太白］李白「孟浩然に贈る」詩に「吾は愛す 孟夫子、風流 天下に聞こゆ」とあるのを踏まえた。

［騎鯨捉明月］杜甫「孔巣父の病と謝して江東に遊ぶを送る。兼ねて李白に呈す」に「若《も》し李白の鯨魚に騎《の》るに逢はば、甫は今如何《いかん》と問訊すと道《い》へ」とあり、また宋の梅聖俞の詩にも「應《まさ》に飢蛟の涎に暴落すべからず、便ち當に鯨に騎《の》りて青天に上るなるべし」とある。

［以爲水中没］李白の最期については『唐才子傳』巻二、李白の条に「白は晩節に黄老を好み、牛渚磯を度《わた》る。酒に乗じて月を捉《とら》へんとして、水中に沈む」とある。

［風骨］詩文の骨格と精氣。

［捎空鶻］『曹林録』に「九萬里 空を捎《かす》める俊鶻《しゅんこつ》あり」とある。李白のことを喩えている。

【訳】

その三

私は 李太白を愛する、鯨にまたがって明月を捉えようとする彼を。
世の人は 李白が仙人になったことを知らず、水に溺れて死んだと思っている。
茫茫と果てしない宇宙において、その「風骨」に比せられるような者がいるだろうか。
萬里の彼方まで 秋空は高く澄みわたり、ただ高空を捎《かす》める 鶻《はやぶさ》が見えるだけだ。

35 戲贈別源不聞 并序

戯れに別源・不聞に贈る 并びに序

序

戊寅冬、予寓蘸碧。早朝雪晴、諸峯玉立。作詩將招旨・聞二兄共賞、俄見風雪暴驟、斜射窓戸。乃復掩扉、暗坐点燭、終成篇。以爲贈、同發一笑。
戊寅《ぼいん》の冬《ふゆ》、予《よ》は蘸碧《せんへき》に寓《ぐう》す。早朝《さうてう》 雪晴《ゆきは》れ、諸峯《しよほう》 玉《ぎよく》 のごとく立《た》つ。詩《し》を作りて將《まさ》に旨《し》・聞《もん》二兄《にけい》を招《まね》きて共《とも》に賞《しやう》せんとするに、俄《には》かに風雪《ふうせつ》の暴驟《ばうしう》して、斜《なな》めに窓戸《さうこ》を射《う》つを見《み》る。乃《すなは》ち復《ま》た扉《とびら》を掩《おほ》ひ、暗坐《あんざ》して燭《しよく》を点《とも》し、終《つひ》に篇《へん》を成《な》す。以《もつ》て爲《ため》に贈《おく》り、同《とも》に一笑を發《はつ》せんとす。

萬樹敷瓊花
千山削白壁
此日不題詩
決無可題日」
相國布金地
瑶池清蘸碧
此處不設筵
何處更開席」
況吾二三友
事業時無敵
此處當聚頭
此日豈不惜」
山風俄飅飅
飛雪雜淅瀝
坐久固叵禁

萬樹《ばんじゆ》 瓊花《けいくわ》を敷《し》き
千山《せんざん》 白壁《はくへき》を削《けず》る
此《こ》の日《ひ》にして 詩《し》を題《だい》せずんば
決《かな》らず題《だい》す可《べ》きの日《ひ》無《な》からん
相國《しやうこく》は 金《きん》を布《し》く地《ち》
瑶池《えうち》は 蘸碧《せんへき》に清《きよ》し
此《こ》の處《ところ》に 筵《しとね》を設《まう》けずして
何《いづ》れの處《ところ》にか 更《さら》に席《せき》を開《ひら》かん
況《いは》んや吾《わ》が二三の友《とも》の
事業《じげふ》は 時《とき》に敵《てき》無《な》きをや
此《こ》の處《ところ》にて 當《まさ》に聚頭《しゆうとう》すべし
此《こ》の日《ひ》 豈《あ》に惜《を》しまざらんや
山風《さんぷう》 俄《には》かに飅飅《しうしう》たり
飛雪《ひせつ》 雜《まじ》りて淅瀝《せきれき》たり
坐《ざ》すること久《ひさ》しければ 固《もとよ》り禁《きん》じ叵《がた》く

手凍難把筆」　手《て》は凍《こご》えて筆《ふで》を把《と》り難《がた》し
縮頸學烏龜　頸《くび》を縮《ちぢ》めて烏龜《かめ》を學《ま》ね
閉戸坐暗室　戸《と》を閉《と》ぢて 暗《くら》き室《しつ》に坐《ざ》す
素意欲相招　素意《そい》 相招《あひまね》かんと欲《ほっ》するも
興盡謂不必」　興《きよう》の盡《つ》きて 必《ひっ》とせざるを謂《おも》ふ
憮然作此詩　憮然《ぶぜん》として 此《こ》の詩《し》を作《つく》り
寄君當笑擲　君《きみ》に寄《よ》せて 笑擲《せうてき》に當《あ》つ

【語釈】

[別源不聞]「別源」は名は圓旨、「不聞」は名は契聞。並びに東明慧日を嗣ぐ。

[戊寅冬] 暦應元年（一三三八。北朝第二代光明院の年号）の冬。『自歴譜』に「歴應元年戊寅冬、建長の蘸碧に居《す》む」とある。

[蘸碧] 建長寺の蘸碧寮。

[旨・聞二兄] 別源・不聞の二人をさす。

[萬樹・千山] 柳宗元「江雪」の「千山 鳥 飛ぶこと絶え、萬径 人蹤 滅す」を参考にしたか。

[相國布金地]「相國」は、建長寺を創建し大覺禪師を招いて開祖とした北条時頼を指すか。「布金地」は、舍衛國の給孤長者が黄金を地に布いて祇陀太子の園を買い取り、そこに精舎を建立して佛を招いた故事による。

[瑶池] 神仙世界にあるという池。『列子』周穆王篇に「穆王は遂に西王母に賓として、瑤池の上《ほとり》に觴す」とある。雪におおわれて輝く庭の池を「瑶池」にたとえた。

[事業] 作詩についていうのであろう。

[聚頭] 集まること。

[飀飀] 風の吹く音。

[淅瀝] 風や雨などの音。謝恵連「雪の賦」に「霰は淅瀝《せきれき》として先ず集まり、雪は粉糅《ふんじう》として遂に多し」とある。

［縮頸學烏龜］蘇軾の「江上 雪に値《あ》ふ詩」に「頭を縮めて夜眠れば 凍龜の如し、雪來《きた》りて惟《た》だ客の先に知る有り」とある。

［素意］初めの氣持ち。

［興盡謂不必］王徽之《きし》の故事を踏まえる。徽之《きし》（羲之の五男）が、雪の止んだ名月の夜、ふと戴逵《たいき》のことを思い出し、その夜すぐに小舟に乗って出掛け、一晩かかってようやく戴逵の家に着いたが、門まで來ると中に入らないで引き返した。人がわけを問ねると、徽之は「もともと興に乗じて行ったもので、興が盡きたから返ったまでだ。どうして戴逵に會う必要があろうか」と言ったという。

（『晋書』王羲之傳）

［憮然］「憮」字、一に「慨」に作る。

［笑擲］笑いとばす。

【訳】

戯れに別源・不聞に贈る　并びに序

序

戊寅の冬、私は蘸碧《せんへき》寮に住んでいた。早朝 雪が晴れて、峯々は玉のように立っていた。詩を作って旨・聞二兄を招いて共に楽しもうと考えていたところ、俄かに風雪が強く降りだし、斜めに窓や戸を打った。そこでまた扉を閉じ、暗やみに坐し燭をともして、ついに一篇を作りあげた。それを贈って皆さんと一笑せんと思う次第。

萬樹は 瓊《たま》の花を敷きつめたようであり、千山は白璧を削ったようだ。

この日に詩を作らなければ、詩を作るべき日は無いにちがいない。

相國《しょうこく》が地に金《こがね》を布いて創建された寺、「瑶池」は此の蘸碧寮に清らかに輝いている。

この場所に筵席を設けないなら、何處に更《あらた》めて設けようというのか。

まして私の友人たちは、その詩業は時に敵う者がいないというものを。

この場所に皆な聚まるべきであり、この日をどうして惜しまないことがあろう。

ところが山風が俄かに吹き起こり、飛雪がそれに雑《まじ》って降ってきた。

久しく坐っていたので どうにも我慢ができなくなり、手は凍えて筆を持つのが難しくなった。

頸を縮めて烏龜《かめ》のようになり、戸を閉じて暗い部屋に坐りこむ。

初めは お招きしようと考えていたのに、興盡きて どうしてもとは思わなくなった。

そこで憮然たる思いで此の詩を作り、あなた方に寄せて お笑い草とする次第。

36　新　年

天下至公惟歳華
未嘗行不到間家
今朝四十何方愕
暮景尋常亦可嗟
茶啜新年甌面雪
梅葩舊臘佛前花
兒童那識老來早
競趁青陽笑語嘩

天下《てんか》 至《いた》って公《こう》なるは惟《た》だ歳華《さいくわ》のみ
未《いま》だ嘗《かつ》て行《ゆき》て間家《かんか》に到《いた》らずんばあらず
今朝《こんてう》 四十なるも何《なん》ぞ方《まさ》に愕《おどろ》かん
暮景《ぼけい》の尋常《じんじやう》なる 亦《ま》た嗟《なげ》く可《べ》し
茶《ちや》を新年《しんねん》に啜《すす》れば 甌《かま》の面《おもて》に雪《ゆき》ふり
梅《うめ》の葩《はな》は舊臘《きうらう》より 佛前《ぶつぜん》の花《はな》
兒童《じどう》は那《なん》ぞ識《し》らん 老來《らうらい》の早《はや》きを
競《きそ》ひて青陽《せいやう》を趁《お》ひて 笑語《せうご》 嘩《かまびす》し

【語釈】

［歳華］正月のこと。

［間家］貧しい家。「間」は、職が無くて暇なこと。

［梅葩］「葩」は一に「留」に作る。「梅は舊臘より
留まる 佛前の花」

［暮景］老境をいう。
［青陽］陽春。春をいう。

【訳】

新年

この天下において 至って公平なのは惟《た》だ正月だけ、これまで貧乏な家だから來なかったということはない。
今朝は不惑の歳になったが 別に驚きもしない、だが老境が世間並であることは 嘆くべきことだろう。
茶を新年にあたって啜《すす》れば 茶釜に雪が降る、梅の花は去年の暮れから 佛前の花。
兒童たちには老《おい》の來ることの早いのがどうしてわかろう、競って春の光を追い掛けて笑い聲のやかましいことだ。

37 答不聞

不聞《ふもん》に答《こた》ふ

顧我爲人也　我《わ》が人《ひと》と爲《な》りを顧《かへり》みるに
内可能亡慚　内《うち》能《よ》く慚《は》づる亡《な》かる可《べ》けんや
生於世濁悪　世《よ》の濁悪《ぢよくあく》なるに生《う》まれ
道滑泥流泔」　道《みち》は滑《みだ》れ 泥《どろ》は 泔《とぎしる》を流《なが》す
獨不識時運　獨《ひと》り時運《じうん》を識《し》らずして
無用歎枯枏　用《もち》ひらるること無《な》く 枯枏《こぜん》を歎《たん》ず
雖復齒諸任　復《ま》た諸任《しよにん》に齒《なら》ぶと雖《いへど》も
怯弱不欲戡」　怯弱《きよじやく》にして戡《か》つことを欲《ほっ》せず

愚乎寗武子
就若吾憨憨
碌碌隱衆中
養蒙類眠蠶」
懶拙不征利
豈敢謂無婪
朶頤求口實
或見人供甘」
連歳遭喪亂
以髡免佩鐔
中間略得意
藤谷住小庵』
恒産不多穫
亦可數夫担
契經課餘暇
目撃阿毘曇」
講師隣開席
教海徒手探
禪水固深奥
誰窺九龍潭」

愚《ぐ》なるかな 寗武子《ねいぶし》も
就《すなは》ち吾《われ》の憨憨《かんかん》たるに若《し》かんや
碌碌《ろくろく》として衆中《しうちゆう》に隱《かく》れ
蒙《まう》を養《やしな》ふことは 眠《ねむ》れる蠶《かいこ》に類《に》たり
懶拙《らんせつ》にして利《り》を征《もと》めざるも
豈《あ》に敢《あ》へて婪《むさぼ》る無《な》しと謂《い》はんや
頤《あぎと》を朶《た》れて口實《こうじつ》を求《もと》め
或《ある》いは人《ひと》に甘《うま》きを供《きよう》せ見《ら》る
連歳《れんさい》 喪亂《さうらん》に遭《あ》ふも
髡《こん》なるを以《もつ》て 鐔《かたな》を佩《お》ぶるを免《まぬか》る
中間《なかごろ》 略《ほ》ぼ意《い》を得《え》て
藤谷《ふぢたに》に 小庵《せうあん》に住《す》む
恒産《こうさん》は 多《おほ》くは穫《え》ざるも
亦《ま》た數夫《すうふ》の担《たん》ある可《べ》し
契經《けいけい》 餘暇《よか》に課《くわ》し
阿毘曇《あびどん》を目撃《もくげき》せんとす
講師《かうし》として開席《かいせき》を隣《たす》け
教《をし》への海《うみ》をば 徒手《としゆ》もて探《さぐ》る
禪水《ぜんすゐ》は 固《もと》より深奥《しんあう》なれば
誰《たれ》か窺《うかが》はん 九龍《きうりゆう》の潭《たん》

將此輕薄語
欲吐口自含
忍対坐中客
轉作孟諢譚」
死蛇莫打殺
満盛無底籃
活句没滋味
癡漢肯嗜貪」
吾道東也不
使人増憂惔
輿尸知幾何
安得長子男』
吾友不聞子
萬象胸中涵
内外兼濟才
小大事研覃」
常棣燕兄弟
吾心楽且妉
時流或並称
韓非忝列聃」

此《こ》の輕薄《けいはく》の語《ご》を將《もつ》て
吐《は》かんと欲《ほつ》して口《くち》自《おのづか》ら含《ふく》む
忍《しの》びて坐中《ざちゆう》の客《きやく》に対《たい》し
轉《うた》た孟《まう》の諢譚《こんたん》を作《な》す
死蛇《しだ》をば打殺《ださつ》する莫《な》く
底無《そこな》きの籃《かご》を満盛《まんせい》にせんとす
活句《くわつく》に滋味《じみ》没《な》きに
癡漢《ちかん》は肯《あへ》て嗜貪《したん》す
吾《わ》が道《みち》東《ひがし》するや不《いな》や
人《ひと》をして憂惔《いうたん》を増《ま》さしむ
尸《しかばね》を輿《よ》すること幾何《いくばく》なるを知《し》らん
安《いづく》んぞ長子《ちやうし》の男《だん》たるを得《え》ん
吾《わ》が友《とも》不聞子《ふもんし》
萬象《ばんしやう》をば胸中《きようちゆう》に涵《たくは》ふ
内外《ないぐわい》兼《か》ね濟《すく》ふの才《さい》あり
小大《せうだい》研覃《けんたん》を事《こと》とす
常棣《じやうてい》兄弟《けいてい》を燕《えん》し
吾《わ》が心《こころ》は楽《たの》しみ且《か》つ妉《たの》しむ
時流《じりう》或《ある》いは並《なら》び称《しやう》す
韓非《かんぴ》の聃《たん》に列《つら》なるを忝《かたじけ》なくすと

或怪賢譲劣
程本歸自郯
講劘或下問
舎諸鬱頭藍」
向來稍契闊
秦兵不窺函
天巻蘇秦舌
重遘何速簪』
臭味本相同
議論恰蓋函
其間文理妙
可觀會稽蚶」
玄微固及盡
宛轉而旁参
幽遠誰能到
古洞帶煙嵐」
天龍當推轂
迷途獲指南
鸞皇生鸑鷟
田鼠化駕鴽」

或《ある》いは怪《あや》しむ 賢《けん》の劣《れつ》に譲《ゆづ》り
程本《ていほん》 郯《だん》より歸《かへ》るかと
講劘《かうま》 或《ある》いは下問《かもん》し
諸《これ》を鬱頭藍《うつとうらん》に舎《お》かんや
向來《かうらい》 稍《やうや》く契闊《けいくわつ》し
秦兵《しんぺい》は函《かん》を窺《うかが》はず
天《てん》は蘇秦《そしん》の舌《した》を巻《ま》くも
重《かさ》ねて遘《あ》ふことの何《なん》ぞ速簪《すみや》かなる
臭味《しうみ》は 本《も》と相同《あひおな》じく
議論《ぎろん》は恰《あたか》も蓋《ふた》と函《はこ》のごとし
其《そ》の間《かん》 文理《ぶんり》は妙《めう》にして
觀《み》る可《べ》し 會稽《くわいけい》の蚶《あかがい》
玄微《げんび》は固《もと》より及盡《きふじん》し
宛轉《えんてん》として旁《あまね》く参《まじ》はる
幽遠《いうゑん》 誰《たれ》か能《よ》く到《いた》らん
古洞《こどう》 煙嵐《えんらん》を帶《お》ぶ
天龍《てんりゆう》は當《まさ》に推轂《すゐこく》すべし
迷途《めいと》に指南《しなん》を獲《え》ん
鸞皇《らんわう》は鸑鷟《がくさく》より生《う》まるるも
田鼠《でんそ》は駕鴽《じよあん》に化《くわ》す

泰否共有極　泰否《たいひ》も共《とも》に極《きは》まる有《あ》り
常理人皆諳　常理《じやうり》にして人《ひと》は皆《み》な諳《そら》んず
不見夫鐘聲　見《み》ずや夫《か》の鐘聲《しやうせい》
達微異贏餡』　達《たつ》と微《び》は贏《えい》・餡《あん》を異《こと》にするを
和詩燈前坐　詩《し》に和《わ》して燈前《とうぜん》に坐《ざ》すれば
四壁絶詀諵　四壁《しへき》 詀諵《たんなん》 絶《た》えたり
籟沈更鼓近　籟《かぜ》は沈《しづ》まり 更鼓《かうこ》は近《ちか》く
五夜已過三」　五夜《ごや》も 已《すで》に三《さん》を過《す》ぐ
舊盟纔方歃　舊盟《きうめい》は 纔《わづ》かに方《まさ》に歃《ぬ》る
文字戰將酣　文字《もじ》 戰《たたかひ》 は將《まさ》に 酣《たけなは》 ならんとす
河北姑項救　河北《かほく》は項羽《かうう》の救《すく》ひを姑《たの》むも
南陽終劉龕　南陽《なんやう》は劉《りう》の龕《かち》に終《を》はる

【語釈】

［不聞］（一三〇二～一三六九）不聞契聞。曹洞宗・宏智派に属す。武藏、川越の人。圓覺寺の東明慧日の室に投じ、剃髮。二五歳で中國の元に入ったが、東明よりの歸朝を促す書によって歸國。圓覺寺の白雲庵に住した。

［無用歎枯柟］『莊子』逍遥遊篇に「今、子に大樹（樗）有りて、其の無用を患ふ」とある。

［齒諸任］『左氏傳』隱公十一年に「滕侯と薛侯 來朝す。長を争ふ。公は羽父をして薛侯に請はしめて曰く『周の宗盟には、異姓を後と爲す。寡人 若《も》し薛に朝せば、敢へて諸任と齒《なら》ばず』と」とある。薛の國は任姓、齒は列の意。

［愚乎甯武子］『論語』公冶長篇に「子曰く、甯武子は、邦に道有れば則ち知、邦に道無ければ則ち

愚なり。其の知は及ぶべきなり。其の愚は及ぶべからざるなり」とある。

［養蒙類眠蠶］愚かさを養うことは、眠っている蠶のようである。

［碌碌］平凡なさま。

［征利］利益を求めること。『孟子』梁恵王篇に「王は何を以て吾が國を利せんと曰ひ、大夫は何を以て吾が家を利せんと曰ひ、士庶人は何を以て我が身を利せんと曰ひ、上下交《こもご》も利を征《と》れば、國は危ふし」とある。

［朶頤求口實］「朶頤」は、物を食べようとして頤を垂れ動かすこと。『周易』頤卦の初九に「爾の靈龜を舍《す》てて、我を觀て頤《あぎと》を朶《た》る」―汝のなかにある智観を働かそうともしないで、他人の食べ物を見て物欲しそうにしている。「求口實」は、口中の實、爵禄を求めること。『周易』頤の卦辭に「頤、貞《ただ》しければ吉。頤を觀て、自ら口實を求む」―その人が平生は何を養っているか、また自分自身を養う手段として何をしているかを觀察せよ。それらがともに正しければ吉―。とある。

［免佩鐔］刀を身につけることを免れる。つまり戦いに加わらずにすんだこと。

［恒産］生活するための仕事。『孟子』梁恵王に「恒産無くして恒心有るは、惟《た》だ士のみ能くするを爲す。民の若きは恒産無ければ、因りて恒心無し」とある。

［數夫担］公からの數人分の労務の割り當て。

［契經］經文、經典。

［目撃］『莊子』田子方篇の、孔子が温伯雪子に會って、一目見ただけで相手の心に道が備わっていることがわかり、一言も話さずに帰ったという話による。すなわち「孔子曰く、夫《か》の人の若《ごと》きは、目撃して道存す。亦た以て聲を容《い》るる可からずと」

［阿毘曇］阿毘達磨。大法。佛の教えを整理・注釈・研究した聖典。

［禪水］禪の教えを言うか。出典は未詳。

［九龍潭］底の深い佛の教え。

［孟諢譚］「孟」は『史記』滑稽傳に見える優孟のこと。「諢譚」は、いいかげんな話。「諢」は弄言。

［死蛇莫打殺、滿盛無底籃］『禪林類聚』に「夾山

云ふ、路に死蛇に逢ふも打殺する莫れ、底無きの籃に盛りて將《も》ち來れ」と。

［活句］『林間録』上に「語中に語有るを、名づけて死句と爲し、語中に語無きを、名づけて活句と爲す」とある。

［癡漢］愚か者。佛法の道理に暗い者。

［吾道東也不］自分の説く學問・道德が、本來在るべき場所を離れて別の場所に移ったことについての嘆き。後漢の馬融が、鄭玄の東に去ったことを歎じた故事による。（『後漢書』鄭玄傳）

［憂惔］『詩經』小雅・節南山に「憂心　惔《や》くるが如し」とある。

［輿尸知幾何、安得長子男］戰争で大敗し尸を載せて歸る。敗戰のさまを言う。『周易』師卦の六三に「師　或いは尸を輿《にな》ふ。凶なり」とあり、六五に「長子　師を帥《ひき》ゐ、弟子　尸を輿《にな》ふ」とある。才能も無いくせに實力以上の地位に就いている。このような人が指揮官になっているのでは、その軍は必ず敗れる。戰死した兵士達の屍を車に載せて歸ることになろう、という。

［兼濟］あわせ濟《すく》うこと。『孟子』盡心篇に「窮すれば則ち獨り其の身を善くし、達すれば則ち兼ねて天下を善くす」とある。

［研覃］深く極めること。孔安國「尚書序」に「研精　覃思、博く經籍を考へ、群言を采摭し、以て訓と傳を立つ」とある。

［常棣燕兄弟］兄弟の仲が良いことを言う。『詩經』小雅・常棣の序に「常棣は、兄弟を燕するなり。管・蔡の、道を失ふを閔《あは》れむ。故に常棣を作る」とある。

［韓非忝列聃］「聃」は老子。韓非が肩を並べられるような相手ではないのに、そのようなことをして老子に面倒をかけている、という意味か。

［程本歸自郯］「程本」は、春秋・晋の人。自ら程本と号した。博學を以て諸侯に聞こえ、趙簡子が招こうとしたが起たず、齊に行き晏子の家に逗留した。孔子が彼と道で遇い、車の蓋を傾けて語り合ったという。後、晋に歸った。『孔子家語』致仕に「孔子　郯《だん》に之《ゆ》き。程子に塗《みち》に遭ふ。蓋を傾けて語り、終日　甚だ親しむ。顧みて子路に謂ひて曰

く、束帛を取り、以て先生に送れと」とある。

［講劘］「劘」は「磨」、削ること。朋友が集まって講習し、琢磨することをいう。

［舍諸鬱頭藍］『論語』雍也篇に「用ふること勿《なか》らんと欲すと雖も、山川 其れ諸《これ》を舎《お》かんや」とある。「鬱頭藍」は、太子が始め阿藍迦藍の處で三年學び、非なるを知って鬱頭藍の處に行って三年間學び、そこも非なるを知って亦た捨てたことを背景としている。

［契闊］遠く隔たる。疎遠になる。『詩經』撃鼓に「死生 契闊、子《し》と説を成す」とある。

［秦兵不窺函］『史記』魏公子列傳に「公子は五國の兵を率ゐて、秦軍を河外に破り、蒙驁を走らす。遂に勝ちに乗じて秦軍を逐ひ、函谷關に至りて秦兵を抑う。秦の兵 敢へて出でず」とある。不聞を「秦兵」に喩える。

［天巻蘇秦舌］不聞を「蘇秦」にたとえ、天が彼の舌を巻いて話せないようにしたという。

［重遘何速簪］「重遘」は再遇。「簪」は疾《すみ》やか。

［臭味本相同］同類は「臭味」を同じくする。襄公三年の『左氏傳』の語。作者と不聞とは、氣の合った仲間であった。

［恰蓋函］『林間録』に「金峰玄明禪師 座に陞《のぼ》りて曰く『事存《そん》すれば函蓋は合し、理應《おう》ずれば箭鋒も拄く』と」とある。

［會稽蚶］會稽産の蚶（あかがい）は貝殻の模様がはっきりしているという。

［天龍］天龍寺のことか。

［推轂］賢才を推擧すること。

［田鼠化鴐鶕］「田鼠」は、鼠の一種。『礼記』月令に「季春の月、田鼠は化して鴐《うづら》と爲る」とあり、また『淮南子』時則訓に「田鼠も化して鴐と爲る」とある。

［泰否共有極］「泰」「否」は易の卦。「泰」は通ずること。「否」は閉塞すること。泰が極まれば否となる。逆に否が極まれば泰となる。

［達微異贏韽］『周礼』春官・典同に「典同は六律六同の和を掌る。凡そ聲は、高聲は䃂なり。正聲は緩なり。下聲は肆なり。陂聲は散なり。險聲は斂なり。達聲は贏なり。微聲は韽《あん》なり」とあり、

鄭注に「達は其の形の微大なるを謂ふなり。達するときは則ち聲に餘り有り。大放の若し。微は其の形の微小なるを謂ふ。韽は讀みて飛鉗涅韽の韽と爲す。韽は聲小にして成らざるなり」という。聲に餘分があるのと聲を成さないのとは異なることをいう。

［詀諵］語聲。べちゃくちゃと。

［更鼓］夜間、時刻を知らせるために打つ太鼓。

［歃］犠牲の血を口のほとりに塗って誓うこと。

［文字戰將酣］白居易の「江州より忠州に赴き江陵に至り、舟中にて舎弟に示す五十韻」に「早《つと》に文場の戰ひに接し、曽《かつ》て翰苑の盟ひを争ふ」とある。

［河北姑項救］秦軍に包囲されている趙の救援に向かった楚の項羽が、奮戦して秦軍を撃退したことを指す。前二〇七年十二月。（『史記』項羽本紀）

［南陽終劉龕］劉邦は項羽が河北で秦軍を破った半年後に南陽を攻めて陥し、そのご一氣に咸陽に至っているが、このことを指しているのであろうか。

【訳】

不聞に答える

私の人となりを 振り返ってみるに、心に慚《は》じることが 無いと言えるであろうか。

五濁の悪世に生まれ合わせ、道は亂れ 泥は 泔《とぎしる》を流したようだ。

獨り 時運を識らず、枯れた 枏《くすのき》のごとき無用を歎じていた。

また他の人たちと同列でありながら、臆病なために 勝とうとも思わなかった。

「愚なるかな」と称された甯武子《ねいぶし》も、私の愚かさに及ぶであろうか。

人々の中に紛れて平凡に暮らし、蒙を養うこと 眠っている蠶《かいこ》のようだった。

懶者《なまけもの》にして拙 利益を求めようとはしなかったが、どうして貪ることがなかったと言えるであろうか。

頤《あぎと》を垂れて食べ物を求めては、人に旨い物をあてがわれたこともあった。

毎年のように戰亂に遭遇したが、坊主だからと刀を佩《お》びることを免れた。

中ごろ　いささか思い通りに事がはこんで、藤谷に小庵を作って住みついた。
恒産は　そんなに多くは無かったけれど、數人の労務の割り當ぐらいは負担できた。
經文を　暇な時に讀み、阿毘曇《あびどん》を一目で悟ろうとしていた。
講師となり　説經の席の補佐をして、教えの大海を徒手で探ろうとした。
しかし禪水は固《もとよ》り深奥であって、九龍の棲《す》む潭《ふち》を　どうして窺うことができよう。
輕薄な言葉での説教を、口から出そうとしては飲み込む次第。
あつかましくも坐中の客に対して、いいかげんに　あれこれ喋っているばかり。
死蛇を　打ち殺そうともせず、底の無い籃《かご》を　いっぱいにしようとしている。
せっかくの活句は　滋味を無くしてしまっているのに、癡漢《おろかもの》は　それを肯《あ》えて貪り食べようとしていた。
かくて「吾が道は東に移ってしまったのか」と、人々をひどく憂えさせてしまったのだ。
戰いに敗れ屍を車に載せること　どれほどであったか、こんなことでどうして人の長となることができようか。
吾が友　不聞子は、森羅萬象を胸中に蓄えており。
國の内外を兼《か》ね濟《すく》ふことのできる才能を有し、大小にかかわらず深く究めて怠らない。
「常棣」の詩にあるように　兄弟　仲良く、私の心は　このうえなく楽しかった。
時の人は　私とあなたを並べて称するのに、韓非が忝なくも老子と列《なら》んでいるようだと言った。
また或る人は　賢者が劣者に　遜《へりくだ》っているのを怪しみ、程本が郯《だん》から歸ってきたのかと疑った。
私たちは互いに琢磨し　問答したが、あなたは鬱頭藍の處などで學ぶ人ではなかった。
以來　次第に會うことも少なくなり、秦兵は函谷關を窺わなくなった。
天はこうして蘇秦の舌を巻いてしまったけれど、再會することの何と速やかであったことか。
臭《にほひ》と味は　もともと二人は同じであり、議論は　あたかも蓋《ふた》と函《はこ》のようにぴったり。

そこに見られる論理は すぐれており、まことに見事 會稽の蚧《かい》の模様。
玄微なる理には 固《もと》より至り盡くしており、宛轉として 至らぬところは無い。
その幽遠なる境地には 誰も到ることはできず、古い洞穴に 煙嵐がかかっているような感じである。
天龍は あなたを推擧すべきであり、迷途において正しい方角を指示してもらえよう。
鸞凰は鸑鷟から生まれるものではあるが、田鼠が鴽《うづら》に化することもあるのだ。
安泰であれ災難であれ 共に極まることがある、それは常の理で 人は皆なそれを心得ている。
あの鐘の音を知らないか、達聲と微聲は 餘り有るのと聲を成さないのとで違いがあるのだ。
あなたからの詩に和して 燈の前に坐っていると、辺りの物音も いつしか絶えている。
風の音も沈まり 夜更けの太鼓は近くに聞こえ、夜も已に三夜が過ぎている。
昔の誓いは わずかに血を歃《ぬ》っただけ、詩文の戰いは まさにたけなわになろうとしている。
河北の戰いでは項羽の救援を頼みとしたが、南陽の戰いは劉邦の勝利に終わったではないか。

38 藤谷書懷六首

其一

溟濛海氣帯春陰　溟濛《めいまう》たる海氣《かいき》 春陰《しゆんいん》を帯《お》ぶ
何似瘴煙蠻霧深　何《なん》ぞ 瘴煙《しやうえん》 蠻霧《ばんむ》の深《ふか》きに似《に》たる
困眼嬾開頭暈重　困眼《こんがん》は開《ひら》くに嬾《もの》う く 頭《あたま》は暈《くら》みて重《おも》し
半醒半酔擁寒衾　半《なかば》は醒《さ》め半《なかば》は酔《よ》ひて 寒衾《かんきん》を擁《よう》す

【語釈】

＊『自歴譜』の元弘四年（一三三七）の条に「春、建長に歸る。源將軍（足利尊氏）、筑紫より歸りて京師に鎮す。大友吏部（氏泰）乃祖の藤谷（崇福庵）に墳するを以て住《とど》まらんことを請ふ。時に三十八歳なり」とあり、暦應三年（一三四〇）の条に「誓ひて藤谷の門を杜《とざ》す」、四年に「門を藤谷に杜《とざ》す。日本書を修む」、康永元年（一三四二）に「藤谷にて歳を過ごす」などと書かれているので、この時期の作と考えられる。

［溟濛］暗々と蔽われているさま。

［海氣］海辺の氣。

［春陰］春霞。

［瘴煙蠻霧］熱病などを起こす毒氣で、中國南部辺りの川に生ずるという。ここは「春陰を帯び」た「溟濛たる海氣」が、あの「瘴煙蠻霧」を想起させるのをいう。

［困眼嬾開］「眼」字、原本は「眠」に作るも、「開」字との關係を考えて「眼」に改めた。范成大の「緩帯軒獨坐」詩に「蒙蒙たる困眼　安んずる處無く、閑《しず》かに炉烟の竹梢に到るを送る」とある。

［擁寒衾］寝床で冬布團を抱いている。

【訳】

其の一

暗々《くらぐら》とした海辺の氣は　春霞を帯びている、それは毒氣を含む蠻霧の深さに何とよく似ていることか。

渋い眼は開けるのが大儀で　頭はふらふらして重く、半醒半酔の状態で　冬の夜着を抱えている。

其二

永日悠悠雨未晴
幾回眠熟幾回驚
煮茶換水頻煩僕
隱几攤書自遣情

永日《えいじつ》　悠悠《いういう》　雨《あめ》は未《いま》だ晴《は》れず
幾回《いくたび》か眠《ねむ》りの熟《じゆく》し　幾回《いくたび》か驚《おどろ》く
茶《ちや》を煮《に》て水《みづ》を換《か》へ　頻《しき》りに僕《しもべ》を煩《わづら》はせ
几《き》に隱《よ》りて書《しよ》を攤《ひら》き　自《みづか》ら情《じやう》を遣《や》る

【語釈】

[永日悠悠]『詩經』唐風・山有枢に「山に漆有り、隰に栗有り。子《し》に酒食有り、何ぞ日として瑟を鼓せざる。且つは以て喜楽し、且つは以て日を永くせん。宛として其れ死せば、他人 室に入らん」とあるのに拠った。

[攤書] わからないことを調べるために書冊を開き並べること。杜甫「宗武に示す」詩に「句を覓《もと》めて新たに律を知る、書を攤《ひら》きて牀に滿たしむるを解す」とある。

[遣情] 氣晴らしをする。

【訳】

其の二

一日中 閑《しず》かで暇《ひま》 雨はまだやまない、何度か熟睡し 何度か目を覺ます。

茶を煮んとして水を換えるが その都度 下僕を煩わせ、几《つくえ》に依りかかり書物を開き並べて氣晴らしをする。

其 三

静居無共語間懐
又怯春寒牕不開
未免庭前風拂草
日長幾度問誰來

静居《せいきょ》 共《とも》に間懐《かんくわい》を語《かた》るもの無《な》く
又《ま》た春寒《しゅんかん》に怯《おび》えて 牕《まど》も開《あ》けず
未《いま》だ免《まぬか》れず 庭前《ていぜん》に風《かぜ》の草《くさ》を拂《はら》ひ
日《ひ》 長《なが》くして幾度《いくたび》か 誰《たれ》か來《きた》ると問《と》ふを

【語釈】

[間懐] のびやかな懐い。

[庭前風拂草] 庭先で風が草を吹く音を聞いては（誰か來たのかと問う）。

[日長幾度問誰來] 韓愈の「兒に示す」詩に「門を開けば誰か來ると問ふに、卿大夫に非ざる無し」とある。

【訳】

其の三

静かな住まいで のんびりした思いを話し合う人もなく、又た初春の寒さに怯《おび》えて 窓も開けていない。

庭先で風が草を吹き拂う音を聞いては、日長の一日 誰か來たかと幾度も問う始末だ。

其 四

夢與丘軻論古文　夢《ゆめ》に丘《きゅう》・軻《か》と古文《こぶん》を論《ろん》じ
都將世事付浮雲　都《すべ》て世事《せいじ》を將《もっ》て浮雲《ふうん》に付《ふ》す
縦横奔逸藤陰裏　縦《じゅう》横《おう》に奔逸《ほんいつ》す藤陰《ふぢかげ》の裏《うち》
天地空空冀北群　天地《てんち》に空空《くうくう》たり冀北《きほく》の群《むれ》

【語釈】

［丘軻］孔子と孟子。「丘」は孔子の名、「軻」は孟子の名。

［古文］古道をいう。

［浮雲］はかない物事の意。『論語』述而篇に「不義にして富み且つ貴きは、我に於て浮雲の如し」とあるのによる。

［奔逸］のびのびと過ごしている。

［藤陰裏］藤谷の家のなか。

［空空冀北群］優れた人物がいなくなったことをいう。「冀北群」は冀州の北部（今の河北省の地）の馬群の意。韓愈「温處士を送る序」に「伯楽 一たび冀北の野を過ぎて、馬群 遂に空し」とある。

【訳】

其の四

夢の中で孔子・孟子と古えの道について論じ、すべて世事を浮雲のごときものとした。

私はのびのびと藤陰の家で過ごしているけれど、天地には人物は全く見當たらず 冀北の馬群のようだ。

其 五

一顆分明照夜珠　　一顆《くわ》の分明《ぶんめい》 夜《よ》を照《て》らす珠《たま》
久蒙塵土見塗糊　　久《ひさ》しく塵土《ちんど》を蒙《かうむ》り 塗糊《とこ》と見《み》らる
海神困重不能識　　海神《かいじん》 困《くる》しみ重《かさ》なりて 識《し》る能《あた》はず
可與蜣蜋糞彈倶　　蜣蜋《きやうらう》の糞彈《ふんだん》と倶《とも》にす可《べ》し

【語釈】

［一顆分明］一粒の明らかな（珠）。自分のことを言うのであろう。

［塗糊］愚か者。「糊塗」に同じ。

［海神］次の「其の六」に「海國云云」とあるから、日本の神、すなわち天皇を指すのであろうか。

［蜣蜋］糞ころがし。くそ虫。『爾雅』釈蟲の疏に「糞土を噉《くら》ひ、喜《この》んで糞を取りて丸《たま》を作り、之を轉がす」とある。

【訳】

其の五

一粒の明るい 夜を照らす珠、長い間 塵土にまみれて 駄目なものとされてきた。
海の神も苦労が重なって 真価を識ることができず、かくて糞ころがしの糞玉と一緒に扱われている。

其 六

海國歸來八九年　　海國《かいこく》 歸《かへ》り來《きた》りて 八九年《ねん》
労神石上欲栽田　　神《しん》を労《らう》して石上《せきじやう》に田《た》を栽《つく》らんと欲《ほつ》す

焦芽敗種何能用　　焦芽《せうが》 敗種《はいしゅ》 何《なん》ぞ能《よ》く用《もち》ひん
莫若休耕且放眠　　耕《かう》を休《や》め 且《しばら》く放眠《はうみん》するに若《し》くは莫《な》し

【語釈】

［海國］日本のこと。

［歸來八九年］圓月が中國から歸ったのは、元弘二年（一三三二）三三歳のことであり、それから「八九年」というから四一、二歳の頃になる。

［石上欲栽田］石の上に田を作ろうとすることで、無理なことをしようとするのを言う。

［焦芽敗種］焼け焦げた芽と腐った種。生長したり、芽が出たりすることのないもの。つまり役に立たないもの。

［放眠］存分に眠ること。

【訳】

其の六

島國に歸ってきて 八・九年、神《こころ》を労して石の上に田を作ろうとした。
しかし焦げた芽 腐った種子が どうして役に立とう、田作りをやめて 暫くゆっくりと眠るのが一番だ。

39 和答東白
和《わ》して東白《とうはく》に答《こた》ふ

海國風揚沙　　海國《かいこく》 風《かぜ》 沙《すな》を揚《あ》ぐれば
幽尋欲移居　　幽尋《いうじん》し 居《きよ》を移《うつ》さんと欲《ほつ》す
枌陰情已曠　　枌陰《ふんいん》 情《じやう》は已《すで》に曠《むな》しきも
鷗社懷未虚」　鷗社《おうしや》 懷《おも》ひは未《いま》だ虚《むな》しからず

弘道在斯人
毋復思其餘
君方與吾期
伴間脩舊書」
從此不他適
園圃既自鋤
冉冉春強半
盤薦曽種蔬」
使我霞孤映
林壑意何如
扃幌対青史
師古心聊舒」
衡門誓不出
隘巷隔車輿
雖容問字客
庭禁鳴佩琚」
幽蘭不見芳
内美怜三閭
寧可化爲碧
暮景誰華予」

道《みち》を弘《ひろ》むるは 斯《こ》の人《ひと》に在《あ》り
復《ま》た其《そ》の餘《よ》を思《おも》ふこと毋《なか》れ
君《きみ》は方《まさ》に吾《われ》と期《き》し
伴間《はんかん》 舊書《きうしよ》を脩《おさ》む
此《こ》れ從《よ》り 他《た》に適《ゆ》かず
園圃《ゑんぽ》をば 既《すで》に自《みづか》ら鋤《す》く
冉冉《ぜんぜん》として 春《はる》も強半《なかばすぎ》
盤薦《ばんせん》は 曽《すなは》ち種《う》ゑし蔬《そ》なり
我《われ》をして霞《かすみ》 孤《ひと》り映《えい》ぜしむれば
林壑《りんがく》は 意《い》 何如《いかん》
幌《とばり》を扃《おろ》して 青史《せいし》に対《たい》し
古《いにしへ》を師《し》として 心《こころ》を聊《いささ》か舒《の》ばす
衡門《かうもん》より 誓《ちか》ひて出《い》でず
隘巷《あいかう》は 車輿《しやよ》を隔《へだ》つ
字《じ》を問《と》ふ客《きやく》を容《い》るると雖《いへど》も
庭《には》に佩琚《はいきよ》を鳴《な》らすを禁《きん》ず
幽蘭《いうらん》は 芳《はな》を見《あら》はさず
内《うち》なる美《び》は 三閭《さんりよ》よりも怜《さと》し
寧《いづく》んぞ化《くわ》して碧《へき》と爲《な》る可《べ》けんや
暮景《ぼけい》に 誰《たれ》か予《よ》を華《はな》やかにせん

設使長不死　設使《たと》へ長《なが》く死《し》せざらしむるも
爲肯窃薬蟠　爲《ため》に薬蟠《やくしよ》を窃《ぬす》むを肯《がへ》んぜんや
君誠存厚義　君《きみ》 誠《まこと》に厚義《かうぎ》を存《そん》すれば
中心以詩攄」　中心《ちゆうしん》 詩《し》を以《もつ》て攄《の》べん
形迹任胡越　形迹《けいせき》は 胡越《こゑつ》に任《まか》すも
大道混戚疏　大道《たいだう》は 戚疏《せきそ》を混《こん》ず
育徳志果行　徳《とく》を育《そだ》てて 行《おこな》ひを果《くわ》にするを 志《こころざ》し
龍吟仮草廬」　龍吟《りゆうぎん》して 草廬《さうろ》に仮《か》りずまいす
成敗惟天命　成敗《せいはい》は 惟《こ》れ天命《てんめい》
宜守道所於　宜《よろ》しく道《みち》の於《よ》る所《ところ》を守《まも》るべし
不見陰陽氣　陰陽《いんやう》の氣《き》を見《み》ざるも
有吸復有嘘」　吸《す》ふこと有《あ》り 復《ま》た嘘《は》くこと有《あ》り
我輩機知浅　我《わ》が輩《はい》は 機知《きち》 浅《あさ》く
善詐何及狙　善《よ》く詐《いつは》るは 何《なん》ぞ狙《そ》に及《およ》ばん
置之勿復言　之《これ》を置《お》きて 復《ま》た言《い》ふこと勿《なか》らん
水到自成渠　水《みづ》の到《いた》れば 自《おのづ》から渠《みぞ》と成《な》る

【語釈】

［東白］ 曙藏主。諱は圓曙、東白は号。出家の後、建長寺の東明慧日に参じて其の心要を受け、藏主となる。生涯、藏主の役を通し、一寺にも住せず。

［幽尋］ 奥深い場所を探し尋ねる。

［枌陰］ 漢の高祖劉邦の郷里が豊邑の枌楡であったことから、轉じて郷里をいうようになった。

［鷗社］鷗盟。浮き世の外の會盟。風流の交わりを、鷗が沙洲に群れているのにたとえていう。

［弘道在斯人］「弘道」は、『論語』衛靈公篇に「子曰く、人能く道を弘む。道の人を弘むるに非ざるなりと」とあるのに拠った。「斯人」は同じく『論語』微子篇に「子曰く、吾は斯の人の徒と與《とも》にするに非ずして誰と與にせんと」とあるのに拠った。ここでは「斯人」は、詩を贈る相手を指している。

［伴間］仲間うち。

［舊書］古くから傳えられている書物。

［冉冉］次第に。

［強半］半ば過ぎ。大半。

［盤薦］客人に出す食べ物。

［種蔬］畑でとれた菜。

［使我霞孤映、林壑意何如］南齊・孔稚珪《こうちけい》の「北山移文」(『文選』巻四三)に「我が高霞をして孤《ひと》り映じ、明月をして獨り擧がらしむ。青松は陰《かげ》を落とし、白雲は誰をか侶《とも》とせん。是に於て列壑は争ひ譏り、攢峰は竦《そばだ》ち誚《そし》る」とあるのを踏まえる。周顒《しゅうぎょう》は鍾山に隱遁したが、後に態度を一変して詔に應じ、齊の朝廷に仕え、會稽郡海塩県の令となった。その後、顒が鍾山を過ぎようとした時、孔稚珪は山靈の言に事寄せて、顒が志を変えたことを非難し、この山に立ち寄らせまいとする文を書いた。それが「北山移文」である。

［青史］歴史の書をいう。

［師古］古《いにしえ》へを師とする。『史記』始皇帝本紀に、「事古へを師とせずして能く長久なる者は、聞く所に非ず」とある。

［衡門］木を横たえて作った門。粗末な門のこと。轉じて隱者の居をいう。『詩經』陳風・衡門に「衡門の下、以て棲遲す可し」とある。

［隘巷隔車輿］「隘巷」は、狭苦しいちまた。「車輿」は、車。陶淵明「飲酒」五に「廬を結びて人境に在り、而も車馬の喧《かまびす》しき無し」とある。

［問字客］文字を問ねに來る客人。『漢書』楊雄傳に「時に好事者有り、酒を載せて奇字を問ふ」とある。

［鳴佩琚］官吏が來ることをいう。「佩琚」は、官吏が腰に帯びる玉。佩玉。

［幽蘭］奥深い谷間に咲く蘭の花。『楚辭』離騒に「時は曖曖として其れ將に罷《く》れんとし、幽蘭を結びて延佇《たたず》む」とある。

［内美怜三閭］楚の屈原を指す。屈原は楚の王族、昭・屈・景のことを司る三閭大夫であった。『楚辭』離騒に「紛として吾既に此の内美有り、又た之に重ぬるに修能を以てす」とあり、その王逸注に「内に天地の美氣を含むなり」という。

［化爲碧］周の靈王の忠臣萇弘は蜀で殺されたが、蜀の人がこれを哀れんで其の血を隠していた。三年ほどしてそれを見ると、碧玉になっていたという。『莊子』外物篇に「人主は其の臣の忠を欲せざる莫し。而れども忠は未だ必ずしも信ぜられず。故に伍員は江に流され、萇弘は蜀に死し、其の血を藏すること三年にして化して碧と爲る」とある。

［暮景誰華予］「暮景」は、老境をいう。『楚辭』九歌に「歳 既に晏《く》れたり 孰《たれ》か予を華やかにせん」とあり、注に「年歳晩暮、將に疲老せんと欲す。誰か當に復た我をして栄華ならしむべき」という。

［窃薬蟾］「薬蟾」は、不死の薬。「蟾」は、蟆《がま》のことで月の精。恒娥のこと。羿の妻の恒娥は、羿が西王母にもらった不死の薬を窃んで月に奔ったと傳えられる。

［形迹任胡越］「胡」は遠い北の國、「越」は遠い南の國。『莊子』徳充符篇に「其の異なる者より之を視れば、肝胆も楚越。其の同じき者より之を視れば、萬物も皆な一なり」とある。

［大道混戚疏］「戚疏」は、親しい者と疎遠な者。佛の大道は、近い者も遠い者も、あわせて済《すく》い取る。

［育徳志果行］『易』蒙の卦に「君子は以て行ひに果にして徳を育ふ」とあるのに拠った。君子は爲すべき行いをなし遂げ、静かに自分の徳を養い育てる。

［龍吟仮草廬］龍が吟ずれば雲が湧く。龍はその雲に乗じて天に昇る。つまりここは時機を待っていることをいう。「吟」字、一本は「臥」に作る。「蜀志」諸葛亮傳に「先主 新野に屯す。徐庶 之に見《あ》ひて曰く、諸葛孔明は臥龍なり。宜しく駕を枉《ま》げて之を顧《かへり》みるべし」と。また「先帝は臣が卑微な

るを以てせず、猥《みだ》りに自ら枉屈して、三たび臣を草廬の中に顧みる」とある。

［道所於］道の存するところ。「於」は、存の意。

［不見陰陽氣、有吸復有噓］「吸・噓」は、吸ったり、吐いたりすること。『文子』道原に「陰陽を噓吸し、故《ふる》きを吐き新《あらた》なるを納《い》る」とある。

［機知浅］相手を騙す智恵が浅い。

［善詐何及狙］狙公が狙《さる》たちを欺いた話（朝三暮四）を踏まえる。

［水到自成渠］水が流れてくれば自然に渠《みぞ》ができる。時機が到來すれば、事は自然によくなることをいう。


【訳】

和して東白に答える詩

島國では風が沙を吹き上げるので、奥深い所を尋ねて住まいを移そうと考えた。

郷里に対する情は已に薄らいだが、鷗社への懐いは まだ無くなってはいなかった。

道を弘めることができるのは此の人によるのであり、復た其の他のことを思う必要はなかった。

君はそのとき 私と話を決めて、仲間内で 舊い書物を讀むことにした。

それからは他の場所に行かず、田畑で 自ら耕作した。

次第に季節は移って 春もはや半ば過ぎ、客人に出す食べ物は 畑でとれた野菜。

私が若《も》し霞を孤《ひと》り寂しく映じさせるようなことをすれば、林や壑は どのような思いをするであろうか。

帳《とばり》を下ろして歴史の書物に向かい、古へを師として いささか心を伸びやかにする。

粗末な門からは 誓って外へは出ず、狭くるしい路地裏は車輿が入るのを隔てている。

字のことを問ねる客を容れることがあっても、庭に役人が入ってくるのはお断り。

深い谷間の蘭は芳香を流しはしないが、その内なる美しさは屈原のそれよりも優れている。

我が血は どうして碧玉に化したりしようか、この年になって誰が私を華やかにしてくれようか。

もし長く死なないようにできるとしても、その爲に不死の薬を窃《ぬす》もうとはしない。

あなたは誠に厚義を持っておられるので、私の心のうちを詩に託して述べるのです
遠く離れて行動していても、大道は遠きも近きもひとまとまりにしてしまう。

德を育て行いを果たさんことを志し、草廬に仮ずまいして時機の到來を待っている次第。

成敗は ただ天命のままであり、我々は道の存するところを守らなければならない。

陰陽の氣を見ることがないとしても、吸うことは有り 復た吐くことも有る。

私どもは機知が浅くて、うまく詐《だま》すことは どうして狙公《そこう》に及ぼうか。

そんな事を言うのは止めて もう何も言うまい、水が到れば 自ずから渠《みぞ》ができるものなのだ。

40 藤谷春日二首

其一

客去藤陰轉寂寥
倚門供望到山椒
寒鴉色引碧雲合
初月影隨紅霧消」
海送南風行夏令
天將陰雨怒春潮
居閑獨喜於詩律
細著工夫楮葉雕

客《きやく》 去《さ》りて 藤陰《とういん》は轉《うた》た寂寥《せきれう》
門《もん》に倚《よ》り 供《きよう》し望《のぞ》みて山椒《さんせう》に到《いた》る
寒鴉《かんあ》 色《いろ》は碧雲《へきうん》を引《ひ》きて合《がつ》し
初月《しよげつ》 影《かげ》は紅霧《こうむ》に隨《したが》ひて消《き》ゆ
海《うみ》は南風《なんぷう》を送《おく》りて夏令《かれい》を行《おこな》はんとし
天《てん》は將《まさ》に陰雨《いんう》ならんとして春潮《しゆんてう》 怒《いか》る
閑《かん》に居《を》りて獨《ひと》り詩律《しりつ》を喜《よろこ》び
細《こま》やかに工夫《くふう》を著《あらは》し 楮葉《ちよえふ》に雕《しる》す

【語釈】

［藤陰］藤谷の居のこと。

［倚門供望］『戰國策』齊策の、王孫賈の母が賈に言った言葉に「女《なんぢ》 朝に出て晩に來らば、則ち吾は門に倚《よ》りて望まん。女 暮に出て還らざれば、則ち吾は閭に倚りて望まん」とある。すなわち、子の歸りを待つ母親の心を言ったものであるが、ここは去っていった「客」を望むことを言う。

［山椒］山のいただき。山頂。

［初月］三日月。「月」字、一に「日」に作る。

［行夏令］『礼記』月令に「孟春に夏の令を行はば、則ち雨水は時ならず」とある。

［詩律］詩のきまり。ここは詩を作ることをいう。

［工夫］思慮をめぐらす。手段を講ずる。

［楮葉］こうぞの葉。紙のこと。

【訳】

藤谷の春日

其の一

客人が去って此の藤谷の住まいもいよいよ寂しくなった、私は門に依りかかり 去って行った人を望んで山の頂きにまで到った。

寒鴉の色は 流れてきた碧雲とあわさり、初月の影は かかってきた紅霧に隨って消えた。

海は南風を送って 夏のような気配、陰雨が降りそうになり 春の潮は波立っている。

のんびりと過ごし 獨りで詩の調べを楽しみ、細やかに思慮をめぐらしては 紙に書きしるす。

其の二

麻衣糲飯淡黃虀　麻衣《あさごろも》に糲飯《れいはん》 淡黃《たんわう》の虀《あへもの》

不出衡門學虎溪　衡門《かうもん》を出《い》でざるは 虎溪《こけい》に學《まな》ぶ

講易論詩隨分有
高名令望豈思齊」
畹蘭將茂力除草
庭菊欲苗停杖藜
動爲舊交情未絶
著書何日得如嵇

易《えき》を講《かう》じ詩《し》を論《ろん》じて　分《ぶん》の有《あ》るに隨《したが》ひ
高名《かうめい》　令望《れいばう》　豈《あ》に齊《ひと》しきを思《おも》はん
畹《はたけ》の蘭《らん》の將《まさ》に茂《しげ》らんとすれば　除草《じよさう》に力《つと》め
庭《には》の菊《きく》の苗《めば》えんとすれば　杖藜《じやうれい》を停《とど》む
動《やや》もすれば舊交《きうかう》の　情《じやう》　未《いま》だ絶《た》えざるを爲《な》す
書《しよ》を著《あらは》して何《いづ》れの日《ひ》か　嵇《けい》の如《ごと》きを得《え》ん

【語釈】

［麻衣］麻で作った衣服。

［糲飯］玄米の飯。

［淡黄虀］黄味がかった虀（あえもの、なます）。

［衡門］木を横たえただけの粗末な門。轉じて隱者のすみかをいう。『詩經』陳風・衡門に「衡門の下、棲遲すべし」とある。

［學虎溪］（虎溪三笑）晋の慧遠法師が廬山の東林寺に居り、まだ寺の下の方にある虎溪を渡ったことがなかったが、或る日、陶淵明、陸修静の二人を送って行き、覺えず虎溪を渡ってしまい、虎の嘯くのを聞いて安居禁足の誓いを破ったことに氣づき、三人は相顧りみて大笑したという故事。

［隨分有］分に隨った生活がここに有る。

［思齊］賢者の爲すところを見て、それに齊《ひと》しからんことを思うこと。『論語』里仁篇に「子曰く、賢を見ては焉《これ》に齊《ひと》しからんことを思ひ、不賢を見ては内に自ら省りみるなり」とある。

［畹蘭］「離騷」に「余は既に蘭を九畹に滋《う》ゑ、又た蕙を百畮に樹《う》う」とある。

［欲苗］芽を出そうとする。

［停杖藜］散歩の途中、藜《あかざ》の杖をとどめて。

［動］折りにふれて。どうかすると。

［著書何日得如嵇］嵇康は晋の人。字は叔夜。官は中散大夫。竹林の七賢の一人。「山巨源に與へて交はりを絶つの書」（『文選』巻四三）がある。何時になったら嵇康のように自分の意のままの生活が

できるのだろうと言う。

【訳】

其の二

麻の衣に玄米の飯《めし》 それと黄味がかった和《あ》えもの、衡門を出ないのは虎溪に學んだものだ。

『易』を講じ『詩』を論じ 分に隨ってやっている、高名令望が どうして世の賢者と齊《ひと》しいことを思おうか。

畑の蘭が茂り始めると除草につとめ、庭の菊が芽を出そうとすれば藜《あかざ》の杖を停める。

折りにふれて情のまだ絶えていない舊交をあたためたりするが、何時になったら嵇康《けいこう》のように絶交書を書くことができるのだろうか。

41

謝竺仙和尚訪

竺仙《ちくせん》和尚《をしやう》の訪《おとづ》れを謝《しや》す

窮巷晝長春睡驚　　窮巷《きゆうかう》 晝長《ひるなが》く 春睡《しゆんすゐ》 驚《おどろ》く
咿咿軋軋送嘉聲　　咿咿《いい》 軋軋《あつあつ》と 嘉聲《かせい》を送《おく》る
停車麦浪隴頭立　　車《くるま》を麦浪《ばくらう》に停《とど》めて隴頭《ろうとう》に立《た》ちたれば
倒屣菜華籬外迎」　　屣《はきもの》を菜華《なのはな》に 倒《さかしま》にして籬外《りぐわい》に迎《むか》ふ
光塞里閭人改觀　　光《ひかり》は里閭《りりよ》に塞《あふ》れ 人《ひと》は觀《くわん》を改《あらた》め
澤流岩谷草生榮　　澤《めぐみ》は岩谷《がんこく》に流《なが》れ 草《くさ》は榮《ひかり》を生《しやう》ず
瓣香欲走謝臨屈　　瓣香《べんかう》もて走《はし》りて臨屈《りんくつ》を謝《しや》せんと欲《ほつ》するに
争奈已成蓮社盟　　争奈《いか》んせん 已《すで》に蓮社《れんしや》の盟《ちか》ひを成《な》す

【語釈】

［竺仙和尚］竺仙梵僊（一二九二～一三四八）のこと。明州（浙江省）象山県の人。臨濟宗楊岐派松源派。古林清茂に参じて其の法を嗣ぐ。天暦二年（一三二九）、明極楚俊について來日。暦應四年（一三四一）勅命によって南禪寺に住した。（この頃、中巖は藤谷に退居していた。）朝廷は南禪寺の寺格を天下第一に昇らせた。貞和二年（一三四六）真如寺に赴き、翌年、建長寺に住した。同四年、示寂。五七歳。

［窮巷］寂しい村。

［咿咿軋軋］車のきしる音の形容。

［麦浪］青い麦畑が風で浪のように揺らぐのをいう。

［倒屣］慌てて履物を逆さまに履いて來客を迎えること。人を歓迎することをいう。蔡邕が王粲の來訪に際し、慌てて履物を逆さに履いて迎えた話による。（『三國志』魏書・王粲傳）

［瓣香］形が花弁に似た香。もと禪僧が人を祝福する時にたいたもの。轉じて、人を欽仰することをいう。

［臨屈］御來駕。

［争奈］いかんせん。どうしよう。

［蓮社盟］「蓮社」は、東晋の慧遠が、太元年間に廬山の北に般若雲台精舎を建て、志を同じくする僧俗百二十三人を集めて作った佛教の結社。ここは「安居禁足」のことを言うか。

【訳】

　竺仙和尚の訪れに感謝する

田舎の村の長い晝　私は春の眠りを覚まされた、ぎしぎしと　嘉《よ》き音が聞こえてきたのだ。

（和尚は已に）車を麦の浪の中に停めて畔《あぜ》の辺《ほとり》に立ち、私は菜の花の中　履物を逆さにして籬《まがき》の外にお出迎え。

輝きは里閭にあふれ　人々は目をみはり、澤《めぐ》みは岩谷のあいだに流れて　草は輝きを上げる。

瓣香をたき　走り寄って御來駕を謝せんとしたが、いかんせん　已に「蓮社」の誓いをしてしまった此の身。

42 和答玄森侍者

和《わ》して玄森侍者《げんしんじしゃ》に答《こた》ふ

詩成寄我不常齊
涵蓄情深讀者迷
未見象牙生在鼠
何期鵠卵伏於鶏」
潛魚豈可脱淵去
靈鳥宜須択木棲
句法誰知有憑拠
定應宗派自江西

詩成《しな》りて我《われ》に寄《よ》するも 常《つね》には齊《ひと》しからず
涵蓄《かんちく》の情深《じやうふか》く 讀《よ》む者《もの》は迷《まよ》ふ
未《いま》だ象牙《ざうげ》の 生《は》えて鼠《ねづみ》に在《あ》るを見《み》ず
何《なん》ぞ鵠卵《こくらん》の 鶏《にはとり》に伏《ふく》するを期《き》せん
潛魚《せんぎよ》は豈《あ》に淵《ふち》を脱《だつ》して去《さ》る可《べ》けんや
靈鳥《れいてう》は宜《よろ》しく 須《すべから》く木《き》を択《えら》びて棲《す》むべし
句法《くはう》 誰《たれ》か知《し》らん 憑拠《よりどころ》の有《あ》るを
定《さだ》めて應《まさ》に宗派《しゆうは》は江西《かうせい》自《よ》りのものなるべし

【語釈】

［玄森侍者］中巖の作品には、此處以外に玄森侍者の名は見えない。「侍者」は、住持の給仕・補佐をする役。

［涵蓄］深く蓄えられた内容。

［讀者迷］「讀者」は、寄せられた詩を讀む者。作者もその一人である。「迷」は、何と言って批評したらよいのかわからない。つまり何が詠われているのかよくわからないらしく、圓月も迷惑がっているようである。

［未見象牙生在鼠］象牙のような立派な物が、鼠などに生えているのを見たことがない。つまり、優れた詩人が、つまらない師のもとに育った例はないことを言う。

［何期鵠卵伏於鶏］「鵠卵」は白鳥の卵で、大きいものの喩え。『莊子』庚桑楚に「越鶏不能伏鵠卵、魯雞固能矣」（越鶏は鵠卵を伏《かへ》す能はざるも、魯

雞は固より能くす）とある。詩才ある人が、つまらぬ師につくことはないと言う。玄森侍者のついている師のことを指して言うのであろう。

［潜魚豈平脱淵去］『老子』第三六章に「魚は淵より脱す可からず、邦の利器は以て人に示す可からず」とある。深い淵に潜んでいる魚は、その淵から抜け出ることはできない。一度その淵に住みついたらそこから抜け出ることは難しい。玄森と詩作の師について言うのであろう。

［靈鳥宜須択木棲］素質のある人は、つくべき師を選ばなければならないことを言う。哀公十一年の『左氏傳』に「鳥は則ち木を択ぶも、木は豈に能く鳥を択ばんや」とある。

［句法］詩の作り方。作法。

［江西］江西詩派を指す。宋の黄庭堅を宗とするもの。玄森侍者の師匠の詩派についてのこと。


【訳】

玄森侍者に和し答える

詩が成ると私の所へ寄せられるが　あちらこちらむらがあり、含蓄された情が深くて　讀む者は迷ってしまう。
象牙が鼠に生えたのを　これまで見たことはないし、どうして鵠卵のように大きなものが鶏に抱かれることがあろう。
淵に潜《ひそ》んでいる魚は　どうしてそこから抜け出ることができようか、靈なる鳥は木を選んで棲むべきものである。
詩の作法については拠るべき所があるとも思えないが、きっと宗派は江西派から出たものにちがいない。

43　贈求書人
書《しょ》を求《もと》むる人《ひと》に贈《おく》る

顔筋柳骨委塵泥　顔筋《がんきん》柳骨《りゅうこつ》は　塵泥《ちんでい》に委《ゆだ》ねられ

春蚓秋蛇天可梯
野鶩何曽期見愛
亦應人有厭家鶏

春蚓《しゅんいん》 秋蛇《しゅうだ》は 天《てん》に梯《はしご》す可《べ》し
野鶩《やぼく》は何《なん》ぞ曽《かつ》て愛《あい》さるるを期《き》せん
亦《ま》た應《まさ》に人《ひと》の 家鶏《かけい》を厭《いと》ふ有《あ》るべし

【語釈】

［顔筋柳骨］唐の顔真卿、柳公権の書法をいう。

［春蚓秋蛇］春のみみず、秋の蛇。字體が細く曲がりくねっていて拙いことをいう。『晋書』王羲之傳、唐・太宗の制に「行行 春蚓を縈《めぐ》らすが若く、字字 秋蛇を綰《つな》ぐが如し」とある。

［野鶩・家鶏］「家鶏を厭ひて野鶩を愛す。」家にある良いものを棄てて、外にある悪いものを愛する。「野鶩」は、雁のこと。ここでは、書を求める人に向かって「自分の家にある良い筆蹟を棄てて、私の書などをどうしてまたお求めになるのか」と言っている。宋・蘇軾の「劉景文 藏する所の王子敬の帖に書す」に「家鶏 野鶩は 同《とも》に俎に登り、春蚓 秋蛇は 総《す》べて奩《はこ》に入る」とある。

【訳】

書を求める人に贈る

顔筋 柳骨は 塵泥に棄てられ、春蚓 秋蛇は 天にも梯子をかける勢い。
野鶩などがどうして人に愛されることを期待したであろう、やはりまた 家鶏を厭《いと》う人もいるようである。

44 和酬東白二首

和《わ》して東白《とうはく》に酬《こた》ふ二首

其 一

坡上青青松樹間
浩然之氣傲齊桓
好詩應是窮中得
玄義方宜静處看」
脱粟乏儲心自足
寒牀早起夢常殘
志高不肯嘗薑杏
蒙養功成最可歡

坡上《はじやう》　青青《せいせい》　松樹《しようじゆ》の間《かん》
浩然《かうぜん》の氣《き》は　齊桓《せいくわん》に傲《おご》る
好《よ》き詩《し》は應《まさ》に是《こ》れ窮中《きゆうちゆう》に得《う》べく
玄義《げんぎ》は方《まさ》に宜《よろ》しく静處《せいしよ》に看《み》るべし
脱粟《だつぞく》　儲《たくは》へに乏《とぼ》しきも　心《こころ》は自《おのづ》から足《た》る
寒牀《かんしやう》　早《つと》に起《お》きて　夢《ゆめ》は常《つね》に殘《のこ》る
志《こころざし》の高《たか》ければ　薑杏《きやうあん》を嘗《な》むるを肯《がへ》んぜず
蒙養《まうやう》にして功成《かうな》るは　最《もつと》も歡《よろこ》ぶ可《べ》し

【語釈】

〔東白〕39「和答東白」参照。

〔浩然之氣〕天地間に充満している至大至剛の氣。これが人間に宿ると何物にも屈しない道徳的勇氣となる。『孟子』公孫丑篇の孟子の議論の中に見える。

〔齊桓〕春秋時代、齊の桓公。管仲を用いて冨國強兵を計り、覇者となった。

〔玄義〕奥深い義理。

〔脱粟〕脱穀したままの穀物。『蒙求』に引く『韓子春秋』に「晏嬰、字は平仲、斉の相と爲る。常に脱粟を食ひて、味を重ねず」とある。

〔志高不肯嘗薑杏〕『林間録』に「嵩明教、初め洞山より康山に遊び、迹を開先の法席に託す。主者は其の佳《よ》き少年にして文學に鋭なるを以て、命じて書記を掌《つかさど》らしむ。明教は笑ひて曰く、我は豈に汝が一盃の薑杏湯の爲にせんやと。因りて之を去り杭の西湖に居ること三十年、關を閉じて妄《みだ》りに交はらず」とある。嘗て東白にも同様のことがあったのであろう。

〔蒙養〕蒙を發《ひら》いてやることは正を養う道である。『易』蒙卦の象傳に「蒙は以て正を養ふ。聖の功なり」とあるのによる。それは聖人となるべき仕事である。

【訳】

和して東白に答える

其の一

堤の上の青々とした松樹の間、浩然《こうぜん》の氣は齊の桓公を見下すほどだ。
好き詩は困窮の中において得られるものであるし、玄義も静かな場所でこそ見えてくるはずだ。
脱穀の貯えは乏しいが心は自ら足りており、寒い寝牀から早く起き出すので夢は常に見殘してしまう。
志が高いので「薑杏湯」など嘗めようとはしない、蒙者を啓發し正氣を養って成果のあがることこそ最も歡ばしいことだ。

其二

遽廬天地寄浮生
早晩乘雲歸帝城
風起戰塵吹血臭
日因祲氣帯陰傾
斯文自古嘆將喪
吾道何時必正名
幻幻修成心已死
惟君厚荷不忘情

遽廬《きよろ》の天地《てんち》に 浮生《ふせい》を寄《よ》すも
早晩《さうばん》 雲《くも》に乘《じやう》じて 帝城《ていじやう》に歸《かへ》らん
風《かぜ》は戰塵《せんぢん》を起《お》こし 血《ち》を吹《ふ》きて臭《くさ》く
日《ひ》は祲氣《しんき》に因《よ》り 陰《かげ》を帯《お》びて傾《かたむ》く
斯文《しぶん》は古《いにしへ》自《よ》り 將《まさ》に喪《ほろ》びんとするを嘆《なげ》く
吾《わ》が道《みち》 何《いつ》れの時《とき》か 必《かなら》ず名《な》を正《ただ》さん
幻幻《げんげん》として修《をさ》め成《な》すも 心《こころ》は已《すで》に死《し》す
君《きみ》の厚《あつ》く荷《にな》ひて 情《じやう》を忘《わす》れざるを惟《おも》ふ

【語釈】

［遽廬］はたご。旅館。『莊子』天運に「仁義は先王の遽廬なり。止《た》だ以て一宿す可くして、以て久しく處る可からず」とある。

［寄浮生］李白「春夜宴桃花園序」に「浮生 夢の如し、歡を爲すこと幾何《いくばく》ぞ」とある。

［乘雲歸帝城］『莊子』天地篇に「千歲 世を厭《いと》ひ、去りて上僊し、彼の白雲に乘じて、帝鄕に至らん」とある。

［祲氣］災いを引き起こす悪氣。妖氣。

［斯文］『論語』子罕篇に「天の將《まさ》に斯《こ》の文を喪ぼさんとするや、後死の者は斯の文に與《あづか》るを得ざるなり」とあり、儒家の教えのことをいうが、ここは佛道について言う。

［正名］大義名分を明らかにすること。『論語』子路篇に「子路曰く、衞君 子を待ちて政を爲さば、子將《まさ》に奚《なに》をか先にせんと。子曰く、必ずや名を正さんかと」とあるのによる。


【訳】

其の二

逆旅《はたご》のようなこの天地に はかない生涯を寄せているが、早晩 白雲に乘って帝城に歸ろうと思う。
風は戰塵を起こし 血を吹いて生臭く、日は妖氣のために 陰氣を帶びて傾いていく。
「斯の文」は古《いにしえ》より「將に喪《ほろ》びんとす」と嘆かれていた、吾が道は何時になったら「名を正す」ことになるのか。
とりとめもなく修業をしているが私の心は已に死んでいる、あなたが厚く受け止めてくださり 情をお忘れでないのを有り難く思う。

45 送澤雲夢

澤雲夢《たくうんばう》を送《おく》る

乾坤干戈未息時
氣埃昧目風横吹
餓者轉死盈道路
荒城白日狐狸嬉」
我問樂土在何許
一身可以安棲遲
固欲適他無所適
之子先我將何之」
倉卒告別難爲情
袖出剡藤索吾詩
浮雲流水無定迹
再得會合誠難期」
久厄艱危我羸臥
磨墨揮毫皆不爲
感君眷眷有厚意
勉強起來拂烏皮」
惜君學道不日成
如何早離金仙師
想君似我乏供給

乾坤《けんこん》 干戈《かんくわ》 未《いま》だ息《や》まざる時《とき》
氣埃《きあい》 目《め》を昧《くら》くし 風《かぜ》は 横《ほしいまま》に吹《ふ》く
餓《う》ゑし者《もの》は轉《たふ》れ死《し》して 道路《だうろ》に盈《み》ち
荒《あ》れし城《しろ》は白日《はくじつ》より 狐狸《こり》 嬉《たの》しむ
我《われ》は問《と》ふ 樂土《らくど》は何許《いづこ》にか在《あ》る
一身《いっしん》 以《もつ》て安《いづく》にか棲遲《せいち》す可《べ》きと
固《もと》より他《た》に適《ゆ》かんと欲《ほつ》するも適《ゆ》く所《ところ》無《な》きに
之《こ》の子《こ》 我《われ》に先《さき》んじて將《はた》 何《いづ》くに之《ゆ》かんとする
倉卒《さうそつ》に別《わか》れを告《つ》げられ 情《じやう》を爲《な》し難《がた》きに
袖《そで》より剡藤《せんとう》を出《い》だして 吾《われ》に詩《し》を索《もと》む
浮雲《ふうん》 流水《りうすゐ》のごとく 定《さだ》まれる迹《あと》 無《な》し
再《ふた》び會合《くわいがう》するを得《う》るは 誠《まこと》に期《き》し難《がた》し
久厄《きうやく》 艱危《かんき》に 我《われ》は羸《つか》れ臥《ふ》し
墨《すみ》を磨《す》り毫《ふで》を揮《ふる》ふこと 皆《みな》爲《な》さず
君《きみ》の眷眷《けんけん》として厚意《かうい》有《あ》るに感《かん》じ
勉強《つと》めて起來《きらい》し 烏皮《うひ》を拂《はら》ふ
君《きみ》の 道《みち》を學《まな》ばば日《ひ》ならずして成《な》らんことを惜《を》しむ
如何《いかん》ぞ早《つと》に金仙《きんせん》の師《し》を離《はな》るるや
想《おも》ふに君《きみ》は我《われ》に似《に》て 供給《きようきふ》に乏《とぼ》しく

不得已故得相辭」　已《や》むを得《え》ざるが故《ゆえ》に相辭《あひじ》するを得《う》るならん
望君此去逢佳境　君《きみ》の此《ここ》より去《さ》りて佳境《かきやう》に逢《あ》ひ
招我薯蕷同充饑　我《われ》を招《まね》き　薯蕷《しよよ》もて同《とも》に饑《うゑ》を充《み》たさんことを望《のぞ》む

【語釈】
[澤雲夢]　雲夢裔澤のこと。
[昧目]「昧」は「眯」の誤りか。『莊子』天運篇に「老聃曰く、夫れ播穅《こぬか》　目を眯《くらま》せば、則ち天下四方　位を易《か》へんと」とある。
[餓死轉死]『孟子』梁恵王下に「孟子曰く、凶年飢歳には、君の民、老弱は溝壑に轉じ、壯者は散じて四方に之《ゆ》く者　幾千人ぞ」とある。
[樂土在何許]「樂土」は、樂しい土地。『詩經』魏風・碩鼠に「樂土　樂土、爰《ここ》に我が所を得ん」とある。また杜甫「垂老別」に「何れの郷か樂土爲る、安んぞ敢へて尚ほ盤桓せん」とある。
[棲遲]　安息する。『毛詩』陳風・衡門に「衡門の下、以て棲遲す可し」とある。
[之子]　澤雲夢を指していう。『詩經』周南・桃夭に「之の子　于《ここ》に歸《とつ》ぐ、其の室家に宜《よろ》しからん」とある。
[剡藤]　紙の一種。剡溪に産する藤を原料として製したもの。
[定迹]　きまった旅路。
[眷眷]　ねんごろなさま。
[拂烏皮]　黒皮の脇息の埃を拂う。それに依りかかって字を書くことをいう。
[不日成]『詩經』大雅・靈臺に「庶民　之を攻《おさ》む、日ならずして之を成す」とある。
[金仙師]　佛道の師。ここは竺仙を指す。「金仙」は佛をいう。岑參「総持閣に登る詩」に「早《つと》に清浄の理を知り、常に金仙を奉ぜんことを願ふ」とある。
[乏供給]　貧乏をしていること。
[薯蕷]　山の芋。

【訳】

澤雲夢を送る

天地の間 戦いはまだ息《や》まず、塵埃は目を眛《くら》くし 風は吹きすさぶ。

餓えた者は倒れ死んで道路に盈《み》ち、荒れた町には晝日中から狐や狸が飛びはねる。

私は問ねる「樂土はどこに在るのか、此の身を何處《どこ》で安息させたらよいのか」と。

もともと他の土地に行きたくても行く場所が無かった、だのに此の子は私に先んじて どこに行こうとするのか。

俄かに別れを告げられて どう言っていいかわからない、袖から紙を出して私に詩を索《もと》める。

浮雲 流水のごとく あてもない旅路ゆえ、再會のほどは 誠に期し難い。

これまでの長い艱苦のために私は寝込んでしまい、墨を磨《す》り筆を揮《ふる》うことは全くしていなかったのだが。

そなたの ねんごろなる厚意に感じて、無理に起き上がって烏皮の脇息の塵を拂った。

そなたが佛道を學べば日ならずして成就したであろうことが惜しまれる、どうして早々と金仙の師のもとを離れるのか。

想うにそなたは私に似て供給が乏しく、已むを得ず去って行くのであろう。

そなたが此處を去って佳き土地に出逢い、私を招いてくれて山の芋で同《とも》に飢《うえ》を充《み》たすことを望んでいる。

東海一漚詩集　巻之三

46　寄智通講師

智通講師《ちつうかうし》に寄《よ》す

昔我十五幼且愚
已聞道徳香寰区
江南回來強三十
訪師松谷谷之隅」
古貌分明畫羅漢
尨眉雪頂顔清臞
時遭喪亂凡事廢
因循濶遠累居諸」
昨設微供枉神足
不吾僭越來過吾
前輩不似今時俗

昔《むかし》 我《われ》 十五《じふご》 幼《おさな》く且《か》つ愚《おろ》かなるも
已《すで》に道徳《だうとく》の 寰区《よ》に香《かぐ》はしきを聞《き》く
江南《かうなん》より回《かへ》り來《きた》りて三十も強《す》ぎ
師《し》を松谷《しようこく》の谷《たに》の隅《すみ》に訪《たづ》ぬ
古貌《こばう》 分明《ぶんめい》にして羅漢《らかん》を畫《ゑが》くがごとく
尨眉《ばうび》 雪頂《せつちやう》 顔《かんばせ》は清臞《せいく》
時《とき》に喪亂《さうらん》に遭《あ》ひて 凡事《はんじ》 廢《すた》るも
因循《いんじゆん》 濶遠《くわつゑん》にして 居諸《とし》を累《かさ》ぬ
昨《さく》は微供《びきよう》を設《まう》くるに 神足《しんそく》を枉《ま》げられ
吾《われ》を僭越《せんえつ》とせず 來《きた》りて吾《われ》に過《よ》ぎらる
前輩《ぜんぱい》は今《いま》の時俗《じぞく》に似《に》ず

自然不打様做模」
想像坡仙見喬仙
年既八十胸垂胡
愧我未老行携杖
惟師上山嗔人扶

自然《しぜん》にして 様《さま》を打《な》し模《も》を做《な》さず
想像《さうざう》す 坡仙《はせん》の 喬仙《きやうせん》に見《まみ》ゆるを
年《とし》は既《すで》に八十にして胸《むね》に胡《にく》を垂《た》る
我《われ》の未《いま》だ老《お》いざるに 行《ゆ》くに杖《つえ》を携《たづさ》ふるを愧《は》ぢ
師《し》の 山《やま》に上《のぼ》るに人《ひと》の扶《たす》くるを嗔《いか》るを惟《おも》ふ

【語釈】

［智通講師］未詳。『自歴譜』によれば中巌は八歳から十九歳まで鎌倉に在り、また「師を松谷に訪ふ」とも言う。鎌倉の名越村の東に松葉谷があるから、智通講師はそこに住んでいたのであろうか。

［寰区］世間。世の中。

［江南回來強三十］中巌は三十三歳の時に元《げん》國から帰った。

［古貌分明］古めかしい容貌の彫りの深さをいうか。

［羅漢］阿羅漢。煩悩を断って、小乗の悟りを極めた位の名。

［尨眉］黒白の毛のまじった眉毛。

［雪頂］白髪をいう。

［清臞］すらりと痩せていること。

［因循濶遠］「因循」は、古い習慣に因り循《したが》って改めないこと。「濶遠」は、かけ離れて遠いこと。「時に喪乱に遭ひて凡事廃《すた》るも」に続いて、それにもかかわらず昔のままの暮らしを続け、世の喪乱からかけ離れていたことを言うのであろう。

［居諸］歳月のこと。『毛詩』邶風・柏舟に「日や月や、胡《なん》ぞ迭《たが》ひにして微なる」（日居月諸、胡迭而微）とあるのによる。「居・諸」は語助。

［神足］「神足通」（六通の一）のこと。遊渉往來の自在な通力。智通講師の健脚をいう。

［前輩］智通講師を指す。

［不打様做模］格好を取り繕うことをしない。

［坡仙見喬仙～上山嗔人扶］「坡仙」は蘇東坡。「喬仙」は喬同のこと。蘇軾「喬同を送る、賀君に寄す」詩に「爾來八十 胸には胡を垂れ、山に上るに

飛ぶが如く 人の扶《たす》くるを嗔《いか》る）とあるのに拠る。　「垂胡」は、垂れ下がった顎の肉。

【訳】

智通講師に寄せる

その昔 私が十五の時 まだ幼く愚かだったが、已に師の道徳が天下に香っているのを知っていた。

江南から帰ってきて三十年あまり、我が師を松谷の谷の隅にお訪ねした。

古めかしい容貌は はっきりとして羅漢を畫いたよう、白髪混じりの眉に雪の髪 顔はすっきりと痩せている。

時に喪乱に遭遇して凡ての事は廃《すた》れてしまっていたが、師は昔のままの暮らし 世俗にかかわらず月日を重ねておられた。

先日 僅かな贈り物をしたところ 神足を枉《ま》げられ、私を僭越なる者とされることなく立ち寄って下さった。

前輩は今の俗なるものに似ることなく、自然であって格好を取り繕うことをされない。

蘇東坡が喬仙に會った時の様子が想像される、年は既に八十で胸に顎の肉が垂れていたという。

まだ老人でもないのに自分が杖を携えているのが愧《はづ》かしい、師は山に登られる時 人が扶《たす》けんとしたのを嗔《いか》られたとか。

47 寄藤刑部

藤刑部《とうぎやうぶ》に寄《よ》す

先生業成悉衆藝　先生《せんせい》業《げふ》成《な》りて 衆藝《しゆうげい》を悉《つく》し
先生名高蓋一世　先生《せんせい》名《な》は高《たか》く 一世《いつせい》を蓋《おほ》ふ
祇今年已七十餘　祇《まさ》に今《いま》年《とし》は已《すで》に七十歳《さい》

従心所欲應無滞」
尚自進修志益勤
夜読達旦未嘗替
家乏儲粟児童飢
不肯炙手向権勢」
昨日訪我過淡齋
相忘爾汝論文細
學尚漢唐不言今
奮然欲救伊洛弊」
休訝往往唐突多
我本浮雲無根蔕
作詩預先粗謝愆
更期蓮社重交際

心《こころ》の欲《ほっ》する所《ところ》に従《したが》ひて應《まさ》に滞《とどこほ》ること無《な》かるべし
尚《な》ほ自《みづか》ら進修《しんしう》して益《ますま》す勤《つと》めんことを志《こころざ》し
夜《よ》に読《よ》みて旦《あさ》に達《たっ》するも未《いま》だ嘗《かっ》て替《や》めず
家《いへ》は儲粟《ちよぞく》に乏《とぼ》しく児童《じどう》は飢《う》うるも
手《て》を炙《あぶ》りて権勢《けんせい》に向《む》かふを肯《がへ》んぜず
昨日《きのふ》は我《われ》を訪《おとな》ひて淡齋《たんさい》に過《よ》ぎり
相《あ》い忘《わす》れて爾汝《じじよ》と文《ぶん》を論《ろん》ずること細《こま》やかなり
學《がく》は漢《かん》・唐《たう》を尚《たっと》びて今《いま》を言《い》はず
奮然《ふんぜん》として伊《い》・洛《らく》の弊《へい》を救《すく》はんと欲《ほっ》す
訝《いぶか》る休《なか》れ往往《わうわう》にして唐突《たうとつ》の多《おほ》きを
我《われ》は本《も》と浮雲《ふうん》にして根蔕《こんてい》無《な》し
詩《し》を作《つく》りて預《あらかじ》め先《ま》づ粗《いささ》か愆《あやま》ちを謝《しや》し
更《さら》に蓮社《れんしや》にて重《かさ》ねての交際《かうさい》を期《き》す

【語釈】

［藤刑部］藤刑部忠範。

［衆藝］「藝」は六藝で、學問のこと。

［已七十餘・従心所欲］『論語』爲政篇に「七十にして心の欲する所に従ひて、矩《のり》を踰《こ》えず」とある。

［炙手向権勢］手をそれにかざして炙《あぶ》れば火傷《やけど》をする。権勢が盛んで近寄り難いこと。杜甫「麗人行」に「手を炙れば熱くす可く勢いは絶倫、慎んで近づき進む莫れ丞相は瞋《いか》らん」とある。

［相忘爾汝］馴れ親しむこと。「爾汝」は、相手を親しんでいう呼び方。『文士傳』に「禰衡《でいかう》に逸才有り、孔融と爾汝の交りを爲す。時に衡は年二十餘、融は年已に五十なり」と。また杜甫「酔時歌」

に「形を忘れて爾汝に到り、痛飲 真に吾が師なり」とある。

〔論文細〕詩文について詳しく語り合うこと。杜甫の「春日 李白を憶ふ」詩に「何れの時か一樽の酒もて、重ねて與《とも》に細《こま》かに文を論ぜん」とある。

〔伊洛弊〕伊水と洛水の水が竭《つ》きることで、國の滅亡する前兆をいう。『國語』周語に「昔、伊・洛竭《つ》きて夏《か》は亡び、河竭きて商《しやう》亡ぶ」とあるのに拠った。

〔唐突〕ぶしつけ。突然。

〔無根蔕〕根と蔕《へた》が無い。拠り所が無いこと。陶淵明「雑詩」十二首の一に「人生 根蔕無し、飄として陌上の塵の如し」とある。

〔蓮社〕東晋の慧遠が、廬山の北に般若雲臺精舎を建て、志を同じくする僧俗百二十三人を集めて作った佛教結社。


【訳】

藤刑部に寄せる

先生は學業は完成して衆藝を盡くしておられ、先生の名は高く一世を蓋《おお》っている。

まさに今 年は已に七十餘歳、心の欲する所に従って滞《とどこお》ることなど無いにちがいない。

それでも尚《な》お學徳を修めて益《ますま》す励《はげ》もうとされる、夜に読書して朝になっても まだ止めようとされない。

家には儲《たくわ》えの穀物は乏しく 子供たちは飢えていても、手に火傷《やけど》してまで権勢に近づこうとはされない。

昨日は私を訪ねて淡齊のところに立ち寄られ、互いに何も忘れ「そなたは」と詩文を細《こま》やかに議論された。

學問は漢・唐のものを尚《たっと》んで今のものには觸れず、奮然として國家の衰えを救おうとされる。

いつも不躾《ぶしつけ》なことばかりする私を訝《いぶか》らないでほしい、私はもともと浮き雲のごとき根無し草。

詩を作って先ずはいささか失禮をお詫びして、更に蓮社での重ねての交際を期待している。

48 和韻贈太虚 并序

和韻《わゐん》 太虚《たいきょ》に贈《おく》る 并《なら》びに序《じょ》

序

今冬無雪、春來太暖。天爲窮者、厚其賜也。豈可謂之不仁乎。二月桃李已盛矣。既而將清明節、俄爾大雪。予甚異之而嬾拙相成、未有得詩、若文爲記。充太虚有詩。後数日、過予示之。其語甚苦。予欲和之、然雪既消、眼前無物、可以發興。但酬來干之意云。

今冬《このふゆ》 雪《ゆき》無《な》く、春來《はるきた》りて太《はなは》だ暖《あたた》かなり。天《てん》は窮者《きゆうしや》の爲《ため》に、其《そ》の 賜《たまもの》を厚《あつ》くするならん。豈《あ》に之《これ》を不仁《ふじん》と謂《い》ふ可《べ》けんや。二月《にぐわつ》なるに桃李《たうり》は已《すで》に盛《さか》りなり。既《すで》にして將《まさ》に清明節《せいめいせつ》ならんとするに、俄爾《にはか》にして大雪《たいせつ》あり。予《よ》 甚《はなは》だ之《これ》を異《い》とするも、嬾拙《らんせつ》 相成《あひな》りて、未《いま》だ詩《し》 若《も》しくは文《ぶん》を得《え》て記《き》を爲《な》す有《あ》らず。充太虚《じゆうたいきよ》に詩《し》有《あ》り。後数日《のちすうじつ》、予《われ》に過《よ》ぎりて之《これ》を示《しめ》す。其《そ》の語《ご》は甚《はなは》だ苦《くる》しむ。予《われ》 之《これ》に和《わ》せんと欲《ほつ》するも、然《しか》れども雪《ゆき》は既《すで》に消《き》え、眼前《がんぜん》に物《もの》の以《もつ》て興《きやう》を發《おこ》す可《べ》きもの無《な》し。但《た》だ來干《らいかん》に酬《こた》ふるの意《い》と云《い》ふのみ。

充弟已能詩　　充弟《じゆうてい》は已《すで》に詩《し》を能《よ》くし
時或過我來　　時《とき》に或《あ》いは我《われ》に過《よ》ぎり來《き》たり
嬾慢欲杜絶　　嬾慢《らんまん》 杜絶《とぜつ》せんと欲《ほつ》するも
未免門爲開」　　未《いま》だ門《もん》を 爲《ため》に開《ひら》くを免《まぬか》れず
因喜頗聰明　　因《よ》りて喜《よろこ》ぶ 頗《すこぶ》る聰明《そうめい》にして
萬一磨霊臺　　萬一《まんいち》 霊臺《れいだい》を磨《みが》くを
毎見將文章　　毎《つね》に文章《ぶんしやう》を將《も》て
添吾書案堆」　　吾《わ》が書案《しよあん》に添《そ》へて堆《お》くを見《み》る

嗟予同受業
孝不及老萊
丈夫期遠大
莫甘他殘盃」
天理有定分
樂極便生哀
且如今年春
早暖晩雪催」
桃花誇艶冶
俄然色如灰
世事皆非常
識者笑咍咍

嗟《ああ》 予《われ》は同《とも》に業《げふ》を受《う》くるも
孝《かう》は老萊《らうらい》に及《およ》ばず
丈夫《ぢやうぶ》は遠大《ゑんだい》を期《き》す
他《た》の殘盃《ざんぱい》に甘《あま》んずる莫《な》かれ
天理《てんり》には定分《ていぶん》 有《あ》り
樂《たの》しみ極《きは》まれば便《すなは》ち哀《かな》しみを生《しやう》ず
且《か》つ今年《ことし》の春《はる》の如《ごと》きは
早《はや》く暖《あたた》かにして晩《おそ》く雪《ゆき》の催《もよほ》す
桃花《たうくわ》は艶冶《えんや》を誇《ほこ》るも
俄然《がぜん》として色《いろ》は灰《はひ》の如《ごと》し
世事《せじ》は皆《み》な常《つね》に非《あら》ず
識者《しきしや》 笑《わら》ひて咍咍《かいかい》たり

【語釈】

［太虚］太虚契充。（一三一三～一三八〇）曹洞宗宏智派。出家の後、東關の諸刹を歴遊し、円覺寺白雲庵の東明慧日に参じて旨を得、のち相模円覺寺に住す。

［豈可謂之不仁乎］『老子』第五章に「天地は不仁、萬物を以て芻狗と爲す」とある。

［清明節］二十四節氣のひとつで、春分から十五日目。

［其語甚苦］太虚の詩に使われている語が、苦吟の結果の難しいものであったこと。

［來干］來簡のことであろう。

［萬一磨霊臺］「靈臺」は魂の在る所。心をいう。「萬一」では意味が続かない。誤りであろうか。

［添吾書案堆］嵆康「與山巨源絶交書」に「素《もと》より

書に便ならず、又た書を作るを喜《この》まず。而も人間多事にして、案に堆《たか》く机に盈《み》つ」とある。

［孝不及老萊］周の老萊子は孝行者で、七十歳になっても年老いた親に自分の年齢を忘れさせようとして、派手な子供の服を着て童子の姿になり親を喜ばせたという。（『孝子傳』）

［甘他殘盃］「殘盃」は、飲み殘しの盃酒。杜甫「韋左丞丈に贈り奉る二十二韻」に「殘杯と冷炙と、到る處 悲辛潜《ひそ》む」とある。

［樂極便生哀］樂しみも極度に達すれば悲しみを生ずる。漢・武帝「秋風の辞」に「歡樂 極まりて哀情多し、少壯幾時《いくとき》ぞ 老いを奈何《いかん》せん）とある。

［且如今年春］杜甫「兵車行」に「且つ今年の冬の如きは、未だ關西の卒を休《や》めざるに～」とよく似た表現がある。

［識者］道理に通じている人。

【訳】

和韻　太虛に贈る

序

この冬は雪が無く、春が來てたいへん暖かくなった。天は貧乏人の爲に其の贈り物を厚くしてくれた。どうして天を不仁と謂うことができようか。二月なのに桃や李は 已に花盛りであった。やがて清明節になろうとする時、俄かに大雪が降った。私は甚だ珍しいことと思ったが、怠惰と拙《つたな》さが重なって、未だに詩、もしくは文を作らずにいた。ところが充太虛が詩を作っており、数日して、私の處に來てそれを示した。その語は甚だ難しいものであった。私はそれに和せんとしたが、しかし雪は既に消えてしまって、眼前には興をそそるような何も無かった。従って但だ來簡にお返しをしたというだけのものになった。

充弟は 言うまでもなく詩に巧みで、時に私の處に立ち寄ることがある。

私は怠け者なので いないことにしたいのだが、どうしても門を君のために開けてしまう。

そうして君が頗る聡明で、何とか心を磨こうとしているのを喜ぶ。

ことある毎に文章を以て、私の机の上に載せてあるのを見付ける。

ああ 私は君と同《とも》に業を受けたが、孝行は老莱子に及ばない。

大丈夫は遠大な志を持つもの、人の飲み殘しの酒に甘んじてはならぬ。

天の道理には定分というものがあり、樂しみが極まれば すぐに哀《かな》しみが生ずるものだ。

いったい今年の春などは、早く暖かくなったが遅れて雪が降った。

桃の花は その艶《あで》やかな美しさを誇っていたが、俄かに灰のような色になってしまった。

世の中の事は 皆な常なるものは無い、識者はワッハッハと笑っている。

49

寄東白
東白《とうはく》に寄《よ》す

椅桐寄生千仞嶽
處身孤危遠鳥雀
鳥雀適爲鸇所逐
暫時來投欣有托」
幽谷積陰長蔕秋
風吹寒藤響索索
自然勢不雀輩便
莫言椅桐難棲泊」

椅桐《いとう》は千仞《せんじん》の嶽《やま》に寄生《きせい》し
身《み》を孤危《こき》に處《しょ》して鳥雀《てうじやく》より遠《とほ》ざかる
鳥雀《てうじやく》 適《たまた》ま鸇《はやぶさ》の逐《お》ふ所《ところ》と爲《な》り
暫時《ざんじ》 來《きた》り投《とう》じ 欣《きん》として托《たく》する有《あ》り
幽谷《いうこく》は陰《いん》を積《つ》みて 長《なが》く秋《あき》を蔕《お》び
風《かぜ》は寒藤《かんとう》を吹《ふ》き 響《ひび》きは索索《さくさく》たり
自然《しぜん》 勢《いきほ》ひは雀輩《じやくはい》をして便《べん》ならしめず
言《い》ふ莫《な》れ 椅桐《いとう》の棲泊《せいはく》し難《がた》きと

久矣傾枝欲待誰　久《ひさ》し 枝《えだ》を傾《かたむ》けて誰《たれ》を待《ま》たんと欲《ほっ》する
世間無復見鸞鷟　世間《せけん》 復《ま》た鸞鷟《らんぞく》を見《み》ること無《な》し

【語釈】

＊此の詩は、司馬彪「山涛に贈る」詩（『文選』巻二四）の前半部を利用している。その詩は「りっぱな桐の樹も山中に捨て置かれては琴にはなりえぬ。それと同じように才ある私もこのままでは十分な働きはできない。是非とも採用をお願いする」という内容である。

茖茖椅桐樹　茖茖たり 椅桐の樹
寄生於南嶽　寄りて南嶽に生ず
上凌青雲霓　上は青雲の霓を凌《しの》ぎ
下臨千仞谷　下は千仞の谷に臨む
處身孤且危　身を處すること 孤にして且つ危
於何託余足　何に於て余が足を託さん
昔也植朝陽　昔は 朝陽に植《た》ち
傾枝俟鸞鷟　枝を傾けて鸞鷟を俟《ま》つ
今者絶世用　今は 世用を絶たれ
佺偬見迫束　佺偬《こうそう》として迫束せらる

中巌の此の詩は、譬えを借用し、内容は変えている。

［椅桐寄生千仞嶽］司馬彪「山濤に贈る詩」に「茖茖たる椅桐の樹、寄りて南岳に生ず。上は青雲の霓を凌《しの》ぎ、下は千仞の谷に臨む。～昔は朝陽に植《た》ち、枝を傾けて鸞鷟を俟《ま》つ」とある。

［鳥雀適爲鸇所逐］文公十八年『左氏傳』に「其の君に禮無き者を見れば、之を誅すること鷹鸇の鳥雀を逐ふが如きなり」とある。

［雀輩］小人物を指す。

［鸞鷟］すぐれた人物を指す。

【訳】

東白に寄せる

椅桐は千仞の嶽《やま》によって生えており、その身を孤獨危険な場所に置いて鳥雀を避けている。
しかし鳥雀たちは たまたま隼に追われて、暫時やってきて 欣然として身を寄せている。

幽《くら》い谷は陰の氣を積んでいて いつも秋の氣配、風は寒々とした藤を吹いて寂しそうな響きを立てている。
おのずから雀たちにとっては便利な場所ではないけれど、椅桐は棲み難いなどと言ってはいけない。
久しいことだ 枝を傾けて いったい誰を待っているのか、世間には もう鸑鷟を見ることは無いのであろう。

50 謝恵青瓷香炉 并序

青瓷《せいじ》の香炉《かうろ》を恵《めぐ》まるるを謝《しや》す 并《なら》びに序《じよ》

序

物外什公座元、昔予與在杭之南屏。朝講暮明之、最熟也。昨見光賁、兼恵以處州炉、香片附。極慚虚辱、詩以寄謝。

物外什公座元《ぶつぐわいじふこうざげん》、昔《むかし》予《われ》は與《とも》に杭《かう》の南屏《なんぺい》に在《あ》り。朝《あした》に講《かう》じ暮《くれ》に之《これ》を明《あき》らかにし、最《もつと》も熟《じゆく》するなり。昨《さく》は光賁《くわうふん》され、兼《か》ねて恵《めぐ》むに處州《しよしう》の炉《ろ》を以《もつ》てし、香片《かうへん》附《ふ》す。極《きは》めて虚辱《きよじよく》を慚《は》づるも、詩《し》以《も》て寄《よ》せて謝《しや》す。

窰瓷精緻何處來
括蒼所産良可愛
滑潤生光與玉侔
青炉峙立厭鼎鼐
卦文旋転観有倫
檀片吐香煙藹藹」
粟散王國苦乱離

窰瓷《えうし》は精緻《せいち》にして何處《いづこ》より來《き》たる
括蒼《くわつさう》の所産《しよさん》にして良《まこと》に愛《あい》す可《べ》し
滑潤《くわつじゆん》にして光《ひかり》を生《しやう》じ 玉《たま》と侔《ひと》しく
青炉《せいろ》は峙立《じりつ》して鼎鼐《ていだい》を厭《おさ》ふ
卦文《かぶん》旋転《せんてん》して倫《りん》有《あ》るを観《み》る
檀片《だんぺん》 香《かほり》を吐《は》き 煙《けむり》は藹藹《あいあい》たり
粟散《ぞくさん》の王國《わうこく》は 乱離《らんり》に苦《くる》しみ

十年不見通貨賣
江南之物皆價翔
陶器況最難運載」
藤陰窮僻人不來
來者莫非世所廃
柴門剥啄異常聞
側耳俄然驚謦咳」
闖窓見之是故人
倉皇迎迓衣拖帯
未叙寒暄先笑言
南屏到眼横翠黛」
決語殷勤留珎貺
物意兼重難爲戴
木瓜猶足報瓊瑤
我此情懷孰可奈

十年《じふねん》 貨賣《くわばい》を通《つう》ずるを見《み》ず
江南《かうなん》の物《もの》は 皆《み》な價《あたひ》は翔《あが》り
陶器《たうき》は況《いは》んや最《もつと》も運載《うんさい》し難《がた》し
藤陰《とういん》は 窮僻《きゆうへき》にして人《ひと》は來《きた》らず
來者《らいしや》は世《よ》の廃《はい》する所《ところ》に非《あら》ざる莫《な》し
柴門《さいもん》の剥啄《はくたく》は常《つね》に聞《き》くに異《こと》なり
耳《みみ》を側《そばだ》て俄然《がぜん》として謦咳《けいがい》に驚《おどろ》く
窓《まど》を闖《うかが》ひて之《これ》を見《み》るに 是《こ》れ故人《こじん》なり
倉皇《さうくわう》として迎迓《げいが》し 衣《い》は帯《おび》を拖《ひ》く
未《いま》だ寒暄《かんけん》を叙《じよ》せざるに 先《ま》づ笑言《せうげん》す
南屏《なんぺい》 眼《め》に到《いた》り 翠黛《すゐたい》 横《よこ》たはる
決語《けつご》 殷勤《いんぎん》にして珎貺《ちんきやう》を留《とど》めらる
物《もの》と意《い》と兼《か》ねて重《おも》く 爲《ため》に戴《いただ》き難《がた》し
木瓜《もくくわ》すら猶《な》ほ瓊瑤《けいえう》に報《はう》ずるに足《た》る
我《わ》が此《こ》の情懷《じやうくわい》 孰《たれ》か奈《いか》んす可《べ》き

【語釈】

［物外什公］可什（?～一三五一）のこと。号は物外。臨済宗の大應派。元應三年（一三二一）に元へ渡り、諸山を歴訪した。元に在ること凡そ十年、元徳三年（一三二九）に博多に帰り、のち鎌倉幕府に請われて建長寺に住持となる。

［座元］座首。

［在杭之南屏］五山の第四、杭州の名山。山頂の慧日峯の下には浄慈寺があった。『自歴譜』に「泰

定五年戊辰秋、浄慈に往きて、雪岩和尚に再参し、挂錫して冬を過ごす」とある。

[光賁] 客人の來ることをいう。「賁」は飾る、華采の意。賢人の過ぎる地は、山川草木 皆な精彩を生じ、蓬戸にも輝きを生ずることをいう。

[處州] 浙江の地の州名。青瓷の産地。

[虚辱] 分外の好意を受けること。

[窰瓷] 竃と瓶。「青瓷香炉」を指す。

[括蒼] 處州の郡名。

[厭鼎鬲]「厭」は「壓」に同じ。「鬲」は鼎の特大なるものをいう。

[有倫] 模様が整っていること。

[檀片] 香氣のある木の木片。

[粟散王國] 小國・小主が粟粒を撒いたように散在していることをいう。この頃の日本を指す。

[苦乱離] 元弘・建武以來の乱を謂うのであろう。

[藤陰] 作者の住んでいる藤谷のこと。『自歴譜』に「延元二年丁丑、大友吏部は乃祖 藤谷に墳するを以て住《とど》まらんことを請ふ」とある。

[剥啄] 客がコツコツと戸を叩く音。韓愈「剥啄行」に「剥剥 啄啄、客有りて門に至る」とあるのによった。

[謦咳] せきばらい。

[闖窓] 窓から頭を出して見ること。

[衣拖帯]「拖」は帯を衣上に置いたまま引きずること。

[笑言] 笑いながら話す。『易』震卦に「震の來たること虩虩《げきげき》たり、笑言 啞啞《ああ》たり」とある。

[翠黛] 黛で描いたような遠山の様子を言う。

[決語殷勤]「決語」は「訣語」のこと。丁寧に別れの言葉を言って。

[珎貺] 珍しい賜り物。

[木瓜猶足報瓊瑶]「木瓜」は、ぼけ。『詩経』衛風「木瓜」の小序に「木瓜は齊の桓公を美するなり。衛國 狄人の敗有り。出でて漕に處る。齊の桓公、救ひて之を封じ、之に車馬器服を遺る。衛人 之を思ひ、厚く之に報ぜんと欲して、是の詩を作るなり」とある。詩には「我に投ずるに木瓜を以てす、之に報ゆるに瓊瑶を以てせん」とある。

【訳】

青瓷の香炉を恵まれたのを謝す　并びに序

序

物外什公座元、その昔 私は什公と杭州の南屛にいた。朝に講義をし暮にそれを説明しておられたが、最も通熟していた。先日 私を訪ねて下さり、そのうえ處州の香炉を、香片も附けて、恵んでくださった。分外の御好意を頂いて申し訳なく、詩によって感謝の氣持ちを寄せた。


この陶磁器は精緻このうえなく一体何處《どこ》から來たのか、括蒼《かっそう》所産の良《まこと》に愛すべきものだ。

滑潤にして光を生ずること玉と等しく、青い香炉は峙《そび》立えて鼎をも圧倒するほど。

八卦の模様が周囲を取り巻いて整然としており、檀片は香りを吐き 煙は盛んにあがる。

小邦が粟粒のように散らばっている此の國は乱離に苦しみ、この十年間 通商が行われるのを見たことがない。

江南の物は皆な値段が高くなって、陶器はまして最も運載し難いものだから。

ここ藤陰の地は僻地ゆえ人の訪れは無く、來る者といえば世に見捨てられた者ばかり。

柴の門を叩く音が いつもの様子とは異なっている、耳を側《そばだ》てて俄かにその聲に驚いた。

窓から窺ってみると それは昔なじみの人であった、あわてて迎えに出たので衣は帯を引きずっている。

時候の挨拶も終わらぬうちに にこにこともう話が始まり、翠黛《まゆずみ》で描いたような南屛山の様子が眼に浮かぶ。

さて慇懃に別れの言葉を述べて珍らしい贈り物を下さった、品物も氣持ちも兼ねて重く頂戴し難い思であった。

木瓜を貰っても猶お瓊玉を報いるに足るというのに、私の此の懐いは どうやって表したものか。

51 春雪

春《はる》の雪《ゆき》

辛巳二月二十五
相陽大雪深五尺
初聞郭索歩窓前
俄驚樹杪風淅瀝」
淅瀝転作砰湃聲
百千雷霆闘相撃
開窓昧目萬斛灰
急掩扉頃便堆席」
去年栽竹忽遭摧
林木挫抑何足惜
鎌倉城在海東南
古老皆言未嘗覩」
且如今年元日來
天弄陰機非旦夕
陌上泥濘没牛尻
故舊訪我難爲屐」
北客見慣能憑陵
土人縮頸不便僻

辛巳《しんし》の二月《ぐわつ》二十五日《にち》
相陽《さうやう》は大《おほ》いに雪《ゆき》ふりて深《ふか》さ五尺《しゃく》
初《はじ》め郭索《くわくさく》として窓前《さうぜん》に歩《あゆ》むを聞《き》き
俄《には》かに驚《おどろ》く 樹杪《こずゑ》に風《かぜ》の淅瀝《せきれき》たるを
淅瀝《せきれき》として転《うた》た砰湃《はうはい》の聲《こゑ》を作《な》し
百千《ひやくせん》の雷霆《らいてい》 闘《たたか》ひて相撃《あひう》つ
窓《まど》を開《ひら》けば目《め》を昧《くら》ます 萬斛《ばんこく》の灰《はい》
急《いそ》ぎて扉《とびら》を掩《おほ》ふ頃《ころほ》ひ 便《すなは》ち席《せき》に堆《つも》る
去年《きよねん》栽《う》ゑし竹《たけ》も 忽《たちま》ち摧《くだ》かるるに遭《あ》ふ
林木《りんぼく》挫抑《ざよく》さるるも何《なん》ぞ惜《お》しむに足《た》らん
鎌倉《かまくら》の城《まち》は海《うみ》の東南《とうなん》に在《あ》れば
古老《こらう》は皆《み》な言《い》ふ 未《いま》だ嘗《かつ》て覩《み》ずと
且《か》つ今年《ことし》の如《ごと》きは 元日《ぐわんじつ》の來《きた》るや
天《てん》の陰機《いんき》を弄《らう》すること 旦夕《たんせき》に非《あら》ず
陌上《はくじやう》の泥濘《でいねい》は牛《うし》の尻《しり》を没《ぼつ》し
故舊《こきう》 我《われ》を訪《たづ》ぬるに 屐《はきもの》を爲《な》し難《がた》し
北客《ほくかく》は慣《な》れて能《よ》く憑陵《ひようりよう》するも
土人《どじん》は頸《くび》を縮《ちぢ》めて便僻《べんへき》せず

咫尺隣里少相過
百賈昼眠絶交易」
富門御冬蓄有餘
机俎羅張厭脯腊
銷金帳裏那知寒
浅斟低唱情自適」
窮家数日突無煙
羸臥陋巷同窀穸
詩書萬巻徒撑腸
竟不能療朝飢惄」
一束柴索價遼天
五合黄陳無處糴
或言雖晩瑞豐年
爲我未免按剣戟

咫尺《しせき》の隣里《りんり》は少《すこ》しく相過《あひよ》ぎるも
百賈《ひやくこ》は昼《ひる》も眠《ねむ》りて交易《かうえき》を絶《た》つ
富門《ふもん》は冬《ふゆ》を御《ぎよ》するに 蓄《たくは》へは餘《あま》り有《あ》り
机俎《きそ》に羅張《らちやう》し 脯腊《ほせき》に厭《あ》く
銷金《せうきん》の帳裏《ちやうり》 那《なん》ぞ寒《さむ》さを知《し》らん
浅斟《せんしん》し低唱《ていしやう》して情《じやう》は自《みづか》ら適《かな》ふ
窮家《きゆうか》は数日《すうじつ》 突《とつ》に煙《けむり》無《な》く
羸《よは》りて陋巷《ろうかう》に臥《ふ》し 窀穸《ちゆんせき》に同《おな》じ
詩書《ししよ》 萬巻《ばんくわん》 徒《いたづ》らに腸《ちやう》に撑《あ》くのみ
竟《つひ》に朝《あさ》の飢惄《きでき》を療《いや》す能《あた》はず
一束《そく》の柴索《さいさく》 價《あたひ》は天《てん》より遼《はる》かなり
五合《がふ》の黄陳《くわうちん》 處《ところ》として糴《か》ふ無《な》し
或《ある》いは言《い》ふ 晩《おそ》しと雖《いへど》も豐年《ほうねん》に瑞《ずゐ》ありと
我《わ》が爲《ため》には未《いま》だ剣戟《けんげき》を按《あん》ずるを免《まぬか》れず

【語釈】

＊『自歴譜』に「歴應四年（一三四一）辛巳、門を藤谷に閉ざす」とある。

［相陽］鎌倉のこと。

［郭索］蟹がガサガサと歩く形容。

［淅瀝転作砰湃聲］「淅瀝」は、風や雨などの音。「砰湃」は激しく鳴り響くこと。欧陽脩「秋聲の賦」に「初めは淅瀝として以て蕭颯と、忽ち奔騰して砰湃たり」とある。

［昧目］「昧」は「眯」の誤りか。

［弄陰機］「陰機」は、雪のこと。韓愈「辛卯年雪」

詩に「翕翕《きふきふ》として厚載を陵《しの》ぎ、譁譁《くわくわ》として陰機を弄す」とある。

〔没牛尻〕王安石「元豐行示徳逢」詩に「旱禾 秀發して 牛尻を埋め、豆死《か》れて更に 蘇《よみがへ》り 莢毛《さやのけ》は肥ゆ」とある。

〔見慣能憑陵〕「見」は猶お「所」のごとし。「憑陵」は襄公二十五年の『左氏傳』に「陳は楚の衆を恃《たの》みて、我が敝邑を憑陵す」とある。

〔窀穸〕長夜。つまり、埋葬のこと。

〔柴索〕たきもの。

〔黄陳〕古米。

〔瑞豊年〕謝恵連「雪賦」に「尺に満つれば則ち瑞を豊年に呈す」とある。

〔爲我未免按劍戟〕貧しさに耐えかねて強盗でもしようかと考えることをいう。漢代の樂府「東門行」を踏まえているのであろう。「盎《あう》中には斗儲も無く、桁上を還り視るに懸かりし衣も無し。剣を抜いて門を出でて去らんとすれば、児女は衣を牽きて啼く。」

【訳】

春の雪

辛巳の年 二月二十五日、鎌倉に大雪があり五尺も積もった。
初めは窓の前でカサカサと音がしていたが、俄かに樹杪《こずえ》が風にギシギシ揺れる音に驚いた。
ギシギシという音は次第に大きくなって、百千の雷霆《らいてい》が闘って相撃つようだった。
窓を開けば目もくらむほどの萬斛《ばんこく》の灰、急いで扉を閉めたが已に座敷に堆《つ》もっていた。
去年 栽《う》えた竹も 忽ち折られてしまい、林の木は挫《くじ》き抑えられ 惜しむいとまもない。
鎌倉の街は海の東南に在るので、古老たちは皆な これまで見たこともないと言う。
また今年などは 元日になると、天が陰氣を逞しくすること旦夕のみではなかった。
路のぬかるみは牛の尻を没するほどであり、昔なじみが私を訪ねてきても足の運びようがない。

北の方からの客人は慣れていて凌《しの》ぐことができるが、土地の人は頸を縮めて対應できないでいる。

近くの隣村からは やってくる者も少しはいるが、商人たちは皆な昼も眠って交易を絶っている。

富んだ家は冬のために十分の 蓄《たくわ》えをしており、食膳には御馳走が並び脯肉に厭《あ》きている。

金箔を散らした帳《とばり》の中で寒さなど感じることもなく、いささか酒を飲んで歌など口ずさんで楽しくやっている。

貧しい家では数日も煙突には煙が無く、弱り切って陋巷《ろじうら》で横になり死んだようになっている。

詩書萬巻 徒《いたづ》らに腹に満ちているのみで、それは結局 朝の飢えの憂いを療《いや》してはくれない。

ひと束の柴の その値段は天よりも遼《はる》かに、五合の古米さへ手に入れる方法も無い。

晩《おそ》いけれども豐年の瑞兆だと言う人もいるが、私にとっては剣戟に手をかけたくなるほどだ。

52 上野道中 并序

上野《かうづけ》の道中《だうちゅう》 并《なら》びに序《じょ》

序

武州望上野、諸峰在眼。以不甚遠者、自午抵晡、見倶如故。逢人問程、而知一日不能到也。且寒風自赤城來、掠面稍勁。又見細雨霏霏然來、乃作一絶。

武州《ぶしう》より上野《かうづけ》を望《のぞ》めば、諸峰《しよはう》は眼《め》に在《あ》り。以《もつ》て甚《はなは》だしくは遠《とほ》からざる者《もの》とするも、午《ひる》より晡《ひぐれ》に抵《いた》るに、見《み》ゆること倶《とも》に故《もと》の如《ごと》し。人《ひと》に逢《あ》ひて程《みちのり》を問《と》ひ、一日《いちにち》にして到《いた》る能《あた》はざるを知《し》るなり。且《か》つ寒風《かんぷう》は赤城《あかぎ》より來《きた》り、面《おもて》を掠《はら》ふこと稍《やうや》く勁《つよ》し。又《ま》た細雨《さいう》の霏霏然《ひひぜん》として來《きた》るを見《み》、乃《すなは》ち一絶《いちぜつ》を作《つく》る。

上野山高武野卑　　上野《かうづけ》 山《やま》は高《たか》く 武《ぶ》の野《の》は卑《ひく》し

相望去去到斜暉
天風吹落赤城雪
散入他州作雨飛

相望《あひのぞ》みて去《ゆ》き去《ゆ》くに 斜暉《ひぐれ》に到《いた》る
天風《てんぷう》 吹《ふ》き落《お》とす 赤城《あかぎ》の雪《ゆき》
散《さん》じて他州《たしう》に入《い》り 雨《あめ》と作《な》りて飛《と》ぶ

【語釈】

［見倶如故］「倶」字、一本は「但」に作る。「見ゆること但《た》だ故《もと》の如し。」

［霏霏然］雨の降る様子。『詩経』小雅・采薇に「今 我來思、雨雪霏霏」（今 我來《きた》るに、雪を雨《あめふ》らすこと霏霏《ひひ》たり）とあり、毛傳に「霏霏とは、甚だしきなり」という。

［上野］上野國。現在の群馬県。

［武州］武蔵國。現在の東京都、埼玉県、神奈川県の一部。

［斜暉］夕日。夕方のこと。

【訳】
上野の道中にて　并びに序
序
武州から上野を眺めると、諸峰が眼に見える。そのため、そんなに遠くはなかろうと考えていたところ、昼から夕方になっても、どの山も故《もと》のまま。人に逢って道のりを問ねたところ、一日ではとても行き着けないことがわかった。そのうえ寒風が赤城山から吹きおろし、顔を払うことが次第に勁《つよ》くなり、また細《こまか》い雨がひどく降ってくるのを見て、そこで一絶を作った。

上野《こうずけ》の山は高く 武州の野は低い、遠く眺めながら歩いて行くと夕方になった。
天からの風は赤城山の雪を吹き落とし、それは他國に散入し 雨になって飛んでゆく。

53 早起　早《はや》起《おき》

藹藹春雲細　藹藹《あいあい》として 春《はる》の雲《くも》は細《ほそ》く
朧朧暁月微　朧朧《ろうろう》として 暁《あかつき》の月《つき》は微《かす》かなり
晨興何所適　晨《あした》に興《お》きて 何《なに》の適《ゆ》く所《ところ》ぞ
晩節更疇依」　晩節《ばんせつ》 更《さら》に疇《たれ》にか依《よ》らん
忽覚去留錯　忽《たちま》ち覚《おぼ》ゆ 去留《きよりう》の錯《あやま》りたるを
堪嗟力命違　力《りき》・命《めい》の違《たが》ふを嗟《なげ》くに堪《た》へたり
隨時消宿悶　時《とき》に隨《したが》ひて宿悶《しゆくもん》の消《き》ゆるも
觸事悔前非　事《こと》に觸《ふ》れては前非《ぜんび》を悔《く》いん

【語釈】

［藹藹］かすんでいるさま。

［朧朧］おぼろなさま。ぼんやりしているさま。

［晩節］晩年。

［去留錯］自分の行動が間違っていたこと。

［堪嗟］嘆くに十分である。ひどく嘆かれる。

［力命違］能力と運命。運命と能力との食い違いか、能力と運命の両方が願わしい状態と違っていたのか。今、前者に解する。『列子』力命篇の注に「力とは人力、命とは天命」とある。

［宿悶］長年にわたっての煩悶。

【訳】
早起き
藹藹《あいあい》として春の雲は細く流れ、朧朧《ろうろう》として暁の月は微《かす》かである。
朝早く起きて何處《どこ》へ行こうというのか、晩年になって 今更 誰に頼ろうというのか。

忽ちこれまでの自分の行動の間違いに氣づき、知力と宿命の食い違いが ひどく嘆かれる。時の経過につれて長年の悶えは消えても、事に觸れて前非が悔やまれることだろう。

54 利根山行春　四首　　利根山《とねさん》　行春《かうしゅん》　四首《しゅ》

其一

陰崖或有殘雪　　陰崖《いんがい》 或《ある》いは殘雪《ざんせつ》有《あ》るも
春渓半帯流澌　　春渓《しゅんけい》は 半《なか》ば流澌《りうし》を帯《お》ぶ
風日乍寒乍暖　　風日《ふうじつ》 乍《たちま》ち寒《さむ》く乍《たちま》ち暖《あたた》かく
杖履且留且之　　杖履《じやうり》 且《かつ》は留《とど》め且《かつ》は之《ゆ》く

【語釈】

［行春］春の野遊び。

［流澌］解けて流れる氷。『楚辞』九歌・河伯に「女《なんぢ》と河の渚に遊べば、流澌は紛として將《まさ》に來り下らんとす」とある。

［風日］天氣のこと。

［杖履］杖と履き物。

【訳】

利根山　行春

其の一

日の當たらない崖には 殘雪が有るが、春の渓谷には 解けて流れる氷がなかば。
天氣は寒かったり暖かかったりで、杖と履物《はきもの》を 使ったり使わなかったり。

其 二

白雲溶溶洩洩　白雲《はくうん》は 溶溶《ようよう》 洩洩《えいえい》たり
流水潺潺湲湲　流水《りうすゐ》は 潺潺《せんせん》 湲湲《ゑんゑん》たり
乗興行春未盡　興《きよう》に乗《じやう》じて春《はる》を行《ゆ》き 未《いま》だ盡《つ》きず
胡爲倦鳥先還　胡爲《なんす》れぞ倦《う》みたる鳥《とり》のごとく 先《ま》づ還《かへ》らんや

【語釈】

［溶溶洩洩］雲がゆったりと風に任せて流れるさま。

［潺潺湲湲］水がサラサラと流れるさま。

［何胡倦鳥先還］「倦鳥」は、飛ぶのに疲れた鳥。

陶淵明「帰去來辞」に「雲は無心にして岫《みね》を出で、鳥は飛ぶに倦《う》みて還るを知る」とある。

【訳】

其の二

白雲は ゆったりと風のままに流れ、流れる川水はサラサラと音をたてている。
興のわくままに春の野を行き まだ興は盡きない、どうして倦《つか》れた鳥のように すぐに還ったりしようぞ。

其 三

枯藤屈曲蟲盤　枯藤《ことう》は屈曲《くつきよく》して蟲《むし》のごとく 盤《わだかま》り
怪石斕斒獣蹲　怪石《くわいせき》は斕斒《らんはん》として 獣《けもの》のごとく 蹲《うづくま》る
拒腸雪積岩罅　拒腸《きよちやう》 雪《ゆき》は岩罅《がんか》に積《つ》もるも
揺緑春回焼痕　緑《みどり》を揺《ゆ》らして 春《はる》は焼痕《やけあと》に回《かへ》る

【語釈】

［蟲盤］蛇がとぐろを巻いているようである。
［斕斒］模様がまだらで美しいさま。
［拒腸］かたくなに拒むことか。
［岩罅］岩の裂け目。
［焼痕］草焼きの痕。

【訳】

其の三

枯れた藤は曲がりくねって蛇のように蟠《わだかま》り、怪石は斑模様が美しく獣のように蹲《うずくま》っている。かたくなに雪は岩の裂け目に積もっているが、緑を揺らして春は草焼きの痕《あと》に回《かえ》っている。

其　四

山深風俗淳朴　　山深《やまふか》くして風俗《ふうぞく》は淳朴《じゅんぼく》
民樂無懷之時　　民《たみ》は無《む》懷《くわい》の時《とき》を樂《たの》しむ
渓梅別有風韻　　渓《たに》の梅《うめ》には別《べつ》に風韻《ふうゐん》有《あ》り
野質村姿更奇　　野質《やしつ》なる村《むら》の姿《すがた》は更《さら》に奇《き》なり

【語釈】

［無懷之時］「無懷」は、上古の王の名。その時代の人は『老子』第八〇の「小國寡民」の章に記されているような自給自足の生活をしていたという。陶淵明「五柳先生傳」に「讃に曰く、～無懷氏の民か、葛天《かってん》氏の民か」とある。
［野質］質朴なこと。

【訳】

其の四

山は深くこの土地の風俗は淳朴で、人々は無《む》懷《かい》氏の時代を樂しんでいる。

谷間の梅には格別の風情《ふぜい》が有り、質朴な村の様子は一段とすばらしい。

55 三絶句

其一

鋤頭撥雪掘鞭筍　鋤《すき》の頭《さき》もて雪《ゆき》を撥《のぞ》き　鞭筍《たけのこ》を掘《ほ》る
茶滾浪花瓶泣蟲　茶《ちゃ》滾《わ》きて浪《なみ》の花《はな》あり　瓶《かま》は蟲《むし》を泣《な》かす
窓外風和黄鳥啅　窓外《さうぐわい》　風《かぜ》和《やは》らぎて　黄鳥《くわうてう》は啅《さへづ》る
十分春色到山中　十分《じふぶん》なる春色《しゅんしょく》　山中《さんちゅう》に到《いた》る

【語釈】

［鞭筍］竹の根。嫩《やわ》らかい筍。　［泣蟲］茶瓶が沸いて立てる音。

【訳】

三絶句

其の一

鋤の先で雪を除き 竹の根を掘る、茶が沸いて浪の花ができ 釜は蟲のように泣いている。
窓の外では風が和《なご》み 黄鳥が囀《さえず》っており、十分なる春景色は山の中までやってきている。

其二

上野州北利根県　上野《かうづけ》の州北《しうほく》　利根県《とねがた》は
年年二月雪猶深　年年《ねんねん》　二月《にぐわつ》　雪《ゆき》は猶《な》ほ深《ふか》し

今歳如何春意早　　今歳《ことし》 如何《いかん》ぞ 春意《しゆんい》の早《はや》く
流膏細雨沢山林　　流膏《りうかう》の細雨《さいう》 山林《さんりん》を沢《うるほ》す

【語釈】

［流膏細雨沢山林］「流れる膏《あぶら》のような細やかな雨が山林を潤している。范成大の「横塘詩」に「年年 客を送る 横塘の路、細雨 垂楊 画船を繋ぐ」とある。

【訳】
其の二
上野《こうずけ》の國の北 利根県《がた》は、例年二月には雪がまだ深い。今年はどうしたことか 春の訪れが早く、流れる膏《あぶら》のような細《こま》かい雨が山林を潤《うるお》している。

其 三
怪得渓聲分外驕　　怪《あや》しみ得《え》たり 渓聲《けいせい》の分外《ぶんぐわい》に驕《たか》きを
深山想是雪方消　　深山《しんざん》 想《おも》ふに是《こ》れ雪《ゆき》は方《まさ》に消《き》えしならん
楮窓夜老無燈對　　楮窓《ちよさう》 夜《よ》老《ふ》くるも 燈《ともしび》の對《たい》する無《な》く
月色朦朧春寂寥　　月色《げつしよく》 朦朧《まうろう》として 春寂寥《はるせきれう》

【語釈】

［渓聲］谷川の音。杜牧「開元寺に題す」に「渓聲 僧の夢に入り、月色 粉堵《しらかべ》に暉《て》る」とある。

［楮窓］こうぞの紙を張った窓。


【訳】

其の三

谷川の音が殊更に高いのはどうしたことか、深い山の奥では いまや雪が消えたのであろう。
こうぞの窓のほとり 夜は更けゆくが燈火《ひ》も点《とも》さず、月の色は朧《おぼろ》に 春は静かに寂しい。

56 招 友

友《とも》を招《まね》く

胡爲百沸湯
輥輥烹吾腸
誰將此一日
延成萬劫長」
長日且難遣
腸熱何可當
山深人不見
積雪圧春陽」
粗識天之命
否塞宜括囊
動輒心猿躁
去就誤行蔵」
止之毋復道
中心孰與商

胡爲《なんす》れぞ百沸《ひやくふつ》の湯《ゆ》の
輥輥《こんこん》として吾《わ》が腸《ちやう》を烹《に》る
誰《たれ》か此《こ》の一日《いちにち》を將《もつ》て
延《の》べて萬劫《ばんごふ》の長《なが》きと成《な》さん
長日《ちやうじつ》且《か》つ遣《や》り難《がた》く
腸《ちやう》の熱《あつ》き何《なに》にか當《あ》つ可《べ》き
山深《やまふか》くして人《ひと》は見《み》えず
積雪《せきせつ》は春陽《しゆんやう》を圧《あつ》す
粗《や》や天《てん》の命《めい》を識《し》る
否塞《ひそく》しては宜《よろ》しく括囊《くわつなう》すべし
動《やや》もすれば輒《すなは》ち心猿《しんゑん》は躁《さは》ぎ
去就《きよしう》は行蔵《かうざう》を誤《あやま》る
之《これ》を止《や》めて復《ま》た道《い》ふ毋《な》からん
中心《ちゆうしん》孰《たれ》と與《とも》にか商《はか》らん

悠悠望君來　　悠悠《いういう》として君《きみ》の來《きた》るを望《のぞ》む
君來我何傷　　君來《きみきた》らば我《われ》は何《なに》をか傷《いた》まん

【語釈】

［百沸湯］ぐらぐらと沸いている湯。『齊東野語』巻一「詩用史論」に「馮必大の詩に云ふ、亭長何ぞ曾《かつ》て帝王を識らん、關に入りて便ち解す三章を約すを。只《た》だ一勺の清冷水を消して、秦鍋百沸の湯を冷却す」とある。

［輥輥］車輪が速く回転するさま。

［否塞］運命が塞がって通じなくなること。

［括囊］袋の口を括ってしまう。そのように口を閉じて話をしないこと。『易』坤卦の六四に「括囊すれば咎《とが》無く誉《ほまれ》無し」とある。

［心猿］心が猿のように輕躁なこと。心意が散乱して落ち着きの無いことをいう。

［去就］『莊子』秋水篇に「去就に謹めば、之を能く害する莫し」とある。

［行藏］世に出て道を行うことと、世を退いて隠れること。『論語』述而篇に「之を用ふれば行ひ、之を舍《す》つれば則ち藏《かく》る」とある。


【訳】

友を招く
いったいどうして百沸の湯が、ぐるぐると私の腸を烹るのだろうか。

いったい誰が此の一日を以て、萬劫《ばんごう》の長い時間に延ばすことができようか。

しかし長い日は　また氣持ちを晴らしにくいもの、腸の煮えるような思いを何にぶつけたらよいのか。

山は深く人影は見えない、積もった雪は春の陽を圧《おさ》えつけている。

ほぼ　天命というものがわかってきた、行きづまったら口を閉じて何も言わぬがよい。

しかしどうかすると煩悩の心は騒ぎ、去就について判断を誤ってしまう。

ここで止めて もう二度と言うまい、心の中を誰と話したらよいのか。
遥かに あなたがおいでくださるのを願っている、あなたが來てくだされば私は思い煩うことは何も無い。

57 江　嶼　并序
江嶼《かうしよ》 并《なら》びに序《じよ》

序

橘五金吾、同戸部昆季諸郎、送予抵江嶼。時雪霰繽紛而下。諸公習武儀以示。予詩謝之。

橘五金吾《きつごきんご》は、戸部《こぶ》の昆季《こんき》の諸郎《しよらう》と、予《よ》を送《おく》りて江嶼《かうしよ》に抵《いた》る。時《とき》に雪霰《ゆきあられ》は繽紛《ひんぷん》として下《ふ》る。諸公《しよこう》は武儀《ぶぎ》に習《なら》ひて以《もつ》て示《しめ》し、予《よ》は詩《し》もて之《これ》に謝《しや》す。

一門昆弟共英雄
武緯文経兼済功
躍馬同観江嶼雪
恰如車騎猟雲中

一門《いちもん》の昆弟《こんてい》は 共《とも》に英雄《えいいう》
武緯《ぶい》 文経《ぶんけい》 兼《か》ねて功《かう》を済《な》す
馬《うま》を躍《をど》らせて同《とも》に観《み》る 江嶼《かうしよ》の雪《ゆき》
恰《あたか》も車騎《しやき》の 雲中《うんちゆう》に猟《れふ》するが如《ごと》し

【語釈】

[江嶼]「嶼」は、川の中の島のこと。ここは鎌倉の海の中の島をいうのであろう。

[橘五金吾]「金吾」は、執金吾の略で天子の護衛兵。日本では左右衛門府の役人のこと。「五」は、排行。

[戸部昆季諸郎]「戸部」は、國家の財政を司る官署。日本では民部省のこと。「昆季」は、兄弟のこと。

［武緯文経］文武両道を兼ね備えていること。

［車騎猟雲中］「車騎」は、中国・漢時の車騎将軍のことか。「雲中」は、中国北邊の郡名。

【訳】

江嶼　并びに序

序

橘五金吾が、戸部の兄弟たちと一緒に、私を江嶼まで送ってくれた。時に雪霰が盛んに降っていた。彼らは武儀になれているのでそれを見せてくれたので、私は詩を詠じて感謝の意を表した。

一門の兄弟たちは　みな英雄、文武両道　兼ねて功績をあげておられる。
馬を躍らせて一緒に江嶼の雪を観たが、それはあたかも車騎将軍が雲中郡で猟をしているかのようだった。

58　會無隠　多々良顕孝寺

無隠《むいん》に會《あ》ふ　多々良《たたら》の顕孝寺《けんかうじ》

曽慣相思入夢頻
今宵更恐亦非真
迴然桂海氷林隔
忽爾蒹葭玉樹親」
緑水青山皆是舊
高堂大廈一何新
胸中醞藉十年事

曽《すなは》ち相思《あひおも》ひて夢《ゆめ》に入《い》ることの頻《しき》りなるに慣《な》れ
今宵《こよい》更《さら》に恐《おそ》る　亦《ま》た真《しん》に非《あら》ざるを
迴然《けいぜん》として桂海《けいかい》　氷林《ひようりん》のごとく隔《へだ》つも
忽爾《こつじ》として蒹葭《けんか》は　玉樹《ぎよくじゆ》に親《した》しむ
緑水《りよくすゐ》　青山《せいざん》　皆《み》な是《こ》れ舊《きう》なるに
高堂《かうだう》　大廈《たいか》　一《いつ》に何《なん》ぞ新《あら》たなる
胸中《きようちゆう》　醞藉《うんしや》す　十年《じふねん》の事《こと》

話到天明未具陳　　話《はな》して天明《てんめい》に到《いた》るも未《いま》だ具《つぶ》さには陳《の》べられず

【語釈】

＊『自歴譜』によれば「元弘二年壬申（一三三二・三三歳）に元國から帰り、顕孝寺に在って夏を過ごし冬を経て、三年癸酉に上京。後に康永元年壬午（一三四二・四三歳）夏に鎮西に下っている。したがって此の詩はこの時のものであろう。

［無隠］無隠元晦。臨済宗幻住派。豊前の人。延慶年間（一三〇八～一三一一）に入元し、泰定三年（一三二六）に來朝僧の清拙正澄に隨って帰國。清拙が建仁寺に住するにあたり一座となる。のち大友直庵が筑紫の顕孝寺に招聘し、次いで聖福寺に移った。

［多多良］地名。筑前（福岡県）にある。

［入夢］杜甫「李白を夢む」に「故人 我が夢に入り、我の長く相憶ふを明らかにす」とある。

［桂海氷林］「桂海」は、南海の別名。桂の木が生えているのでこのように言う。梁・江淹「雑体詩―袁太尉淑、従駕」に「文軫は桂海に薄《せま》り、聲教は氷天に燭《あき》らかなり」とある。したがって「氷林」は「氷天」の誤りではなかろうか。桂は南海に生えるので「桂海」は南海の果て。「氷天」は北の果ての意。ここは作者と無隠とが遙かに隔たっていたことをいう。

［蒹葭玉樹親］「蒹葭」は、ひめよし・あし。謙遜の語で、ここは作者のこと。「玉樹」は、高貴な人のことで、無隠を指す。『世説新語』容止篇に「魏の明帝は、后の弟の毛曽をして、夏侯玄と共に坐せしむ。時人は、蒹葭の玉樹に倚《よ》ると謂ふ」とある。「蒹葭」は作者に、「玉樹」は無隠に比す。會遇のことを言う。

［緑水青山皆是舊］作者は入元の時、往還ならびに此の地に留まった。今再び此の地に來てみると山川は皆な舊のままで改まっていない。

［醞藉］胸の中に包みこんでいること。

［十年事］已に述べたように「元弘二年壬申」（三三歳）から「康永元年壬午」（四三歳）まで、十年が経過している。

【訳】

無隠に會う　多々良の孝顕寺にて

これまであなたの事を思って よく夢に見ていたので、今宵も夢の中のことではないかと恐れた。
桂海と氷天のように遙かに隔たっていたが、にわかに蒹葭は玉樹に親しむことができたのだった。
緑水と青山と みな昔のままであるが、高堂や大廈は なんと新しくなっていることか。
胸中にたまっていた十年來のことを、明け方まで話しても まだ述べ盡くすことができない。

59　求菖蒲　并序

菖蒲《しやうぶ》を求《もと》む　并《なら》びに序《じよ》

序

行庭忽見盆菖蒲。不知其措之者爲誰也。詩以干之、欲永屬吾也。

庭《には》を行《ゆ》きて忽《たちま》ち盆《ぼん》の菖蒲《しやうぶ》を見《み》る。其《そ》の之《これ》を措《お》く者《もの》の誰爲《たれな》るかを知《し》らざるなり。詩《し》以《もつ》て之《これ》を干《もと》め、永《なが》く吾《われ》に屬《ぞく》せしめんと欲《ほつ》す。

我自築陽帰　　我《われ》 築陽《ちくやう》より帰《かへ》りて
空庭日日游　　空庭《くうてい》に 日日《ひび》 游《あそ》ぶ
空庭有何物　　空庭《くうてい》に 何物《なにもの》か有《あ》る
雪消蘭芽抽」　雪消《ゆきき》えて 蘭《らん》の芽《め》の抽《は》えたり
菖蒲不知主　　菖蒲《しやうぶ》 主《あるじ》を知《し》らず

瓷甌横蟠蟉　　瓷甌《しおう》に横《よこ》たはりて蟠蟉《はんりう》す
鬼神非吾畏　　鬼神《きしん》は吾《われ》の畏《おそ》るるに非《あら》ざるも
坡仙語可羞」　坡仙《はせん》語《ご》羞《は》づべし
正是尠薄者　　正《まさ》に是《こ》れ尠薄《せうはく》の者《もの》なれば
欲之未敢偸　　之《これ》を欲《ほっ》するも未《いま》だ敢《あ》へて偸《ぬす》まず
願言情人意　　情人《じやうにん》の意《い》を願言《おも》ひて
恵斯青髪𩯭　　斯《こ》の青《あを》く髪𩯭《はっちう》たるを恵《めぐ》まれんことを

【語釈】

＊『自歴譜』に「康永元年（一三四二）壬午夏、鎮西に下る。官司の文書下りて舶に乗るを禁ず。故に再出するを得ず、藤谷に歸りて歳を過ごす」とある。
［築陽］「筑陽」つまり筑後川の北の地であろう。

［蟠蟉］龍蛇などのわだかまるさま。

［鬼神非吾畏］この菖蒲の盆を、いったい誰がここに持ってきたのか、或いは「鬼神」かもしれない、ということであろうか。鬼神であったとしても私は畏れるものではないけれども。

［坡仙語］「坡仙」は、蘇東坡のこと。その「子由の園中の草木を記すに和す」詩に「菖蒲　人識《し》らず、此の乱石の溝に生ず。山高く雪霜　苦《はなは》だしく、苗葉　抽《は》ゆるを得ず。下に千歳の根有り、蹙縮《しゆくしゆく》して蟠虯《はんきう》の如し。長く鬼神に守らる、徳薄くして安《いづく》んぞ敢へて偸《ぬす》まん」とある。

［尠薄］大したものではないこと。

［願言］「願」は、思う。「言」は、助字。「ここに」とも読む。例えば『毛詩』衛風・伯兮に「願《おも》ひて言《ここ》に伯を思ひ、心に甘んじて首疾す」とある。

［情人］情ある人。此の菖蒲の盆を欲しがっている者、つまり作者のこと。

［青髪𩯭］青々と茂っていること。盆の菖蒲を指す。


【訳】

菖蒲を求む　并びに序

序

庭を歩いていると、ふと盆の菖蒲が目についた。誰がこれを置いたのかわからない。これを欲しがっている氣持ちを詩に詠んで、永く私のものにしようと思う。


私は築陽から帰ってくると、人けの無い庭で毎日ぶらぶらしていた。

人けの無い庭に何があるのかといえば、雪が消えて蘭の芽が出ているだけだ。

菖蒲は　誰のものか持ち主を知らないが、焼物の鉢に　わだかまるように横たわっている。

鬼神は私の畏れるものではないが、東坡《とうば》の言葉に羞《は》じいる次第。

ほんとにこれは大したものではないので、欲しいけれど　まだ偸《ぬす》もうとまでは考えていないが。

それを氣に入った私の氣持ちに免じて、此の青く茂っている菖蒲を恵んでほしい。

60

和東白韻　寄藤刑部　并序

東白《とうはく》の韻《ゐん》に和《わ》し藤刑部《とうぎやうぶ》に寄《よ》す　并《なら》びに序《じよ》

序

既帰舊房、正値年窮。人事紛冗、至今。街衢賀歳之俗、諠譁不已。以故稽留陪教。昨見令子院司過訪、示以曙東白贈答之什。留在間窓、数日翫味、倚韻奉寄、以求一笑。詩凡二章、章八句、句七言。

既《すで》に舊房《きうばう》に帰《かへ》るに、正《まさ》に年《とし》の窮《きは》まるに値《あ》ふ。人事《じんじ》紛冗《ふんじよう》して、今《いま》に至《いた》る。街衢《がいく》歳《とし》を賀《が》するの俗《ぞく》ありて、諠譁《けんくわ》已《や》まず。故《ゆゑ》を以《も》て稽留《けいりう》し教《をし》へに陪《ばい》す。昨《さく》、令子《れいし》の院司《ゐんし》の過《よぎ》り訪《と》ひ、示《しめ》すに曙東白《しよとうはく》の贈答《ぞうたふ》の什《じふ》を以《もつ》てす。

間窓《かんさう》に留在《とど》め、数日《すうじつ》翫味《ぐわんみ》し、韻《ゐん》に倚《よ》りて寄《よ》せ奉《たてまつ》り、以《もつ》て一笑《いつせふ》を求《もと》む。詩《し》は凡《すべ》て二章《にしやう》、章《しやう》ごとに八句《はちく》、句《く》ごとに七言《しちごん》なり。

其一

盤谷泉甘可隠人　　盤谷《ばんこく》の泉《いづみ》は甘《あま》くして 人《ひと》を隠《かく》す可《べ》し
龍蛇久蟄以存身　　龍蛇《りゆうだ》 久《ひさ》しく蟄《かく》れ 以《もつ》て身《み》を存《そん》す
已應東面風吹凍　　已《すで》に應《まさ》に東面《とうめん》にては 風《かぜ》 凍《こほり》を吹《ふ》くなるべし
相次南枝花發春　　相次《あひつ》ぎて南枝《なんし》も 花《はな》は春《はる》を發《ひら》かん
衆酔難容屈原醒　　衆《しゆう》酔《よ》ひて 屈原《くつげん》の醒《さ》むるを容《い》れ難《がた》く
道濟惟見孟軻淳　　道《みち》濟《うす》くして 惟《た》だ孟軻《まうか》の淳《あつ》きを見《み》るのみ
往來満屋賢豪裏　　満屋《まんをく》の賢豪《けんがう》の裏《うち》を往來《わうらい》するも
莫罵丁丁啄木頻　　丁丁《ちやうちやう》と木《き》を啄《つつ》きて頻《しき》りなるを罵《ののし》る莫《なか》れ

【語釈】

［東白］東白円曙。44「和答東白」の語釈参照。

［藤刑部］名は忠範。鎌倉の古注派の儒者と言われている。66の「藤刑部に寄す」詩を参照。

［盤谷泉甘］「盤谷」は、谷の名。河南省済源県の北。韓愈の「李愿の盤谷に帰るを送る序」に「太行の陽《みなみ》に盤谷有り。盤谷の間、泉甘くして土は肥え、草木は叢茂し、居民は鮮少なり。〜隠者の盤旋する所なり」とある。

［龍蛇久蟄以存身］『易』繋辞傳に、「尺蠖の屈するや、以て信《の》びんことを求むるなり。龍蛇の蟄《かく》るるや、以て身を存せんとするなり」とある。「蟄」は、虫が土中に隠れること。

［已應東面風吹氷］『禮記』月令に「孟春の月、東風 凍《こほり》を解く」とある。此の句は東白のことを言

うか。

〔相次南枝花發春〕此の句は藤刑部の賦する詩篇を美《ほ》めたものか。藤姓に南家北家の別があり、刑部は南家の後裔であるため「南枝」の語が使われたのであろう。

〔衆酔難容屈原醒〕屈原「漁父の辞」に「世を挙げて皆濁り我獨り清めり。衆人皆酔ひ我獨り醒めたり。是を以て放たる」とある。

〔道漓惟見孟軻淳〕世の中に道が行われず「漓《うす》」くなってしまい、孟子だけが淳く道を行っているだけである。屈原、孟軻は、東白のことをたとえているのであろう。

〔丁丁啄木頻〕晋・左芬《さふん》の「啄木の詩」に「南山に鳥有り、自ら啄木と名づく。饑うれば則ち樹を啄《つつ》き、暮るれば則ち巣に宿る。人に干《もと》むる無く、唯だ志の欲する所のまま。性清き者は榮え、性濁る者は辱めらる」とある。


【訳】

東白の韻に和して藤刑部に寄せる　并びに序

序

舊居に帰ってくると、正に歳も暮れであった。あれこれと煩わしいことが重なって今日になってしまった。巷《ちまた》では新年を祝う行事で騒がしく、そのため此處に留まって説教の坐に従っていた。昨日、御子息の院司が御出でになり、東白円曙の贈答詩をお示しくださった。暫く私の所に留め、数日翫味したのち、韻に和して寄せ奉り、お笑い草とする次第。詩は凡て二章、章ごとに八句、句ごとに七言。

其の一

盤谷の泉は甘くそこに人を隠すことができるし、龍や蛇は久しく隠れて身を安全に保つことができる。

已に東側では春の風が氷に吹いていることだろう、やがて南側の枝には花が春を咲かせることだろう。

衆人は酔っ払っていて獨り醒《さ》めている屈原を受け容れず、世に道は行われず唯《た》だ孟子の淳正さのみが目立つ。
満屋に溢れる賢豪の中を往來なさるあなた、頻りに木を啄《つつ》いている私を罵《ののし》ったりしないでほしい。

其二

衲在空閑名練若
隠居山沢列仙儒
南家克有廟堂器
東白頗同滄海珠」
友善明投雙白璧
愁予廢學渋寒竽
好將三語去爲掾
射利何同屠與沽

衲《のふ》の 空閑《くうかん》に在《あ》るを練若《れんじやく》と名《な》づく
山沢《さんたく》に隠居《いんきょ》す 列仙《れっせん》の儒《じゅ》
南家《なんか》に克《よ》く有《あ》り 廟堂《べうだう》の器《うつは》
東白《とうはく》は頗《すこぶ》る滄海《さうかい》の珠《たま》に同《ひと》し
友善《いうぜん》 明《あき》らかに投《とう》ず 雙白璧《さうはくへき》
予《よ》の學《がく》を廢《はい》して寒竽《かんう》を渋《しぶ》らすを愁《うれ》ふ
好《よ》し 三語《さんご》を將《もち》て 去《さ》りて掾《えん》と爲《な》らん
利《り》を射《い》るに何《なん》ぞ屠《と》・沽《こ》と同《おな》じくせんや

【語釈】

［衲］僧侶のこと。

［練若］寺院のこと。

［列仙儒］『史記』司馬相如傳に「臣嘗て大人賦を爲《つく》るも未だ就《な》らず。請ふ 具して之を奏せんと。相如以爲《おも》へらく、列僊の傳へらるるや、山澤の間に居り、形容 甚だ臞《や》せたり。此れ帝王の僊の意に非ざるなりと。乃ち遂に大人賦を就《な》す」とあり「儒」を「傳」に作る。「索隠」に「小顔（顔師古）及び劉氏、並びに儒に作る。儒は柔なり。術士の稱。非なり」という。中巌は小顔及び劉氏の本に拠ったのであろう。

［南家克有廟堂器］大織冠藤原鎌足の第二子不《ふ》比《ひ》等《と》の長子武智の家は南に在ったので南家と号し、その弟房前の家は北に在ったので北家と号した。「廟

堂器」とは、天下の政治を執るべき器量の持ち主。李白「華州の王司士に贈る」詩に「君の先に廟堂の器を負ふを知る、今日 還《ま》た須《も》って宝刀を贈らん」とある。ここは藤刑部を指すのであろう。

［滄海珠］世に知られずに埋もれている賢者のこと。

［友善明投雙白璧］「明珠暗投」の事（『史記』鄒陽傳）を反用した。私の能力を認めて詩篇を送ってくださった。

［廢學渋寒竿］「寒竿」は、つまらない笛。蘇軾「將に終南に往かんとし子由の寄せらるるに和す」詩に「我 今《いま》 學を廢すれば寒竿の如く、久しく之を吹かずんば渋りて無からんと欲す」とある。

［三語去爲掾］晋の阮瞻が王戎に儒教と道家の同異を聞かれ、「將無同」と三語で答えて賞賛されたことを踏まえる。「掾」は屬官の通稱。「戎問ひて曰く、聖人は名教を貴び、老荘は自然を明らかにす。其の旨 同じきや異なれるやと。瞻曰く、將《はた》同じきこと無からんやと。戎は咨嗟すること良《や》や久し。即ち命じて之を辟《め》す。時に之を三語掾《さんごえん》と謂ふ」（『晋書』阮瞻傳）

【訳】

其の二

僧侶が長閑《のど》かに暮らしている場所を寺院と呼ぶが、私は山沢に隠れ棲んで列仙の術者になった。

南家には「廟堂の器」なる人物がおいでになり、東白こそは誠に「滄海の珠」と同じような人物。

この善き友がわざわざ「雙白璧」を投じてくださり、私が中途で學問を止め 音の出ない笛のようになってしまうことを心配される。

好し「三語」でもって掾《えん》になろうか、利益を求めるのに どうして屠者や商人と同じようにすることがあろうか。

61 復和前韻寄院司二首

復《ま》た前韻《ぜんゐん》に和《わ》し院司《ゐんし》に寄《よ》す二首《にしゅ》

其一

官冷不愁才過人
莫期陰隲但脩身
勾萌得養夜存氣
草木敷榮時在春」
詩圧樂天追杜甫
史宗師古駮如淳
家君自講丘明傳
豈復劉歆難向頻

官《くわん》は冷《れい》なるも愁《うれ》へず 才《さい》は人《ひと》に過《す》ぐ
陰隲《いんしつ》を期《き》する莫《な》く 但《た》だ身《み》を脩《をさ》む
勾萌《こうばう》の養《やしな》ひを得《う》るは 夜《よ》に氣《き》を存《そん》すればなり
草木《さうもく》の榮《はな》を敷《し》くは 時《とき》の春《はる》に在《あ》ればなり
詩《し》は樂天《らくてん》を圧《あつ》して 杜甫《とほ》を追《お》ひ
史《し》は師古《しこ》を宗《そう》として 如淳《じよじゆん》を駮《ばく》す
家君《かくん》は自《みづか》ら丘明《きうめい》の傳《でん》を講《かう》ずるも
豈《あ》に復《ま》た劉歆《りうきん》のごとく向《きやう》を難《なん》ずることの頻《しき》りならんや

【語釈】

［前韻］相手、ここは院司から贈られた詩の韻。

［院司］藤刑部の子供。藤刑部は藤原忠範。62「寄藤刑部」、75「和東白韻。寄藤刑部」、77「又酬刑部」に見える。

［官冷不愁才過人］杜甫「広文館博士鄭虔《ていけん》に贈る」詩に「諸公は袞袞《こんこん》として臺省に登るも、広文先生官は獨り冷たし」とある。

［陰隲］「隲」は、定の意。天がひそかに下民を安定させること。『書経』洪範の、文王の箕子《きし》への言葉に「嗚呼《ああ》、箕子。惟《こ》れ天は下民を陰隲《いんしつ》して厥《そ》の居に相協《かな》はしむ。我は其の彝倫《いりん》の叙する所を知らず」とある。「相協」は、助け合い和合すること。「彝倫」は、常の道。治國御民の道。

［勾萌得養夜存氣］「勾萌」は、芽生え。『禮記』月令の季春に「生氣 方《はじ》めて盛んにして、陽氣 發泄す。勾《こう》なる者 畢《ことごと》く出で、萌なる者 盡く達す」とある。「勾」は屈生する者。「萌」は直生する者。「夜存氣」は、『孟子』告子篇にある夜氣説によ

る。夜氣は夜明け方の清らかな氣。邪欲にくらまされない清明の氣。孟子は此の氣を養うことを修養法の一つとした。「夜氣以《もっ》て存するに足らざれば、則ち其の禽獣に違ふこと遠からず。～故に苟《いや》しくも其の養ひを得ば、物として長ぜざる無く、苟《いや》しくも其の養ひを失へば、物として消せざる無し」と。

[史宗師古駁如淳]「師古」は唐の人。顔師古。『漢書』に注をした。「如淳」は三國・魏の人。『漢書』に注をした。『唐書』顔師古傳に「班固の『漢書』に注して之を上《たてまつ》る。時人は『杜征南・顔秘書は、左丘明・班孟堅の忠臣なり』と謂ふ」とある。顔師古は「漢書注」の中で、屡々如淳の説を駁している。

[家君] 父親のこと。『易』家人に「家人に嚴君有り」とある。ここは「院司」の父親のこと。

[丘明傳]『春秋左氏傳』のこと。「丘明」は、左丘明。『左氏傳』の著者。

[劉歆難向頻] 漢の劉歆は劉向の子であるが、『左氏傳』『公羊傳』『穀梁傳』について父の向と意見が異なり「数《しばし》ば以て向を難」じたという。『漢書』楚元王傳に見える。ここは劉向・劉歆父子の話に拠って、藤刑部と院司父子の關係を褒めている。

【訳】

復た前詩の韻に和し院司に寄せる二首

其の一

官は低くても愁えず　才能は人に過ぎており、天が陰《ひそ》かに民を安定させてくれる事など當てにせず　但だその身を修めている。

草木の芽が成長するのは　夜の間に氣を蓄えているから、花を咲かせるのは　季節が春になるからだ。

その詩は白樂天を圧《おさ》え　杜甫を追うほどであり、歴史の教養は師古を宗として如淳を難じている。

父上は自ら『左氏傳』の講義をされるが、どうして復た劉歆のように父親劉向を頻りに論難することがあろうか。

其二

那堪章甫島居國
不見哀公復問儒
豪俠臂鷹韝布錦
將軍飼馬米舂珠
賦詩見妙由横槊
鼓瑟雖工奈好竽
汲井瓶羸遭叀礙
鴟夷腸大有人沽

那《なん》ぞ章甫《しやうほ》に堪《た》へん 島居《たうきよ》の國《くに》
哀公《あいこう》の 復《ま》た儒《じゆ》に問《と》ふを見《み》ず
豪俠《がうけふ》は鷹《たか》を臂《うで》にするに 韝《こて》は錦《にしき》を布《し》き
將軍《しやうぐん》は馬《うま》を飼《か》ふに 米《こめ》は珠《たま》を舂《つ》く
詩《し》を賦《ふ》して妙《めう》を見《あらは》すは 槊《ほこ》を横《よこた》ふるに由《よ》る
瑟《しつ》を鼓《こ》するに工《たく》みなりと雖《いへど》も 竽《う》を好《この》むを奈《いか》んせん
井《ゐ》に汲《く》みて瓶《かめ》は羸《こは》れ 叀礙《せんがい》に遭《あ》ふも
鴟夷《しい》は腸《ちやう》の大《だい》にして 人《ひと》の沽《か》ふ有《あ》り

【語釈】

［那堪章甫］「章甫」は、殷代の禮冠の名。孔子が冠ってから儒者の冠となる。『荘子』逍遥遊に「宋人 章甫を資《し》として諸越に適《ゆ》く。越人は髪を断《き》り身に文《いれずみ》すれば、之を用ふる所無し」とある。

［哀公復問儒］『論語』爲政篇に「哀公問ひて曰く、何を爲さば則ち民服《ふく》せんと。孔子対《こた》へて曰く、直《なほ》きを挙げて諸《これ》を枉《まが》れるに錯《お》けば、則ち民服す。枉《まが》れるを挙げて諸を直きに錯けば、則ち民服せずと」とあるのに拠った。

［賦詩見妙由横槊］蘇軾「前赤壁賦」に詠われている曹操の行爲をいう。すなわち「舳艫 千里、旌旗空を蔽ふ。酒を釃《した》みて江に臨み、槊《ほこ》を横たへて詩を賦す」とある。

［鼓瑟雖工奈好竽］齊に仕えようとした人が王の門前に立って瑟を鼓したが、齊王は竽を好んでいたために、三年間も中に入れてもらえなかった故事による。韓愈「陳商に答ふる書」に「客 之を罵りて曰く、王は竽《う》を好むに子《し》は瑟を鼓す。瑟は工《たく》み

なりと雖も、王の好まざるを如何せん」とある。［汲井瓶贏遭叀礙、鴟夷腸大有人沽］『漢書』遊俠傳に「揚雄は『酒箴』を作り、以て成帝を諷諫して曰く、子は猶ほ瓶のごとし。瓶の居るを觀るに、井の眉《ふち》に居る。高きに處りて深きに臨み、動《ややもす》れば常に危に近づく。一旦 叀礙《せんがい》されて、瓽《かべ》の轠《う》つ所と爲り、身は黄泉に提《な》げこまれ、骨肉は泥と爲る。自ら用ふること此の如きは、鴟夷《しい》に如《し》かず。鴟夷は滑稽にして、腹は大壺の如し。盡日 酒を盛り、人は復た借りて酤《か》ふ。常に國器と爲り、屬車に託し、兩宮に出入し、公家に経営す。是を以て之を言へば、酒何ぞ過《とが》あらんやと。」とあるのに拠った。「瓽」は、井戸の側壁に張った煉瓦。

【訳】

其の二

どうして儒者の冠が此の島國に通用しようか、哀公が儒に質問するということも見られない。

豪俠たちは鷹を腕に載せるのに錦を韝《こて》として敷き、將軍は馬を飼うのに真珠を舂《つ》いたものを與えている。

詩を賦して妙とされるのは槊《ほこ》を横たえて作ったもの、瑟を鼓《ひ》くのが上手でも竽《う》が好きな人には認められぬ。

井戸の水を汲むとき瓶は引っ掛かって壊れたりするが、鴟夷《しい》は腹が大きくて人はそれで酒を買う。

62　又酬刑部二首
又《ま》た刑部《ぎやうぶ》に酬《こた》ふる二首《にしゅ》

其一

人勝天耶天勝人　人《ひと》天《てん》に勝《か》つか　天《てん》人《ひと》に勝《か》つか
身従道與道従身　身《み》道《みち》に従《したが》ふか　道《みち》身《み》に従《したが》ふか

多通不媿張君夏
徳行還同召伯春」
世事無媒資最薄
文談有味旨殊淳
詩逢險韻和容易
金彈投來嚇我頻

多通《たつう》は 張君夏《ちやうくんか》に媿《は》ぢず
徳行《とくかう》は 還《ま》た召伯春《せうはくしゆん》に同《おな》じ
世事《せいじ》は 媒《なかだち》の無《な》ければ 資《し》は最《もつと》も薄《うす》きも
文談《ぶんだん》は味《あじ》わい有《あ》りて旨《むね》は殊《こと》に淳《あつ》し
詩《し》は險韻《けんゐん》に逢《あ》ふも 和《わ》すること容易《ようい》なれば
金彈《きんだん》 投《とう》じ來《きた》りて 我《われ》を嚇《おど》すこと頻《しき》りなり

【語釈】

［刑部］61「復和前韻寄院司」参照。

［人勝天耶天勝人］『史記』伍子胥傳に「申包胥《しんはうしよ》、人をして子胥《ししよ》に謂はしめて曰く、吾は之を聞く、人衆《おほ》ければ天に勝つも、天定まれば亦た能く人を破ると」とある。人の力が天の意志に勝つのか、それとも天の意志が人の力に勝つのか。ここは後者であってほしいと願っているのであろう。

［身従道與道従身］『孟子』盡心上に「天下に道有れば、道を以て身に殉《したが》へ、天下 道無ければ、身を以て道に殉ふ。未だ道を以て人に殉ふ者を聞かざるなり」とある。

［張君夏］後漢の人。光武帝の時に博士となる。博學多通で有名であった。『後漢書』儒林傳。

［召伯春］後漢の人。少くして『韓詩』を習い、博く書傳に通ず。志義を以て聞こえ、郷里の人は「徳行 恂恂《じゆんじゆん》たり召伯春」と号した。『後漢書』儒林傳。

［詩逢險韻和容易］「險韻」は、詩の韻字として使うのが難しい漢字。その韻に和して返しの詩を作るのは難しいことであるが、刑部は容易にそれをこなす。『詩人玉屑』壓韻 古詩不拘韻に「六一居士云ふ、韓退之は韻を用ふるに工《たく》みなり。～難きに因りて以て巧を見《あら》はし、愈《いよい》よ険なれば愈よ奇なりと」とある。

［金彈］金の彈。『南史』王筠傳に「沈約、王志に謂ひて曰く、賢弟子の文章の美は、後來 獨歩と謂

ふべし。謝朓常《かつ》て見て語りて云ふ『好詩の円美なる、流転して彈丸の如し』と。近頃 其の数首を見て、方《はじ》めて此の言の実爲《た》るを知ると」とある。送ってくる詩が、内容・表現ともに唱和できないほどにすばらしい出來であることを意味する。

【訳】

又た刑部に答える二首

其の一

人が天に勝つのか 天が人に勝つのか、此の身が道に従うのか 道が身に従うのか。
博く物事に通じていることは 張君夏《ちょうくんか》に劣らず、徳行はまた召伯春《しょうはくしゅん》のようである。
世の中の事については媒《つて》が無いために恵まれないが、文學の談論には味わいがあり内容は殊《こと》に豐淳だ。
詩は険韻に逢っても容易に唱和してしまい、金彈のごとき詩をよこして私を嚇《おど》すこと頻りである。

其二

寄語荀卿愼學徒　　寄語《きご》す 荀卿《じゅんけい》學徒《がくと》を愼《つつ》しみて
莫牽秦相計坑儒　　秦相《しんしやう》の坑儒《かうじゅ》を計《はか》るを牽《ひ》くこと莫《な》かれ
鷉膏可發魚腸劍　　鷉膏《ていかう》は 魚腸《ぎよちやう》の劍《けん》を發《ひら》く可《べ》く
燕肉當收龍頷珠」　　燕肉《えんにく》は 當《まさ》に龍頷《りゅうがん》の珠《たま》を收《をさ》むべし
梓匠通功猶食粟　　梓匠《ししやう》も 功《かう》を通《つう》じて猶《な》ほ粟《ぞく》を食《くら》ふに
先生底事不能竽　　先生《せんせい》は底事《なにごと》ぞ 竽《う》する能《あた》はざる
隣僧最愛陶彭沢　　隣《となり》の僧《そう》は最《もつと》も陶彭沢《たうはうたく》を愛《あい》すれば
那惜邀君破戒沽　　那《なん》ぞ惜《を》しまん 君《きみ》を邀《むか》へ戒《かい》を破《やぶ》りて沽《か》ふを

【語釈】

［寄語荀卿慎學徒、莫牽秦相計坑儒］李斯《りし》は荀子の弟子であったが、後に始皇帝に仕えて丞相となり、焚書坑儒を行って思想統一をはかった。ここは李斯のような弟子を取ることのないように「寄語」している。

［鸊膏］カイツブリの膏。剣に塗ると切れ味が鋭くなるという。

［魚腸剣］古の宝剣の名。『淮南子』修務訓に「夫れ純鉤・魚腸の始めて型より下すや、撃つも則ち断つ能はず、刺すも則ち入る能はず。之に砥砺《しれい》を加へ、其の鋒鍔を摩《ま》するに及びては、則ち水に龍舟を断ち、陸に犀甲を剸《き》る」とある。

［燕肉當収龍頷珠］龍は燕の肉が大好物であるという。『博物志』に「燕肉を焼きて龍を致《いた》す」とある。「龍頷珠」については『列子』列禦寇に「夫れ千金の珠は、必ず九重の淵にして、驪龍の頷の下に在り」とある。

［梓匠通功猶食粟］『孟子』滕文公下篇に「孟子曰く、子《し》功を通じて事を易《か》へ、羨《あま》りを以て不足を補ふことをせざれば、則ち農には餘粟有り、女には餘布有らん。子如《も》し之を通ずれば、梓匠 輪輿《りんよ》も、皆な食を子に得ん。此に人有り。入りては孝、出でては悌、先王の道を守り、以て後の學者を待つ。而るに食を子に得ず。子は何ぞ梓匠 輪輿を尊んで、仁義を爲《をさ》むる者を輕んずるやと」とある。「梓」は、指物師。「匠」は、大工。

［先生底事不能竽］韓愈「陳商に答ふる書」に「王は竽を好むに子は瑟を鼓す。瑟は工《たく》みなりと雖も、王の好まざるを如何《いかん》せん」とある。ここは主君が竽が好きであれば、「先生」も竽を吹けばいいのに、どうして主君の氣に入るようなことをしないのか、という。作者は逆に「先生」の人柄をよしとしている。

［陶彭沢］彭沢県の令であった陶淵明のこと。酒が大好きであった。ここでは作者中巌のこと。


【訳】

其の二
言っておきますが學徒を取るには慎重にして荀子のように、坑儒を計画した秦相（李斯）を採用してはいけない。カイツブリの膏《あぶら》によっても魚腸の剣のようにできるし、燕の肉で龍の頷下の珠を手に入れることもできる。大工や建具師も その仕事を通じて食べていけるのに、先生はどうしてまた竽を吹くことができないのだろう。隣りの僧（自分）は最も陶淵明を愛しているから、あなたをお迎えするのに戒律を破って酒を買うことなどどうして嫌がりましょう。

63 依前韻贈東白二首

前韻《ぜんゐん》に依《よ》りて東白《とうはく》に贈《おく》る二首《にしゅ》

其一

典刑元屬老成人　典刑《てんけい》は元《もと》より老成《らうせい》の人《ひと》に屬《ぞく》す
爲道辛勤不爲身　道《みち》の爲《ため》に辛勤《しんきん》して身《み》の爲《ため》にせず
今吟古誦言皆玉　今吟《きんぎん》 古誦《こしやう》 言《げん》は皆《み》な玉《ぎよく》のごとく
往送來迎面一春」　往送《わうそう》 來迎《らいげい》 面《おもて》は一《いつ》に春《はる》のごとし
遠掣鯨鯢参景徳　遠《とほ》く鯨鯢《げいげい》を掣《せい》するには 景徳《けいとく》を参《さん》とし
冷看翡翠笑咸淳　冷《ひや》やかに翡翠《ひすゐ》を看《み》て 咸淳《かんじゅん》を笑《わら》ふ
夜來風雨應思我　夜來《やらい》の風雨《ふうう》に應《まさ》に我《われ》を思《おも》ふべし
我亦懷君入夢頻　我《われ》も亦《ま》た君《きみ》を懷《おも》ひて 夢《ゆめ》に入《い》ること頻《しき》りなり

【語釈】

［東白］曙蔵主。諱は円曙。東白は号。出家の後、建長寺の東明慧日に参じて其の心要を受け、蔵主となる。生涯、蔵主の役を通し、一寺にも住せずという。

［典刑元屬老成人］「典刑」は、古いきまり。『詩経』大雅・蕩に「上帝 時ならざるに匪《あら》ず、殷 舊を用ひざればなり。老成の人無しと雖も、尚《な》ほ典刑有り）とあり、注によれば「老成人」は舊臣。「典刑」は舊法をいう。

［往送來迎］往く者を送り、來る者を迎える。『中庸』第二十章に「往を送り 來を迎へ、善を嘉《よみ》して不能を矜《あは》れむは、遠人を柔らぐる所以《ゆゑん》なり）とある。

［遠掣鯨鯢参景徳］「鯨鯢」は、海中の大魚。杜甫「戯《たはむ》れに爲《つく》る六絶」に「才力應《まさ》に数公を跨《こ》へ難《がた》かるべし、凡そ今誰か是れ出羣の雄なる。或いは翡翠を蘭苕の上に看るも、未だ鯨魚を碧海の中に掣せず）とあるのによるが、ここでは「鯨鯢」は大機の人（信念堅固で修行力のすぐれた人）を譬える。「景徳」は『景徳傳燈録』のこと。

［冷看翡翠笑咸淳］「翡翠」は「蘭苕」と同じく纖巧なことをいう。郭璞の「遊仙詩」に「翡翠《ひすゐ》は蘭苕に戯れ、容色 更に相鮮《あざ》やかなり」とある。ここでは「咸淳」の儀矩の喜ぶ可きを言う。「咸淳」は『校定清規』すなわち『咸淳清規』のこと。「冷看」は、蘇軾の「中秋 月を見る、子由に和す」詩に「遂に世間の人を冷看せしめ、我を照らして湛然 心起こらざらしむ」とある。

［夜來風雨］孟浩然「春暁」に「夜來 風雨の聲、花の落つること 多少を知らんや」とある。

［入夢］杜甫「李白を夢む」に「故人 我が夢に入りて、我の長く相思ふを明らかにす」とある「夢に入る」のは、深い友情のあらわれ。

【訳】

前韻に依りて東白に贈る二首

其の一

守るべき善き手本は　もともと老練成徳の人に在り、彼らは道の爲に辛苦して勤め　自分の爲にはしない。
近頃の詩も昔の作も　言葉は皆な珠玉のようであり、往を送り來を迎えて　顔はまことに春のようだ。
遠く鯨鯢のような人物を抑えるには『景徳』を参考にすべきであり、翡翠のごとき儀矩を冷ややかに看て『咸淳』を笑う。
夜來の風雨に私のことを思って下さっていることでしょう、私もまたあなたを懐かしく思い　度々　夢に見ている。

其二

近來賢聖皆帰佛
掃盡無餘淡薄儒
夷翟有時求禮樂
炎荒自古産犀珠」
安安我謂能從理
一一君須試聽竽
少室遺風休委地
遼天索價豈容沽

近來《きんらい》の賢聖《けんせい》は　皆《み》な佛《ほとけ》に帰《き》し
掃《はら》ひ盡《つ》くして餘《あま》す無《な》く　儒《じゅ》を淡薄《たんぱく》にす
夷翟《いてき》も時《とき》有《あ》りて　禮樂《れいがく》を求《もと》め
炎荒《えんくわう》も古《いにし》へ自《よ》り　犀珠《さいじゅ》を産《さん》す
安安《あんあん》として　我《われ》は謂《おも》ふ　能《よ》く理《り》に従《したが》ふと
一一《いちいち》　君《きみ》は　須《すべから》く　試《こころ》みに竽《う》を聴《き》くべし
少室《せうしつ》の遺風《ゐふう》は　休《や》みて地《ち》に委《ゆだ》ねらる
遼天《れうてん》に價《あたひ》を索《もと》むるも　豈《あ》に沽《こ》を容《い》れんや

【語釈】

［夷翟］夷狄。東方に夷、北方に狄という。「翟」は「狄」と通用す。

［炎荒］南方の遠い未開の土地。

［安安我謂能從理］諸人は安然として濫《みだ》りに「我は能く真理に従っている」と思っている。

［一一君須試聽竽］真に力のある者を選ぶべきことを勧めている。『韓非子』内儲説にある南郭處士の話に基づく。齊の宣王が竽の合奏を好むのを聞

いてその中に潜り込んだが、王が死んで次の王が「一一に竽を聽く」のを好んだため、下手がばれるのを恐れて逃げ出したという。
［少室遺風休委地、遼天索價豈容沽］「少室」は、山名。河南省登封県の北、嵩山の西峰。太室山の西。達磨が九年間、面壁した場所。韓愈「盧同に寄す詩」に「少室山人 價を索《もと》むること高く、兩《ふたた》び諫官を以て徴《め》すも起たず」とある。唐の李渤《りぼつ》は少室山に隠れ、高官を以て招くも應じなかった。ここでは、真に優れた人物を召し寄せる風は失われてしまったことを言うのであろう。「沽」は値を付けて賣買すること。

【訳】

其の二

近ごろの賢人・聖人は 皆な佛に帰依し、餘すところなく掃き盡くされて儒は淡薄になってしまった。
しかし夷狄も 時に禮・樂を求めることがあり、炎荒の未開の地も 古より犀角《さいかく》・珠玉を産出してきた。
安然と人々は 自分は真理に従っていると言っているから、主君は試しに いちいち竽を聽かれた方がよい。
少室の遺風は すたれて地に落ちており、天の果てに價を索《もと》めても どうして賣れようか。

64 答充太虚 四首
充太虚《じゅうたいきょ》に答《こた》ふ 四首《しゅ》

其一

責己重周輕待人　己《おのれ》を責《せ》むること重《おも》く周《あま》ねく 輕《けい》もて人《ひと》を待《ま》つ
寧將土苴忽其身　寧《なん》ぞ土苴《どしよ》を將《もつ》て 其《そ》の身《み》を忽《おろそ》かにせんや
蠲除雜毒瓠中海　雜毒《ざつどく》を蠲除《けんじよ》す 瓠中《こちゅう》の海《うみ》

清浄根塵教外春」　根塵《こんぢん》を清浄《せいじやう》にす 教外《けうぐわい》の春《はる》
児女學粧時様媚　児女《じじよ》は粧《しやう》を學《まな》びて 時様《じやう》に媚《こ》ぶるも
丈夫更化古風淳　丈夫《じやうふ》は化《くわ》を更《あらた》めて 古風淳《こふうあつ》し
自従離索同門闊　離索《りさく》に従《したが》ひて自《よ》り 同門《どうもん》は闊《はる》か
獨喜吾兄謦欬頻　獨《ひと》り喜《よろこ》ぶ 吾兄《ごけい》の謦欬《けいがい》の頻《しき》りなるを

【語釈】

［充太虚］太虚契充。（一三一三〜一三八〇）曹洞宗宏智派。出家の後、東關の諸刹を歴遊し、円覺寺白雲庵の東明慧日に参じて旨を得、後に相模円覺寺に住す。63「和韻贈太虚 并序」参照。

［責己重周輕待人］韓愈の「原毀」に「古の君子は、其の己を責むるや重くして以て周、其の人を待つや輕くして約」とある。「周」は周密。

［土苴］塵芥。かす。『莊子』譲王篇に「道の真 以て身を治め、其の緒餘 以て國家を爲《をさ》め、其の土苴《どしよ》以て天下を治む」とある。

［雑毒］毒を食物の中に雑《ま》ぜる。「毒」は妄想・分別をいう。

［瓠中海］「壷中の天」のこと。別天地。仙境。

［教外春］「教外別傳」のこと。経典や言語などによらず、以心傳心で傳わる奥義。

［離索］「離群索居」の意。朋友の群を離れて獨居すること。『禮記』檀弓篇に「子夏 其の杖を投じて拝して曰く、吾 過《あやま》てり。吾過てり。吾は群れを離れて索居すること、亦た已に久しと」とある。

［謦欬］ものを言ったり笑ったりすること。言笑。

【訳】
充太虚に答える
其の一
自分を責めるには重と周を以てし 人を遇するには輕による、どうして我が身を糟粕のように輕んじようぞ。

妄想も分別も除かれた「瓠中の海」、根塵を清浄にする「教外の春」。
児女は装いを學ぶのに 流行の様子に媚びているが、丈夫は時流の影響を受けず 古風の淳《あつ》いものがある。
朋友たちと離れて獨居し 同門の人と遠くなって、あなたが度々聲をかけてくれることだけが嬉しい。

其二

細大於材倶勿棄
欂櫨宋桷及侏儒
邪禅作病無光佛
識字従譏有類珠」
甘學東方狂避世
但憎南郭濫吹竽
閻浮好悪君休管
過我何妨満眼沽

細大《さいだい》の材《ざい》に於《お》けるや 倶《とも》に棄《す》つること勿《なか》れ
欂櫨《はくろ》 宋桷《ぼうかく》より 侏儒《しゅじゅ》に及《およ》ぶまで
邪禅《じゃぜん》 病《やまひ》を爲《な》せば 光《ひかり》無《な》きの佛《ほとけ》
字《じ》を識《し》りて譏《そし》りに従《したが》へば類《きず》有《あ》るの珠《たま》
甘《あま》んじて東方《とうはう》の 狂《きやう》もて世《よ》を避《さ》くるに學《まな》び
但《た》だ南郭《なんくわく》の 濫《みだ》りに竽《う》を吹《ふ》くを憎《にく》む
閻浮《えんぶ》の好悪《かうを》 君《きみ》 管《かかは》る休《なか》れ
我《われ》に過《よ》ぎるに 何《なん》ぞ満眼《まんがん》の沽《こ》を妨《さまた》げん

【語釈】

「細大於材倶勿棄、欂櫨宋桷及侏儒」韓愈「進學解」に「先生曰く、吁《ああ》、子《し》來り前《すす》め。夫れ大木を宋《ばう》と爲し、細木を桷《たるき》と爲し、欂櫨 侏儒、椳闑《わいげき》 居楔《てんせつ》、各《おのお》の其の宜しきを得て、施して以て室を成す者は、匠氏の巧なりと」とある。全てのことが佛道修業の役に立つことをいうのであろう。

「邪禅作病無光佛」「無光佛」は、佛と佛の發する光明とが一体でない佛。「邪禅」は正しい方法によらない禅のことか。

「識字従譏有類珠」「識字従譏」は揚雄の事を踏まえている。すなわち揚雄は古い文字に詳しく、嘗て劉棻《りゅうふん》に文字を指導したことがあり、棻が王莽に罪を得たために自分も罪されるのではないかと恐れて、天禄閣の上から飛び降りたことがあった。

「纇」は、きず。珠のきず。

[甘學東方狂避世]「東方」は、漢の東方朔のこと。『史記』滑稽列傳に「郎は之に謂ひて曰く、人は皆な先生を以て狂と爲すと。朔曰く、朔らの如きは、所謂る世を朝廷の間に避くるなり。古への人は乃ち世を深山の中に避くと」とある。

[南郭臨吹竽]『韓非子』内儲説・七術に「齊の宣王は人をして竽を吹かしむるに、必ず三百人なり。南郭處士 王の爲に竽を吹かんことを請ふ。宣王は之を説《よろこ》び、廩食 数百人を以てす。宣王 死して、湣王 立ち、一一 之を聴くを好めば、處士逃ぐ」とある。

[閻浮]「閻浮界」のこと。この世。

[満眼沽]「満眼酤」のこと。眼孔から溢れるほど酒を買うこと。眼は酒を入れる竹筒の縄を通す穴。


【訳】

其の二

細木も大木も材木としては どちらも棄ててはならない、柱の上の 櫨《ますがた》・梁《はり》・桷《たるき》から棁《うだつ》に到るまで。
邪禅によって邪魔されれば 佛に光は見えず、字を識っていたために 譏《そしり》にあえば 珠に傷がつく。
東方朔《とうぼうさく》が狂人と呼ばれながら世を避けたのを甘んじて真似、但だ南郭處士がいいかげんに竽を吹くのを憎む。
此の世の評價を あなたは氣にされることはない、私の所においでの時は どうか酒を溢れるほど買ってきてくだされ。

其 三

可知無我亦無人　　無我《むが》 亦《ま》た無人《むじん》を知《し》る可《べ》し
須滅幻心還幻身　　須《すべか》らく幻心《げんしん》 還《ま》た幻身《げんしん》を滅《めっ》すべし

一句機先親領旨
三祇劫外自回春」
付衣投子曽憑遠
掌記大洪當嗣淳
會聖巌中休歇地
煩聞九帯説禅頻

一句《いっく》の機先《きせん》に親《みづか》ら旨《むね》を領《さと》り
三祇劫《さんしごふ》の外《そと》　自《おのづ》から春《はる》に回《かへ》る
衣《い》を付《ふ》されし投子《とうし》は曽《すなは》ち遠《ゑん》に憑《よ》り
記《き》を掌《つかさど》りし大洪《だいこう》は當《まさ》に淳《じゆん》を嗣《つ》ぐべし
會聖巌中《くわいせいがんちゆう》　休歇《きうけつ》の地《ち》
九帯《きうたい》もて禅《ぜん》を説《と》くこと頻《しき》りなるを聞《き》くを煩《わづら》はしとす

【語釈】

［可知無我亦無人］『金剛経』に、「我相 無く、人相 無く、衆生相 無く、壽者相 無し。此れ総じて一の我相なり。之を分かちて四と爲すなり。大品中、具《つぶ》さに十六知見を明らかにす。今 略擧して、以て凡夫の妄執を顕《あきら》かにす」とある。

［須滅幻心還幻身］『圓覺経』普眼菩薩章に「善男子、彼の衆生は、幻身の滅する故に幻心も亦た滅す。幻心の滅する故に幻塵も亦た滅す。幻塵の滅する故に幻滅も亦た滅す。幻滅の滅する故に幻に非ざれば滅せず」とある。

［一句機先］「機先」は、事の起こる前。一念も動かさず、一言も發しない前。

［三祇劫外］「三祇」は、三阿僧祇劫のこと。阿僧祇劫は、数えきれないほどの極大数の劫（永い期間）。それを三倍して三阿僧祇劫という。

［付衣投子曽憑遠］「投子」は、投子義青。曹洞宗。青州の人。「遠」は、浮山法遠。臨済宗。鄭州の人。法遠は、大陽警玄の密嘱を受けて衣履を投子義青に代付した。

［掌記大洪當嗣淳］「大洪」は、大洪慶預。曹洞宗。湖南省京山の人。「淳」は、丹霞子淳。曹洞宗。剣州梓潼県の人。慶預は、子淳が大洪山に遷るに従い、院のことを任された。

［會聖巌中休歇地］「會聖巌」は、『會元』に、「浮山 法遠、暮年に會聖岩に休し、佛祖の奥義を叙して、九帯を作りて曰く」とある。「休歇地」は、

現象や言語・思念を追い求めることを止めた境地。大安心のところに安住すること。

［九帯］浮山法遠が修業僧に禅を説くために用いた九つの手段のこと。

【訳】

其の三

無我 亦た無人ということを知らねばならない、幻心 還《ま》た幻身を滅却しなければならない。
一句の發せられる前に親らその主旨を悟り、三祇《さんぎ》の劫《ごう》の外に自ら絶対の世界に回《かえ》る。
衣履を授けられた投子《とうし》は曽《すなわ》ち法遠《ほうえん》に憑《よ》り、記を掌《つかさど》った大洪《だいこう》は子淳《しじゅん》を嗣ぐことになった。
會聖巌の中こそは休歇の地、九帯によって頻りに禅を説くのを煩わしく思う。

其 四

孔子高麗稱曰佛　　孔子《こうし》は高麗《かうらい》にて 稱《しやう》して佛《ほとけ》と曰《い》ひ
釋迦天竺是能儒　　釋迦《しやか》は天竺《てんぢく》にては 是《こ》れ能儒《のうじゅ》
投機圓覺不重鑛　　機《き》を圓覺《ゑんかく》に投《とう》じては 重《かさ》ねて 鑛《あらかね》とならず
聽義華厳若貫珠」　　義《ぎ》を華厳《けごん》に聴《き》けば 珠《たま》を貫《つらぬ》くが若《ごと》し
鑰主五千餘軸蔵　　鑰主《やくしゅ》は五千《ごせん》餘軸《よぢく》の蔵《くら》
笙師三十六簧竽　　笙師《しやうし》は三十六簧《くわう》の竽《う》
隨家豐儉爲君待　　家《いえ》の豐《ほう》・儉《けん》に隨《したが》って君《きみ》が待《たい》を爲《な》さん
有則滑兮無則沽　　有《あ》れば 則《すなは》ち滑《こ》し 無《な》ければ 則《すなは》ち沽《か》はん

【語釈】

［釋迦天竺是能儒］『菩薩戒義記』によれば、釋迦牟尼のことを『瑞應経』では能儒とか能仁と訳し

ているという。

［投機圓覺不重鑛］「投機」は、大悟徹底して佛祖の心機に合すること。「圓覺」は、円満なる覺証。完全円満なる佛の大覺のこと。「不重鑛」は、精錬されて金となれば復び鑛《あらかね》になることはない、という意味。

［貫珠］珠を貫き連ねること。美正なるものに順次に感化していくことの譬え。『禮記』樂記に「故に歌は、纍纍《るゐるゐ》乎《こ》として端《ただ》しきこと、貫珠の如し」とある。

［鑰主五千餘軸藏］充太虚が藏主となったことをいうのであろう。五千餘軸の経典が収められている経藏をあずかっておられる。

［竽師三十六簧竽］『周禮』春官に「竽師は竽を吹くを教ふるを掌る」とある。簧は竽管の中の金屬の薄い弁のこと。「齊竽」の故事を反用して、濫吹の竽師、すなわちいいかげんな僧を養成していないことをいう。

［隨家豐儉］「豐儉」は、豐かなことと つづまやかなこと。家の暮らし向きに隨って。

［有則湑兮無則沽］『詩経』小雅・伐木に「酒有れば我に湑《しよ》し、酒無ければ我に酤《こ》さん」とある。


【訳】

其の四

孔子は高麗では佛と稱されていたし、釋迦は天竺では能儒と言われた。

佛性に契合すれば重ねて鑛《あらかね》とはならない、佛義を華厳経に聴けば珠を連ねたようだ。

鍵主は五千餘軸の藏を守っている、竽師が三十六簧《こう》の竽《う》を教えるように。

家に有るもので あなたをお待ちしております、有れば酒を濾《こ》し 無ければ酒を買いましょう。

65 答東白

東白《とうはく》に答《こた》ふ

聞君爲雨留行色　君《きみ》の 雨《あめ》の爲《ため》に行色《たびだち》を留《とど》むるを聞《き》く
且喜封書與我投　且《か》つ書《しょ》を封《ふう》じ我《われ》に與《あた》へて投《とう》ずるを喜《よろこ》ぶ
明日天晴知定發　明日《あす》 天《てん》 晴《は》るれば定《さだ》めて發《はっ》するを知《し》る
使人兩度動離愁　人《われ》をして兩度《りやうど》 離愁《りしう》を動《うご》かしむ

【語釈】

［東白］圓曙。東白は号。「44 59 64 75 78」に見える。　［行色］旅立ちをいう。

［人］わたし。自分のことをいう。

【訳】
東白に答える
あなたが雨のために旅立ちを止めたことを聞きました、また手紙を書いて私にくれたのが嬉しかった。
明日 晴れたら きっと出發するのでしょうが、私に二度も別れの悲しみを感じさせてくれることです。

66 三月旦聽童吟杜句有感續之三絶
三月《さんぐわつ》 旦《あさ》、童《わらべ》の杜句《とく》を吟《ぎん》ずるを聽《き》きて感有《かんあ》り、之《これ》に續《つづ》く三絶

其一

二月已破三月來　二月《にぐわつ》 已《すで》に破《やぶ》れて 三月《さんぐわつ》 來《きた》り
芳華極好老相催　芳華《はうくわ》 極《きは》めて好《よ》く 老《お》いは相催《あひもよほ》す
春風莫逼桃花落　春風《しゆんぷう》 逼《せま》る莫《な》きに 桃花《たうくわ》は落《ち》り

任放茶旗次第開　　茶旗《ちやき》の 次第《しだい》に開《ひら》くに任放《まか》す

【語釈】

［三月旦聴童吟杜句有感続之三絶］杜甫の「絶句漫興九首」（第四首）に「二月 已に破れて三月來り、漸《やうや》く老いて 春に逢ふこと能く幾回《いくたび》ぞ。思ふこと莫かれ 身外 無窮の事、且つは盡くさん 生前 有限の杯を」とあるのを踏まえた作。

［老相催］杜甫の作の「漸老逢春能幾回」を踏まえる。我が身の老いを感じる。

［任放茶旗次第開］「茶旗」は、茶の嫩芽が開いた葉のことをいう。「任放」とは、過ぎ行く春の氣怠さに茶の芽を摘むこともしないで、開くにまかせていること。

【訳】

其の一

二月は已に終り 三月が來た、芳《かぐわ》しい華は此の上なく美しく 老いの身を感じさせる。
春風が逼《せま》ったわけでもないのに桃花は散り、茶の葉が次第に開くのに任せている。

其二

二月已破三月來　　二月《にぐわつ》 已《すで》に破《やぶ》れて 三月《さんぐわつ》 來《きた》り
目前爛漫百花開　　目前《もくぜん》に爛漫《らんまん》として 百花《ひやくくわ》 開《ひら》く
忽然明日春風起　　忽然《こつぜん》として明日《あす》 春風《しゆんぷう》の起《お》こらば
只見紅塵委碧苔　　只《た》だ見《み》ん 紅塵《こうちん》の碧苔《へきたい》に委《ゆだ》ぬるを

【語釈】

［紅塵］ここは花びらの意。

【訳】

其の二

二月は已に終わり　三月が來た、目の前には爛漫《らんまん》として百花が咲いている。
忽然として明日　春風が吹き起こったら、ただ紅い花びらが碧《みどり》の苔の上にあるのを見るだけだろう。

其　三

二月已破三月來　　二月《にぐわつ》　已《すで》に破《やぶ》れて　三月《さんぐわつ》　來《きた》り
少陵人去没全才　　少陵《せうりやう》　人《ひと》は去《さ》りて　全才《ぜんさい》　没《ぼっ》す
春風不管風騷變　　春風《しゆんぷう》は　風騷《ふうさう》の變《へん》に　管《かかは》らず
李白桃紅屬別裁　　李《すもも》の白《しろ》　桃《もも》の　紅《くれない》　別裁《べつさい》に屬《ぞく》す

【語釈】

［少陵］杜甫の住んでいた土地で、長安の杜陵の東南にあった。少陵は漢の宣帝の許皇后を葬った陵。
［全才］あらゆる才能を備えていた人。杜甫を指す。
［風騷］『詩経』國風と『楚辞』離騒のことで、詩の道のことをいう。
［屬別裁］「別裁」は、区別して不要なものを取り捨てること。杜甫「戯れに六絶句を爲《つく》る」に「別に偽体《ぎたい》を裁《さい》して風雅に親しみ、転《うた》た益《ますま》す多師なるは是れ汝が師なり」とある。

【訳】

其の三

二月は已に終わり　三月が來た、少陵の人は去って　全才の人はいなくなった。
春風は詩道の變化に關わりなく、李の白　桃の紅と　区別して散らしているようだ。

67 五言二絶

其 一

樂天元九詩
甘蔗味何滋
爛嚼唯殘滓
方知李杜奇

樂天《らくてん》 元九《げんきう》の詩《し》
甘蔗《かんしょ》のごとくは 味《あぢ》 何《なん》ぞ滋《じ》ならん
爛嚼《らんしやく》するも唯《た》だ殘滓《ざんし》のみ
方《まさ》に李《り》・杜《と》の奇《き》なるを知《し》るのみ

【語釈】

［樂天］白居易のこと。字は樂天。

［元九］元稹のこと。

［甘蔗味何滋］『晉書』巻九二、顧愷之傳に「愷之は甘蔗を食ふ毎《ごと》に、恒《つね》に尾より本に至る。人或いは之を怪しむに『漸《やうや》く佳境に入る』と云ふ」とあるのを踏まえる。甘蔗のように次第に旨味が増してくる、というものではない。

【訳】
其の一
樂天 元九の詩は、甘蔗のようには どうして旨味が増してこよう。
どんなに咀嚼《そしやく》しても 唯だ滓《かす》ばかり、かくて李・杜の詩の奇《すぐ》れていることがわかる。

其 二

猶嗟傷外物

猶《な》ほ外物《ぐわいぶつ》に傷《きず》つけらるるを嗟《なげ》くに

那堪捐内質　那《なん》ぞ内質《ないしつ》を捐《す》つるに堪《た》へん
如何佛図澄　如何《いかん》ぞ佛図澄《ぶつとちよう》の
臨渓腸自出　渓《たにがは》に臨《のぞ》んで腸《ちやう》を自《みづか》ら出《い》だすに

【語釈】

［外物］富貴、名利などを指す。

［内質］自分の内なる本性。本質。

［如何佛図澄、臨渓腸自出］『晋書』巻九五、佛図澄傳によれば、佛図澄は齋時には平旦に流水の邊で、腹の旁りの孔から五臟六腑を引き出して洗い、訖ると還た腹の中に入れていたという。作者は、自分はそこまで身を清めようとしているだろうかと自問している。

【訳】
其の二
外物に傷つけられることさえ嘆かれるのに、どうして自分の内質を捐《す》てることに堪えられよう。佛図澄が渓川に臨み、腸を自ら出して清めたのに比べてどうなのか。

68　答藤刑部書告病
藤刑部《とうぎやうぶ》の書《しよ》もて病《やまひ》を告《つ》ぐるに答《こた》ふ

書來忽示毘耶病　書來《しよきた》りて忽《たちま》ち毘耶《びや》の病《や》むを示《しめ》す
便欲躬趨問訊來　便《すなは》ち躬《みづか》ら趨《おもむ》きて問訊《もんじん》し來《きた》らんと欲《ほつ》す
只怕難爲酬対者　只《た》だ怕《おそ》るるは酬対《しうたい》を爲《な》し難《がた》き者《こと》
者回莫作黙轟雷　者回《このたび》は黙轟雷《もくがうらい》を作《な》す莫《な》からん

【語釈】

［藤刑部］藤原忠範。鎌倉の古注派の儒者と言われている。「62 75 77」に見える。

［毘耶］「毘耶窟」のこと。禅院における方丈（住持の居室）をいう。ここでは住持のことであろう。

［只怕難爲酬対者］なぜ「酬対を爲す」ことが難しいのか、事情がわからないので詳しいことはわからない。

［者回］此の度は。

［黙轟雷］（黙如雷）一語も發しない沈黙において、却って真の説法が爲されること。「轟雷」は、轟きわたる雷。

【訳】

藤刑部が手紙で病氣を連絡されたのに答える

手紙が來て　住持が病んでおられるとの連絡が急にあったので、すぐに出掛けていって　お見舞いしようと思った。

ただ　受け答えが難しいのが心配だが、此の度は「黙すること轟雷《ごうらい》のごとし」とはいかないだろう。

東海一漚詩集　巻之四

69 戊申夜在守江、和韻別源

戊申《ぼしん》の夜《よ》 守江《しゅかう》に在《あ》り、別源《べつげん》に和韻《わゐん》す

海氣濛濛抹淡煙　　海氣《かいき》 濛濛《まうまう》として 淡煙《たんえん》を抹《ぬ》り
曈朧月色似春天　　曈朧《どうろう》たる月色《げつしょく》は 春《はる》の天《そら》に似《に》たり
推篷不怕霜風冷　　篷《とま》を推《お》して霜風《さうふう》の冷《さむ》きを怕《おそ》れず
望到青松白石邊　　望《のぞ》み到《いた》る 青松《せいしよう》 白石《しろいし》の邊《あた》り

【語釈】

[戊申] 明和版本は「甲申」に作る。康永三年（一三四四）

[守江] 豊後（大分県）の杵築湾の北側に在り、泊舟の便あり。

[別源] 別源圓旨。曹洞宗宏智派。「14 30 33 35」に見える。

[望到] 遥かに眺めやること。

[白石] 肥前（佐賀）杵島郡にある。六角の西に接し、杵島山の東北麓。作者は守江から西の方を眺めている。

【訳】

戊申の夜 守江にて。別源に和す
海から立ち上る氣は濛濛《もうもう》と 淡い靄《もや》を塗りつけたよう、朧《おぼろ》な月影は 春の空のようだ。
篷《とま》を推し開けて 霜風の冷《さむ》さも氣にせず、青松の続く白石あたりを眺めやる。

70 己酉猶未起守江 作詩遣情
己酉《きいう》 猶《な》ほ守江《しゆかう》を起《た》たず 詩《し》を作《つく》りて情《じやう》を遣《や》る

魑魅前頭嘯未休
魑魅《ちみ》 前頭《さきほど》より 嘯《な》きて未《いま》だ休《や》めず

浹辰在此守江留
浹辰《けふしん》 此《ここ》に在《あ》り 守江《しゆかう》に留《とど》まる

天將陰雨海風急
天《てん》 將《まさ》に陰雨《いんう》ならんとして 海風《かいふう》は急《きふ》なり

羈思凄然無那愁
羈思《きし》 凄然《せいぜん》として 那《なに》の愁《うれ》ひか無《な》からん

【語釈】
［己酉］明和版本は「乙酉」に作る。貞和元年（一三四五）から亥に至る十二辰。
［魑魅］化け物。妖怪變化。
［浹辰］十二日をいう。「浹」は一巡り。「辰」は子から亥に至る十二辰。
［羈思凄然］旅の愁いが寂しく身に迫ること。
［無那愁］どのような愁いが無いだろうか。全ての愁いがここには有る。

【訳】
己酉の日 まだ守江を出發せず、氣晴らしに詩を作る
魑魅《ちみ》が先程から嘯《な》いてなかなか止めない、十二日の間ここに在り 守江に留まっている。
空は陰雨の氣配 海からの風は急であり、旅の思いは凄然《せいぜん》と迫り すべて愁いに包まれている。

71

船中贈別源
船中《せんちゅう》にて別源《べつげん》に贈《おく》る

君方瑞世向肥陰　君《きみ》は瑞世《ずゐせい》に方《あた》りて　肥陰《ひいん》に向《む》かひ
我入舊山幽墨深　我《われ》は舊山《きうざん》幽墨《いうぼく》の深《ふか》きに入《い》る
蹤跡三千南北路　蹤跡《しようせき》　三千《さんぜん》　南北《なんぼく》の路《みち》
情懷一片古今心　情懷《じやうくわい》　一片《いつぺん》　古今《ここん》の心《こころ》

【語釈】

*詩題の下に「時肥後寿勝寺請至」（時に肥後の寿勝寺より至らんことを請ふ）という注がある。『自歴譜』に「康永三年（一三四四）甲申三月、永磾《えいてい》禅門に代わりて鎮西に下る。夏、崇福に帰る。秋、利根に下る」とある時のことであろう。

［瑞世］めでたい御代。

［肥陰］肥後（今の熊本県）の北。

［舊山］故郷の山。

［幽墨深］ひっそりと奥深い（山）。屈原「懷沙賦」に「眴《じゅん》として窈窈、孔《はなは》だ静かにして幽墨なり」とある。「墨」は黙の意。

【訳】

船中にて別源に贈る

あなたは此の瑞《めで》たき世にあたって肥陰に向かわれ、私は故郷の　ひっそりと奥深い山に入ろうとしている。
南と北へ　三千里の路、昔のこと　今のこと　一片の思い。

72 和答泊船和尚

和《わ》して泊船《はくせん》和尚《をしやう》に答《こた》ふ

其一

嘉音忽至驚眠起　　嘉音《かいん》忽《たちま》ち至《いた》り 眠《ねむ》りを驚《おどろ》かせて起《お》こす
正是三竿日上時　　正《まさ》に是《こ》れ三竿《さんかん》 日《ひ》の上《のぼ》りし時《とき》
一幅花箋雙白璧　　一幅《いつぷく》の花箋《くわせん》 雙白璧《さうはくへき》
送情無限與誰知　　情《じやう》を送《おく》ること限《かぎ》り無《な》し 誰《たれ》と與《とも》にか知《し》らん

【語釈】

＊詩題の下に「三浦泊船庵、胤別傳住此」（三浦の泊船庵、胤別傳は此に住す）という注がある。

［泊船和尚］別傳妙胤。元の人。臨済宗楊岐派・破庵派。康永の末（一三四五頃）來朝す。足利尊氏によって建仁寺に迎えられ、大いに宗風を挙揚した。後に鎌倉の浄智寺に遷り、大円庵を作って退居した。

［三竿］日の高く昇ったさま。竿を三本つないだ程の高さ。即ち三丈程の高さで、午前八時頃をいう。

［雙白璧］白壁のごとき二首の詩。

［與誰知］自分ひとりでは読むのがもったいない。

【訳】

和して泊船《はくせん》和尚に答える

其の一

嘉《よ》き便りが突然やってきて 驚いて起き上がる、ちょうど三竿ほど 日が上った時刻。
一幅の花箋に 雙白璧、情を送ること限り無く ひとりでは読むのが惜しいほど。

其二

出處自無知所由
未嘗於世策機籌
誰期昨夜滂沱雨
打得桃花逐水流

出處《しゆつしよ》　自《みづか》ら由《よ》る所《ところ》を知《し》る無《な》く
未《いま》だ嘗《かつ》て世《よ》に於《おい》て機籌《きちう》を策《さく》せず
誰《たれ》か期《き》せん　昨夜《さくや》　滂沱《ばうだ》の雨《あめ》
桃花《たうくわ》を打《う》ち得《え》て　水《みづ》を逐《お》ひて流《なが》る

【語釈】
［出處］世に出ることと隠れること。出處進退。［滂沱雨］どしゃぶりの雨。
［機籌］謀をめぐらすこと。

【訳】
其の二
出仕と隠棲は　どうしてそうなるのかわからないから、これまで世に出るための策を弄したことはない。
誰が予想したであろうか　昨夜は滂沱《ぼうだ》の雨、雨は桃の花を打ち　花は水を逐って流れてしまった。

73　和謝忻大喜相訪
和《わ》して忻大喜《きんだいき》の相訪《あひと》ふを謝《しや》す

乾坤何處可安身
窮獨渾無拯急人
詩句憑誰吟共伴

乾坤《けんこん》　何《いづ》れの處《ところ》にか　身《み》を安《やす》んず可《べ》き
窮獨《きゆうどく》　渾《す》べて　急《きふ》を拯《すく》ふ人《ひと》無《な》し
詩句《しく》　誰《たれ》に憑《よ》りてか　吟《ぎん》じて共伴《とも》にせん

干戈脅我死相隣」
感君交不崇卑別
想祖同應叔伯親
過訪論文消半日
従今以後望頻頻

干戈《かんくわ》 我《われ》を脅《おびや》かし 死《し》と相隣《あひとな》りす
君《きみ》の交《まじ》はりの 崇卑《すうひ》の別《べつ》あらざるに感《かん》ず
想《おも》ふに祖同《そおな》じく 叔伯《しゅくはく》の親《しん》に應《おう》ずればならん
過《よぎ》り訪《と》ひて文《ぶん》を論《ろん》じ 半日《はんにち》を消《け》す
今従《いまよ》り以後《いご》 頻頻《ひんぴん》たるを望《のぞ》む

【語釈】

*詩題の下の注に「時予在建長首座遭劫」(時に予は建長の首座に在りて劫に遭ふ)とある。『自歴譜』に「康永三年(一三四四)冬、嵩山より建長用則寮に帰らんことを請ふ」という。作者四五歳。

[忻大喜] 大喜法忻(?~一三六八)。臨済宗。三河の人。浄智寺太平妙準に嗣法して、浄智寺・円覚寺・建長寺などに歴住した。

[窮獨] 困窮孤獨なる状態をいう。

[拯急人] 人の危急を救う人物。

[干戈脅我死相隣]「干戈」は武器。中巌は曹洞宗宏智派の東明慧日に業を受けたが、このころ臨済宗大慧派の東陽徳輝(百丈法師)の法嗣を表明。ために曹洞宗宏智派の徒は中巌に危害を加えようとしていた。『自歴譜』には「十二月初三、百丈老師に法嗣するの意を表す。既に鎌倉に上るや、洞宗の徒、憤然として予を害せんと欲す。時に不聞は京に在れば、別源・東白 和會して、事無きのみ」とある。

[祖同應叔伯親] 注に「來詩有云、物初(大觀)・無學(祖元)爲兄弟」(來詩に「物初・無學は兄弟たり」と云へる有り)とある。物初大観と無學祖元は族兄弟ではなく、物初は無學の族伯父になる。

圜悟
　├ 慧・○・○・物初・○・東陽・中巌
　└ 丘・○・○・○・○・無學・○・○・大喜

[過訪] 訪問する。

[論文] 詩文を論ずる。杜甫「春日 李白を憶ふ」詩

に「何れの時か一樽の酒もて、重ねて與《とも》に細《こま》かに文を論ぜん」とある。

［従今以後望頻頻］宋・陸游「山西の村に遊ぶ」詩の結びに「今従《よ》り若《も》し閑に月に乗ずるを許さば、杖を拄《つ》きて時と無く夜に門を叩かん」とある。

【訳】

和して忻大喜の訪問を謝す

この天地の何処《どこ》に身を落ち着ければよいのか、困窮孤獨な私の危急を救ってくれる人はどこにもいない。

詩句は誰を相手に共に吟ずればよいのか、干戈が私を脅かし いつも死と隣り合わせ。

あなたが身分の上下に關わり無く付き合ってくださるのに感謝する、想うに祖が同じで 兄弟の親しみがあるためか。

おいで下さり詩文を論じて半日を過ごしました、これから後も頻繁においで下さいますように。

74　和九峯

九峯《きうほう》に和《わ》す

満目塵埃宜自瞑
更須聾耳欲無聴
雷硠不管擺天地
鴻洞何妨混渭涇」
試看高飛千丈絮
竟成飄蕩半池萍

満目《まんもく》の塵埃《ぢんあい》には 宜《よろ》しく自《みづか》ら瞑《めい》すべし
更《さら》に 須《すべから》く耳《みみ》を聾《ろう》して聴《き》くこと無《な》からんと欲《ほっ》すべし
雷硠《らいらう》も 天地《てんち》を擺《ひら》くに管《かかは》らず
鴻洞《こうどう》も 何《なん》ぞ渭《ゐ》・涇《けい》を混《こん》ずるを妨《さまた》げん
試《こころ》みに看《み》よ 高《たか》く飛《と》ぶ 千丈《せんじやう》の 絮《わたげ》
竟《つひ》に 飄蕩《へうたう》する 半池《はんち》の 萍《へい》と成《な》る

燈窓夜夜惟容影　燈窓《とうさう》 夜夜《よよ》 惟《た》だ影《かげ》を容《い》るるのみ
罔兩同來爲弔形　罔兩《まうりやう》 同《とも》に來《きた》りて 爲《ため》に形《かたち》を弔《とむら》ふ

【語釈】

［九峯］信虔（?～一三八四）。「九峯」は字。臨済宗。明徹光琮の法嗣。隠棲して出世を欲せず、清見寺に住し、晩年には浄妙寺に住して三年で退隠す。

［雷硠］山の崩れる響き。大音響。

［鴻洞］大いなる水流。

［渭涇］渭水と涇水。渭水は清《す》み涇水は濁っており、涇水は長安の北東で渭水に注ぐ。

［試看～、竟成飄蕩半池萍］『羣芳譜』に「萍は一名水花。處處の池沼の中にあり、季春に始めて生ず。楊花 水に入りて化する所は一葉、宿《しゆく》を経て即ち数葉を生ず。葉の下に微鬚《びしゆ》有るは、即ち其の根なり」とある。

［罔兩同來爲弔形］「罔兩」は、影の縁に生ずる薄い蔭。『荘子』齊物論篇に、罔兩と影の問答がある。「罔兩 景に問ひて曰く、曩《さき》に子《し》 行くに、今子《し》は止まる。曩に子 坐するに、今《いま》子は起つ。何ぞ其れ特操《とくさう》無きやと、云云」。曹植「責躬・應詔の詩を上《たてまつ》るの表」に「形と影と相弔ひ、五情 愧《は》ぢ赧《は》づ」とある。孤獨な様子をいう。


【訳】

　九峯に和す
見渡すかぎりの塵埃には目を瞑《つむ》るべきだし、更には耳を塞いで聴こうとしないのがよい。

大音響も天地を開くのに關係は無いし、大きな川流も渭水と涇水が混じるのを妨げられはしない。

試しに 高く千丈の空を飛ぶ綿毛を看るがよい、結局は小さな池に漂う浮き草になってしまうのだ。

燈のともる窓には夜ごとに惟《た》だ影が映っているだけ、罔兩《もうりょう》が同《とも》にやってきて我が形を弔っている。

75　和禅興全提韻

禅興《ぜんこう》の全提《ぜんてい》の韻《ゐん》に和《わ》す

城荒草木不生光
第宅都成瓦礫場
金谷應無花一樹
隋堤空有柳千行」
経過繚繞深林塢
來見郎當古殿堂
上刹風規猶未墜
地寒僧少似汾陽

城《しろ》荒《あ》れて草木《くさき》は光《ひかり》を生《しやう》ぜず
第宅《ていたく》は都《すべ》て瓦礫《ぐわれき》の場《ば》と成《な》る
金谷《きんこく》 應《まさ》に花《はな》の一樹《いちじゆ》も無《な》かるべく
隋堤《ずゐてい》 空《むな》しく柳《やなぎ》の千行《せんかう》 有《あ》るのみならん
繚繞《れうぜう》たる深林《しんりん》の塢《みち》を経過《けいくわ》し
來《きた》りて郎當《らうたう》たる古殿《こでん》の堂《だう》を見《み》る
上刹《じやうせつ》の風規《ふうき》は 猶《な》ほ未《いま》だ墜《お》ちざるも
地《ち》寒《さむ》く僧少《そうすく》なく 汾陽《ふんやう》に似《に》たり

【語釈】

＊詩題の下に「全提住寿福。嗣南州宏海、海嗣兀庵寧（普寧）」（全提は寿福に住す。南州宏海を嗣ぎ、海は兀庵寧を嗣ぐ）とある。兀庵寧は兀庵普寧。此の詩は、正慶二年、鎌倉の乱後の作。

［禅興全提］「禅興」は鎌倉十刹の一。「全提」は全提志令（?～一三五〇）。全提は号。臨済宗。相模・浄智寺の南州宏海に参じて其の法嗣となる。後に相模・亀谷の寿福寺に住す。

［草木不生光］杜甫「哀江頭」に「憶ふ昔 霓旌《げいせい》の南苑に下りしとき、苑中の萬物 顔色を生ぜしを」とある。

［第宅］身分の高い者たちの邸宅。

［金谷］河南省洛陽の西北にあった谷。晋・石崇の金谷園があった。石崇の「金谷園の詩の序」には園の様子が「清泉 茂林、衆果 竹柏、薬草の屬有り、其の目を娯しませ 心を歡《たの》しまするの物たるや

備はれり」のように記されている。

［隋堤］隋の煬帝は通済渠を開き、河に沿って堤を築き柳を植えた。これを隋堤という。杜甫「隋堤柳詩」に「岸を夾む垂楊は三百里、秖《た》だ應《まさ》に図画するに最も相宜《よろ》しかるべし」とある。

［繚繞］まつわりめぐる。くねくね湾曲しているさま。

［郎當］整っていないさま。崩れかかっている様子。

［上刹風規］「上刹」は、他の寺院の敬称。「風規」は、一宗のきまり。風教。

［汾陽］『會元』汾陽昭禅師章に「師は并・汾の苦《はなは》だ寒きが爲に、乃ち夜参を罷《や》む。異比丘有り、錫を振りて至り、師に謂ひて曰く、會中に大士六人有り、奈何ぞ説法せざると。言ひ訖《をは》りて去る」とある。


【訳】

禅興の全提の韻に和する詩

城は荒れて草木は輝きを失っており、邸宅は全て瓦礫の場となった。

金谷には花の一樹も無いに違いない、隋堤には千行の柳が空しく並んでいることだろう。

まがりくねった深い林の道を過ぎて、やってきたのは崩れかかった建物。

上刹の名残は まだ無くなってはいないが、邊りは寒々として僧は少なく「汾陽《ふんよう》」に似ている。

76 物初師翁感事韻

物初師翁《ぶっしょしをう》 事《こと》に感《かん》じての韻《ゐん》

素欲將心與物齊　素《もとよ》り心《こころ》を將《もち》て物《もの》と齊《ひと》しからしめんと欲《ほっ》するに
不堪雑事擾幽栖　雑事《ざつじ》の 幽栖《いうせい》を擾《みだ》すに堪《た》へず

順時何悪肘生柳　時《とき》に順《したが》ひて何《なん》ぞ肘《ひじ》に柳《やなぎ》を生《しやう》ずるを悪《にく》まん
即事難禁鼻潅醯」　事《こと》に即《そく》して鼻《はな》に醯《す》を潅《そそ》ぐを禁《きん》じ難《がた》し
燎火物微宜可救　燎火《れうくわ》は物《もの》の微《び》なるに 宜《よろ》しく救《すく》ふべし
狂瀾稍大孰能堤　狂瀾《きやうらん》の稍《やうや》く大《だい》となれば 孰《たれ》か能《よ》く堤《とど》めん
樂邦徒企無由往　樂邦《らくはう》は 徒《いたづら》に企《くはだ》つるも 往《ゆ》くに由《よし》無《な》し
十萬餘程西更西　十萬餘程《じふまんよてい》 西《にし》の更《さら》に西《にし》なり

【語釈】

＊物初師翁の「感事韻」について詠んだもので、物初の作は次のようである。

萬事難將一理齊、汗顔逐逐愧禅棲。
豕容蝱附終焦蝱、蜹出醯酸竟敗醯。
紘必待更方入耳、瀾當既倒卒難隄。
前山幾見雲開合、獨凭危欄日又西。

萬事 一理を將《もち》て 齊《ととの》へ難く、汗顔 逐逐 禅棲を愧《は》づ。豕は蝱の附くを容《ゆる》して終《つひ》に蝱に 焦《いらだ》ち、蜹《ぶよ》は醯酸を出して竟《つひ》に醯に敗る。紘は必ず 更《あらた》むるを待ちて方《はじ》めて耳に入り、瀾《なみ》は既に倒るるに當りては卒《つひ》に隄《ふせ》ぎ難し。前山 幾《いくたび》か雲の開き合するを見る、 獨り危欄に凭《よ》れば日は又た西す。

［物初師翁］物初大觀。宋の人。臨済宗。寧波（浙江省）の人。大慧宗杲の法孫で、北磵居簡に嗣法した。

［將心與物齊］萬物に対して人間の小知による判断をしないで、すべて天地の氣によって生成したものと考える。

［雜事］「雜」字、底本は「新」に作るが、いま改めた。

［肘生柳］「柳」は、瘤のこと。萬物の生成變化は天地の氣を借りて生ずるものであり、瘤が生じたからといって嫌がることもない、という。『莊子』至樂篇に「支離叔は滑介叔と、冥伯の丘、昆崙の虚、黄帝の休む所に觀《あそ》ぶ。俄かにして柳 其の左肘に生ず。支離叔曰く、子は之を悪むかと。滑介叔

曰く、亡《な》し。予何ぞ悪まん。生なる者は仮借なり云云と」とある。

［鼻灌醯］ 唐の來俊臣は御史中丞の時、囚人の鼻に酢を灌いで苦しめたという。（『舊唐書』巻一八六上、『新唐書』巻二〇九）

［燎火］ 燎原の火。大火。『尚書』盤庚に「火の原に燎《も》え、嚮《むか》ひ邇《ちか》づく可からざるも、其れ猶ほ撲滅するが若し」とある。

［樂邦］ 極樂をいう。西方浄土。

【訳】

物初師翁について　事に感じての詩

平素から心を物と齊《ひと》しくしようとしているのに、雑事が幽《しず》かな暮らしを乱すのに堪えられない。

過ぎゆく時に順っているから　どうして肘に柳の生じるのを悪もうか、しかし事につけて鼻に酢を灌《そそ》がれるような思いを禁じ難い。

燎火はそれが小さなうちに處置しなければならない、狂瀾が次第に大きくなると誰に防ぐことができようか。

樂邦は　ただ願うだけで　往く手段が無い、十萬餘の道のりは西の更に西に続いている。

77　鴉偸燭

鴉《からす》　燭《ともしび》を偸《ぬす》む

坡詩昔作鴉種麦
今見偸燭鴉入宅
吉凶糺纆予何思
怪爾鼓翅聲膊腷」

坡《は》の詩《し》に　昔《むかし》「鴉《からす》　麦《むぎ》を種《う》う」と作る
今《いま》　燭《ともしび》を偸《ぬす》まんと　鴉《からす》の宅《いへ》に入《い》るを見《み》る
吉凶《きっきょう》の糺纆《きうてん》するは　予《われ》　何《なに》をか思《おも》はん
爾《なんぢ》の翅《はね》を鼓《う》ちて　聲《こゑ》　膊腷《はくひょく》たるを怪《あや》しむ

膊膈驚得主人嚇
鴉不能得燭心啄
撒蝋淋漓汚氈席
半宵失明良可惜
半宵闇坐莫嫌黒
老鴉終身黒似墨

膊膈《はくひよく》 驚《おどろ》かし得《え》たり 主人《しゆじん》の嚇《くわく》
鴉《からす》は燭心《しよくしん》を啄《ついば》むを得《う》る能《あた》はず
蝋《らふ》を撒《ちら》すこと淋漓《りんり》 氈席《せんせき》を汚《けが》す
半宵《はんせう》に明《めい》を失《うしな》ふは良《まこと》に惜《を》しむ可《べ》し
半宵《はんせう》 闇《やみ》に坐《ざ》して 黒《くろ》きを嫌《いと》ふ莫《な》し
老鴉《らうあ》は終身《しゆうしん》 黒《くろ》きこと墨《すみ》に似《に》たり

【語釈】

［鴉偸燭］漢・賈誼の「服鳥の賦」を踏まえた詩のようである。その序には「賈誼が長沙王の傅《ふ》に左遷されて三年経った或る日、服鳥が飛んできて誼の側に止まった。服は梟に似た不吉な鳥である。誼は我が身の上を悲しんで、寿命は長くあるまいと思い、賦を作って氣持ちを晴らした」とある。賦の内容は、服鳥が誼の質問に答えて「吉凶はあざなえる縄のようなもので、誰もそれを予見することはできない。従って運命など氣にしないで、自然のままに生きていけばそれでよいのだ」と言ったというものである。しかし燭を偸みそこなった鴉が何を意味しているのかはっきりしない。

［坡詩昔作鴉種麦］蘇軾の詩は「鴉種麦行」。

［吉凶糾纆］『鶡冠子』世兵篇に「禍は福の倚《よ》る所、福は禍の伏する所。禍と福とは糾纆《あざな》へるが如し」とある。「服鳥賦」にも、同様の言葉が使われている。

［膊膈］鳥の羽ばたく音。

【訳】

　鴉が燭を偸《ぬす》もうとした

蘇東坡の詩に其の昔 鴉が麦を種えたとあったが、今 燭を偸もうとして鴉が家に入って來たのを見た。吉凶はあざなえる縄のごとくで私は何も思っていないが、お前が翅《はね》を鼓《う》ってバタバタさせるのを訝る。

羽ばたきに驚いた主人に怒鳴りつけられて、鴉は燭心を啄むこともできない。

蝋を邊りに撒き散らして敷物を汚してしまった、夜中に明かりを失うのは まことに殘念なものだ。

しかし鴉は夜中に闇に坐していても黒き闇を厭《いと》いはしない、老鴉は終身 墨のように黒いのだから。

78 藤陰雜興二十首

其一

紫竹叢低影小池　　紫竹《しちく》は叢《むらが》り低《た》れて 小池《せうち》に影《かげ》し
短軒窓内看相宜　　短軒《たんけん》の窓《まど》の内《うち》より 相宜《あひよろ》しきを看《み》る
繊鱗得所洋洋樂　　繊鱗《せんりん》は所《ところ》を得《え》て 洋洋《やうやう》と樂《たの》しみ
不問桃花浪暖時　　問《と》はず 桃花《たうくわ》の浪《なみ》の暖《あたた》まる時《とき》

【語釈】

*其の十五に「小子 更に勤めて我を學ぶこと休《な》かれ、誤り來る四十六年の身」と詠じていることから、此の連作は中巌四十六歳の時の作と考えられる。四十六歳（一三四五）の時には『自歴譜』によれば「貞和元年。二月、藤谷に歸る。秋、利根に下る。冬十月、上京し、檀那を待つ。」とある。

［看相宜］好い風景を眺めている。第一句に詠われている風景を指している。

［不問桃花浪暖時］桃の花が咲いて浪が暖かくなる時期でなくても。

【訳】
其の一
紫竹が群がり垂れて小さな池に影を落としており、短い軒下にある窓から その好き景色を眺めている。

小さな魚は所を得て洋洋と樂しんでおり、桃花の頃の浪が暖まる時期を待つまでもない。

其　二

間栽花木護疎櫺　　間《ひま》に花木《くわぼく》を栽《う》ゑて疎櫺《それん》を護《まも》り
櫺外開池似水亭　　櫺外《れんぐわい》に池《いけ》を開《ひら》きて　水亭《すゐてい》に似《に》せたり
最愛跳魚鳴鱍刺　　最《もつと》も愛《あい》す　跳魚《てうぎよ》の鳴《な》ること鱍刺《はつらつ》として
獨眠深夜枕頭聽　　獨《ひと》り眠《ねむ》る深夜《しんや》　枕頭《ちんとう》に聽《き》くを

【語釈】

［疎櫺］粗い格子のれんじ窓。

［似水亭］池の側にある部屋が、まるで水亭のように思えるという。

［鱍刺］魚の跳ねる音。バシャッ。杜甫「漫成」詩に「沙頭の宿鷺は聯拳として静かに、船尾の跳魚は潑剌として鳴る」とある。

【訳】

其の二

間《ひま》なおりに花木を植えて　粗《あら》い作りの櫺子窓を護り、櫺子窓のそとに池を作って水亭のようにした。

いちばん好きなのは　魚が跳ねる「バシャッ」という音を、獨り眠る深夜　枕邊に聽くこと。

其　三

新芽爲倩隣僧焙　　新芽《しんめ》は　爲《ため》に隣僧《りんそう》を倩《か》りて焙《い》り
惜在瓶罌口密封　　惜《を》しみて瓶罌《へいあう》に在《お》き　口《くち》を密《みつ》に封《ふう》ず
春困重時傾少許　　春困《しゆんこん》　重《おも》き時《とき》　少許《いささか》を傾《かたむ》くれば

一窓風響萬株松　一窓《いつさう》の風響《ふうきやう》 萬株《ばんしゅ》の松《まつ》

【語釈】

［新芽］茶の新芽。

［春困］春の日の眠氣。春の日の倦怠。

【訳】

其の三

茶の新芽を 隣の僧に頼んで焙《い》ってもらった、大事に瓶に入れて 口を密封した。
春のけだるさにボンヤリしたとき少し飲むと、窓に吹く風の響きは 萬株の松。

其 四

小僧供我紫蔴茹　小僧《こぞう》 我《われ》に供《きょう》す 紫蔴茹《しまじょ》
併用薑鹽付酪奴　薑鹽《きやうえん》を併《あは》せ用《もち》ひて酪奴《らくど》に付《ふ》す
欲把橘中龍脯比　橘中《きつちゅう》の龍脯《りゅうほ》を把《と》りて比《くら》べ
論評珍品定緇銖　珍品《ちんぴん》を論評《ろんぴやう》して緇銖《ししゅ》を定《さだ》めんと欲《ほっ》す

【語釈】

［紫蔴茹］どのような物か未詳。

［酪奴］茶の異名。

［橘中龍脯］『幽冥録』にある話。橘の実の中に二人の仙人がいて象棋をしていたが、一人が袖の中から龍の髯のような草根を出し、それを削りながら食べた。食べ終わってその龍根脯に水を吹きかけると、化して龍となり仙人を乗せてどこかに飛んでいったという。

［定緇銖］どちらが優れているか決める。

【訳】

其の四

小僧が私にくれた紫蕨茹、生薑《しょうが》と塩をそれに併せて 茶にそえた。

橘の中の龍脯と比べ、この珍品を論評して 優劣を定めようと思う。

其五

瓦釜雷鳴終易破　　瓦釜《ぐわふ》は雷《らい》のごとく鳴《な》るも終《つひ》には破《やぶ》れ易《やす》く

彌明石鼎重難提　　彌《いよい》よ石鼎《せきてい》の重《おも》く提《さ》げ難《がた》きを明《あき》らかにす

煎茶汲井銅銚快　　茶《ちゃ》を煎《せん》じようと井《ゐ》に汲《く》めば銅銚《どうてう》は 快《こころよ》し

爲甍所轠身未泥　　甍《かべ》の轠《う》つ所《ところ》と爲《な》るも 身《み》は未《いま》だ泥《どろ》とならず

【語釈】

［瓦釜雷鳴］瓦で作った釜が雷のように鳴る。賢者が用いられず、愚者が位に在って重く用いられるたとえ。『楚辞』卜居に「世は溷濁《こんだく》して清《す》まず、蝉翼を重しと爲し、千鈞を輕しと爲す。黄鍾は毀棄され、瓦釜は雷のごとく鳴る」とあるのによる。

［石鼎］石で作った鼎。賢者にたとえる。

［銅銚］銅で作った桝。ここでは井戸水を汲むのに使われている。

［爲甍所轠身未泥］悪人たちの攻撃を受けても、自分はくじけないことを言う。『漢書』游侠傳の揚雄「酒箴」に「一旦に叀礙《せんがい》され、甍の轠《う》つ所と爲り、身は黄泉に提《なげう》たれ、骨肉は泥と爲る。自ら用ふること此の如きは、鴟夷《しい》に如《し》かず）とある。「叀礙」は井戸の途中に引っ掛かってぶら下がること。「甍」は井戸の壁に張ってある煉瓦。「轠」は撃つこと。「提」は擲（なげうつ）の意。「鴟夷」は、皮で作った酒袋。

【訳】

其の五

瓦の釜は雷のように鳴っても結局は壊れ易いものであり、石の鼎が重く提《こわ》れ難《にく》いことを証明することになる。

茶を煎じようと井戸で水を汲めば 銅銚《どうちょう》は快い音を立てる、井戸の壁に撃たれても此の身は砕けて泥になったりはしない。

其　六

春杞生荑紫玉柔
脆甘多在井邊収
居間有効天隨子
肯與屠沽児輩游

春杞《しゆんき》 荑《め》を生《しやう》じ 紫玉《しぎよく》 柔《やは》らかなり
脆《もろ》く甘《あま》きを 多《おほ》く井邊《せいへん》に在《あ》りて収《をさ》む
間《ひま》に居《を》りては天隨子《てんずゐし》に効《なら》ふ有《あ》り
肯《あ》へて屠沽《とこ》の児輩《じはい》と游《あそ》ばんや

【語釈】

［春杞］「杞」は枸杞《くこ》のこと。後出の陸亀蒙がその家の庭に菊とともに植えていたという。

［荑］つばな。若い芽。ここは枸杞の芽。

［天隨子・肯與屠沽児輩游］「天隨子」は唐・陸亀蒙の号。「屠沽児輩」は、俗物官吏を指して言う。陸亀蒙の「杞菊賦」によれば、朝廷の召しに應じないでいる陸亀蒙に、或る人が「何ぞ自ら苦しむこと此の如きや」と問ねたところ、彼は「我は幾年來、饑を忍びて経を誦す。豈に屠沽児《とこじ》の酒食有るを知らざらんや」と答えたという。

【訳】

其の六

春の枸杞《くこ》が芽を生じ 紫の玉のようで柔らかか、脆く甘いのを井戸の側でたくさん集める。

暇な折りには天隨子を見ならって過ごす、どうして屠沽の連中と遊んだりしようぞ。

其七

造物留心間草木
千般百様巧敷榮
工夫不爲蒼生著
寂寞無人能正名

造物《ざうぶつ》 心《こころ》を留《とど》めて 草木《さうもく》を間《わか》ち
千般《せんぱん》 百様《ひやくやう》 巧《たく》みに敷榮《ふえい》す
工夫《くふう》 蒼生《たみ》の爲《ため》に著《あらは》さざれば
寂寞《せきばく》として 人《ひと》の能《よ》く名《な》を正《ただ》す無《な》し

【語釈】

［造物］萬物を創った神。造物主。

［間草木］草木を細かく分別した。

［巧敷榮］種類に應じてそれぞれに茂り花を咲かせている。

［蒼生］人民。

［寂寞］一人としていない状態をいう。

［正名］名を正す。大義名分を明らかにする。『論語』子路篇に「子路曰く、衛君 子《し》を待ちて政を爲さば、子將《まさ》に奚《なに》をか先にせんと。子曰く、必ずや名を正さんと」とあるのによった。

【訳】
其の七
造物主は心を留めて草木を分別したので、それぞれ千様萬様 巧みに茂り花を咲かせている。
しかし其の工夫は人間には施されず、名を正すことのできる人は 全く存在しない。

其八

邪摩堆國三千歳
帝冊姫宗百代傳

邪摩堆《やまと》の國《くに》は三千歳《さんぜんさい》
帝冊《ていさく》 姫宗《きそう》 百代《ひやくだい》に傳《つた》ふ

海畔紅桑花片落　　海畔《かいはん》の紅桑《こうさう》 花片《くわへん》は落《ち》り
鴈奴驚火叫荒田　　鴈奴《がんど》は火《ひ》に驚《おどろ》き 荒田《くわうでん》に叫《さけ》ぶ

【語釈】

［邪摩堆國］日本のこと。

［帝冊姫宗］「帝冊」は天皇の地位。それは天の命による。「姫宗」は呉の太伯をいう。天皇家は呉・太伯の末裔であるとする。そのことを説いた中巌の「日本書」は後醍醐天皇に焚かれた。

［海畔紅桑花片散］曹唐の「小遊仙詩」に「天上 邀來するも来るを肯《がへん》んぜず、人間《じんかん》 雙鶴 又た空しく回る。秦皇 漢武 死して何処《いづこ》にかある、海畔の紅桑 花自《おのづ》から開く」とあるのを踏まえるが、意味は未詳。「日本書」が焚かれたことを言うか。

［鴈奴］雁が夜に沙渚に宿るときは群れをなし、大きいものが中に、小さいものは外を囲んで雁奴となって、敵の襲來に備えるという。

［驚火叫荒田］何かに脅えて、荒れた田畑の中で悲鳴をあげていることを言うのであろう。

【訳】
其の八
大和の國は三千歳、天皇の統治は姫宗から百代も続いている。
海のほとりで紅桑は花びらを散らし、雁奴は火に驚いて荒田の中で叫んでいる。

其九
勿於欲界用禅規　　欲界《よくかい》に於《おい》て禅規《ぜんき》を用《もち》ふる勿《なか》れ
好把蓮花禮六時　　好《よ》し 蓮花《れんくわ》を把《と》りて六時《りくじ》に禮《れい》せん
鞭逼蒼龍頭角折　　蒼龍《さうりゆう》を鞭逼《べんひよく》して 頭角《とうかく》は折《お》れ

上天嗔爾向西遅　　上天《じやうてん》 爾《なんぢ》の西《にし》に向《む》かふことの遅《おそ》きを嗔《いか》るならん

【語釈】

＊初めの二句は他の人の言葉で、後の二句は作者がそれを嘲ったもののようである。しかし内容はよくわからない。

［欲界］欲心の盛んな人間社會。

［禅規］禅における規則。

［好把蓮花禮六時］慧遠法師の下に在った僧恵要は、山中に刻漏が無いので、水上に十二葉の蓮花を立てて時を計ったという。「六時」は僧が勤行を行う六度の時。晨朝・日中・日没・初夜・中夜・後夜。張喬「山僧に寄す」詩に「遠公の獨刻 蓮花の漏、猶ほ山中に向《おい》て六時に禮す」とある。

［鞭逼］鞭で追い立てる。

［蒼龍］東方禅の幽玄な宗旨に譬える。

［爾向西遅］俗化した東方禅を脱して西方の正常な禅に向かうことをいうのか。

【訳】

其の九

「欲界において禅寺の規則を用いてはいけない、さあ 蓮の花を持って六時に禮拝するとしよう」

「蒼龍を鞭で追い立てるので 頭の角は折れている、上天の神は お前が西に向かうのが遅いのを嗔《いか》っておいでだろう」

其 十

赭柱撐空血色乾　　赭《あか》き柱《はしら》は空《そら》を撐《ささ》へて 血《ち》の色《いろ》は乾《かは》き

雲欺白日巧遮攔　　雲《くも》は白日《はくじつ》を欺《あざむ》きて 巧《たく》みに遮攔《しやらん》す

蔽明不告天災見　　明《めい》を蔽《おほ》ひて天災《てんさい》の見《あら》はるるを告《つ》げず

蕭吉書中君試看　　蕭吉《せうきつ》の書中《しよちゆう》 君《きみ》 試《こころ》みに看《み》よ

【語釈】

［赭柱］天空を支えている赤い色をした柱。天災を予告する柱であろう。

［蕭吉書中］「蕭吉」は、隋の人。博學で陰陽・算術に通じていた。その「書」とは、予言が記されている書物のことをいう。

【訳】

其の十

赤い柱が空を支えており その血の色は乾いている、雲は白日を欺き 巧みに遮《さえぎ》って見えなくしている。
人の目を蔽《おお》って 天災の起きるのを知らせないのだ、蕭吉《しょうきつ》の予言書を 君よ 試しに見てみるがよい。

其十一

我匪存心厭客來　我《われ》は心《こころ》に存《そん》して客《かく》の來《きた》るを厭《いと》ふに匪《あら》ず
但嫌踏損半庭苔　但《た》だ半庭《はんてい》の苔《こけ》を踏損《ふみそこな》ふを嫌《いと》ふのみ
俗人那識間人意　俗人《ぞくじん》 那《なん》ぞ識《し》らん 間人《かんじん》の意《い》
従怪柴門敲不開　従《したが》ひて柴門《さいもん》の 敲《たた》くも開《ひら》かざるを怪《あや》しむ

【語釈】

＊韓愈「剥啄行」を踏まえている。「剥啄《こつ》剥啄《こつ》と、客有りて門に至る。我は出でて應《こた》へず、客去りて嗔《いか》る。従者は我に語る、子《し》胡爲《なんす》れぞ然《しか》るやと。我は客を厭《いと》はず、語言に苦しめば、出でて納めず、以て其の源を湮《かく》さんと欲するのみ」と。

［存心］心から。本心から。

［間人］心のびやかに暮らしている人。ここは作者自身のことをいう。

【訳】

其の十一
私は しんから客の來るのが嫌いというわけではない、但だ庭半分の苔を踏み付けられるのが嫌なだけ。
俗人に どうして閑人の氣持ちがわかろうか、やってきて柴門を敲《たた》いても開かないのを怪しんでいる。

其十二
臨危獨念故交顧　危《あや》ふきに臨《のぞ》みて獨《ひと》り念《ねん》ず 故交《こかう》の顧《かへ》りみを
何處世途非履氷　何處《いづこ》の世途《せいと》にして 氷《こほり》を履《ふ》むに非《あら》ざらん
只得胸中無我愛　只《た》だ胸 中《きようちゆう》に我愛《があい》無きを得《え》ば
不干身外有人憎　身外《しんぐわい》に人《ひと》の憎《にく》む有《あ》るを干《もと》めざらん

【語釈】
［故交］古くからの友人。
［履氷］薄氷を踏むこと。危険を冒すたとえ。『詩経』小雅の小旻に「戦戦兢兢、深淵に臨むが如く、薄氷を履《ふ》むが如し」とある。

【訳】
其の十二
危難に臨んでは獨り舊友の助けを願うものだ、どこの世界に「氷を履まない」ことがあろうか。
只だ胸中に自分を愛する思いを無くすることができれば、身外に自分を憎む人はいなくなるだろう。

其十三
空房高詠碧雲句　空房《くうばう》に高詠《かうえい》す 碧雲《へきうん》の句《く》
一榻相思雨夜燈　一榻《いったふ》に相思《あひおも》ふ 雨《あめ》の夜《よ》の 燈《ともしび》

幾度吟哦捜萬物　幾度《いくたび》か吟哦《ぎんが》して　萬物《ばんぶつ》を捜《さが》すも
自慚才力竟難能　自《みづか》ら慚《は》づ　才力《さいりよく》の竟《つひ》に能《よ》くし難《がた》きを

【語釈】
[碧雲句] 40「藤谷春日」に見える。
[雨夜燈] 基づく話については未詳。
[吟哦] 詩を口ずさむこと。
[捜萬物] 天地間の萬物のなかに、求める物を捜してみる。

【訳】
其の十三
人けの無い部屋で「碧雲の句」を高らかに詠い、一つしかない腰掛けで「雨夜の燈」を思う。
幾度も吟じて 萬物のなかを捜してみるが、わが才力では結局できそうにないことを慚《は》じる次第だ。

其十四
誰将矰繳繋冥鴻　誰《たれ》か矰繳《そうしやく》を将《も》ちて　冥鴻《めいこう》を繋《つな》がん
又入深雲千萬重　又《ま》た深雲《しんうん》の千萬重《せんばんちよう》なるに入《い》るをや
因憶江南秋色裏　因《よ》りて憶《おも》ふ　江南《かうなん》　秋色《しうしよく》の裏《うち》
夕陽紅樹寺楼鐘　夕陽《せきやう》　紅樹《こうじゆ》　寺楼《じろう》の鐘《かね》

【語釈】
[矰繳] 鳥を射る猟具。矢に紐をつけて、それで鳥をからめて落とす。
[冥鴻] 空高く飛んでいる鴻。作者のことを譬えているのであろう。藤蔭に隠れ住んでいる自分を世に引き出すことの難しさを言うものと思われる。
[秋色] 秋の景色。秋景。

【訳】
其の十四
誰が射ぐるみで冥鴻《めいこう》を繋《つな》ぐことができようか、深い雲の千萬に重なった中に入っているものを。
それにつけても江南の秋色につつまれて、夕日に照らされた紅樹の間に聞く寺楼の鐘が憶い出される。

其十五
閑花野草亦朝人
余獨何心忌混塵
小子更休勤學我
誤來四十六年身

閑花《かんくわ》 野草《やさう》も 亦《ま》た人《ひと》に朝《むか》ふに
余《われ》 獨《ひと》り何《なに》の心《こころ》ありてか 塵《ちり》に混《まじ》るを忌《い》む
小子《せうし》 更《さら》に 勤《つと》めて我《われ》を學《まな》ぶ休《な》かれ
誤《あやま》り來《きた》る 四十六年《ねん》の身《み》

【語釈】

［閑花］のどかに咲いている花。

［亦朝人］相手がどんな人であろうと、その人に向かって花を開いている。人によって咲いたり咲かなかったりすることはない。

［混塵］世俗に混じって暮らすことをいう。

［小子］弟子たちを指していう。

【訳】
其の十五
閑花も野草も人に向かって咲いているのに、私だけどういう心ゆえに塵に混じるのを嫌うのか。
お前たち　まじめに私を真似たりしてはいけないよ、四十六年間　誤りを続けてきた私なのだから。

其十六

蒼蒼莫莫太無端
未爲人間掃佞姦
草木休言沒情思
看來又有許多般

蒼蒼《さうさう》 莫莫《ばくばく》 太《はなは》だ端無《はしな》く
未《いま》だ人間《じんかん》の爲《ため》に 佞姦《ねいかん》を掃《はら》はず
草木《さうもく》 言《い》ふ休《な》かれ 情思《じやうし》を沒《ぼつ》すると
看來《みきた》るに 又《ま》た許多《いくた》の般《こと》有《あ》らん

【語釈】
［蒼蒼莫莫］天の青々と果てしないさまをいう。
［無端］糸ぐちが無いこと。つかみどころが無いことをいう。
［草木］人民のこと。
［沒情思］天には感情・意思が無い。
［許多般］いろいろなこと。「般」は様子、種類。

【訳】
其の十六
天は蒼々と果てしなく 甚だつかみどころが無い、これまで世の中のために佞姦の輩を除いてくれたことはない。
しかし人々よ 天に情思が無いと言ってはいけない、私の見るところ これからいろいろと起きるように思う。

其十七
家有黄金積似山
流光欲繫買繩難
今朝少壮紅顔好
明日相看鬢雪寒

家《いへ》に黄金《わうごん》有《あ》りて 積《つ》むこと山《やま》に似《に》たるも
流光《りうくわう》 繫《つな》がんと欲《ほつ》するも 繩《なは》を買《か》ふこと難《かた》し
今朝《けさ》 少壮《せうさう》にして 紅顔《こうがん》の好《よ》きも
明日《あす》は相看《あひみ》ん 鬢雪《びんせつ》の寒《さむ》きを

【語釈】
［家有黄金積似山］『抱朴子』内篇「金丹」に「此の道は至って重ければ、必ず賢に授く。苟《いや》しくも

其の人に非ざれば、金を積むこと山の如しと雖も、此の道を以て之に告ぐる勿《な》きなり」とある。

［流光欲繫買縄難］傅休奕の「九曲歌」に「歳暮　景《ひ》は邁《ゆ》きて群光絶《た》ゆ、安《いづく》んぞ長縄を得て白日を繫がん」とある。

［少壯］元氣盛んな年ごろ。

【訳】

其の十七

家に黄金が山のように積んであっても、流れゆく時間を繫ぎ止めようとして その縄を買うことは難しい。今朝は元氣さかんで つややかな紅顔であっても、明日になれば鬢が雪のように寒々としているのを見ることだろう。

其十八

麦秋今歳亦嘗新
多愧人間間著身
若及瓜時猶未死
更煩老圃送供頻

麦秋《ばくしう》　今歳《ことし》も亦《ま》た嘗新《しやうしん》す
人間《じんかん》に愧《は》づること多《おほ》く　間《ひそ》かに身《み》を著《お》く
若《も》し瓜時《くわじ》に及《およ》んで　猶《な》ほ未《いま》だ死《し》せずんば
更《さら》に老圃《らうほ》を煩《わづら》はせ　供《きよう》を送《おく》らしむること頻《しき》りならん

【語釈】

［麦秋］陰暦四月の稱。『禮記』月令・孟夏に「是の月や、百薬を聚め畜《たくは》ふ。靡草は死《か》れ、麦秋　至る」とある。

［嘗新］天子が時節の食物を最初に食べること。『禮記』月令・孟秋に「是の月や、農乃ち穀を登《すす》む。天子　新を嘗《な》め、先ず寢廟に薦《すす》む」とある。

［瓜時］瓜の熟する頃。陰暦七月。荘公八年の『左氏傳』に「瓜時にして往きて曰く、瓜時にして代へんと」（来年の瓜の熟する頃には交代させるから）とある。

［老圃］年寄りの畑作り。『論語』子路篇に「子曰く、吾は老圃に如《し》かず」とあるのによる。

【訳】

其の十八

麦秋になり今年も亦た季節の初物を頂いたが、世の中に愧じることが多く ひっそりと生きている。もし瓜の熟する時になって まだ死なないでおれば、更に老農を煩わせて作物を頻りに送らせることになるだろう。

其十九

月白風清秋満懐　月白《つきしろ》く風清《かぜきよ》く 秋《あき》は懐《おも》ひに満《み》つ
間房僻處小門開　間房《かんばう》 僻處《へきしよ》 小門《せうもん》 開《ひら》く
吟哦倚檻三更過　吟哦《ぎんが》して檻《てすり》に倚《よ》れば 三更《さんかう》も過《す》ぐ
此夕情人來下來　此《こ》の夕《ゆふ》べ 情人《じやうにん》は 來《きた》るや來《きた》らざるや

【語釈】

［月白風清］秋の月夜のさま。蘇軾「後赤壁の賦」に「月白く風清し、此の良夜を如何せん」とある。　［情人］心ある人。私が心を寄せている人。

【訳】

其の十九

月は白く風は清く 秋は懐いに満ちて、間《しず》かな家にひっそりと住み 小門は開いている。
吟じつつ手すりにもたれていると子《ね》の刻も過ぎてゆく、此の夕べ わが待つ人は來るのか來ないのか。

其二十
清秋無處著幽懷
懷抱莫教輕放開
萬事應知窮則變
桂輪看看待圓來

清秋《せいしう》 處《ところ》として幽懷《いうくわい》を著《あら》はす無《な》し
懷抱《くわいはう》 輕《かろ》やかに放開《はうかい》せしむる莫《な》かれ
萬事《ばんじ》 應《まさ》に 窮《きは》まれば 則《すなは》ち變《へん》ずるを知《し》るべし
桂輪《けいりん》 看看《かんかん》 圓來《あんらい》を待《ま》つ

【語釈】

［幽懷］むすぼれた思い。

［放開］外に放散する。

［窮則變］ゆきづまれば變化が生ずる。『易』繫辞傳に「易《えき》 窮まれば則ち變じ、變ずれば則ち通ず。通ずるときは則ち久し」とある。

［桂輪］月の異名。

［看看］移り易ること。

【訳】
其の二十
清秋にあたり 胸のうちを著わすところも無いが、この懐いを軽々しく外に出してはいけない。
萬事は「窮まれば則ち變ずる」ものと知るべし、月は移り易わるものだから やがて圓くなるのを待っている。

79　寄令上人干蘆鴈図
令上人《れいしやうにん》に寄《よ》せて蘆鴈図《ろがんず》を干《もと》む

許多干謁走如煙
愛暖軒中笑掲天

許多《しばしば》 謁《えつ》を干《もと》むるも 走《に》ぐること 煙《けむり》の如《ごと》く
暖《あたた》かき軒中《けんちゅう》を愛《あい》し 笑《わら》ひて天《てん》に掲《かか》ぐ

別後寥寥消息絶　　別後《べつご》 寥寥《れうれう》として 消息《せうそく》は絶《た》え
更無鴻雁過雲邊　　更《さら》に鴻雁《こうがん》の雲邊《うんぺん》を過《す》ぐる無《な》し

【語釈】

［令上人］未詳。

［鴻雁］昔から、音信を傳えるものとされている。

［笑掲天］天を仰いで大笑すること。

【訳】

令上人に寄せて「蘆鴈《ろがん》図」を求める

度々お會いしたいと言うのに煙のように逃げてしまう、あなたは暖かい家の中で天を仰いで大笑しているのだろう。
お別れしてより音信はぱったり絶えてしまい、更に鴻雁が雲の邊りを過ぎることも無くなってしまった。

80 五言三絶句

其一

紅葉青苔上　　紅葉《こうえふ》 青苔《せいたい》の上《うへ》
短軒荒砌邊　　短《みじか》き軒《のき》 荒《あ》れし砌《みぎり》の邊《ほと》り
凄涼何以樂　　凄涼《せいれう》たり 何《なに》を以《もっ》て樂《たの》しまん
滿案只陳編　　案《つくゑ》に滿《み》つるは 只《た》だ陳編《ちんぺん》のみ

【語釈】

＊三首の絶句の転句には、それぞれ「何以樂」（何を以て樂しまん）という語が組み込まれている。

［短軒］短い軒先。粗末な家をいう。　［陳編］古臭い書物。今の世に合わない内容の書物。
［荒砌］荒れはてた砌。砌は、軒下の敷石。

【訳】

五言三絶句

其の一

紅葉が青い苔のうえに散っている、短い軒のした 荒れた砌《みぎり》のほとり。
ひどく寂しいが 何をして樂しもうか、机の上に満ちているのは ただ古臭い書物だけ。

其二

木落山空處　木《き》の落《ち》り 山《やま》の空《むな》しき處《とき》
天寒歳晩時　天寒《てんさむ》く 歳《とし》の晩《く》るる時《とき》
迎君何以樂　君《きみ》を迎《むか》へ 何《なに》を以《もっ》て樂《たの》しまん
慰寂只新詩　寂《さび》しさを慰《なぐさ》むるは只《た》だ新詩《しんし》のみ

【語釈】
［山空處］山に人けが無くなった頃。　［新詩］新しく作った詩。

【訳】

其の二

木の葉が散り 山が寂しくなった頃、天が寒く 歳も暮れようとする時。
あなたを迎えることになったが 何をして樂しもうか、寂しさを慰めるのは ただ新詩があるだけだ。

其 三

空庭唯雀躁　空庭《くうてい》には 唯《た》だ雀《すずめ》の躁《さわ》ぐのみ
老樹又鴉鳴　老樹《らうじゅ》には 又《ま》た鴉《からす》の鳴《な》く
岩栖何以樂　岩栖《がんせい》 何《なに》を以《もつ》て樂《たの》しまん
窓吟壁誦聲　窓吟《さうぎん》 壁誦《へきしよう》の聲《こゑ》あり

【語釈】

［岩栖］岩山のなかの住みか。山中の栖。

［窓吟］窓邊で詩を吟ずる。　［壁誦］壁に依りかかって詩を誦する。

【訳】

其の三

ガランとした庭には ただ雀が騒いでいるだけ、老樹には 又た鴉が鳴いている。
この岩栖のなかで 何をして樂しもうか、窓邊で吟じ 壁に依りかかって歌う聲がする。

81 偶觀韋蘇州詩有三臺詞云「氷泮寒塘始緑、雨餘百草皆生。朝來門閤無事、晩下高斎有情」支詞四之、続以章。

偶《たまた》ま韋蘇州《ゐそしう》の詩《し》を觀《み》るに「三臺詞《さんだいし》」有《あ》りて云《い》ふ、「氷泮《こほりと》けて寒塘《かんたう》始《はじ》めて緑《みどり》なり、雨餘《うよ》百草《ひやくさう》皆《み》な生《しやう》ず。朝來《てうらい》門閤《もんかふ》に事《こと》も無《な》く、晩下《ばんか》高斎《かうさい》に情有《じやうあ》り」と。詞《し》を支《わか》ちて之《これ》を四《し》にし、続《つづ》くるに章《しやう》を以《もつ》てす。

其 一

氷泮寒塘始緑　氷《こほり》泮《と》け 寒塘《かんたう》 始《はじ》めて緑《みどり》に

風和細浪輕緘　風《かぜ》和《やは》らぎ 細浪《さいらう》は輕《かろ》き緘《ちぢみ》のごとし
游魚可喜可觀　游魚《いうぎよ》 喜《よろこ》ぶ可《べ》く 觀《み》る可《べ》し
三々兩々相逐　三々兩々《さんさんりやうりやう》 相逐《あひお》ふ

【語釈】

［輕緘］薄いちぢみ。ちぢみの布のような波を形容。

【訳】

たまたま韋蘇州（應物）の詩を見ていると「三臺詞」に次のようにあった。

氷がとけて寒々とした堤に始めて緑が萌え、雨がやんで百草は皆な生き生きしている。

朝方 門の邊りには何ごとも無く、夜には 高斎に趣がただよう。

そこで一句ずつ分け、それに続けて章とした。

其の一

氷がとけて 寒々とした堤に始めて緑が萌《も》え、風は和らいで 細い浪は輕やかなちぢみのようだ。

游魚は 喜ばしく觀飽《みあ》きることがない、三々兩々 逐《お》いかけあっている。

其二

雨餘百草皆生　雨餘《うよ》 百草《ひやくさう》は皆《み》な生《しやう》じ
煙暗孤村未晴　煙《もや》 暗《くら》く 孤村《こそん》は未《いま》だ晴《は》れず
日暮山長水遠　日暮《ひく》れて 山長《やまなが》く 水遠《みづとほ》く
野橋不見人行　野《の》の橋《はし》に 人《ひと》の行《ゆ》くを見《み》ず

【語釈】

［雨餘］雨あがり。

【訳】

其の二

雨がやんで百草は皆な生き生きとしているが、靄は暗く垂れこめ 孤村はまだ晴れていない。
日の暮れ方 山は長く裾を引き 水は遠く流れていく、野の橋には 行く人かげも見えない。

其 三

朝來門閤無事　朝來《てうらい》 門閤《もんかふ》に事無《ことな》く
老去林塘適意　老《お》い去《ゆ》きて 林塘《りんたう》は意《い》に適《かな》ふ
短笻撿點梅花　短笻《たんきよう》もて梅花《ばいくわ》を撿點《けんてん》すれば
驚得山禽畏避　山禽《やまどり》を驚《おどろ》かし得《え》て畏避《ゐひ》せしむ

【語釈】

［老去］年をとってゆく。　［撿點］（梅の花が咲いているかどうか）調べる。

［短笻］短い竹の杖。

【訳】

其の三

朝方 門の邊りには 何ごとも無い、年をとってゆき 林や堤は意に適《かな》ったものとなった。
短い杖をついて梅の花を調べにいったが、山鳥を驚かして逃げさせてしまった。

其　四

晩下高齋有情　　晩下《ばんか》　高齋《かうさい》に情《じやう》有《あ》り
雲間煙火微明　　雲間《うんかん》に　煙火《えんくわ》は微《かす》かに明《あきら》かなり
遥岑晦昧無色　　遥《はる》かなる岑《みね》は　晦昧《くらぐら》として色無《いろな》く
近水潺湲發聲　　近《ちか》き水《みづ》は潺湲《せんゑん》として聲《こゑ》を發《はつ》す

【語釈】
［有情］趣があること。　［潺湲］水の流れる音の形容。
［晦昧］暗々としている形容。

【訳】
其の四
夜になると高齋には趣がただよう、雲間からは煙火が微《かす》かに赤い。
遥かな峯は暗々として色も無く、近くの川からサラサラと水音が聞こえる。

82　和虎關和尚病中韻　虎關和尚の病中の韻に和す

某適來都下、忽審尊候不如常日。不勝周章、恭趨上刹、會官客、紛冗多、不敢通、覆而帰。爾來雨雪相連、不能再拝問。昨日説泊二師見過、示以病中妙偈。端誦再三、開發惟多、乃復効顰。

某《それがし》　適《たま》ま都下《とか》に來《きた》るに、　忽《たちま》ち尊候《そんこう》の常日《じやうじつ》の如《ごと》からざるを審《つまび》らかにし、周章《しうしやう》に勝《た》へず、恭《つつし》んで上刹《じやうせつ》に趨《おもむ》くに、會《たまた》ま官客《くわんきやく》ありて、紛冗《ふんじよう》多《おほ》く、敢《あ》へて通《つう》ぜず、覆《ふ》して帰《かへ》る。爾來《じらい》雨雪《うせつ》相連《あひつら》なりて、再《ふたた》び拝問《はいもん》する能《あた》はず。昨日《さくじつ》、説《せつ》・泊《はく》二師《にし》の過《よ》ぎ見《ら》れて、示《しめ》すに病中《びやうちゆう》の妙偈《めうげ》を以《もつ》てす。端誦《たんしよう》すること再三《さいさん》、開發《かいはつ》さるること惟《こ》れ多《おほ》ければ、乃《すなは》ち復《ま》た顰《ひそみ》に効《なら》ふ。

老禅示疾擧城驚
問訊挨排客満庯
我適過門緩投刺
師明隔壁鑑懷香」
後先偕進道無礙
潜亢殊居援不當
鍼起清羸復剛健
惟天未墜燦然章

老禅《らうぜん》 疾《やま》ひを示《しめ》し 擧城《きよじやう》 驚《おどろ》く
問訊《もんじん》して挨排《あいはい》すれば 客《きやく》は庯《ひさし》に満《み》つ
我《われ》は適《ゆ》きて門《もん》を過《す》ぎ 刺《し》を投《とう》ずるを緩《おこた》るも
師《し》は明《あきら》かに壁《かべ》を隔《へだ》てて 懷香《くわいかう》を鑑《し》らん
後先《あとさき》 偕《とも》に進《すす》みて 道《みち》に礙《さまた》げ無《な》きも
潜《せん》と亢《かう》と居《きよ》を殊《こと》にして 援《ひ》くに當《あた》らず
清羸《せいるゐ》を鍼起《しんき》すれば復《ま》た剛健《がうけん》ならん
惟《こ》れ天《てん》は未《いま》だ墜《お》ちず 燦然《さんぜん》として章《あき》らかなり

【語釈】

［虎關和尚］虎關師錬（一二七八～一三四六）臨済宗聖一派。京都に生まれ、五山の學僧として名高い。文學の面では中巖圓月、義堂周信の先輩であり、五山文學の主流は一寧・虎關・圓月と流傳した。圓月より二十二歳年長。

［尊侯］虎關和尚を指す。

［周章］慌てること。

［上刹］他の寺院の敬稱。

［説泊二師］「泊」は、竹翁師泊。「説」は未詳。

［開發］知識を開き導く。啓發。

［効顰］春秋時代・呉の西施の故事（『莊子』天運篇）を踏まえる。虎關和尚の妙偈に倣って此の詩を作ったことをいう。

［懷香］懷いそのものではなく、その香り。

［潜亢］世に隠れて潜むことと、世に出ていくこと。『易』乾卦の初九に「潜龍なり。用ふること勿れ」とあり、上九に「亢龍なり。悔ゆる有り」とある。

［鍼起］治療して治す。

〔清贏〕修行のために身を苦しめて病氣になること。

〔剛健〕『易』乾卦に「大なる哉　乾や。剛健　中正、純粋にして精なり」とある。

〔惟天未墜〕『論語』子張に「子貢曰く、文武の道は、未だ地に墜ちず　人に在りと」とある。

【訳】

虎闕和尚の病中の韻に和す

私がたまたま都にやって來たところ、ふと和尚の様子がいつものようでないことを聞き、あわてて寺の方へ行ったところ、たまたま官客があって忙しそうであったので、來意を告げただけて帰ってきた。その後は雨雪がつづいたため、拝問することができなかった。ところが昨日のこと、説、泊二師が來られて、和尚が病中に作られた妙偈を示された。端座して誦すること再三、開發されることが多かったので、顰《ひそみ》にならった次第。

老禅師が病氣になられ都中が騒然としている、お訪ねして門を開くと見舞客が廂《ひさし》の間《ま》にまで溢れている。

私は中に入り門を過ぎて　名刺を入れるのを怠ったが、禅師は明らかに壁を隔てて私の懐いを感じてくださったに違いない。

先後の違いはあれ偕《とも》に進む道に妨げは無かったが、潜《ひそ》むと出《いづ》ると　居を異《こと》にしたので　手を添えて頂けなかった。

修行のために疲れた体も治療すれば復た健康になる、天の力は未だ墜《お》ちてはおらず燦然《さんぜん》と輝いているのだから。

83　己丑元日

己丑《きちう》の元日《ぐわんじつ》

五歳貞和曆首開
春風尚未屬寒梅
昨宵伯玉悔非去
今日仲尼知命來」
照古菱驚雙鬢雪
坐團蒲任寸心灰
偶因俗客賀年至
又把茶甌作壽盃

五歳《ごさい》の貞和《ていわ》 暦首《れきしゆ》 開《ひら》くも
春風《しゆんぷう》 尚《な》ほ未《いま》だ寒梅《かんばい》に屬《つ》かず
昨宵《さくせう》 伯玉《はくぎよく》が非《ひ》を悔《く》いたるは去《さ》り
今日《けふ》 仲尼《ちゆうぢ》が知命《ちめい》は來《き》たり
古菱《こりよう》に照《て》らして雙鬢《さうびん》の雪《ゆき》に驚《おどろ》き
團蒲《だんほ》に坐《ざ》して寸心《すんしん》の灰《はひ》に任《まか》す
偶《たまた》ま俗客《ぞくきやく》の 年《とし》を賀《が》して至《いた》るに因《よ》り
又《ま》た茶甌《ちやおう》を把《と》りて 壽盃《じゆはい》を作《な》せり

【語釈】

［己丑元日］「己丑」は貞和五年（一三四九）。中巖五十歳で利根に在った。

［伯玉悔非］『淮南子』原道訓に「蘧伯玉は年五十にして、四十九年の非有り」とあるのに拠った。蘧

伯玉は春秋時代・衛の大夫。

［仲尼知命］『論語』爲政篇に「子曰く、吾は五十にして天命を知る」とあるのに拠った。

［古菱］『飛燕外傳』に「飛燕の始めて大號を加へらるるや、婕妤は奏して三十六物を上《たてまつ》りて以て賀す。七尺の菱花の鏡一奩《いちれん》有り」とある。古い鏡。

［團蒲］蒲で編んだ丸い敷物。

［寸心灰］冷灰のように、煩悩の執念の無いこと。杜甫「鄭駙馬《ふば》の池臺にて、鄭廣文に遇ふを喜び同《とも》に飲む」詩に「白髪　千莖《せんけい》の雪、丹心　一寸の灰」とある。


【訳】

己丑の歳の元日

貞和《ていわ》五年の元日が明けたが、春風はまだ寒梅に吹いてはこない。

昨夜「伯玉が非を悔いた」歳は去り、今日は「仲尼が命《めい》を知った」歳がやって來た。

古い鏡に照らして　雪のごとき雙鬢《そうびん》に驚くが、團蒲に坐って　灰のごとき我が心に任せている。

たまたま俗客が年賀にやって來たので、又た茶碗を手に　壽盃を擧げる次第。

84　自壽

自《みづか》ら壽《ことほ》ぐ

夜半之精天一水
利金流氣學乾方
策全題衍歷初度
置而不用自行藏

夜半《やはん》の精《せい》　天一《てんいつ》の水《みづ》
金《きん》を利《り》し氣《き》を流《なが》して　乾方《けんぱう》を學《まな》ぶ
策《めどぎ》は大衍《だいえん》を全《まつた》うし　初度《しよど》を歷《ふ》るも
置《お》きて用《もち》ひず　自《みづか》ら行藏《かうざう》せん

【語釈】

＊作者五十歳の時の詩。

［夜半之精］太陰の精を言う。

［天一水・利金流氣］子の位は坎の卦で、北方の水に屬す。繫辭傳に「天一、地二、天三、地四、〜」とあり、天の數は「一・三・五・七・九」の五つで、ここは其の最初の數である一をいう。「金・水」は「西・北」を、即ち「庚・子」を表す。中巖の生まれた年は正安二年（一三〇〇）庚子であった。なお「利」は「和」字の譌ではなかろうか。

［學乾方］「乾方」は、天命のこと。『論語』爲政篇に「五十にして天命を知る」とある。

［策全大衍］「策」は、占いに使うめどぎ。「大衍」は『易』繫辭傳に「大衍の數は五十」とある。天地の働きを布衍し演繹する數の意であり、「五十」は筮竹の本數。ここでは五十歳になったことをいう。

［歷初度］「初度」は、初めて生まれた時。『楚辭』離騷に「皇《ちち》は余《われ》を初度に覽揆《はか》り、肇《はか》りて余に錫《たま》ふに嘉名を以てす」とある。五十年經《た》って一巡りし、初めに還ったことか。

［行藏］『論語』述而篇に「之を用ふれば則ち行ひ、之を舍《す》つれば則ち藏《かく》る」とある。出處進退を意味する。

【訳】

自ら壽を祝う

太陰の純精と天一の水を受けて生まれ、金の氣と和して流れ　天の命《めい》を學ぶことになった。

策《めどぎ》は「大衍」の數を全うして五十になったが、我が力を置いて用いず　出處進退を誤らないようにしよう。

85　春分後梅未開、詩寄山中諸友

春分《しゅんぶん》の後《のち》 梅《うめ》は未《いま》だ開《ひら》かず、詩《し》もて山中《さんちゅう》の諸友《しょいう》に寄《よ》す

其一

山深底事凝春來　山深《やまふか》くして底事《なにごと》ぞ 春《はる》の來《く》るを凝《さまた》ぐるや
二月中旬未見梅　二月《にぐわつ》中旬《ちゅうじゅん》なるに 未《いま》だ梅《うめ》を見《み》ず
明日南園君去看　明日《あす》 南園《なんゑん》に 君《きみ》 去《ゆ》きて看《み》よ
不知能有幾花開　知《し》らず 能《よ》く幾花《いくくわ》の開《ひら》く有《あ》るかを

【語釈】

［春分］春九十日の半ばをいう。　［不知〜］いったいどうなのか。
［底事］何事か。どうしたことか。

【訳】

春分を過ぎても梅はまだ開かない。詩を作って山中の諸友に寄せる。

其の一

山が深いといって どうして春の來るのを凝《さまた》げるのか、二月も中旬だというのに まだ梅が咲かない。
明日は南園に あなたも見に行かれたらよい、いったい幾輪の花が咲いていることやら。

其二

雪消春色漲溪來　雪《ゆき》は消《き》えて 春色《しゅんしょく》は 溪《たに》に漲《みなぎ》り來《きた》るに
未放韶華到岸梅　未《いま》だ韶華《せうくわ》を放《はな》ちて 岸《きし》の梅《うめ》に到《いた》らしめず
九十青陽強半盡　九十《きうじふ》の青陽《せいやう》は 強半《きやうはん》は盡《つ》きぬ
更愁桃李幾時開　更《さら》に愁《うれ》ふ 桃李《たうり》 幾時《いくとき》か開《ひら》かん

【語釈】

［韶華］華やかな春の光。

［九十青陽］春三箇月九十日間の長閑《のど》かな日光。

［強半］半分以上。

【訳】

其の二

雪は消え 春の色は 渓に溢れてきたのに、まだ春の光を放って川岸の梅のところまでは到らせない。

春九十日の陽光は既に半分以上も盡きたのに、これでは桃や李は何時になったら開くのかと心配だ。

其 三

青春著柳展眉來

華艶猶慳放與梅

尤物悩人難満意

不教容易咲顔開

青春《せいしゅん》は柳《やなぎ》に著《つ》きて 眉《まゆ》を展《の》ばし來《く》るも

華艶《くわえん》は猶《な》ほ 梅《うめ》に放與《はうよ》するを慳《を》しむ

尤物《いうぶつ》は人《ひと》を悩《なや》まし 意《い》を満《み》たし難《がた》く

容易《ようい》には咲顔《ゑがほ》をして開《ひら》かしめず

【語釈】

［青春］春をいう。「青」は東方の色で、春は東から來る。

［展眉］柳の葉を眉に見立てている。

［華艶］春の華やかな光。

［尤物悩人］「尤物」は、優れて良いもの。昭公二十八年の『左氏傳』に「夫れ尤物は以て人を移すに足る有り。苟《いや》しくも徳義に非ざれば、則ち必ず禍有らん」とある。

［咲顔］笑顔に同じ。顔をほころばせる。

【訳】

其の三

青春は柳にやってきて眉のような葉を展《の》ばしているが、春の艶やかな光は梅に放ち與えるのを猶《なお》も惜しんでいる。

優れて良いものは人を悩まし　なかなか満足させないもの、たやすくは其の美しい顔をほころばせないのだ。

86　贈九峯
九峯《きうほう》に贈《おく》る

鳳翼抑扶揺　鳳翼《ほうよく》もて 扶揺《ふえう》を抑《おさ》へ
分甘共寂寥　甘《たの》しみを分《わ》かち 寂寥《せきれう》を共《とも》にす
夜聞春瀑漲　夜《よる》は春瀑《しゆんばく》の漲《みなぎ》るを聞《き》き
暁坐宿雲饒」　暁《あかつき》は 宿雲《しゆくうん》の饒《おほ》きに坐《ざ》す
茶煮新年焙　茶《ちや》は 新年《しんねん》に焙《ほう》ずるを煮《に》て
蘭栽帯雪苗　蘭《らん》は 雪《ゆき》を帯《お》びし苗《なへ》を栽《う》う
供珍詩一首　詩《し》 一首《いつしゆ》を 供珍《きようちん》するも
芻豢未知調　芻豢《すうくわん》 未《いま》だ調《ととの》ふるを知《し》らず

【語釈】

「九峯」傍注に「信虔」とある。「九峯」は字。（?～一三八一）臨濟宗。明徹光琮の法嗣。幽棲して出世を欲せず、清見寺に住し、晩年は相模の浄妙寺に住して三年で退隠した。

「鳳翼抑扶揺」『荘子』逍遥遊篇に「鵬の南冥に徙《うつ》るや、水を撃つこと三千里、扶揺を搏《う》ちて上ること九万里。去るに六月を以て息《いこ》ふ者なり」とあるのによる。「鳳翼」は、鳳凰の翼。優れた人のたとえ。「扶揺」は、旋風。つむじ風。

［分甘］樂しみを分かつ。慈愛を廣く施すこと。

［供珍］差し上げる。「珍」は献ずる意。

［芻豢未知調］「芻豢」は、牛・豚など犠牲にする家畜。『禮記』月令に「(季冬の月) 乃ち同姓の邦に命じて、寝廟の芻豢を共にせしむ」とある。


【訳】

九峯に贈る

あなたは鳳凰のような翼で 扶揺《かぜ》に乗って飛び立ち、樂しみを分かち 寂しさを共にされる。
夜は春の川の流れが 漲《みなぎ》る音を聞き、曉には饒《ゆた》かな宿雲の中に坐っておいでになる。
さて 茶は新年に焙《ほう》じたものを煮、蘭は雪を帯びた苗を栽《う》える。
詩一首を差し上げますが、芻豢《すうかん》の方は まだ 調《ととの》えることができずにおります。

87 和答鈍夫、快禪曾侍月江於道場

和《わ》して鈍夫《どんふ》に答《こた》ふ、快禪《くわいぜん》は曾《かつ》て月江《げつかう》に道場《だうぢやう》に侍《じ》す

其一

松吹列翠揺　松《まつ》吹《ふ》きて 列翠《れつすゐ》は揺《ゆ》れ
月照更清寥　月《つき》照《て》りて 更《さら》に清寥《せいれう》なり
合抱階前樹　合抱《がふはう》 階前《かいぜん》の樹《き》
秋香金粟饒」　秋香《しうかう》 金粟《きんぞく》 饒《ゆた》かなり
吾聞曾落子　吾《われ》は聞《き》く 曾《かつ》て子《たね》を落《お》とすと
誰毓此流苗　誰《たれ》か此《こ》の流苗《りうべう》を毓《そだ》てし

苟使本根固　苟《いや》しくも本根《ほんこん》をして固《かた》からしむれば
枝條當自調　枝條《しでう》は當《まさ》に自《おの》づから調《ととの》ふべし

【語釈】

［鈍夫］（一三〇九～一三八四）傍注に「全快」とある。臨濟宗。浄妙寺・霊巖道昭の法嗣。元に渡り、歸朝ののち信濃に善應寺を開き、ついで建長・圓覺の二寺に上った。

［月江］傍注に「正印」とある。月江正印は、臨濟宗・虎丘派。福州（福建省）連江の人。天歴三年（一三二九）、湖州（浙江省）道場山・護聖万壽寺に住した。

［道場］傍注に「護聖万壽寺」とある。

［松吹］松吹く風。

［金粟］金木犀の花の形容。

［落子］『南部新書』庚巻に「杭州の霊隠山に桂《かつら》多し。寺僧曰く、此は月中の種なりと。今に至るも中秋の望夜、往々子《たね》墜ち、寺僧も亦た嘗て拾得すと」とある。

［流苗］流れ着いた種から生えた苗。

【訳】

和して鈍夫に答える

其の一

松吹く風に 列《つら》なる翠は揺れ、月に照らされて ますます清らかに静か。
一抱えもある 階前の樹、秋の香りいっぱいの金木犀《きんもくせい》の花。
私は曾《かつ》て月から落ちた種と聞いたことがあるが、いったい誰がこの流苗を育てたのだろう。
もしも根本を固めることができさえすれば、枝の方は 自然に調《ととの》うにちがいない。

其二

枝繁根柢揺
養正可參寥
學廢知無益
老來嗟不饒
蔓難除悪草
莠易亂嘉苗
世事如風馬
寧將朽索調

枝繁《えだしげ》れば 根柢《こんてい》は揺《ゆ》らぐ
正《せい》を養《やしな》ひて 參寥《さんれう》す可《べ》し
學《がく》の廢《はい》して 益無《えきな》きを知《し》り
老《おい》の來《きた》りて 饒《おほ》からざるを嗟《なげ》く
蔓《つる》は悪草《あくさう》を除《のぞ》き難《がた》くし
莠《はぐさ》は嘉苗《かべう》を亂《みだ》し易《やす》くす
世事《せいじ》は 風馬《ふうば》の如《ごと》く
寧《なん》ぞ朽索《きうさく》を將《もち》て 調《ととの》へん

【語釈】

［養正可參寥］「養正」は、己の中に正しい道を養うこと。『易』蒙卦に「蒙の以て正を養ふは、聖の功なり」とある。「參寥」は、ひっそりとしていることで、道の形容。『荘子』大宗師に「玄冥《げんめい》は之を參寥に聞き、參寥は之を疑始《ぎし》に聞く」とある。

［學廢知無益］『論語』衛霊公篇に「子曰く、吾嘗《かつ》て終日食《くら》はず、終夜寝《いね》ず、以て思ふも益《えき》無し。學ぶに如《し》かざるなりと」とある。

［蔓難除悪草］隠公元年の『左氏傳』に「祭仲曰く、滋蔓《じまん》ならしむる無かれ、蔓は図《はか》り難きなり。蔓草すら猶ほ除く可からず。況《いは》んや君の寵弟をやと」とある。

［莠易亂佳苗］「莠」は、はぐさ。稲に似ているが、葉ばかり伸びて實が實らない草。『孟子』盡心下に「莠を悪むは、其の苗を亂すを恐るるなり」とある。

［世事如風馬］「風馬」は、雌雄誘いあって駆け回る馬。僖公四年の『左氏傳』に「楚子曰く、君は北海に處《を》り、寡人《くわじん》は南海に處り、唯《た》だ是れ風馬牛も相及ばざるなりと」とある。世間のことは、牛や馬が雌雄誘い合って駆け回り遠く走り去ってし

まうように、どのようになるかわからない。

［朽索］朽ちた縄。『尚書』五子之歌に「予 兆民に臨むや、懍《りん》として朽索の六馬を馭するが若し」とある。「懍」は危険なさま。

【訳】

其の二

枝が繁れば根元は揺らぐから、正しい道を養って自分を無爲《むい》にしなければならぬ。

學問を廢《や》めたら いくら思っても無益と知るだけ、年老いて 勉強不足を嘆《なげ》くことになる。

蔓草は悪草を除き難くし、莠草は佳《よ》き苗をだめにし易い。

世の中のことは風馬牛《ふうばぎゅう》のようなもの、どうして朽ちた縄で其れを調《ととの》えることができようか。

88 和答方崖

和《わ》して方崖《はうがい》に答《こた》ふ

高嶺樹枝揺　高《たか》き嶺《みね》に樹枝《じゅし》は揺《ゆ》れ
天風拂沈寥　天風《てんぷう》は沈寥《ちんれう》を拂《はら》ふ
新霜侵曉冷　新霜《しんさう》は 曉《あかつき》を侵《をか》して冷《ひや》やかに
素月領秋饒　素月《そげつ》は 秋《あき》を領《りやう》して饒《ゆた》かなり
野外宜綿蕞　野外《やぐわい》にて 宜《よろ》しく綿蕞《めんさい》すべし
人間多揠苗　人間《じんかん》に 苗《なへ》を揠《ぬ》くこと多《おほ》し
仗君臨六轡　君《きみ》の六轡《りくひ》に臨《のぞ》むに仗《よ》りて
駿驥亦能調　駿驥《しゅんき》も 亦《ま》た能《よ》く調《ととの》へられん

【語釈】

［方崖］傍注に「元圭」とある。方崖は字。臨濟宗。鎌倉の建長寺に住した。約翁徳倹に參究して法を嗣ぐ。

［沈寥］深い寂しさ。

［野外宜綿蕞］「綿蕞」は、野外で儀禮を習う場所をいう。竹を立て連ね、茅索をめぐらす。『史記』叔孫通傳に「弟子百餘人と綿蕞を爲《つく》り、野外にて之を習ふ」とあるのに拠った。

［揠苗］穀物の苗のしんを引っ張って抜く。成功を急ぐあまり失敗してしまうことをいう。『孟子』公孫丑上に「宋人に其の苗の長ぜざるを閔《うれ》へて、之を揠《ぬ》く者有り。～其の子、趨《はし》りて往きて之を視れば、苗は則ち槁《か》れたり」とある。

［臨六轡］車を引く四頭の馬に付けた六本の手綱を執る。

［駿驥］優れてよい馬。ここは優秀な人材をいう。

【訳】

和して方崖に答える

高い嶺に樹々の枝が揺れており、天からの風は沈寥の氣を吹き拂う。
新しき霜は　暁を侵して冷やかに、素《しろ》き月は　秋の空一杯に照っている。
野外において綿蕞を作るのが宜しい、人間の世界では苗の芯を引き抜くことが多いから。
あなたが六轡《たづな》を執《と》られることによって、駿馬たちも能く指導を受けることができるでしょう。

89　又答九峯

又《ま》た九峯《きうほう》に答《こた》ふ

麥幟未揺揺　　麥幟《ばくし》は　未《いま》だ揺揺《えうえう》たらず

凍蟾猶朗寥
詩難償舊債
茶孰見多饒」
耕石下焦種
望霓涬槁苗
誰知陰磵地
糞壌更難調

凍蟾《とうせん》は 猶《な》ほ朗寥《らうれう》たり
詩《し》は舊債《きうさい》を償《つぐな》ひ難《がた》く
茶《ちや》は孰《なん》ぞ多饒《たぜう》なるを見《み》ん
石《いし》を耕《たがや》して 焦《こ》げし種《なへ》を下《ま》き
霓《くも》を望《のぞ》みて槁《か》れし苗《なへ》を涬《おこ》さんとす
誰《たれ》か知《し》らん 陰磵《いんかん》の地《ち》
糞壌《ふんじやう》 更《さら》に調《ととの》へ難《がた》きを

【語釈】

［凍蟾］凍り付いたような月。

［舊債］送られた詩に對して、まだ返していないものがたくさんあることをいう。

［耕石下焦種］石の多い畠を耕して、そこに焦げた種を植える。菩提心の芽が何時までも生じないことを言う。

［望霓］日照りの時に雨雲を待ち望むこと。『孟子』梁恵王下篇に「（湯王の）東面して征すれば西夷《せいい》怨み、南面して征すれば北狄《ほくてき》怨む。曰く、奚爲《なんす》れぞ我を後にするやと。民の之を望むこと、大旱の雲霓《うんげい》を望むが若し」とある。

［陰磵］日のささない谷間。孔稚珪《こうちけい》「太平山に遊ぶ」詩に「陰澗 春の榮《はな》を落《ち》らし、寒巖 夏の雪を留む」とある。

［糞壌］くさった土。『楚辞』離騒に「糞壌を蘇《と》りて以て幃《ふくろ》に充《み》たし、申椒《しんしゆく》は其れ芳《かぐは》しからずと謂ふ」（汚い土を取って香嚢を満たし、山椒は馨らないと謂っている）とある。

【訳】
又《かさ》ねて九峯に答える
麥の穂は まだ揺れることもなく、寒々とした月が なおも寥《さび》しく照っている。

詩の方は 負債を償《つぐな》えそうにもなく、茶は どうして味わい豊かなものが味わえよう。
さて 石の多い畠を耕して焦げた種を蒔《ま》き、雨雲を待ち望んで 枯れた苗を起き上がらせようとする。
しかし日のささない谷間の土地では、腐った土を どうすることもできないとは知らなかった。

90 己丑九月八日、微雪降、詩以記之

己丑《きちう》九月《くぐわつ》八日《はちにち》、微《かす》かに雪降《ゆきふ》り、詩《し》以《も》て之《これ》を記《しる》す

九月利根天已雪　九月《くぐわつ》の利根《とね》は 天已《てんすで》に雪《ゆき》ふり
十韋大木凍將折　十韋《じふゐ》の大木《たいぼく》も 凍《こほ》りて將《まさ》に折《を》れんとす
茱萸日本本自無　茱萸《しゆゆ》は日本《にほん》に 本自《もとよ》り無《な》く
黄菊早萎隨變滅」　黄菊《くわうぎく》は早《つと》に萎《な》えて 變滅《へんめつ》するに隨《したが》ふ
明日重陽一琖茶　明日《あす》の重陽《ちようやう》は 一琖《いつさん》の茶《ちや》
不知何以賞佳節　知《し》らず 何《なに》を以《もつ》てか佳節《かせつ》を賞《め》でん
豆飯黄虀亦飽餐　豆飯《とうはん》と黄虀《くわうせい》は 亦《ま》た飽餐《はうさん》す
村童謔笑野僧悦」　村童《そんどう》は謔笑《ぎやくせう》す 野僧《やそう》の悦《よろこ》びを
老吾不宜更登高　老《おい》たる吾《われ》は宜《よろ》しく 更《さら》に登高《とうかう》すべからず
門前泥滑使人顚　門前《もんぜん》の泥滑《でいくわつ》は 人《ひと》をして顚《たふ》れしむ

【語釈】

＊『自歴譜』によれば「貞和五年（一三六六）己丑春三月、寺（吉祥寺）の事を謝せんと鎌倉に上る。秋に又た吉祥の寺務を領す」とある。時に作者五十歳。

［己丑］傍注に「貞和五年」とある。

［茱萸］かわはじかみ。重陽の節句に其の紅い實を頭に飾る習慣がある。

［黄虀］野菜のあえもの。「黄」は新鮮でないことを意味する。

【訳】

己丑の歳の九月八日、雪が少し降った。詩を作ってそのことを記した。

九月の利根は已に雪が降り、十囲の大木も凍って折れそうになる。

茱萸は日本には もともと無いし、黄菊はすでに萎《しお》れて 無くなっている。

明日の重陽《ちょうよう》の節句には 一杯の茶があるだけ、いったいどうやって佳節を迎えればよいのだろう。

しかし豆飯と粗菜は いつものように十分に食べた、村童は田舎坊主のご満悦を からかって笑っている。

老いた私は もはや高い所に登らないほうがよかろう、門の前のぬかるみは 滑って転んでしまいそうだ。

91　庚寅七月六日早涼、走筆記怪

庚寅七月六日《かういんしちぐわつろくにち》の早涼《さうりやう》、筆《ふで》を走《はし》らせて怪《くわい》を記《しる》す

今歳蝸牛多　　今歳《ことし》は 蝸牛《くわぎう》 多《おほ》く
蚌蛤并田螺　　蚌蛤《ばうかふ》 并《なら》びに田螺《たにし》も
蒲盧亦敏政　　蒲盧《ほろ》も亦《ま》た政《せい》に敏《びん》にして
細腰脩泥窠」　細腰《ほそごし》も泥窠《でいくわ》を脩《をさ》む
微物動大地　　微物《びぶつ》 大地《だいち》を動《うご》かし
人立労池蝌　　人《ひと》は立《た》ちて池《いけ》の蝌《くわ》を労《ねぎら》ふ
蝌者蝦蟆子　　蝌《くわ》なる者《もの》は 蝦蟆《かへる》の子《こ》

纖尾欺亀哥」　纖《ほそ》き尾《を》は 亀哥《かめ》を欺《あざむ》く
亀哥告龍王　亀哥《かめ》は 龍王《りゆうわう》に告《つ》ぐ
貶浮東海波　貶《おとし》められて東海《とうかい》の波《なみ》に浮《う》かぶと
春秋記異例　春秋《しゆんじう》は 異例《いれい》を記《しる》せり
吾詩重吟哦」　吾《われ》は詩《し》をば 重《かさ》ねて吟哦《ぎんが》せん
誰知油與錦　誰《たれ》か知《し》らん 油《あぶら》と錦《にしき》と
邪佞勝祝鮀　邪佞《じやねい》なること 祝鮀《しゆくだ》に勝《まさ》ると

【語釈】

＊『自歴譜』によれば「觀應元年夏、藤谷。秋、利根に下る」とある。時に作者は五十一歳。

［庚寅］傍注に「觀應元年」とある。西暦一三五〇年。

［蒲盧亦敏政］「蒲盧」は、蜂の一種。土蜂。『禮記』中庸に「子曰く、其の人 存すれば則ち其の政は擧がり、其の人 亡《し》すれば則ち其の政は息《や》む。人道は政を敏《つと》め、地道は樹を敏《つと》む。夫れ政なる者は蒲盧なり。故に政を爲すは人に在りと」。「敏」は勉める意。「蒲盧」は桑虫の子を取って其れを自分の子に化してしまう。政治もそれと同じで、聖人は人民を教化してしまう。しかしここにはそこまでの意味は込められていない。

［細腰］蜂のこと。

［亀哥～東海波］亀哥が蝦蟆子の悪事を龍王に告げたが、逆に東海に左遷されてしまったというのは、當時の事實を譬えたものと考えられるが、具體的なことは未詳。

［春秋記異例］「異例」は、正常でない事柄。莊公七年の『春秋』に「恒星 見えず。夜中、星隕《お》ちて雨ふるが如し」とあり、注に「皆な異を記す」とあるようなのをいう。

［誰知油與錦］次の92「其晩風起、入夜旋猛且雨、次日風転勁、勢不可止、又作云」詩に「錦文兼油

色」とあり、「油色」は姦詐を謂い「錦文」は讒佞を謂うようであるから、ここもそのように解釈する。

［邪佞勝祝鮀］『論語』雍也篇に「子曰く、祝鮀の佞有らずして宋朝の美有るは、難きかな、今の世に免がれんことと」とある。「祝鮀」は、衛の祭祀官で、その雄弁で功を立てた。「宋朝」は宋の公子朝のこと。衛の霊公の夫人南子の情人。

【訳】

庚寅の歳の七月六日早朝、筆を走らせて怪を記した

今年は蝸牛《かたつむり》が多く、蚌蛤《はまぐり》や また田螺《たにし》までいっぱいだ。

土蜂も仕事に精を出し、蜂も泥の巣を せっせと作っている。

微小な物が大地を動かし、人間は立ち上がって池の科斗を労《ねぎら》っている。

科斗は蝦蟆《かえる》の子であるのに、その細い尻尾によって亀だと欺いている。

亀は其のことを龍王に告げたが、東海の波のうえに追放されてしまった。

『春秋』は異例の事を記したものであるが、私は詩によって それを重ねて詠うことにしよう。

いったい誰が知ろう 油と錦は、その邪佞なることは祝鮀《しゅくだ》に勝っていることを。

92

其晩風起、入夜旋猛且雨、次日風転勁、勢不可止、又作云

其《そ》の晩《ばん》風《かぜ》起《お》こり、夜《よ》に入《い》りて旋《かへ》って猛《たけ》く且《か》つ雨《あめ》ふる、次《つぎ》の日《ひ》も風《かぜ》は転《うた》た勁《つよ》く、勢《いきほひ》は止《や》む可《べ》からず。

又《ま》た作《つく》りて云《い》ふ。

半年百八十　　半年《はんとし》　百八十《ひやくはちじふ》

見日能幾日
六月之後來
不見雨一滴」
胡爲陰與陽
大過又不及
忽然到七夕
風妬天孫織」
地先六反動
相継扶揺急
山高樹不安
百鳥噪啁唧」
蜻蜓低搏地
猶怕折輕翼
不以雨交加
草木燥而殛」
曉來雨已晴
風雲走未息
明日尚如斯
植者難爲立」
豈特草木已

日《ひ》を見《み》ること　能《よ》く幾日《いくにち》ぞ
六月《ろくぐわつ》の後《のち》來
雨《あめ》の一滴《いってき》も見《み》ず
胡爲《なんす》れぞ　陰《いん》と陽《やう》と
大《おほ》いに過《す》ぎ　又《ま》た及《およ》ばざる
忽然《こつぜん》として　七夕《たなばた》に到《いた》り
風《かぜ》は　天孫《てんそん》の織《お》るを妬《にく》む
地《ち》は先《さき》ごろより　六反《ろくたび》も動《うご》き
相継《あひつ》いで扶揺《かぜ》は急《きふ》なり
山高《やまたか》くして　樹《き》は安《やす》からず
百鳥《ひやくてう》は　噪《さわ》ぎて啁唧《たうそく》たり
蜻蜓《とんぼ》は　低《ひく》く地《ち》を搏《う》つも
猶《な》ほ輕《かろ》き翼《つばさ》を折《を》るを怕《おそ》る
雨《あめ》を以《もっ》て交《まじ》へ加《くは》へざれば
草木《くさき》は　燥《かは》きて殛《し》なん
曉來《あけがた》に　雨《あめ》は已《すで》に晴《は》れたるも
風雲《ふううん》は　走《はし》りて未《いま》だ息《や》まず
明日《あす》も　尚《な》ほ斯《かく》の如《ごと》くんば
植《う》うる者《もの》は　爲《ため》に立《た》ち難《がた》し
豈《あ》に特《ただ》に草木《くさき》のみならんや

人命不可識　人命《じんめい》も識《し》る可《べ》からず
中正告天孫　中正《ちゅうせい》もて 天孫《てんそん》に告《つ》ぐれば
天孫感正直」　天孫《てんそん》は 正直《せいちょく》に感《かん》ず
示我其根由　我《われ》に其《そ》の根由《こんいう》を示《しめ》すに
小蛇不盈尺　小蛇《せうだ》は尺《しゃく》に盈《み》たざるも
而能欺天龍　而《しか》も能《よ》く 天龍《てんりゅう》を欺《あざむ》き
錦文兼油色」　錦文《きんぶん》は 油色《ゆしょく》を兼《か》ねたりと
盧杞未姦邪　盧杞《ろき》 未《いま》だ姦邪《かんじゃ》ならざるとき
周公欲比徳　周公《しうこう》に 徳《とく》を比《ひ》せんと欲《ほっ》す
周公未許同　周公《しうこう》 未《いま》だ同《とも》にするを許《ゆる》さず
拍肩呉太伯」　肩《かた》を拍《たた》く 呉《ご》の太伯《たいはく》
斷髪以存身　斷髪《だんぱつ》して 以《もっ》て身《み》を存《そん》し
求伸屈尺蠖　伸《の》ぶるを求《もと》めて 屈《くっ》する尺蠖《せきくわく》
可視安漢公　視《み》る可《べ》し 安漢公《あんかんこう》
不能立新室」　新《しん》の 室《しつ》を立《た》つる能《あた》はざるを
作詩貽永林　詩《し》を作《つく》りて 永林《えいりん》に貽《おく》る
在汝説須密　汝《なんぢ》に在《あ》りては説《と》くこと 須《すべか》らく密《みつ》にすべし

【語釈】

［天孫織］たなばた。織女星のこと。織女は天帝の女孫。

［地先六反動］六種の震動。形として「動・涌・起」が、聲として「震・吼・撃」がある。

〔扶揺〕つむじ風。旋風。

〔啁唧〕鳥が喧しく囀るさま。

〔錦文兼油色〕前詩に同様の句がある。讒言によって人を罪に陥れる者をいう。『毛詩』小雅「巷伯」に「萋《せい》たり斐《ひ》たり、是の貝錦を成す。彼の人を譖《しん》する者、亦た已に太甚《はなはだ》し」とある。

〔盧杞〕唐の人。『唐書』姦臣傳に見える。

〔周公欲比德〕「周公」は周公旦。盧杞が德を周公に比したというのであろう。

〔周公未許同、拍肩呉太伯〕「周公」は、周の太王のこと。「呉太伯」は太王の子。太王が位を太伯の弟の季歴に譲るつもりで、どうだろうかと太伯の肩をたたいた。太伯は次弟の仲雍とともに南方に逃げて「文身斷髮」して自分に周の位を嗣ぐ氣持ちの無いことを示した。(『史記』呉太伯世家)

〔斷髮以存身〕太伯と仲雍のとった態度をいう。「存身」は身體を安全に保つことで、二人は呉に逃げることによって身の安全を保つことができたという。

〔求伸屈尺蠖〕『易』繫辭傳下に「尺蠖の屈するや、以て信《の》びんことを求むるなり。龍蛇の蟄《ひそ》むや、以て身を存せんとするなり」とある。

〔安漢公〕漢・王莽のこと。平帝の時に安漢公と号し、西暦九年に前漢を奪って新と号した。

〔新室〕新の王室。

〔永林〕末尾の注に「永林は乃ち小師の名、相馬の人民」とある。


【訳】

その晩に風が起こり、夜になると更に激しくなって雨まで降りだした。次の日 風は次第に強くなり、その勢いは止めようもなくなった。そこで又た詩を作った。

半年 百八十日のあいだ、太陽を見ることができたのは幾日だったろう。
また六月の終りまでは、雨の一滴も見なかった。

いったいどうして陰と陽とは、大いに過ぎたり 又た及ばなかったりするのだろう。

忽ち七夕がやってきたが、風は織女星の機織りを妬《や》いているらしい。

大地はこの前から六回も動き、相次いで突風がひどく吹いた。

山が高いので 樹は落ち着かず、鳥たちは騒いで鳴きたてる。

蜻蛉《とんぼ》は低く地を搏《う》つように飛んで、それでも猶お軽い羽を折るのを怕《おそ》れている。

もし雨が風に交じって降らなければ、草木は燥《かわ》いて枯れてしまうだろう。

明け方からの雨は もう止んで晴れたが、風雲は急で まだ息《や》もうとはしない。

明日もまだこのようであれば、農民は やっていくことは難しい。

どうしてただに草木だけであろうか、人の命も どうなるかわからない。

中正の心を以て織女星に告げると、織女星は 私の正直な心に感じた。

私に其のもともとの理由を示したが、それによれば小蛇は一尺にも盈《み》たないのに。

能く天龍を欺いて、貝錦《ばいきん》の模様に油の色が合わさったためだと。

盧杞《ろき》が まだ姦邪でなかった時、周公と 德を等しくしたいと思った。

周の太王は 子供たちが同《とも》に國に居るのを許さず、呉の太伯の肩を拍いた。

（太伯は）斷髪することによって身を安全に保った、伸びようとすれば尺取虫のように身を屈するのだ。

安漢公を視てみるがよい、新の王室を立てることはできなかったではないか。

詩を作って永林《えいりん》に贈る、そなたには詳しいことを言っておかねばならぬ。

93　和實翁相陽懷古

實翁《じつをう》の「相陽懐古《さうやうくわいこ》」に和《わ》す

天晴海面渺無窮
俄頃雲雷鼓黒風
陵谷松枯并石老
林巒霧巻又煙籠
萬家結構七郷満
百載經営一日空
自古英雄難久業
覇心休効晉文公

天晴《てんは》れて海面《かいめん》は 渺《べう》として窮《きは》まり無《な》く
俄頃《にはか》にして雲雷《うんらい》は 黒風《こくふう》を鼓《う》つ
陵谷《りようこく》に松《まつ》は枯《か》れ 并《なら》びに石《いし》は老《お》い
林巒《りんらん》に霧《きり》は巻《ま》き 又《ま》た煙《けむり》は籠《こ》む
萬家《ばんか》の結構《けつこう》 七郷《しちきやう》に満《み》つるも
百載《ひやくさい》の經営《けいえい》 一日《いちにち》にして空《むな》し
古《いにし》へ自《よ》り英雄《えいいう》は 業《げふ》を久《ひさ》しくし難《がた》し
覇心《はしん》 晉《しん》の文公《ぶんこう》に効《なら》ふこと休《なか》れ

【語釈】

［實翁］聡秀（?〜一三七一）臨濟宗。「實翁」は号。建長寺の葦航道然について出家し、次いで雲巌寺の高峰顕日に参ず。晩年、建長寺の山内に大智庵を構えて退居した。

［相陽］相模の南の地。鎌倉を指す。

［天晴海面渺無休］この句は治を意味し、第二句「俄頃雲雷鼓黒風」は亂を謂う。

［綾谷］深い谷。

［萬家結構七郷満］末尾の注に「鎌倉府官七郷」とある。

［百載經営一日空］治承四年に源頼朝が鎌倉に居して以來、承久元年に源實朝が弑されるまで四十年。そののち北条氏が正慶二年に滅亡するまで百十四年。合わせて百五十四年になる。

［休効晉文公］春秋五覇の一人。『論語』憲問篇に「子曰く、晉の文公は譎《いつは》りて正しからず、斉の桓公は正しくして譎らずと」とある。

【訳】

實翁の「相陽懐古」に和す

空は晴れ 海面はどこまでも果てしない、俄かに雲雷が 黒い風を鳴らす。
陵谷では松は枯れ また石は老い、 林巒《りんらん》には霧は巻き また靄《もや》は籠《こも》る。
万もの家が七つの郷《さと》に満ちていたが、 百年かけての經営は一日にして空しくなった。
昔から英雄は功業を久しく保つことは難しい、 覇者になろうとの心を 晉の文公に倣《なら》ってはいけない。

94　熱　海

中宵夢破響琅琅　　中宵《ちゆうせう》 夢破《ゆめやぶ》れて 響《ひび》きは琅琅《らうらう》
應是岩根湧熱湯　　應《まさ》に是《こ》れ岩根《いはね》より 熱湯《ねつたう》の湧《わ》くなるべし
筧筧分泉煙繞屋　　筧筧《かけひかけひ》に泉《いづみ》を分《わ》かちて 煙《ゆげ》は屋《をく》を繞《めぐ》り
家家具浴客賒房」　家家《いへいへ》 浴《よく》を具《そな》へ 客《きやく》に房《へや》を賒《か》す
海涯地暖冬無雪　　海涯《かいがい》 地《ち》は暖《あたた》かくして 冬《ふゆ》も雪無《ゆきな》きに
山路天寒曉踏霜　　山路《さんろ》 天寒《てんさむ》くして 曉《あかつき》に霜《しも》を踏《ふ》む
遠嶼空濛雲霧黒　　遠嶼《ゑんしよ》 空濛《くうもう》として 雲霧《うんむ》は黒《くろ》く
紅潮送月落微茫　　紅潮《こうてう》 月《つき》を送《おく》りて 微茫《びばう》に落《お》つ

【語釈】
［琅琅］金石の触れあうような音。　［紅潮］赤みを帯びた明け方の海。

【訳】
熱　海

夜半に夢から覚めると琅琅《ろうろう》たる響き、きっとこれは岩根から湧く熱湯の音だろう。
それぞれ筧で湯元から分け引き 湯煙は辺りに立ち込め、家々は浴場を備え 客に部屋を借している。
海辺の地は暖かく 冬でも雪が無いが、山路は寒空のもと 暁には霜を踏むほどだ。
遠くの島はぼんやりと 雲や霧で黒々としており、赤みを帯びた潮が かすみに沈む月を送っている。

95 圭方崖惠苔脯、淡無味、且求小馬児、以偈與之

圭方崖《けいはうがい》 苔脯《のり》を惠《めぐ》まる。淡《あは》くして無味《むみ》。且《か》つ小馬児《せうばじ》を求《もと》むれば、偈《げ》を以《もつ》て之《これ》に與《あた》ふ。

駿川苔脯淡無味
浰水水駒小似驢
得一牛分還一馬
且休輕重較錙銖

駿川《しゅんせん》の苔脯《たいほ》は淡《あは》くして味無《あぢな》し
浰水《りすゐ》の水駒《すゐく》は小《せう》にして驢《ろ》に似《に》たり
一牛《いちぎう》を得《え》て一馬《いちば》を還《かへ》す
且《か》つは輕重《けいちょう》 錙銖《ししゅ》を較《くら》ぶる休《な》からん

【語釈】

*海苔を貰ったが、求めに應じて水駒を送ったことを詠んだ戯れの作。

［圭方崖］傍注に「元圭」とある。方崖は字。臨濟宗。鎌倉の建長寺に住した。約翁徳倹に参究して法を嗣ぐ。

［苔脯］海苔。方崖は初め駿河の清見寺に住していたので、此の詩はその時の作であろう。

［小馬児］承句の「水駒」と同じものと思われるが未詳。

［駿川］駿河のこと。國に大井川、阿部川、富士川の三駿流があるので此のように呼ぶ。

［苔脯］海苔。

［浰水］ 利根川のことであろう。
［得一牛兮還一馬］「一牛」は「苔脯」を、「一馬」は「水駒」（小馬児）をたとえる。『禪林類聚』に「人に一牛を得て、人に一馬を還す。一往一來は、君子の爲す所なり」とある。
［較錙銖］ 僅かな目方の違いを較べる。

【訳】
圭方崖が苔脯を下さった。味は淡泊。また小馬児を求められたので偈を與えた。
駿川の苔脯は　淡泊で無味、利水の水駒は　小さくて驢《ろ》に似ている。
一牛を得て　一馬を返す、先ずは輕重　損得は考えないことにしよう

96　和韻奉寄全提和尚
和韻《わゐん》　全提《ぜんてい》和尚《をしやう》に寄《よ》せ奉《たてまつ》る

喬木風寒故國城　喬木《けうぼく》に風寒《かぜさむ》し　故國《ここく》の城《しろ》
城中不見昔時人　城中《じやうちゆう》　昔時《せきじ》の人《ひと》を見《み》ず
古來徒説楊州鶴　古來《こらい》　徒《いたづ》らに説《と》く　楊州《やうしう》の鶴《つる》
今代誰知天上麟」　近代《きんだい》　誰《たれ》か知《し》らん　天上《てんじやう》の麟《きりん》
野草霜枯叢大敗　野草《やさう》は霜《しも》に枯《か》れて　叢《くさむら》は大《おほ》いに敗《やぶ》る
岩梅凍鎖萼潛春　岩梅《いはうめ》は凍《こほ》り鎖《とざ》さるるも　萼《がく》には春《はる》を潜《ひそ》ます
藏雲能得道香掩　藏雲《ざううん》は能《よ》く道香《だうかう》の掩《おほ》ふを得《え》たり
宗社歃盟應有因　宗社《そうしや》の歃盟《さふめい》　應《まさ》に因有《いんあ》るべし

【語釈】

［全提和尚］傍注に「志令」とあり、また、注に「令全提、時に藏雲庵に居す」とある。?〜一三五〇。全提は号。臨濟宗。相模・浄智寺の南州宏海に參じて其の法嗣となる。既に［75］に見えた。

［喬木風寒故國城］「故國城」は鎌倉の街をいう。『孟子』梁惠王下に「所謂《いはゆ》る故國とは、喬木有るを謂《い》ふの謂《いひ》に非ざるなり。世臣有るの謂なり」とある。また顔延之の「還りて梁城に至りて作る」詩に「故國 喬木 多く、空城 寒雲を凝《こら》す」とある。

［楊州鶴］多くの欲望を合わせ満たそうとする喩え。蘇軾「潛僧緑筠軒に於ける詩」の注に「客有り相從ひて各《おのおの》の志す所を言ふ。或いは楊州の刺史と爲るを願ひ、或いは貨財の多きを願ひ、或いは鶴に騎《の》りて上昇せんことを願ふ。其の一人曰く、腰に十万貫を纏ひ、鶴に騎《の》りて楊州に上らんと。蓋し三人の者の欲する所を兼ぬるなり」とある。

［天上麟］「天上の石麒麟」のこと。すぐれた若者。『陳書』徐陵傳に「年数歳のとき、家人携へて以て沙門釋宝誌に候す。宝誌は其の頭を摩して曰く、天上の石麒麟なりと」とある。

［藏雲］浄智寺藏雲庵。南洲の塔所。

［道香］佛道修業が確かに行われていることをいうのであろう。

［宗社歃盟］「歃盟」は血をすすり合って盟うこと。宗社の結束が堅いことをいう。

【訳】

和韻　全提和尚に寄せ奉る

喬木に風が寒々と吹きつけている故國の城、城中には昔時の人の姿は見えない。

古來 徒《いたず》らに「楊州の鶴」のことばかり話しているが、今の世で誰が優れた若者の存在を知っていようか。

野草は霜に枯れ 叢《くさむら》はひどく荒れているが、岩かどの梅は固く凍ってはいても蕚《がく》には春を潜《ひそ》めている。

藏雲庵は 道香に覆われており、宗社の誓いの固さには それなりの理由があるはずだ。

97 惜陰偶作

其一

昔年是日鎌倉破
所在伽藍氣像皆
商女不知僧侶恨
賣柴賣菜打官街

昔年《せきねん》の是《こ》の日《ひ》 鎌倉《かまくら》は破《やぶ》れ
所在《しよざい》の伽藍《がらん》は 氣像《きしやう》 皆《あまね》し
商女《しやうじよ》は知《し》らず 僧侶《そうりよ》の恨《うら》み
柴《しば》を賣《う》り菜《な》を賣《う》りて 官街《くわんがい》を打《ゆ》く

【語釈】

［惜陰］藤谷の崇福庵惜陰軒。

［昔年是日鎌倉破］正慶二年（一三三三）五月二十二日、鎌倉で北条高時が自殺して幕府は滅びた。『自歴譜』によれば、觀應二年（一三五一）に中巌は惜陰で夏を過ごしており、正慶二年から十九年を距てている。

［伽藍］寺のこと。

［氣像皆］「氣像」は、寺院のかもしだす雰囲氣、おもむき。「皆」は北条氏と倶に遍《あまね》く失われことをいう。

［商女不知僧侶恨］杜牧「秦淮」詩に「商女は知らず 亡國の恨み、江を隔てて猶ほ唱ふ 後庭花」とあるのを踏まえる。

［賣柴賣菜打官街］原注に「賣柴蔬女子、入寺如行官街」（柴蔬を賣る女子は、寺に入るに官街を行くが如し）とある。

【訳】

惜陰偶作

其の一

昔の今日この日 鎌倉は破れ、あちこちの伽藍《がらん》の趣《おもむき》も遍《あまね》く失せてしまった。

商いをする女たちは僧侶の恨みなど知らぬげに、街中を行くように柴を賣り野菜を賣って歩いている。

其 二

雨壓炎塵涼似秋　　雨《あめ》は炎塵《ゑんぢん》を壓《おさ》へ 涼《すず》しくして秋《あき》に似《に》たり
無根緑樹翳林丘　　無根《むこん》の 緑樹《りよくじゆ》 林丘《りんきう》を翳《かげ》にす
摩挲老眼看如畫　　老眼《らうがん》を摩挲《まさ》して 看《み》れば畫《ゑ》の如《ごと》し
若箇濛濛佛也愁　　若箇《かくのごと》く濛濛《もうもう》たる 佛《ほとけ》も也《ま》た愁《うれ》へん

【語釈】

［無根緑樹］佛の慈悲をたとえているのであろう。

『管子』内業に「凡そ道には根無く茎無く、葉無く榮《はな》無きに、萬物は以て生じ、萬物は以て成る」とある。

【訳】

其の二

雨が炎熱を壓えて 秋のように涼しく、根の無い緑樹が 林や丘を翳《おお》っている。
老いた眼を擦《こす》りながら見ると まるで畫のようだが、こんなにぼんやりしていたのでは佛も愁えることだろう。

其 三

佛也愁時神更悲　　佛《ほとけ》も時《とき》を愁《うれ》へ 神《かみ》は更《さら》に悲《かな》しむ
腥風鼓海社簾吹　　腥《なまぐさ》き風《かぜ》は海《うみ》を鼓《う》ち 社簾《しやれん》に吹《ふ》く
去年華表隨龍去　　去年《きよねん》 華表《くわへう》は 龍《りゆう》に隨《したが》ひて去《さ》り
洚水稽天人作亀　　洚水《かうすゐ》 天《てん》に稽《いた》りて 人《ひと》は龜《かめ》と作《な》る

【語釈】

［去年華表髄龍去］「龍」は、海神。大水をいう。注に「洪水大風、若宮華表入海」（洪水 大風あり、若宮の華表は海に入る）とある。「華表」は神社の鳥居。

［洚水稽天人作龜］「洚水」は大水、洪水。「稽天」は『荘子』逍遙遊に「大浸 天に稽《いた》れども溺れず」と。龜と魚と異なるが、『左氏傳』昭公元年に「禹微《な》かりせば吾は其れ魚たらんか」とある。

【訳】

其の三

佛も時を愁えており　神は更に悲しんでいることだろう、腥《なまぐ》さい風は海を打ち　神社の簾《みす》に吹いている。

去年　華表は　大水に押しながされ、洪水は天にまで至り　人々は龜になってしまった。

其　四

更無前代好衣冠　　更《さら》に前代《ぜんだい》の好《よ》き衣冠《いくわん》無《な》く
満眼雰埃暗社壇　　眼《め》に満《み》つる雰埃《ふんあい》は　社壇《しやだん》に暗《くら》し
終古黄梅時節雨　　終古《しゆうこ》の黄梅《くわうばい》　時節《じせつ》の雨《あめ》
今朝特地著愁看　　今朝《けさ》は特地《ことさら》に　愁《うれ》ひを著《も》ちて看《み》る

【語釈】

［前代好衣冠］陸游「遊山西村」詩に「簫鼓は追随して春社近く、衣冠は簡朴にして古風存《そん》す）とある。

［社壇］神社のこと。

［黄梅時節］梅雨の季節。

［特地］特に〜。

【訳】

其の四

前代の好き風習はすっかり無くなり、眼にいっぱいの塵埃は神社を暗くしている。いつに變わらぬ　黄梅に降る時節の雨であるが、今朝は特《こと》に愁いを以て見ている。

其　五

世事隆衰自有時
山河是矣但人非
戰骨未收邊戍起
鐵衣早晩復儒衣

世事《せいじ》の隆衰《りゅうすゐ》は　自《おのづか》ら時有《ときあ》るも
山河《さんが》は是《ぜ》にして　但《た》だ人《ひと》は非《ひ》なり
戰骨《せんこつ》　未《いま》だ收《おさ》めざるに邊戍《へんじゅ》　起《お》こる
鐵衣《てつい》　早晩《いつ》か　儒衣《じゅい》に復《かへ》らん

【語釈】
［戰骨未收］杜甫「兵車行」に「君見ずや青海の頭《ほとり》、古來　白骨　人の收むる無し」とある。
［山河是矣但人非］杜甫の「春望」の句「國破れて山河在り、城春にして草木深し」を意識しているか。

【訳】
其の五
世事の隆衰には　おのづから時というものが有るが、山河は正常で　但だ人の世界だけが間違っている。戰死者の骨は未だ收められていないのに　國境での戰が起きている、鐵衣は何時になったら儒衣に復《かえ》るのであろうか。

其　六

遠遠豐隆百里聞
旱天慳雨密雲屯
忽然霹靂屋梁振
傾盡珠璣萬斛盆

遠遠《ゑんゑん》たる豐隆《ほうりゆう》は　百里《ひやくり》に聞《き》こえ
旱天《かんてん》　雨《あめ》を慳《を》しみ　密雲《みつうん》　屯《とん》す
忽然《こつぜん》として霹靂《へきれき》あり　屋梁《をくりやう》　振《ふる》ふ
珠璣《じゆき》を傾《かたむ》け盡《つく》して　萬斛《ばんこく》　盆《あふ》る

【語釈】

［遠遠豐隆百里聞］「豐隆」は雷師のこと。『楚辭』の「離騷」に「吾は豐隆をして雲に乘りて、宓妃《ふくひ》の所在を求めしむ」と。また『易』震卦に「雷は百里に震ふ」とある。

［旱天慳雨密雲屯］『易』小畜に「密雲　雨降らず、我が西郊よりす」とある。

［霹靂］雷が落ちる。

［珠璣］丸い玉と角のある玉。

【訳】

其の六

遠遠たる豐隆《かみなり》の音は百里の彼方から聞こえるが、日照りの空は雨を惜しみ　どんよりとした雲が屯《たむろ》している。
忽然として雷鳴が轟き　屋梁が震えて、珠を傾け盡くすように　萬斛《ばんこく》の雨が溢れ降る。

其　七

萬樹秋聲吹葉冷
山房無物賞重陽
東籬黄菊有深意
幾度風前送晩香

萬樹《ばんじゆ》に秋聲《しうせい》あり　葉《は》を吹《ふ》きて冷《さむ》し
山房《さんばう》には物無《ものな》きも　重陽《ちようやう》を賞《しやう》す
東籬《とうり》の黄菊《くわうきく》に　深意《しんい》有《あ》り
幾度《いくたび》か　風前《ふうぜん》に晩香《ばんかう》を送《おく》る

【語釈】

［東籬黄菊有深意］陶淵明の「雑詩」（飲酒）に「菊を採る 東籬の下、悠然として南山を見る。山氣日夕に佳く、飛鳥 相與《とも》に還る。此の中に真意有り、辨ぜんと欲すれば已に言を忘る」とある。

【訳】

其の七

萬樹に秋の聲があり 葉を寒々と吹く、山家には何も無いが 重陽を祝う。
東籬の黄菊には 深い意味があり、これまで幾度 風前に暮れ方の香を送ってくれたことか。

98 修 溝

溝《みぞ》を修《をさ》む

穿竹分林繚繞旋　竹《たけ》を穿《うが》ち林《はやし》を分《わ》かち 繚繞《れうぜう》として旋《めぐ》る
補苴罅漏策勲全　罅漏《かろう》を補苴《ほしよ》し 策勲《さくくん》 全《まつた》し
潺湲徹枕非常響　潺湲《せんくわん》として枕《まくら》に徹《とほ》り 常《つね》の響《ひび》きに非《あら》ず
驚起山僧中夜眠　驚《きやう》起《き》す 山僧《さんそう》の中夜《ちゆうや》の眠《ねむ》り

【語釈】

［繚繞旋］うねうねと巡る。ここは山中に溝を掘り巡らせていること。
［補苴］補い繕う。修理する。
［罅漏］隙間。水漏れ。
［潺湲］水がサラサラ流れる形容。
［山僧］自分のことをいう。

【訳】

溝を修繕する

竹林を穿ち分けて うねうねと巡る溝、壊れた個所の補修は 完全にできた。
サラサラと枕を通す響きは 常のものではなく、山僧の夜中の眠りを破るほど。

99 無　題

耳背聞聲任不眞
眼昏觀月儘雙輪
何當一洗渾身痒
成箇世間無事人

耳背《みみそむ》き 聲《こゑ》を聞《き》きては 眞《まこと》ならざるに任《まか》す
眼昏《めくら》み 月《つき》を觀《み》ては儘《すべ》て雙輪《さうりん》
何《なん》ぞ當《まさ》に一《ひと》たび渾身《こんしん》の痒《かゆ》きを洗《あら》ひ
箇《こ》の世間無事《せけんぶじ》の人《ひと》と成《な》るべき

【語釈】

［耳背］人の言うことを素直に聞けないことであろう。『論語』爲政篇の「子曰く、吾は六十にして耳順ふ」の反對の意味。

［世間無事人］俗事を超越して人間本來の姿にかえり、淡淡として生きる人。

【訳】
無　題
耳が順でなければ 聲を聞いても 全て眞實ではなく、眼が眩《くら》んでおれば 月を見ても 何時も二つに見える。
どうすれば體じゅうの痒さを洗い流して、世間無事の人になることができるのか。

100 讀在宥篇、摘取篇中語、以成五言八句、效一進一退體

在宥篇《ざいいうへん》を讀《よ》み、篇中《へんちゆう》の語《ご》を摘取《てきしゆ》して、以《もつ》て五言八句《ごごんはちく》を成《な》し、一進一退《いつしんいつたい》の體《たい》に效《なら》ふ

堯桀治天下　堯《げう》・桀《けつ》の　天下《てんか》を治《をさ》むるや
恬愉不得皆　恬愉《てんゆ》　皆《あまね》くするを得《え》ず
陰陽分喜怒　陰陽《いんやう》は　喜怒《きど》を分《わ》かち
居默見龍雷」　居默《きよもく》　龍雷《りゆうらい》を見《あら》はす
僥倖較存喪　倖《かう》を僥《もと》めて　存喪《そんさう》を較《くら》べ
倉嚢引跪齋　倉嚢《さうなう》して　跪齋《きさい》を引《ひ》く
鴻蒙何等者　鴻蒙《こうもう》は　何等《なんら》の者《もの》ぞ
雀躍實奇哉　雀躍《じやくやく》するは　實《まこと》に奇《き》なるかな

【語釈】

［在宥篇］『荘子』の篇名。「在宥」とは、物を束縛しないで自然に任せておくことをいう。「在」は、優遊自在の意。「宥」は、寛容自得の意。

［一進一退體］押韻の仕方が一進一退になっているのをいう。すなわち、第二句の「皆」が佳の韻、第四句の「雷」が灰韻、第六句が「齋」が佳の韻、第八句の「哉」が灰韻となっている。

［堯桀治天下、恬愉不得皆］「恬」は静かなこと。「愉」は樂しいこと。「在宥篇」に「昔、堯の天下を治むるや、天下をして欣欣焉《きんきんえん》たらしめ、人ごとに其の性を樂しましむ。是れ恬ならざるなり。桀の、天下を治むるや、天下をして瘁瘁焉《すゐすゐえん》たらしめ、人ごとに其の性を苦しましむ。是れ愉ならざるなり。夫れ恬ならず愉ならざるは、徳に非ざるなり。徳に非ずして、以て長久なる可き者は、天下に之れ無し」とある。

［陰陽分喜怒］「在宥篇」に「人大《はなは》だ喜べば陽に毗《やぶ》れ、大だ怒れば陰に毗る。陰陽　并びに毗れれば、四時　至らず、寒暑の和　成らず、其れ反って人の形を傷《やぶ》らん」とある。

［居黙見龍雷］「在宥篇」に「故に君子 已むを得ずして、天下に臨涖《りんり》するときは、爲す無きに若《し》くは莫し。爲す無くして、而る後に其の性命の情に安んず。～故に君子苟《いや》しくも能くその五藏を解く無く、其の聡明を擢《ぬ》く無くんば、尸居《しきょ》して龍見し、淵黙して雷聲し、神動きて天隨ひ、從容無爲にして、萬物 累《ちり》を炊《ふ》かん。吾又た何の暇《いとま》ありてか天下を治めん」とある。

［僥倖較存喪］「僥倖」は、思わぬ幸を望むこと。「在宥篇」に「而るに人の國を爲《をさ》めんと欲する者は、此れ三王（堯・舜・禹）の利を攬《と》りて、其の患を見ざる者なり。此れ人の國を以て倖を僥《もと》むるなり。幾何《いくばく》か倖を僥《もと》めて人の國を喪《うしな》はざらん」とある。

［倉嚢引跪齋］「倉嚢《さうなう》」は煩わしいさま。「跪齋」は跪づき、齋戒して崇めること。「在宥篇」に「天下 將に其の性命の情に安んぜんとせんか、之の八者（聰・明・仁・義・禮・樂・聖・知）は存するも可なり。亡《うしな》ふも可なり。天下 將に其の性命の情に安んぜざらんとせんか、之の八者は、乃ち始めて臠巻《らんけん》し倉嚢《さうなう》して、天下は乃ち始めて之を尊び之を惜しまん。甚だしいかな、天下の惑へるや。豈に直《た》だに過《よぎ》りて之を去るのみならんや。乃ち齋戒して以て之を言ひ、跪坐して以て之を進め、鼓歌して以て之を舞はしむ。吾是《これ》を若何《いかん》せん」とある。

［鴻蒙何等者、雀躍實奇哉］「鴻蒙」は天地自然の元氣。「在宥篇」に「雲將 東に遊び、扶揺の枝に過《よぎ》りて、適《たま》ま鴻蒙に遭ふ。鴻蒙は方《まさ》に脾を拊《う》ち雀躍して遊ぶ。雲將 之を見て曰く『叟は何人ぞや。叟何ぞ此れを爲す』と。鴻蒙、脾を拊ち雀躍して輟《や》めず、雲將に對へて曰く『遊ぶ』なりと」とある。雲將は、雲の將軍。

【訳】

「在宥篇」を讀み、篇中の語を摘取して五言八句を作り、一進一退の體に效《なら》った

堯・桀が それぞれ天下を治めたが、世の中を「恬」にも「愉」にもすることはできなかった。

陰と陽は 大いに人を怒らせ また喜ばす、君子は黙ってじっとしていても龍となり雷聲を轟かせる。

僥倖《ぎょうこう》を求めて國の存亡を競い、八事が亂れてくると 失うのを惜しんで 跪《ひざまず》き齋戒する。
鴻蒙《こうもう》は いったいどういう者なのだろう、飛び跳ねてばかりいて實に不思議な存在だ。

101 偶看杜詩有感而作

偶《たま》ま杜詩《とし》を看《み》、感有《かんあ》りて作《つく》る

久廢成野趣
早涼讀杜詩
男児功名遂
亦在老大時」
起予回百懶
庭樹稍秋颸
彌信古賢語
譬之病遇醫」
我本勇夫子
墮地爺横罹
祝髪學西佛
心空是立基」
一得空心盡
萬縁咸相隨

久《ひさ》しく廢《はい》して 野趣《やしゅ》を成《な》し
早涼《さうりやう》 杜詩《とし》を讀《よ》む
男児《だんじ》 功名《こうみやう》を遂《と》ぐるは
亦《ま》た老大《らうだい》の時《とき》に在《あ》りと
予《よ》を起《お》こして 百懶《ひやくらん》を回《めぐ》らす
庭樹《ていじゅ》に稍《やうや》く秋《あき》の颸《かぜ》あり
彌《いよい》よ信《しん》ず 古賢《こけん》の語《ご》
之《これ》を譬《たと》ふれば 病《やまひ》に醫《い》に遇《あ》ふがごとし
我《われ》は本《もと》より 勇夫《ゆうふ》の子《こ》
地《ち》に墮《お》つるや 爺《ちち》は横罹《わうり》す
髪《かみ》を祝《おろ》して 西佛《せいぶつ》を學《まな》び
心《こころ》 空《くう》にして 是《こ》れ基《もとゐ》を立《た》つ
一《ひと》たび心《こころ》を空《くう》にし盡《つ》くすを得《え》ば
萬縁《ばんえん》 咸《み》な相隨《あひしたが》ふ

繇茲偏縱性　茲《これ》に繇《よ》りて 偏《ひと》へに性《せい》を 縱《ほしいまま》にするも
天地誰顧之　天地《てんち》 誰《たれ》か之《これ》を顧《かへ》りみん
豁達存大度　豁達《くわつたつ》にして 大度《たいど》を存《そん》し
局迹何其羈」　局迹《きよくせき》として 何《なん》ぞ其《そ》れ羈《つな》がれん
是夏惜陰住　是《こ》の夏《なつ》は 惜陰《せきいん》に住《ぢゆう》す
屋矮暑毒深　屋《いへ》は矮《ひく》く 暑毒《しよどく》 深《ふか》し
裸裎無禮法　裸裎《らてい》にして 禮法《れいはふ》 無《な》く
聴渠癡兒嗤」　聴渠《ちやうきよ》す 癡兒《ちじ》の嗤《わら》ひ
或面褦襶子　或《ある》いは褦襶子《だいたいし》に面《めん》しては
叱弗問尊卑　叱《しつ》して尊卑《そんぴ》を問《と》はず
狂名增遠扇　狂名《きやうめい》 增《ます》ます遠《とほ》く扇《ひろ》まり
衆口金可糜」　衆口《しゆうこう》 金《かね》をも糜《と》かす可《べ》し
自今天化我　今《いま》より 天《てん》は我《われ》を化《くわ》し
爽氣多多來　爽氣《さうき》 多多《たた》 來《きた》らん
斅學毋厭倦　斅學《かうがく》 厭倦《えんけん》する毋《な》く
式副初心期」　式《もつ》て初心《しよしん》の期《き》に副《そ》はん
進脩求戮力　進《すす》み脩《をさ》めて 力《ちから》を戮《つく》すを求《もと》めん
祖父遺清規　祖父《そふ》 清規《せいき》を遺《のこ》せり

【語釈】

＊『自歷譜』に「觀應二年辛卯、春正月、壽福の明巖、座元に歸せんことを請ひ、秉拂す。職解けて惜陰に歸り夏

を過ごす。夏罷《をは》り利根に下る」とあるので、此の詩は早秋に利根に在って作ったものと思われる。

［杜詩］杜甫の「送高三十五書記十五韻」を指す。その詩の第21・22句に「男兒功名遂、亦在老大時」（男兒 功名を遂ぐるは、亦た老大の時に在り）とある。

［功名遂］『老子』第九章に「功成り名遂げて身退くは、天の道なり」とある。

［老大］賀知章「回郷偶書」詩に「少小 家を離れて老大にして歸る、郷音 改まる無く鬢毛《びんまう》衰ふ」とある。

［起予］自分の心を開き明らかにする。『論語』八佾に「子曰く、予を起こす者は商（子夏）なり。始めて與《とも》に詩を言ふ可きのみ」とある。

［古賢語］杜甫の「男兒功名遂、亦在老大時」句を指す。

［我本勇夫子、墮地爺横罹］「勇夫」は父親を指す。中巖が生まれて間もなく、父親は罪に坐して西國に流された。『自歴譜』に「正安二年庚子（一三〇〇）正月初六日の晡時、予生まる。是の歳二月、父は坐して貶せらる」とある。

［豁達存大度］晉・潘岳「西征賦」に「夫の漢高の興るを觀るに、徒《いたづ》らに聡明 神武、豁達 大度なるのみに非ざるなり。乃ち實に終りを慎み舊を追ひ、篤誠 款愛なるなり」と。また『南史』江夏王劉義基傳にも「豁達大度は、漢祖の德」とある。

［局迹］「迹」は「蹐」の誤りであろう。『詩經』小雅・正月に「天を蓋し高しと謂ふも、敢へて局せずんばあらず。地を蓋し厚しと謂ふも、敢へて蹐せずんばあらず」とある。「局」は身を屈《かが》めて背ぐくまること。「蹐」は小足に抜き足してゆくこと。

［惜陰］藤谷の崇福庵惜陰軒。

［裸裎］はだか。甚だしく無禮なことをいう。原文は「程」であるが、今「裎」に改めた。『孟子』公孫丑上に柳下惠の言葉として「爾《なんぢ》は爾たり、我は我たり。我が側に袒裼《たんせき》裸裎すと雖も、爾は焉《いづく》んぞ我を浼《けが》さんや」とある。

［聴渠］「不管」の辭で、「遮莫」（さもあらばあれ）と同義。

［褦襶子］暑中に盛装して伺候する人。分別を弁えず、人を耐え難くさせる人。

［狂名増遠扇］杜甫「狂夫」詩に「自ら笑ふ 狂夫の老いて更に狂するを」とある。

［衆口金可爍］『國語』周語に「衆心 城を成し、衆口 金を爍《と》かす」とあるのによる。

［斆學毋厭倦］『論語』述而篇に「子曰く、黙して之を識り、學びて厭《いと》はず、人を誨《をし》へて倦《う》まず」とある。

［戮力］昭公二五年の『左氏傳』に「力を戮《あは》せ 心を壱《いつ》にし、好悪 之を同じくす」とある。

［祖父遺清規］「祖父」とは圓月の師の東陽徳輝（？～一三五五）を指すか。元の東陽（浙江）の人。臨濟宗。号は東陽。元の順宗の詔を奉じて、百丈懐海の著した『百丈清規』を整えて『勅修百丈清規』八巻を編修した。


【訳】

たまたま杜甫の詩を看て感じるものがあって作った

久しく休んで自然に親しんでおり、涼しい早朝 杜甫の詩を讀んだ。

「男兒が功名を遂げるのは、亦た老大の時に在り」と。

それは私を元氣づけ 怠惰から呼び返す、庭の樹々には ようやく秋の風が吹いてきた。

古賢の言葉が いよいよ確かなものに思われ、それは病中に醫者に遇ったようなものだ。

私はもともと勇士の子であるが、生まれて間もなく 父は罪に落ちた。

そこで私は髪をおろして佛教を學び、心を空《くう》に保って 修業を成し遂げた。

ひとたび心を空にしてしまうことができれば、多くのしがらみは咸《み》な思いのままになる。

かくて 偏《ひと》えに我が本性を 縦《ほしいまま》にしても、天地の間に誰がそれを問題にしようか。

のびやかに大きな度量をもって、窮屈に どうして拘束されておろうか。

此の夏は惜陰軒《せきいんけん》で過ごしたが、天井は低くて ひどい暑さだった。

裸になって禮法も何もかまわず、近所の子供たちに笑われても構わない。
暑いさなかに盛装した人に會っては、身分にかかわらず叱りつけた。
かくて私の狂名は ますます遠くに廣まり、衆口は金をも熔《と》かすの譬えだ。
しかし今からは 天は私を教化して、爽やかな氣が次第に多くなるだろう。
教學を厭い倦むことなく、初心の時に歸るとしよう。
精進して力を合わせていこう、祖父は清規を殘して下さっている。

102 客有寄詩數篇、其首題曰、讀淵明歸去來辭、余甚有所激、故書其後云

客《きやく》に詩數篇《しすうへん》を寄《よ》する有《あ》り、其《そ》の首《はじめ》に題《だい》して「淵明《えんめい》の『歸去來辭《ききよらいのじ》』を讀《よ》む」と曰《い》ふ。余《よ》は甚《はなは》だ激《げき》する所《ところ》有《あ》り、故《ゆゑ》に其《そ》の後《のち》に書《しよ》して云《い》ふ。

淵明達道者　淵明《えんめい》は 道《みち》に達《たつ》する者《もの》
眞意豈於詩　眞意《しんい》 豈《あ》に詩《し》に於《おい》てせん
詩尚非所於　詩《し》すら尚《な》ほ於《おい》てする所《ところ》に非《あら》ず
其外竟奚爲」　其《そ》の外《ほか》 竟《つひ》に奚《なん》ぞ爲《な》さんや
歸去復何意　歸去《ききよ》 復《ま》た何《なに》の意《い》ぞ
折腰誰弗辭　腰《こし》を折《を》ること 誰《たれ》か辭《じ》せざる
去就共不屑　去就《きよしう》 共《とも》に屑《いさぎよ》しとせず
不屑亦毋思」　屑《いさぎよ》しとせず 亦《ま》た思《おも》ふ毋《な》し

毋思猶涉思　思《おも》ふ毋《な》きも 猶《な》ほ思《おも》ひに涉《わた》る
是非總從之　是非《ぜひ》 總《すべ》て之《これ》に從《したが》ふ
悪詩辱淵明　悪詩《あくし》は 淵明《えんめい》を辱《はづか》しむ
淵明不攢眉　淵明《えんめい》 眉《まゆ》を攢《ひそ》めざらんや

【語釈】

［眞意豈於詩］淵明「飲酒」第五首に「此の中に眞の意有り、辨ぜんと欲すれば已に言を忘る」とある。

［歸去］「歸去來辭」のこと。

［折腰］淵明は四十一歳の時に彭沢県の令になったが、郡からの視察の役人に頭を下げたくないといって、官に在ること八十餘日で止め、郷里の柴桑《さいそう》に歸った。『晉書』陶潛傳に「郡、督郵を遣《つかは》して県に至らしむ。吏、應《まさ》に束帶して之に見《まみ》ゆべし、と白《い》ふ。潛は歎じて曰く『吾は五斗米の爲に腰を折ること能はず。拳拳《けんけん》として郷里の小人に事へん邪』と」とある。

［去就共不屑］「去就」は、官職を去ることと就くこと。「不屑」は、たとえば「不屑就」の場合は「之に就くを以て潔と爲して是に切々たらざる」ことを言う。『孟子』公孫丑上に、伯夷と柳下惠を擧げて論じている。

［毋思猶涉思］「去就」について、前以てどうしようかと考えたりしなかったが、その時になるとはっきり決めた。

［悪詩］淵明の眞意を理解しない詩。「客」から寄せられてきた詩を指す。

［淵明不攢眉］『廬山雜記』に「遠法師は白蓮社を結ぶ。嘗て書を以て淵明を召す。淵明曰く、弟子は性 酒を嗜《この》む。法師 若《も》し飲むを許さば即ち往かんと。遠は因りて之を許す。遂に焉《これ》に造《いた》る。遠は因りて勉めて社に入れしめんとするも、淵明は眉を攢《ひそ》めて去る」とある。

【訳】

　客が數篇の詩を寄せてきたが、其の初めに「淵明の『歸《き》去來《きょらい》の辭《じ》』を讀む」とあった。私はひどく氣に触ったので、其の後に次のように書き付けた。


淵明は道に達した人なのだ、「眞意」を どうして詩に詠んだりしようか。

詩に於てさえ詠もうとしないのだから、それ以外のものに いったいどうして表わそうや。

「歸去來の辭」に復たどういう意味があるというのか、「腰を折る」ことを誰が拒否しないであろうか。

去就《きょしゅう》についてはどちらとも問題にしていなかった、問題にしていないだけでなく 思いもしていなかった。

思いもしていなかったが それでも猶《な》お思いを及ぼした、事の是非は總《すべ》てこのようにして判断したのだ。

悪詩は淵明を辱しめるもの、淵明が眉を顰《ひそ》めないことがあろうか 顰《ひそ》めるに違いない。

103　偶興

蜘蛛巧羅網
日打群飛蟲
蟲殺幾千億
獨爾口復充」
腹充身隨大
凡類理皆通
始汝看菽許
今體與銭同」
體大網張廣

蜘蛛《くも》は 羅網《らまう》に巧《たく》みにして
日《ひ》に群飛《ぐんぴ》の蟲《むし》を打《と》る
蟲《むし》の殺《ころ》さるること 幾千億《いくせんおく》
獨爾《ひとり》 口《くち》に復《ま》た充《あ》つるのみ
腹《はら》は充《み》ち 身《み》は隨《したが》ひて大《だい》となる
凡《すべ》ての類《るゐ》は 理《り》 皆《み》な通《つう》ず
始《はじ》め汝《なんぢ》は 看《み》るに菽許《まめばか》りなるに
今《いま》や體《たい》は 銭《ぜに》と同《ひと》し
體《からだ》の大《だい》なれば 網《あみ》の張《は》ること廣《ひろ》く

殺蟲倍蓰衆　蟲《むし》を殺《ころ》すこと 倍蓰《ばいし》に衆《おほ》し
爾後不可測　爾後《じご》 測《はか》る可《べ》からず
勢欲羅虚空　勢《いきほ》ひは 虚空《こくう》に羅《あみ》せんと欲《ほっ》す

【語釈】

＊此の詩は蜘蛛に託して何かを諷しているが、具體的なことについては未詳。

［倍蓰］「倍」は二倍、「蓰」は五倍。『孟子』滕文公上に「夫れ物の齊《ひと》しからざるは、物の情なり。或いは相い倍蓰し、或いは相ひ什伯し、或いは相千萬す」とある。什伯は十倍百倍。物の品質によって価格にも當然のこと差があることをいう。

【訳】

偶《ぐう》　興《きょう》

蜘蛛は網を張るのが巧みで、毎日 群れ飛ぶ蟲を捕まえる。
蟲の殺されることは幾千億匹、ただ獨りで 食用に充てているだけだ。
腹は満ち 身體はそれに隨って大きくなる、すべての類《たぐい》に 皆な此の理は通じる。
始めお前は 豆つぶほどの大きさであったのに、今では其の身體は 銭と同じになっている。
身體が大きくなれば網は廣く張られ、蟲を殺すことは ますます衆《おお》くなる。
今後 どこまでになるか測《はか》り知れない、その勢いは網を虚空いっぱいに張りそうだ。

104

兜率寺陋房、夜爲大風雨所擺揺、睡醒而作
兜率寺《とそつじ》の陋房《ろうぼう》、夜《よる》 大風雨《だいふうう》の攤揺《たんえう》する所《ところ》と爲《な》り、睡《ねむ》り醒《さ》めて作《つく》る

雨澎湃海雷浪
溵溵轆轆侵柴牀
櫩建瓴潢盈庭
屋欲流分動不停」
中正禪子住其中
至於此極未爲窮
睡受參禪天上樂
夢覺又御冷然風

雨《あめ》は澎湃《はうばう》 海《うみ》は雷浪《らいらう》
溵溵《いんいん》 轆轆《ろくろく》として 柴牀《さいしやう》を侵《をか》す
櫩《のき》より瓴《かめ》を 建《くつがへ》し 潢《みづたまり》は庭《には》に盈《み》つ
屋《いへ》は流《なが》れんと欲《ほつ》し 動《うご》きて停《とど》まらず
中正禪子《ちゆうせいぜんし》 其《そ》の中《なか》に住《とど》まり
此《こ》の極《きよく》に至《いた》るも 未《いま》だ窮《きは》まると爲《な》さず
睡《ねむ》りて參禪天上《さんぜんてんじやう》の樂《たの》しみを受《う》け
夢《ゆめ》覺《さ》めて又《ま》た 冷然《れいぜん》たる風《かぜ》に御《ぎよ》す

【語釈】

［兜率寺］観應元年（一三五〇）中巖五十一歳、鎌倉の此の寺に住んでいた。『自歴譜』に「観應元年庚寅正月、兜率寺に在り。三月、利根の止止庵《ししあん》に下る」とある。

［澎湃］雨の降りつける音。

［溵溵轆轆］水の激する音。

［建瓴］瓶の水を屋上から覆す。勢いの強い譬え。『史記』高祖本紀に「猶ほ高屋の上に居りて、瓴の水を建《くつがえ》すがごときなり」とある。

［柴牀］柴で作った粗末な寝床。

［中正禪子］作者自身のこと。

［參禪天上樂］深妙の禪定から生ずる樂しみ。

［御冷然風］『荘子』逍遥遊篇に「夫の列子は風に御《ぎよ》して行き、冷然として善し。旬有五日にして而る後に反《かへ》る。彼は福を致《いた》す者に於て、未だ數數然《さくさくぜん》たらず」とあるのによる。數數然は、心を煩わせるさま。

【訳】

兜率寺《とそつじ》の陋房が、夜に大風雨に揺り動かされ、眠りから覺めて作った

雨はザアザアと 海には雷のような浪、轟《とどろ》く水音が柴の寝床に迫ってくる。
軒からは瓶《かめ》を 覆《くつがえ》したような水 庭は池のようになり、家は流されかかっていて 揺れて止まない。
中正禅子は其の中に留まっており、ここまでになっても窮したとはしない。
睡っては参禅天上の樂しみを受け、夢が覺めては又た冷然たる風に乗っている。

105

客有寄詩自誇以清無欲、和而酬之

客《きやく》に詩《し》を寄《よ》せて自《みづか》ら誇《ほこ》るに清《きよ》くして無欲《むよく》なるを以《もつ》てする有《あ》り、和《わ》して之《これ》に酬《こた》ふ。

莫教容易得知清　容易《ようい》に清《せい》を知《し》り得《う》ると教《をし》ふる莫《な》かれ
掛壁朱絃張未更　壁《かべ》に掛《か》けたる朱絃《しゆげん》 張《は》りて未《いま》だ更《あらた》まらず
頑鐵鋳人難屈背　頑鐵《ぐわんてつ》もて人《ひと》を鋳《い》れば 背《せ》を屈《くつ》し難《がた》きも
精金練行可鎔情」　精金《せいきん》もて行《おこな》ひを練《ね》れば 情《じやう》を鎔《と》かす可《べ》し
投來転弾數篇偈　投《とう》じ來《きた》りて弾《たま》を転《てん》ずる 數篇《すうへん》の偈《げ》
攻破防胡萬里城　攻破《こうは》す 胡《えびす》を防《ふせ》ぐ 萬里《ばんり》の城《しろ》
力挽二南風韻復　力《つと》めて二南《になん》を挽《ひ》きて 風韻《ふうゐん》の復《ふく》するも
聴渠鄭衛尚淫聲　渠《か》の鄭《てい》・衛《ゑい》を聴《き》けば 淫聲《いんせい》を尚《たつと》ばん

【語釈】

「掛壁朱絃張未更」『禮記』樂記に「清廟の瑟は、朱絃にして疏越。壱倡して三嘆し、遺音有る者なり」とある。清廟の歌を奏する瑟は、聲濁《にご》って調子が遅く、音樂としては聞くに足りないほどであるが、余韻があって人に徳を思わせるものであるという。「朱絃張未更」は、その教えは今なお傳えられており、張りかえられてはいないということであろう。

［頑鐵鋳人難屈背］固い鐵で人の像を鋳る調子で教育するなら、固くて融通のきかない人物ができる。

［精金錬行可鎔情］精錬された金屬で、器具を練り作る調子で細やかな教育をするなら、人の心を開かせることができる。

［投來轉弾數篇偈］「轉弾」は『南史』王筠傳に「謝朓は常《かつ》て（筠の）語を見て云ふ、好詩の圓美なる、流転して弾丸の如しと」とある。「偈」は、詩句の形で佛徳を賛嘆し、教理を述べたもの。ここでは中厳の作ったものを指すのであろう。

［攻破防胡萬里城］劉長卿「平蕃曲」に「隴頭《ろうとう》那《なん》ぞ閉づるを用ひん、萬里 胡を防がず」とある。「萬里城」は、始皇帝が胡を防ぐために築いた萬里の長城のこと。胡を防ぐ役にはたたなかった。

［二南］『詩經』國風の「周南」と「召南」。「大序」に「周南、召南は、始めを正すの道、王化の基なり」とある。

［鄭衛］『詩經』國風の「鄭風」と「衛風」で、淫風とされている。『禮記』樂記に「鄭・衛の音は、亂世の音なり」とある。

【訳】

詩を寄せて自ら「清にして無欲」を誇る人があったので、それに和して酬《こた》えた

容易に「清」を知り得ると教えてはいけない、壁に掛けた朱絃は まだ張り代えられたわけではないのだ。

頑鐵で人を鋳《い》るような教育をすれば背を曲げさせることもできないが、精金で行いを練り上げるようにすれば心を開かせることもできる。

私が投じてきた弾丸のごとき數篇の偈《げ》、それは胡《えびす》を防ぐための萬里の城をも攻め破ることだろう。

力《つと》めて「二南」を挽《ひ》き寄せて風韻が復していても、あの「鄭・衛」の樂を聴けば 淫聲を尚《たっと》ぶようになるのだ。

106
五言四絶

其一

喜氣先陽動　喜氣《きき》は 陽《やう》に先《さき》だちて動《うご》き
微蟲忽吐絲　微蟲《びちゆう》 忽《たちま》ち絲《いと》を吐《は》く
往時黄爵集　往時《むかし》 黄爵《くわうじやく》の集《あつ》まり
無數算難知　無數《むすう》にして算《さん》は知《し》り難《がた》しと

【語釈】

「喜氣先陽動」「喜氣」とは、何か喜ばしいことが此の時あったのであろう。『莊子』在宥篇に「人の大いに喜ぶや、陽に毘《かたよ》り、大いに怒るや、陰に毘る」とある。「毘」は、偏る。

「微蟲忽吐絲」「微蟲」とは蠶のことであろう。蠶が糸を吐く時期ではないのに、「喜氣」が動き出したために糸を吐き出したことをいう。

「往時黄爵集」蕭廣濟『孝子傳』に「王祥の後母、病みて黄雀の炙を得んと欲す。祥 思念するも卒《つひ》に致《いた》し難し。須臾《しゆゆ》にして忽ち數十の黄雀有り、飛びて其の幕に入る」とある。

【訳】

其の一

喜びの氣が 陽の氣に先だって動き、蠶が忽ち糸を吐き出した。
その昔は 黄雀が集まり、無數にして 數えきれないほどだったという。

其 二

戻天張健翼　天《てん》に戻《いた》りて 健翼《けんよく》を張《は》り

白日上青冥　白日《はくじつ》　青冥《せいめい》に上《のぼ》る
誰復爲非徳　誰《たれ》か復《ま》た　非徳《ひとく》を爲《な》さん
中庸豈弗經　中庸《ちゅうよう》　豈《あ》に經《けい》に弗《あら》ざらんや

【語釈】

［戻天張健翼］鳶が翼を張って天空を自由に飛び舞うことをいう。『詩經』大雅・旱麓に「鳶は飛びて天に戻《いた》り、魚は淵に躍る。豈弟《がいてい》の君子、遐《なん》ぞ人を作《な》さざらんや」とあるのによる。

［中庸豈弗經］『中庸』に「詩に云ふ『鳶飛びて天に戻《いた》り、魚は淵に躍る』と。其の上下に察《あき》らかなるを言ふなり」とある。ここでは断章取義であり、中庸の道理によって万物は化育流行し、上下にわたって昭著であることを言うとしている。「經」は人の守るべきこと、道。

【訳】

其の二

鳶は天空に至って健《たけ》き翼を張り、白日は青空に上る。
こういう状態において誰が非徳なる行いをしようぞ、中庸《ちゅうよう》こそは人の守るべき道ではなかろうか。

其　三

虞人報死麕　虞人《ぐじん》は死麕《しきん》を報《はう》じ
或謂是麒麟　或《ある》いは謂《い》ふ　是《こ》れ麒麟《きりん》なりと
豈比魯郊狩　豈《あ》に魯郊《ろかう》の狩《かり》に比《ひ》せんや
義兵元首仁　義兵《ぎへい》　元首《げんしゅ》は仁《じん》なるに

【語釈】

［虞人報死麕・魯郊狩］哀公十四年の『左氏傳』に「春、西に大野に狩す。叔孫氏の車子の鉏商《しよしやう》、麟を獲《え》たり。以て不祥と爲して、以て虞人《ぐじん》に賜ふ。仲尼は之を觀て曰く、麟なりと。然る後に之を取る」とある。「虞人」は、山沢を司る役人。麒麟は有徳の君によって世が治まっている時に現れると言われているのに、そうでない時に、しかも死んだ麒麟が見つかったのである。

［義兵元首仁］「元首」が誰を指しているのか未詳。

【訳】

其の三

虞人が 死んだ麕《しか》を得たと報じた、或る人がそれは麒麟だと言った。
魯の郊外における狩に比するわけではないが、義兵を率いる将軍は仁者だというのに。

其四

烏亦古稱義　　烏《からす》も亦《ま》た 古《いにし》へ義《ぎ》と稱《しよう》さるるも
孝顔觜感傷　　孝顔《かうがん》 觜《くちばし》は感《かん》じて傷《きず》つく
力能縫尺布　　力《ちから》能《よ》く 尺布《せきふ》を縫《ぬ》ふのみ
但懼職非當　　但《た》だ 職《しよく》の當《あた》るに非《あら》ざるを懼《おそ》るるのみ

【語釈】

［孝顔觜感傷］『異苑』（『御覽』巻九二〇引）に「陽顔は純孝を以て著聞す。後に群烏有り、鼓を銜えて顔の居する所の村に集まる。烏の口 皆な傷つく。一境 以て顔の至孝の故と爲す」とある。ここでは作者は、烏は義鳥とされているが故に、孝行な陽顔の行いを顕彰するために鼓をくわえて嘴を傷つけた。自分も義に感じて行動し、かえって傷つくのではないかと心配している。

【訳】

其の四

烏も亦た 古くより義烏と稱されているが、孝行者の陽顔に感じて 嘴は傷ついてしまった。
私の能力は一尺の布が縫える程度、但だ此の職が自分に過ぎているのではと懼れている。

107 筍

朦朧霧露氣如蒸　　朦朧《もうろう》たる霧露《むろ》 氣《き》は蒸《む》すが如《ごと》し
中有龍孫脱錦綳　　中《なか》に龍孫《りゆうそん》有《あ》り 錦綳《きんはう》を脱《ぬ》ぐ
屋後池邊添得境　　屋後《をくご》の池邊《ちへん》に 添《そ》ひて境《さかひ》を得《え》
叢林看看自繁興　　叢林《そうりん》 看《み》る看《み》る自《おのづ》から繁興《はんこう》す

【語釈】

［龍孫］筍の異名。
［脱錦綳］筍が皮を脱いで生長するのをたとえた。「錦綳」は、錦の包帯。竹の皮をたとえた。

【訳】

たけのこ

霧露は朦朧《もうろう》と立ち込めて 氣は蒸すようだ、その中に筍が生えており 錦の綳《ころも》を脱いでいる。
家の裏にある池のほとりに添って場所を確保し、竹林が看る看るうちに繁り興ってきた。

108　芡　實

芡《みづぶき》の實《み》

芡實眞明珠
水祇宜寶秘
厚苞厳面皮
森然鍼似蝟」
兒女不敢近
壯夫勇入水
恐適驪龍睡
獲此何容易」
解包盡底傾
光輝猶未視
皮殼重累纏
十襲珍如是」
更依炊玉方
剥之煩爪歯
燦爛始可観
柔嫩味尤旨」
僧飡忌鶏雁
俗名豈止俚

芡《みづぶき》の實《み》は　眞《しん》に明珠《めいじゆ》
水祇《すゐぎ》　宜《よろ》しく寶秘《はうひ》すべし
厚《あつ》き苞《つと》　厳《けは》しき面皮《めんぴ》
森然《しんぜん》として　鍼《はり》は　蝟《はりねずみ》　に似《に》たり
兒女《じじよ》は　敢《あ》へて近《ちか》づかざるも
壯夫《さうふ》は　勇《ゆう》にして水《みづ》に入《い》る
恐《おそ》らくは適《まさ》に驪《り》龍《りよう》の睡《ねむ》りしならん
此《こ》れを獲《う》ること　何《なん》ぞ容易《ようい》ならん
包《はう》を解《と》き　底《そこ》を盡《つ》くして　傾《かたむ》くるも
光輝《ひかり》は　猶《な》ほ未《いま》だ視《み》えず
皮殼《ひかく》は　重累《かさな》り纏《まつは》り
十襲《じつしふ》　珍《ちん》とすること是《かく》の如《ごと》し
更《さら》に炊玉《すゐぎよく》の方《はう》に依《よ》り
之《これ》を剥《む》くに　爪歯《さうし》を煩《わづら》はす
燦爛《さんらん》として　始《はじ》めて観《み》る可《べ》く
柔嫩《じうどん》にして　味《あぢ》は尤《もつと》も旨《うま》し
僧飡《そうそん》は　鶏雁《けいがん》を忌《い》むも
俗名《ぞくみやう》　豈《あ》に俚《うち》に止《とど》めんや

侑客予亦嗜　　客《きやく》に侑《すす》め予《われ》も亦《ま》た嗜《たしな》み
不厭十斛致」　　十斛《じつこく》を致《いた》すも厭《いと》はず
反懼佞讒譏　　反《かへ》って懼《おそ》る佞讒《ねいざん》の譏《そし》るを
馬援以薏苡　　馬援《ばゑん》は薏苡《いい》を以《もつ》てす

【語釈】

［芡實］「芡」は一名鶏頭、また雁喙、雁頭。みずぶき。水沢に生じ、三月に葉を生じて水に貼りつく。荷葉より大きく、表面は青く裏は紫。五・六月頃に紫の花を開いて苞を結ぶ。外に棘《とげ》があって蝟《はりねずみ》のようであり、花は苞《つと》の頂に在って鶏の喙《くちばし》のようである。苞の中には斑駁《まだら》の軟肉があり、珠のような子《たね》を包んでいる。殻の中は魚目か薏苡《はすのみ》のようである。

［水祇］水の神様。

［恐適驪龍睡、獲此何容易］『荘子』列禦冦に「夫れ千金の珠は、必ず九重の淵にして、驪龍の頷下に在り。子《し》の能く珠を得たるは、必ず其の睡るに遭ふならん」とあるのによる。

［俗名］芡の俗名の鶏頭、雁喙を指す。

［不厭十斛致］『後漢書』梁冀傳に「白珠十斛、紫金千斤」とある。

［反懼佞讒譏、馬援以薏苡］後漢の馬援は、交趾の薏苡《はすのみ》は實が大きくて瘴氣を治療するのに効き目があるというので後車に載せて歸ったが、譖者に「満車皆な明珠なり」と誣ひ愬《うった》へられた故事による。（『後漢書』馬援傳）

【訳】

芡《みずぶき》の實

芡の實は まことに明珠のようで、水神が寶として秘蔵しておくべきものだ。
厚い苞《つつみ》に厳《けわ》しい表皮、びっしり生えた鍼《はり》は針鼠のようだ。

女・子供は 近づこうとしないが、壮夫は勇んで水の中に入る。

恐らく たまたま黒龍は眠っていたのだろう、これを手に入れることが どうして容易なことであろうか。

包を解いて 底まで全て空《あ》けてしまうが、子《たね》の輝きは 猶お見えてこない。

皮殻は重なって纏《まと》いつき、十重にもなっていて かくも大切にされている。

更に玉を炊《た》く方法に依ったうえで、爪と歯を使って皮を剥《は》ぐ。

こうして燦爛《さんらん》として始めて明珠を観ることができ、新鮮な柔らかさ 味はとりわけ旨い。

僧侶の食事は鶏や雁を忌むけれど、鶏頭・雁喙の俗名など念頭に無い。

客人にすすめ 私も亦た食べるが、十斛《じっこく》食べても飽きることはない。

反《かえ》って讒佞《ざんねい》の人の譏《そし》りを懼《おそ》れる次第、かつて馬援《ばえん》が薏苡《いい》ゆえに収賄を疑われたように。

109　苦　熱

火老金柔炳剋賡
乘桴意亦在涼棚
誰能檄召新霖雨
甦箇天蒸欲喝氓

火《ひ》は老《お》い金《かね》は柔《しな》やかなるも 炳《ひ》は賡《かね》に剋《か》つ
桴《いかだ》に乘《の》らんとするも 意《い》は亦《また》た涼棚《りやうはう》に在《あ》り
誰《たれ》か能《よ》く 新《あら》たなる霖雨《りんう》を檄召《げきせう》せん
箇《こ》の天蒸《てんじやう》を 甦《よみがへ》らせ 氓《たみ》を喝《かわ》かさんと欲《ほっ》す

【語釈】
[苦熱] ひどい暑さ。
[火老金柔] 夏は衰えて秋がやって來ている。五行思想で、「火」は夏、「金」は秋を意味する。韓愈「納涼聯句」に「金は柔らかにして氣は尚ほ低く、火は老いて候は愈《いよい》よ濁る」とある。
[炳剋賡]「炳」（丙）は火、「賡」（庚）は金。火が

金に勝つことをいう。

［乗桴］『論語』公冶長篇に「子曰く、道 行はれず。桴に乗りて海に浮かばんと」とある。ここは、道が行われないので桴に乗ろうと思うが、今は暑くてたまらず、思いは涼み臺にある、という。

［霖雨］長雨。『尚書』説命に「若《も》し歳 大いに旱《ひでり》せば、汝を用《もつ》て霖雨と作《な》さん」とある。


【訳】

苦　熱

夏は老いて秋が兆《きざ》しているのに　火は金よりも強い、　桴《いかだ》に乗ろうとするけれど　思いは亦た涼み臺に在る。

誰か新たな霖雨《りんう》を召寄せることはできないのか、　天の熱氣を甦《よみがえ》らせて　民を干乾《ひぼし》にせんとしている。

110

立秋日　書扇面
立秋《りつしゆう》の日《ひ》　扇面《せんめん》に書《しよ》す

不可山中有暦頭　山中《さんちゆう》　暦頭《れきとう》の有《あ》る可《べ》からず
居常豈復記春秋　居常《よのつね》　豈《あ》に復《ま》た春秋《しゆんじゆう》を記《しる》さん
若無池上數竿竹　若《も》し池上《ちじやう》　數竿《すうかん》の竹無《たけな》くんば
那見涼颸一旦浮　那《なん》ぞ見《み》ん　涼颸《りやうし》の一旦《いつたん》に浮《う》くを

【語釈】

［不可山中有暦頭］「暦頭」は、暦の初め。今年の初めが何時なのかわからないことをいう。

［記春秋］世の出來事を記録する。

［涼颸］涼しい風。


【訳】

立秋の日　扇面に書す

山の中に暦など有るはずもないから、當然のことながら どうして世の出來事を記せよう。
もし池の邊《ほとり》の數本の竹が無かったならば、涼しい風が或る朝に吹き始めるのがどうしてわかろうか。

又　其裏有山水図、題此
又《ま》た其《そ》の裏《うら》に山水図《さんすゐのず》有《あ》り、此《こ》れに題《だい》す

不知何扁舟　何《なに》の扁舟《へんしう》なるかを知《し》らず
一葉泛滄州　一葉《いちえふ》滄州《さうしう》に浮《う》かぶ
重畳千峯裏　重畳《ちようでふ》千峯《せんほう》の裏《うち》
煙村渺渺幽　煙村《えんそん》渺渺《べうべう》として幽《いう》なり

【語釈】
［滄州］隠者の棲んでいるところ。　［渺渺］遥かにかすんでいるさま。

【訳】
又た其の裏に山水圖が有ったので此れに書き付けた
どういう小舟か よくわからないが、一葉が滄州に浮かんでいる。
重なり合った千もの峯の間に、霞んだ村が遥かに奥深く見えている。

111　扇面山茶、畫得不工、全無顔色、頗似瘮死者、題其傍云

扇面《せんめん》の山茶《さざんか》、畫《あが》き得《え》て工《たく》みならず。全《まつた》く顏色無《がんしょくな》く、頗《すこぶ》る瘮死《しんし》の者《もの》に似《に》たり。其《そ》の傍《かたは》らに題《だい》すと云《い》ふ。

殷肌丹瞼照櫚楹　殷肌《いんき》丹瞼《たんけん》　櫚楹《えんえい》を照《て》らす
絶色天生畫不成　絶色《ぜつしょく》の天生《てんせい》　畫《ゑが》きて成《な》らず
凄暗也遭磵翁弔　凄暗《せいあん》也《ま》た磵翁《かんをう》の弔《とむら》ふに遭《あ》ひ
爾來贏得駐春名　爾來《じらい》　贏《あま》し得《え》たり　春《はる》を駐《とど》むるの名《な》

【語釈】
[山茶] さざんか。
[全無顏色] 全く生氣が無い。
[瘮死者] 寒さのために凍え死んだ人。『説文』には「瘮、寒病なり」とある。
[殷肌丹瞼] 赤色の肌と丹い瞼。山茶花の花の形容。
[櫚楹] 「櫚」は、軒。屋根の庇。「楹」は、柱。
[磵翁弔] 『北磵文集』の「弔駐春賦」に「山花は雪中に花を著《つ》け、首夏に萎《しを》る。張右史が『老紅 春粧を駐《とど》む』を取り、之に名づけて駐春と曰ひ、『弔駐春』を作りて云ふ。余は孤山の南宕《なんたう》より、宣《せん》の丁山に止まる。~低回して言はんと欲し、羞渋《しうじふ》靦《てん》顔《がん》す。殷肌《いんき》は凄黯《せいあん》となり、丹瞼《たんけん》は消滅す云云」とある。
[駐春名] 春を駐《とど》める、という名。

【訳】

扇面の山茶《さざんか》は巧みなものでなく、全く生氣が無くて凍死した人のようだ。その傍に題した。

赤色の肌と丹い瞼《かお》が軒《のき》の柱を照らしている、花のすばらしい色は天生のものなのに畫《えが》けないでいる。

凄暗《くら》い様子で磵翁《かんおう》の弔《とむら》いに遇ったために、以来「春を駐《とど》める花」という名を贏めてしまった。

112 浴罷、題扇面有繪蒲翁草

浴《よく》し罷《をは》り、扇面《せんめん》に蒲翁草《ほをうさう》を繪《ゑが》く有《あ》るに題《だい》す

池邊出浴坐乘涼　池邊《ちへん》出《い》でて浴《よく》し 坐《ざ》して涼《りやう》に乘《じよう》ず
野草何榮學菊黄　野草《やさう》何《なん》ぞ榮《さ》きて 菊《きく》の黄《き》なるに學《まな》ぶ
花似蓬蒿葉莙蓬　花《はな》は蓬蒿《ほうかう》に似《に》て 葉《は》は莙蓬《くんほう》
齋筵伴我總無妨　齋筵《さいえん》 我《われ》に伴《ともな》ふも 總《すべ》て妨《さまた》げ無《な》からん

【語釈】
［蒲翁草］菊に似た野草。
［蓬蒿］よもぎ
［莙蓬］ふだん草。また甜菜。
［齋筵］供養の席。法事の席。

【訳】
水浴びを終え扇面に蒲翁草《ほおうそう》を畫いているのに書き付けた
池の邊に出て水浴びをし 腰を掛けて風を入れる、野草なのにどうして菊の黄を眞似《まね》て花を咲かせるのだろう。花は蓬蒿に似ており 葉は莙 蓬《ふだんそう》のようだから、供養の席で私の伴《とも》にしても先ずは妨げにはならないだろう。

113
戲題扇面　裏有芭蕉
戲《たはむ》れに扇面《せんめん》に題《だい》す 裏《うら》に芭蕉《ばせう》有《あ》り

蠶吐幽絲業所償　蠶《かひこ》の幽絲《いうし》を吐《は》くは 業《ごふ》を償《つぐな》ふ所《ところ》
圓全體自女功彰　圓全《ゑんぜん》にして體《たい》は自《おのづ》から 女功《ぢよこう》彰《あきら》かなり
芭蕉争似此綃片　芭蕉《ばせう》は 争《いか》でか此《こ》の綃片《せうへん》に似《に》ん
風不來時也得涼　風《かぜ》の來《きた》らざる時《とき》 也《ま》た涼《りやう》を得《え》んや

【語釈】

［蠶吐幽絲業所償］前世で犯した罪を償うために絲を吐いている。「業」とは、『捜神記』巻十四にある、馬との結婚の約束を破ったために蠶になってしまった娘の話を踏まえているのであろう。この扇は絹張りであった。

［綃片］綾絹の一枚。扇を指す。

【訳】

戯れに扇面に書き付ける　裏に芭蕉が畫いてある

蠶が微《かす》かな絲を吐くのは　前世の罪業《ざいごう》を償《つぐな》うため、圓《まる》くて自然な姿は　確かに女性の手によったもの。

芭蕉はどうして此の絹扇に似ていよう、風が吹いて來ない時でも涼を得られるのだろうか。

　　又裏有花鳥
　又《また》　裏《うら》に花鳥《くわてう》有《あ》り

炎天用汝金應抵　　炎天《ゑんてん》に汝《なんぢ》を用《もち》ひば　金《あき》は應《まさ》に抵《いた》るべきも
不得其時何所消　　其《そ》の時《とき》を得《え》ざれば　何《なに》の消《もち》ふる所《ところ》ぞ
試看明朝秋至後　　試《こころ》みに看《み》よ　明朝《みやうてう》　秋至《あきいた》るの後《のち》
直饒花色没人揺　　直《ただ》に饒《ゆたか》なる花色《くわしよく》も　人《ひと》の揺《ゆ》らす没《な》からん

【語釈】

［金應抵］「金」は秋の意。涼しくなることをいう。

［何所消］使用されることはない。

【訳】

又　裏に花鳥の繪が有る

炎天に汝を使えば　涼しくなるけれど、其の時を得なかったら何の使い道があろうか。

試みに明朝 秋がやって來た後を看てみたらよい、誠に豊かな花の色も それを揺らす人はいないから。

114

壬辰正月六日作

壬辰《じんしん》 正月《しやうぐわつ》 六日《むいか》の作《さく》

等是臭皮包矢嚢
強分人我較行藏
春風五十三回起
止止當歸最吉祥

等《ひと》しく是《こ》れ臭皮《しうひ》 矢《や》を包《つつ》むの嚢《ふくろ》
強《し》ひて人《ひと》と我《われ》を分《わ》かちて 行《かう》と藏《ざう》を較《くら》ぶ
春風《しゆんぷう》 五十三回《くわい》 起《おこ》り
止止《しし》 當《まさ》に最《もつと》も吉祥《きつしやう》なるに歸《き》すべし

【語釈】

＊『自歴譜』に「文和元年壬辰（一三五二）春、戸部（上杉憲顕）は武衛（足利直義）に豆州に下らんことを請ふも、敗績す。～三月、利根に歸る。夏、吉祥」とある。五三歳の作。

［行藏］『論語』述而篇に「之を用ふれば則ち行ひ、之を舍《す》つれば則ち藏《かく》る」とある。出處進退をいう。ここでは出世のこと。

［止止～吉祥］吉祥は至虚至静の心に止まる（吉祥止止）。『莊子』人間世に「彼の闋《むな》しき者を瞻《み》れば、虚室 白を生ず。吉祥は止《し》に止《とど》まる」とあるのによる。「あの何も無い所を見ると、がらんとした部屋が明るくなっている。心を虚《むな》しくすれば全ての眞相が見えてくる。吉祥は此の清虚なる所に集まり止まるのだ。」「吉祥」「止止」には、利根の「止止庵」「吉祥寺」が詠み込まれている。

【訳】

壬辰の正月六日の作

人間は等しく臭い皮で包まれ 矢を包む嚢《ふくろ》のようなもの、それが無理に自分と他人を区別し出世を較べている。
春風は已に五十三回も起こった、止《とど》まるべき所に止まり 最も吉祥なる所に落ち着くべきだろう。

115

和答明巖
和《わ》して明巖《めいがん》に答《こた》ふ

深愧不才名過實
深《ふか》く愧《は》づるは 不才《ふさい》にして名《な》の實《じつ》に過《す》ぐること
行藏動輒事多妨
行藏《かうざう》 動《やや》もすれ輒《すなは》ち 事《こと》に妨《さまた》げ多《おほ》し
轟雷瓦缶器遭重
雷《らい》を轟《とどろ》かす瓦缶《ぐわふ》 器《うつは》は重《おも》んぜらるるに遭《あ》ひ
注水金瓶觜忌長」
水《みづ》を注《そそ》ぐ金瓶《きんぺい》 觜《はし》は長《なが》きを忌《い》まる
春浅千山猶雪霰
春浅《はるあさ》く千山《せんざん》 猶《な》ほ雪霰《せっさん》あり
凍巖萬木抑芬芳
凍巖《とうがん》の萬木《ばんぼく》 芬芳《ふんはう》を抑《おさ》ふ
囚身羑里未爲患
身《み》を羑里《いうり》に囚《とら》へらるるも未《いま》だ 患《わづら》ひと爲《な》さず
刖足荊山豈復傷」
足《あし》を荊山《けいざん》に刖《き》らるるも 豈《あ》に復《ま》た傷《いた》まんや
若放寒梅一枝出
若《も》し寒梅《かんばい》 一枝《いっし》の出《い》づるを放《ゆる》さば
會看嫩桂二株昌
會《かなら》ず嫩桂《どんけい》 二株《にしゅ》の昌《さか》んなるを看《み》ん
學書北海拙成死
書《しょ》を北海《ほっかい》に學《まな》ぶも 拙《つたな》くして死《し》を成《な》し
避世東方狂入場」
世《よ》を東方《とうはう》に避《さ》け 狂《くる》ひて場《ぢやう》に入《い》る
欲伴鸞皇待時出
鸞皇《らんわう》に伴《ともな》はれ 時《とき》を待《ま》ちて出《い》でんと欲《ほっ》し
慵隨燕雀逐風翔
燕雀《えんじやく》に 隨《したが》ひ 風《かぜ》を逐《お》ひて翔《と》ぶを慵《おこた》る

紛然衆目更難理
憑仗宗師力整綱

紛然《ふんぜん》たる衆目《しゅうもく》更《さら》に理《をさ》め難《がた》ければ
宗師《そうし》に憑仗《たよ》りて整綱《せいかう》に力《つと》めん

【語釈】

［明巖］注に「正因」とある（?～一三六九）。臨濟宗・楊岐派・松源派。相模に生まれ、建長寺の西磵子曇に師事。後、其の法を嗣ぎ、次いで圓覺寺に住した。

［行藏］出仕することと隠棲すること。114の注を參照。

［轟雷瓦缶］（瓦釜雷鳴）瓦で作った釜が雷のように鳴る。賢者が時を失い、愚者が位に在って重用される喩え。『楚辭』卜居に「黄鍾は毀棄され、瓦釜は雷鳴す」とあるのによる。

［囚身羑里］殷末、紂王が周の文王を羑里《ゆうり》に囚えた故事。

［刖足荊山］楚の和《か》氏にまつわる話。和氏は楚の山中で玉璞《ぎょくはく》を得、それを厲王に献上したが石を献じたとして左足を切られ。次の武王に献上したが、同じように石として右足を切られた。次の文王の時に、やっと玉璞と認められたという。

［若放寒梅一枝出］このとき明巖は退隠しており、それで中巖がこのように言ったのであろう。もしあなたが隠より起きて化を揚げるなら、大いに一枝の佛法を出だすことになろうと。

［會看嫩桂二株昌］「嫩桂二株」が何を意味するか未詳。或いは将来を嘱望されている若者のことか。

［學書北海拙成死］「北海」は、唐の李邕《りよう》のこと。玄宗の時に北海太守となった。書を善くし、文名は天下に知られた（『唐書』巻二〇二）。しかし後に宰相の李林甫に殺された。「智證傳」に「昔、李北海は能書を以て世に名あり。而して世のひと争ひて其の筆法を師とす。北海は笑ひて曰く、我を學ぶ者は拙し。我に似たる者は死せんと」とある。

［避世東方狂入場］『史記』滑稽列傳（東方朔）に「郎は之に謂《い》ひて曰く、人は皆な先生を以て狂と爲すと。朔曰く、朔らの如きは、所謂《いはゆ》る世を朝廷の間に避くる者なり。古への人は乃ち世を山中に

避くと」とあるのによる。「入場」は、朝廷に入ることを言うのであろう。
[鸞皇]「鸞」は瑞鳥。「皇」は雌鳳。『楚辞』離騒に「鸞皇は余が爲に先づ戒め、雷師は余に告ぐるに未だ具《そな》はらざるを以てす」とある。
[燕雀] 小人物をたとえる。『史記』陳渉世家に「陳渉は太息して曰く、燕雀安《いづ》くんぞ鴻鵠《こうこく》の志を知らんやと」とある。

【訳】

和して明巖に答える

才能も無いのに名が實に過ぎるのを深く愧《は》じる、出處《しゅっしょ》進退については　とかく妨げが多いものなのだ。
雷のように鳴る瓦缶の器は重んじられ、水を注ぐ金瓶は觜《くち》の長いのを忌《いと》われる。
春なお浅い千山には　猶《な》お雪や霰が降り、凍った巖に生える萬もの木々は開花が抑えられている。
この身が羑里に囚《とら》えられても私は　患《わずら》いとはしないし、足を荊山《けいざん》で刖《き》られても傷《いた》みはしない。
もし寒梅が一枝でも出せるようになったなら、必ず若い桂の二株が昌《さか》んに茂るのを見るに違いない。
書を北海に學んでも　拙《つたな》さゆえに死ぬこともあるし、世を東方に避けても狂人として朝廷に入ることもある。
鸞凰《らんおう》に伴われ　時を待って世に出でんと願う、燕雀に随って風を逐《お》いかけて翔《と》ぶことなど　おっくうだ。
煩《わずら》わしい衆目は　どうにも理《おさ》め難いものだから、宗師《そうし》を頼りにして　物事の大筋を整えることにしよう。

116　臨別贈密林書記

別《わか》れに臨《のぞ》みて密林書記《みつりんしょき》に贈《おく》る

春寒尚未収　　春寒《しゅんかん》　尚《な》ほ未《いま》だ収《をさ》まらず
天地復戈矛　　天地《てんち》　復《ま》た戈矛《くわぼう》あり

凍樹阻孤鶴　凍樹《とうじゅ》は 孤鶴《こかく》を阻《はば》み
海波引一鷗」　海波《かいは》は 一鷗《いちおう》を引《ひ》く
鼻酸吟極苦　鼻酸《びさん》 吟《ぎん》は極《きは》めて苦《くる》し
才富語還優　才《さい》は富《と》み 語《ご》も還《ま》た優《すぐ》れたるに
汲輓感君手　汲輓《きふばん》 君《きみ》の手《て》を感《かん》ずるも
莫嘲齊久留　齊《ひと》しく久《ひさ》しく留《とど》まるを 嘲《あざけ》ること莫《な》かれ

【語釈】

［密林書記］傍注に「志稠」とある。詳しいことはわからない。

［凍樹］密林書記を此の地に居れなくさせたものを例えた。

［海波］密林書記を招いたものを例えた。

［孤鶴・一鷗］この二句は別れていく密林書記を例えたものであろう。

［鼻酸］ひどく傷ましく思う。

［汲輓］引き寄せる。

【訳】

　別れに臨んで密林書記に贈る
春の寒さは 尚《な》お未だ収まらないこの頃、天地の間には 復た戰《いくさ》が起きている。
凍《ここ》えた樹木は 孤獨な鶴を止まらせず、海の波は一羽の鷗《かもめ》を引き去っていく。
傷《いた》ましくも君の吟ずる詩は極めて苦しそうだ、才に富み 語もまた優《すぐ》れているというのに。
一緒に行こうという君の手を感じてはいるのだが、他の者と同じく久しく留まっている私を嘲《あざけ》らないでほしい。

117 利根春、贈山中諸友

利根《とね》の春《はる》、山中《さんちゅう》の諸友《しょいう》に贈《おく》る

四韋山雪玉稜層
溪漲春流零碎氷
列序栽梅論伯仲
生年記竹識雲仍
畏時辭粟蔗甘採
觸事吹韲羹慣懲
水潔不宜黽鼃産
只應龍卵倚深澄

四韋《しゐ》の山雪《さんせつ》は玉《ぎょく》の稜層《そび》ゆるがごときも
溪《たに》に漲《みなぎ》る春流《しゅんりう》は氷《こほり》を零砕《れいさい》す
列序《れつじょ》して梅《うめ》を栽《う》ゑて伯仲《はくちゅう》を論《ろん》じ
生年《せいねん》竹《たけ》に記《しる》して雲仍《うんだい》に識《し》らす
時《とき》を畏《おそ》れて粟《ぞく》を辭《じ》し蔗《しょ》を採《と》るに甘《あま》んず
事《こと》に觸《ふ》れて韲《なます》を吹《ふ》くは羹《あつもの》に懲《こ》りるに慣《な》れたればなり
水潔《みづきよ》ければ黽鼃《べんてう》を産《う》むに宜《よろ》しからず
只《た》だ應《まさ》に龍卵《りゅうらん》のみ深澄《しんちょう》に倚《よ》るべし

【語釈】

＊『自歴譜』によれば中巌は、暦應二年（一三三九）に上野利根郡に吉祥寺を刱《はじ》め、後貞治元年（一三六二）に至るまで、數《しばし》ば吉祥に住んでいる。

［四韋］四圍。まわり。

［稜層］山の高く聳えること。

［論伯仲］優劣を議論する。

［雲仍］遠い子孫。

［畏時辭粟蔗甘採］主君である殷を倒して天下を取った周の粟（穀物）を食べることを潔《いさぎよ》しとせず、首陽山に隠れ棲み、蕨を食べて餓死した伯夷・叔齊の故事を踏まえているのであろう。「蔗」は、さとうきび。

［觸事吹韲羹慣懲］羹《あつもの》に懲りて韲《なます》を吹くことに慣れてしまった。度重なる失敗に懲りて臆病になったことをいう。『楚辞』九章・惜誦に「羹に懲りたる者は韲を吹く、何ぞ此の志を變ぜざるや」とあるのを踏まえる。

［黽鼃］蛙。俗人を指す。

［龍卵］すぐれた修業僧のことをいう。

【訳】

利根の春　山中の諸友に贈る

周囲の山の雪は玉の高く聳えているかのようであるが、渓に漲《みなぎ》る春流は 氷を粉々《こなごな》にして流している。
順序をつけて梅を栽《う》え その優劣を論じ、生きている間の事を記録して 遠い子孫に識《し》らせる。
時勢を畏れて粟《ぞく》を辭し 蕨を採る暮らしに甘んじている、事に触れて膾《なます》を吹くのは 羹《あつもの》に度々懲《こ》りたから。
水が潔《きよ》ければ蛙は産《う》まれてくるはずがない、ただ龍卵《りゅうらん》だけが深く澄んだ所にやってくるに違いない。

118

物初翁瓶梅、磵陰翁折而爲二、其一奇而不怪、其一怪而不奇、止止庵前有梅、奇而且怪、凡物睽而后合、理之使然也、有感於予、故効顰而作

物初翁《ぶつしょをう》の瓶梅《へいばい》、磵陰翁《かんいんをう》 折《を》りて二と爲《な》す。其《そ》の一は奇《き》なれども怪《くわい》ならず、其《そ》の一は怪《くわい》なれども奇《き》なり。止止庵《ししあん》の前《まへ》に梅有《うめあ》り、奇《き》にして且《か》つ怪《くわい》なり。凡《およ》そ物睽《ものそむ》きて后《のち》に合《がっ》するは、理《り》の然《しか》らしむるなり。予《われ》に感有《かんあ》り、故《ゆゑ》に顰《ひそみ》に効《なら》ひて作《つく》る。

間氣鍾成才特奇
輪囷怪戻更離奇
絶憐尤物難諧俗
月淡煙荒得所宜」
千般曲折總嬌姿

間氣《かんき》 鍾《あつ》まり成《な》りて 才《はじ》めて特奇《とくき》
輪囷《りんきん》にして 怪戻《くわいれい》 更《さら》に離奇《りき》なり
絶憐《ぜつりん》の尤物《いうぶつ》は 俗《ぞく》に諧《かな》ひ難《がた》く
月淡《つきあは》く煙荒《もやあ》れて 宜《よろ》しき所《ところ》を得《え》たり
千般《せんばん》の曲折《きょくせつ》 總《そう》じて嬌姿《けうし》あり

自是江南第一枝
絶色苟應破強敵
黄金孰復鋳西施

自《おのづ》から是《こ》れ 江南《かうなん》 第一《だいいち》の枝《えだ》
絶色《ぜつしよく》 苟《まこと》に應《まさ》に強敵《きやうてき》を破《やぶ》るべし
黄金《わうごん》もて孰《たれ》か復《ま》た西施《せいし》を鋳《い》ん

【語釈】

［物初翁］傍注に「大観」とある。臨濟宗大慧派。「物初」は号。南宋の人（一二〇一～一二六八）で、道場山の北海悟心に受具、北礀居簡の法嗣。詩文集『物初賸語』二五巻がある。

［磵陰翁］傍注に「敬叟居簡」とある。臨濟宗大慧派。「敬叟」は字。北礀和尚と呼ばれる。佛照徳光の法嗣。『北礀文集』一〇巻、『北礀詩集』九巻があり、五山文學に大きな影響を與えた。

［止止庵］利根の止止庵。『莊子』人間世の「吉祥止止」（吉祥は止に止《とど》まる）に拠る。

［効顰］西施が癪を起こして眉をひそめた顔が美しいというので、里の醜女がそれを眞似たところ、それを見た人たちは皆な逃げ出したという。（『莊子』天運篇）

［間氣］天地間の自然の氣。

［輪囷怪戻更離奇］「輪囷」は、屈曲していること。「怪戻」は、怪しく曲がっていること。『漢書』鄒陽傳に「蟠木根柢、輪囷離奇」（蟠木の根柢は、輪囷《りんきん》離奇たり）とあり、張晏の注に「輪囷 離奇は、委曲 盤戻なり」という。

［絶憐］絶倫に同じ。人並はずれて優れていること。

［尤物難諧俗］「尤物」は、桁外れに優れて良いもの。昭公二八年の『左氏傳』に「夫れ尤物は、以て人を移すに足る。苟《いや》しくも徳義に非ざれば、則ち必ず禍ひ有り」とある。

［江南第一枝］三國・呉の陸凱が、江南から梅花一枝を長安の范曄に贈った故事による。『荊州記』に「陸凱は范曄と相善し。江南より梅花一枝を寄せ、長安に詣《いた》りて曄に與ふ。併せて詩を贈りて曰く『梅を折りて駅使に逢ひ、寄せて隴頭の人に與ふ。江南に有る所無し、聊《いささ》か贈らん 一枝の春』と」とある。

［西施］春秋時代、呉王夫差の愛妃。越王句践が呉の勢力を弱めるために夫差に贈ったという。

【訳】

物初翁の瓶梅を、磵陰翁が折って二つにした。その一つは奇ではあるが怪ではなく、その一つは怪ではあるが奇ではなかった。止止庵《ししあん》の前に梅が有るが、それは奇であってしかも怪である。凡そ物というものは、背《そむ》きて後に合するが、それは理がそのようにさせるのである。それについて思うことがあったので、顰《ひそみ》にならって詩を作った。

天地自然の氣が集まってはじめて特に奇なるものとなる、その屈曲のさまは常でなく更にくねり曲がっている。すぐれて良いものは俗世間には受け入れられ難く、月淡《あわ》く煙の荒れているところにこそ　ふさわしい。様々に曲折しているが　その總《すべ》てに嬌姿があり、おのずからそれは江南第一の枝ぶりだ。この絶色は　強敵を破ることができるはず、黄金で西施《せいし》を鋳造する必要がどうしてあろうか。

119

止止庵前、來禽着花、花容頗似薝蔔、而粧淡紅可愛、効樂天體、作來禽嘲薝蔔一首

止止庵《ししあん》の前《まへ》、來禽《らいきん》花《はな》を着《つ》く。花容《くわよう》頗《すこぶ》る薝蔔《せんぷく》に似《に》て、而《しか》も粧《いろ》は淡紅《たんこう》愛《あい》す可《べ》きなり。樂天《らくてん》の體《たい》に効《なら》ひ、「來禽《らいきん》薝蔔《せんぷく》を嘲《あざけ》る」一首《いっしゅ》を作《つく》る。

來禽花綻似薝蔔　　來禽《らいきん》花《はな》綻《ほころ》びて　薝蔔《せんぷく》に似《に》るも
薝蔔應無此淡紅　　薝蔔《せんぷく》は應《まさ》に此《こ》の淡紅《たんこう》無《な》かるべし
六出還君能學雪　　六出《ろくしゅつ》還《ま》た君《きみ》能《よ》く雪《ゆき》に學《まな》ぶ
不干桃李共春風　　桃李《たうり》を干《をか》して春風《しゅんぷう》を共《とも》にせず

【語釈】

［來禽］林檎。花は薄い桃色。その甜《あま》い果實が衆禽を林に引き寄せるため林檎・來禽などの名がある。

［薝蔔］くちなし（の花）。色は純白。

［効樂天體］白居易、字は樂天。『長慶集』に「池鶴八絶」詩があり、鶴が鶏 烏 鳶 鵞と贈答して相嘲ることを詠じている。

［六出］花びらが六枚で雪の形に似ている。

［君］「薝蔔」を指す。

【訳】

止止庵の前に、來禽が花を着けた。花の様子は頗る薝蔔《くちなし》に似ているが、淡紅が施されていて可愛い。樂天の體に効《なら》って、「來禽《りんご》 薝蔔《くちなし》を嘲る」詩を作った。

來禽《りんご》の花が綻《ほころ》んで 薝蔔《くちなし》に似ているが、薝蔔《くちなし》には此のような 淡紅の色は無い。
六枚の花びらで また君は雪を眞似《まね》ており、桃李をしのいでまで春風を共にしようとはしない。

120

又作薝蔔答來禽

又《ま》た「薝蔔《せんふく》 來禽《らいきん》に答《こた》ふ」を作《つく》る

以色媚時輪與君　色《いろ》を以《もっ》て時《とき》に媚《こ》ぶるは 君《きみ》に輪與《ゆづ》るも
頡頏檀麝我能薫　檀《だん》・麝《じゃ》に頡頏《きっかう》して 我《われ》は能《よ》く薫《かほ》る
休將六出比倫雪　六出《ろくしゅつ》を將《もち》て雪《ゆき》に比倫《ひりん》する休《なか》れ
不忍清寒痩十分　清寒《せいかん》を忍《しの》びず 痩《や》せて十分《じふぶん》なり

【語釈】

［以色媚時］『北磵文集』の「水仙十客賦」に「色を以て人に媚ぶるは德寡《すくな》きなり」とある。

［輸與］譲る。そちらが上である。
［頡頏］（香りが）ほぼ等しい。『詩経』邶風・燕燕に「燕燕 于《ここ》に飛びて、之を頡《きつ》し之を頏《かう》す」とある。飛びて上るのが「頡」、飛びて下るのが「頏」。
［檀麝］梅檀と麝香。いずれも香料。

【訳】

又た「薝蔔、來禽に答える」詩を作る
色を以て時人に媚びるのは君に譲るとして、梅檀《せんだん》や麝香《じゃこう》と同じように 私は能く薫っている。
六弁の花を 雪になぞらえたりしないでほしい、清寒を我慢できないほど痩せているのだから。

121

茶問酒
茶《ちゃ》、酒《さけ》に問《と》ふ

徳譽君榮伯倫頌
嘉聲我忝玉川歌
一般風味同堪賞
醒醉功殊事若何

徳譽《とくよ》 君《きみ》は榮《えい》とす 伯倫《はくりん》の頌《しょう》
嘉聲《かせい》 我《われ》は 忝《かたじけな》うす 玉川《ぎょくせん》の歌《うた》
一般《いっぱん》の風味《ふうみ》は同《とも》に賞《しやう》するに堪《た》ふるも
醒《せい》・醉《すゐ》の功《こう》の殊《こと》なるは 事《こと》 若何《いか》ん

【語釈】

［伯倫頌］晉・劉伶、字は伯倫。竹林の七賢の一人で、並はずれた酒好き。「酒徳の頌」を書いて酒の徳を讃えた。『晉書』巻四九に傳がある。「酒徳の頌」は『文選』巻四七に収められている。
［玉川歌］唐・盧同、号は玉川。茶を好み「走筆謝孟諫議寄新茶」（筆を走らせて孟諫議の新茶を寄するに謝す）詩（『全唐詩』巻三八八）がある。『唐書』巻一七六に傳がある。

【訳】

茶が酒に問ねた

徳の譽れを　君は伯倫《はくりん》の頌によって讃えられ、嘉《よ》き評判を　私は玉川に詠《うた》ってもらった。

いわゆる風味は　同《とも》に賞するに堪えるものであるが、醒と酔のはたらきの違いは　どんなものであろうか。

122

酒答茶

酒《さけ》、茶《ちゃ》に答《こた》ふ

任君參得趙州禪　　君《きみ》の趙州《てうしう》の禪《ぜん》に參得《さんとく》するに任《まか》すも

未會曹山孝滿顚　　未《いま》だ會《ゑ》せず　曹山《さうざん》が孝滿《かうまん》の顚《てん》

寐寤恒同生死一　　寐寤《びご》は恒《つね》に同《おな》じく　生死《せいし》は一《いっ》なり

醉醒何致問頭偏　　醉《すゐ》と醒《せい》と　何《なん》ぞ問頭《もんとう》の偏《かたよ》れるを致《いた》すや

【語釈】

［任君參得趙州禪］「趙州」は唐の禪僧で、南泉普願禪師の門弟。趙州觀音院に住す。趙州禪師が新參僧に「喫茶去」（茶を飲みに行け）あちらで茶を飲んでから出直してこい、と言ったことがある。この頃、禪院には茶寮という別棟があった。

［未會曹山孝滿顚］「曹山」は、後梁の禪僧。曹洞宗の祖。臨川の曹山に住す。曹山が「わしは喪が明けたぞ」と言ったので、「明けた後はどうされますか」と問うと、「さあ、酒狂いをするぞ」（曹山好顚酒）と答えた（『五灯會元』一三）。「勞顚」は勞顚酒。酒を飲むこと。

［寐寤恒同生死一］『楞嚴經』に「彼の善男子、參摩提を修して想陰の盡くる者は、是の人 平常の夢想は消滅し、寐寤恒《つね》に一なり」とある。醒めてい

るのも眠っているのも同じ、悟りも迷いも同じこととする、絶對空の諦観。

〔問頭〕問法のこと。

【訳】

酒が茶に答える

君が趙州《ちょうしゅう》の禪に関わるのは勝手だが、曹山が喪明けに「酒狂いするぞ」と言った意味が未だにわかっていない。

悟りと迷いは恒《つね》に同じ　生死も一つこと、酔と醒との違いなど　何と偏《かたよ》った質問をすることだ。

123

題雪寄懐

雪《ゆき》に題《だい》して懐《おも》ひを寄《よ》す

蟹歩先聞窓外竹
夢敲寒枕響疏疏
紅難宿處知灰死
白易生時覺室虚」
羣玉府開通遠近
假銀城賣莫乘除
高樓厭厭誰知冷
肯管寒江獨釣漁

蟹歩《かいほ》　先《さき》に聞《き》く　窓外《さうぐわい》の竹《たけ》
夢《ゆめ》に寒枕《かんちん》を敲《たた》いて　響《ひびき》は疏疏《そそ》たり
紅《あか》の宿《やど》し難《がた》き處《とき》　灰《はひ》の死《し》するを知《し》り
白《しろ》の生《しやう》じ易《やす》き時《とき》　室《しつ》の虚《きよ》なるを覺《さと》る
羣玉《ぐんぎよく》の府《ふ》　開《ひら》きて　遠近《ゑんきん》に通《つう》じ
假銀《かぎん》の城《しろ》　賣《う》りて　乘除《じようじよ》する莫《なか》れ
高樓《かうろう》　厭厭《えんえん》として　誰《たれ》か冷《つめ》たきを知《し》らん
肯《あ》へて管《くわん》せんや　寒江《かんかう》　獨釣《どくてう》の漁《ぎよ》

【語釈】

＊この詩の後に、次のような添え書きがある。　此詩、師在江南時作、在行巻之中爲首篇、今失之。廓無

外、嘗贈師詩云「和首篇」、乃是也。（此の詩は、師 江南に在りし時の作にして、行巻の中に在りて首篇と爲すも、今之を失ふ。廓無外（宗廓）嘗て 師に贈りし詩に「首篇に和す」と云ふは乃ち是れならん。）

〔蟹歩先聞窓外竹〕竹の葉に降りかかる雪の音を、蟹が歩く時に立てるかすかな音にたとえた。

〔紅難宿處知灰死〕もはや赤い火種は宿りそうにもないこと。心の働きが無くなり死灰のようになったことを知る、という意味。

〔白易生時覺室虛〕白い光の生じ易いことから、心の空虚になっていることを覺る。『莊子』人間世篇に「彼の闋《むな》しき者を瞻《み》れば、虛室に白を生ず。吉祥は止に止《とど》まる」あの何も無いところを見ると、ガランとした部屋が明るくなっている。吉祥は此の静虚なるところに集まり止まるのだ、とある。空虚となった心から光が輝き出ることに喩えた。

〔羣玉府開通遠近〕「羣玉府」は西王母の住んでいる宮殿で、羣玉に溢れているという。ここは羣玉府が開かれたように、遠くも近くも雪のために白玉を敷いたようになったことを言うのであろう。ここは作者の清らかな心の譬えか。

〔假銀城賣莫乘除〕「假銀」は雪で白くなったことをいう。「乘除」は、値段の掛け引きをすること。ここは世間に名を知られるための駆け引きであろう。

〔高樓乘厭厭誰知冷〕高殿で「厭厭」満ち足りて酒宴を開いている者たちは、雪の冷たさなど関知しない。「厭厭」は『毛詩』小雅・湛露に「湛湛たる露は、陽に匪《あら》ずんば晞《かわ》かず。厭厭《えんえん》たる夜飲は、酔はずんば歸ること無かれ」とある。

〔寒江獨釣漁〕唐・柳宗元の「江雪」に「千山 鳥飛ぶこと絶え、萬径 人蹤 滅す。孤舟 蓑笠の翁、獨り釣る 寒江の雪」とあるのを踏まえた。

【訳】

雪に題して懷いを寄せる

蟹の歩くような音が 先ほど窓外の竹の邊りで聞こえたが、夢に冷たい枕を敲《たた》いて 音がまばらにしている。

紅い火種の宿り難いとき 心が灰のようであるのを知り、白い光が生じ易いとき 心が虚室のようであるのを覺る。羣玉の府が開かれて 遠くも近くも白玉を敷いたようだ、銀のような城に賣り値をつけ掛け引きしてはいけない。高樓でゆったりと宴を張っている連中には 雪の冷たさなどわかりはしない、どうして寒江獨釣の漁翁のことなど氣にかけたりしようか。

124　九月渡海作五言絶句

九月《くぐわつ》に海《うみ》を渡《わた》り　五言絶句《ごごんぜつく》を作《つく》る

登高徒故事　高《たか》きに登《のぼ》るは徒《いたづ》らに故事《こじ》なるのみ
泛海最清游　海《うみ》に泛《うか》ぶは　最《もつと》も清游《せいいう》
爽約謝黄菊　約《やく》に爽《たが》ひて　黄菊《くわうきく》に謝《しや》し
忘機狎白鷗　機《き》を忘《わす》れて　白鷗《はくおう》と狎《な》れん

【語釈】

［登高］陰暦九月九日の重陽の節句に、高処に登って災厄を拂う行事。漢の桓景が費長房《ひちようぼう》の教えによって、我が家に降りかかってきた災難を免れた故事に基づく。（『続斉諧記』）

［忘機狎白鷗］李白「古風」其の四二に「揺裔《えうえい》たる雙白鷗、鳴いて飛ぶ　滄江《さうかう》の流。宜《よろ》しく海人と狎《な》るべし、豈に伊《こ》れ雲鶴の儔《とも》ならんや。影を寄せて沙月に宿し、芳に沿《そ》ひて春の洲《なかす》に戯る。吾も亦た心を洗ふ者、機を忘れて爾《なんぢ》に従ひて遊ばん」とある。なおこれは『列子』黄帝篇にある「海の邊りに住んでいる人が、無心の時には鷗が狎れて近づいてきたが、いったん欲を起こすと近づかなくなった」

という話を踏まえている。

【訳】

九月に海を渡り、五言絶句を作った

高い處に登るのは ただ昔の事、舟を海に泛《うか》べるのが最も風流な遊びだ。
約束をたがえたことを黄菊に謝《あやま》り、世俗のことを忘れて白い鷗と遊ぼう。

125

田中寺書所見

田中寺《でんちゅうじ》にて見《み》し所《ところ》を書《しょ》す

負郭雲連二頃秋　　負郭《ふくわく》 雲《くも》は連《つら》なる 二頃《にけい》の秋《あき》
田中寺静客懷幽　　田中《でんちゅう》 寺《てら》は静《しづ》かにして 客《きやく》は幽《いう》を懐《いだ》く
閑乗涼兎歩莎砌　　閑《そぞろ》に涼兎《りやうと》に乗《じよう》じて 莎砌《はますげ》を歩《あゆ》めば
無限螽斯躍出頭　　無限《むげん》の螽斯《しゆうし》 躍《をど》りて頭《あたま》を出《いだ》す

【語釈】

［負郭雲連二頃秋］『史記』蘇秦列傳に「且つ我をして洛陽 負郭の田二頃有らしめば、吾 豈に能く六國の相印を佩《お》びんや」とあるのによった。「負郭田」は、城郭のすぐ外にある田地。

［涼兎］月のこと。

【訳】

田中寺で見たことを詠んだ

城郭の外 空には雲が連なり 二頃《けい》の田に秋が來て、田中の寺は静かで 客は幽《ふか》い思いを懐いている。

そぞろ月に乗じて はますげの咲く石段を歩めば、数え切れないほどの螽斯《いなご》が 跳ねて頭を出す。

126

題横幅二首

横幅《わうふく》に題《だい》す二首《しゅ》　鴝鵒《くよく》　鵓鳩《ぼっきう》

其一　鴝鵒《くよく》

吾聞鴝鵒不踰濟　吾《われ》は聞《き》く 鴝鵒《くよく》は濟《せい》を踰《こ》えずと
何縁飛到海之東　何《なに》に縁《よ》りてか 飛《と》びて海《うみ》の東《ひがし》に到《いた》る
摩挲病眼望匡石　病眼《びやうがん》を摩挲《まさ》して 匡石《がいせき》を望《のぞ》めば
坐我江南煙雨中　我《われ》をして坐《ざ》せしむ 江南《かうなん》 煙雨《えんう》の中《なか》

【語釈】

＊二首とも、畫中の「鴝鵒」と「鵓鳩」を詠んだものである。

［鴝鵒不踰濟］「鴝鵒」は、ははつ鳥。人の言葉をよく眞似るという。『淮南子』原道訓に「鴝鵒は濟を過ぎず、貉《むじな》は汶《ぶん》を渡りて死す。形性は易ふ可《か》からず、勢居は移す可からざるなり」とある。

［摩挲］手でこすること。

［江南煙雨中］杜牧「江南春」に「南朝四百八十寺、多少の樓臺 煙雨の中」とあるのを踏まえた。

【訳】

横幅に題する二首　鴝鵒《くよく》・鵓鳩《ぼっきゅう》

其の一　鴝鵒

私は 鴝鵒《くよく》は濟《せい》水を越えることはないと聞いていたが、どうしてまた海の東まで飛んで來たのか。

病んだ眼を擦《こす》りながら崖の石を眺めると、江南の煙雨の中に坐しているような氣持ちになる。

其二　鵓《ぼっ》鳩《きゅう》

千凝百拙不成謀
屈頸閑眠是事休
又恐鵲巣雛未棄
栖遲且在一枝樛

千凝《せんち》百拙《ひゃくせつ》謀《はか》りごとを成《な》さず
頸《くび》を屈《くっ》し閑かに眠《ねむ》るは是《こ》れ事《こと》の休《きゅう》するか
又《ま》た恐《おそ》る鵲巣《じゃくそう》を雛《ひな》は未《いま》だ棄《はな》れざるに
棲遲《せいち》して且《か》つ一枝《いっし》の樛《まが》れるに在《あ》るを

【語釈】

［鵓鳩］鳩の一種。いえばと。

［千凝百拙］ひどく愚かで拙《つたな》いこと。鳩は性が拙いため巣を作ることができず、鵲《かささぎ》の作った巣に居るという。

［事休］「千凝百拙」で「謀を成すことができない」ために、施すべき手段が無いことをいう。

［又恐鵲巣～在一枝樛］『詩經』召南・鵲巣に「維《こ》れ鵲に巣有り、維れ鳩 之に居る。之の子 于《ここ》に歸《とつ》ぐ、百両 之を御《むか》ふ。」又た陳風・衡門に「衡門の下、以て棲遲《せいち》す可し。泌《いづみ》の洋洋たる、以て樂飢《らくき》す可し」とある。「棲遲」は、のどかに暮らす。ゆっくり遊び憩う。「樂飢」は、飢えても道を楽しんで暮らすこと。また『荀子』勧學篇の「羽を以て巣を爲《つく》り、而して之を編むに髪を以てし、之を葦苕に繫《つな》ぐ。風至りて苕折れ、卵は破れ子は死す」などを踏まえる。

【訳】

其の二

千凝・百拙の爲に謀を立てることもできず、頸《くび》を曲げて閑《しず》かに眠っているのは萬事 休したか。

又た心配なのは 雛はまだ鵲巣を離れていないのに、のんびりと 曲がった一枝に止まっていることだ。

127　舟泊國東

舟《ふね》　國東《くにさき》に泊《はく》す

打頭風起浪春撞　打頭《だとう》の風起《かぜお》こりて　浪《なみ》は　春撞《しょうだう》し
短艇隨潮泝小江　短艇《たんてい》は潮《しほ》に隨《したが》ひて　小江《せうかう》を　泝《さかのぼ》る
目送白沙青石外　目《め》を白沙《はくさ》　青石《せいせき》の外《そと》に送《おく》れば
亂山高下入蓬窓　亂山《らんざん》　高下《かうげ》して　蓬窓《ほうさう》に入《い》る

【語釈】

＊國東の港に泊るために、激浪の中を舟は入り江に入っていく。その時の様子を詠んだもの。

〔打頭風〕向かい風のこと。

〔春撞〕浪が舟に打ち當たる。

〔國東〕九州・大分県の國東半島にある港。

【訳】

舟、國東に泊す

向かい風が起こって　浪が舟に打ち當たり、短舟は潮に隨って　小江を遡《さかのぼ》っていく。
白沙　青石のむこうに目をやると、亂山が高く低く　舟の蓬窓に入ってくる。

128　雨中戒晝寢

雨中《うちゅう》　晝寢《ひるね》を戒《いまし》む

風吹雲雨入陽臺
悩得襄王亦怪哉
莫使晝眠等閑熟
引他神女夢蒸來

風《かぜ》吹《ふ》きて雲雨《うんう》は 陽臺《やうだい》に入《い》り
襄王《じやうわう》を悩《なや》まし得《え》たるとは 亦《ま》た怪《くわい》なるかな
晝眠《ちうみん》をして 等閑《とうかん》に熟《じゆく》せしむる莫《な》かれ
他《か》の神女《しんによ》を引《ひ》きて 夢《ゆめ》に蒸《わ》き來《きた》らしめん

【語釈】

＊戰國時代・宋玉「高唐賦」の内容を一首全體に踏まえている。すなわちその一節を擧げると以下のようである。「昔、宋の襄王は、宋玉と雲夢の臺に遊ぶ。高唐の觀を望むに、其の上に獨り雲氣あり。玉曰く「昔、先王は嘗て高唐に遊び、怠りて晝寝《い》ね、夢に一婦人を見る。婦人は去らんとして辭して曰く『妾は巫山の陽、高丘の阻に在り。旦に朝雲と爲り、暮に行雨と爲り、朝朝　暮暮、陽臺の下に在り』と」

［襄王］戰國時代・楚の王。前二九九～前二六三在位。

【訳】

雨の中、晝寝を戒める

風が雲雨を吹いて 陽臺に入り、襄王を悩ましたとは 亦た不思議なことだ。
晝寝をして ついつい熟睡してはならぬ、あの神女を夢の中に引き出してしまうから。

129　十月廿七日

十月二十七日

風急雨聲如箭射
意迷眸眩臥爐邊

風《かぜ》は急《きふ》に 雨聲《うせい》は箭射《せんしや》の如《ごと》く
意《い》は迷《まよ》ひ 眸《ひとみ》は眩《くら》んで 爐邊《ろへん》に臥《ふ》す

陳琳草檄已無見　　陳琳《ちんりん》の草檄《さうげき》 已《すで》に見《み》る無《な》ければ
孟徳頭風乍得痊　　孟徳《まうとく》の頭風《とうふう》 乍《ま》た痊《いや》すを得《え》んや

【語釈】
［陳琳草檄〜、孟徳頭風〜］陳琳は魏の曹操に仕えた文人で、檄文が得意であった。「孟徳」は、曹操の字。この二句は『三國志』魏書 巻二一の注に引く次の話を踏まえる。「琳は諸書及び檄を作る。草《さう》成りて太祖に呈す。太祖は先ごろより頭風に苦しむ。是の日、疾《やまひ》發す。臥して琳の作る所を讀み、翕然《きふぜん》として起きて曰く『此れ我が病を愈《いや》す』と。數《しばし》ば厚賜を加ふ。」

【訳】
十月廿七日
風は急に 雨の音は矢を射るようで、氣持ちは迷い目は眩《くら》んで炉端に寝ころんだ。陳琳の檄文は もはや読むことはできないから、この曹孟徳の頭痛を どうして癒《いや》すことができようか。

130 贈訓侍者
訓侍者《くんじしや》に贈《おく》る

秋林宜冷落　　秋林《しうりん》 宜《よろ》しく冷落《れいらく》なるべきも
暮雨更凄涼　　暮雨《ぼう》 更《さら》に凄涼《せいりやう》たり
樹影衰容淡　　樹影《じゆえい》 衰容《すゐよう》 淡《あは》く
澗聲哀韻長」　　澗聲《かんせい》 哀韻《あいゐん》 長《なが》し
昏鴉猶記宿　　昏鴉《こんあ》も 猶《な》ほ宿《やど》を記《き》するに

遠客盍思郷　　遠客《あんかく》　盍《なん》ぞ郷《くに》を思《おも》はざる
可想洞山意　　想《おも》ふ可《べ》し　洞山《どうざん》の意《い》
不歸情未忘　　歸《かへ》らざるも　情《じやう》　未《いま》だ忘《わす》れず

【語釈】

［訓侍者］傍注に「子建浄業」とある。初め法諱を祖訓といい、後に浄業と改めた。道号は去病、後に子建。中巌の弟子。

［可想洞山意］「洞山」は、曹洞宗の良价禅師。唐の人（八〇七～八六九）で、曹洞宗の高祖。「洞山意」については未詳。

【訳】

訓侍者に贈る

秋の林が　もの寂しいのは當たり前だが、夕暮れの雨に　更にそれが身にしみる。
樹々の様子は衰えて影も淡《あわ》く、谷川の哀《かな》しげな水音は長く聞こえる。
夕暮の鴉でさえ猶お住みかを覚えているというのに、遠方からの客が　どうして故郷を思わないことがあろう。
洞山の氣持ちが想われる、歸らなくても故郷への思いを　まだ忘れてはいない。

131

題竹堂行巻
竹堂《ちくだう》の行巻《かうくわん》に題《だい》す

竹裏開竹屋　　竹裏《ちくり》に　竹屋《ちくをく》を開《ひら》き
汎覽竹堂録　　汎覽《はんらん》す　竹堂《ちくだう》の録《ろく》
長吟引清風　　長吟《ちやうぎん》すれば　清風《せいふう》を引《ひ》き

吹我屋外竹」　我《わ》が屋外《をくぐわい》の竹《たけ》を吹《ふ》く
萬竿一時揺　萬竿《ばんかん》一時《いちじ》に揺《ゆ》れ
琳琅勝金玉　琳琅《りんらう》として金玉《きんぎよく》に勝《まさ》る
掩巻爲三歎　巻《くわん》を掩《おほ》ひて三歎《さんたん》を爲《な》す
孰敢弗歆服　孰《たれ》か敢《あ》へて歆服《きんふく》せざらん

【語釈】

［汎覧］ざっと眺める。陶潜「山海經を讀む詩」に「汎覧す 周王の傳、流觀す 山海の圖」とある。

［竹堂録］未詳。

［清風］『晉書』陶潜傳に「嘗て言ふ、夏月 虚閑、北窓の下に高臥し、清風颯《さつ》として至れば、自ら羲《ぎ》皇《くわう》上の人と謂《おも》ふと」とある。「羲皇上の人」とは、太古の民。俗世間のことを忘れて安らかに世を送る者をいう。

［琳琅］玉の触れ合って鳴る音。ここは竹幹の音。

［掩巻］書物を掩い、讀むことを止める。李白「翰林に書を讀みて懐《おも》ひを言う」詩に「片言 苟《いや》しくも心に會せば、巻を掩《おほ》ひて 忽ち笑ふ」とある。

［爲參歎］幾度も感嘆する。深く感心する。蘇軾「張文潜 県丞に答ふる書」に「汪洋 澹泊、一唱三歎の聲有り」とある。

［歆服］感服する。

【訳】

竹堂の行巻に題する

竹林の中に 竹葺《ぶ》きの小屋を開き、竹堂の記録を 讀み流す。
長吟すれば 清風がさっとやってきて、我が屋外の竹を吹き渡る。
萬もの竿が一時に揺れて、琳琅《りんろう》の響きは 金玉のそれにも勝《まさ》る。
書物を閉じて 私は深く三歎する、いったい誰が これに感服しないことがあろうか。

132
重　陽

登高成故事　高《たか》きに登《のぼ》るは 故事《こじ》と成《な》るも
望遠引幽情　遠《とほ》きを望《のぞ》めば 幽情《いうじやう》を引《ひ》く
聊爾采黄菊　聊爾《いささ》か 黄菊《くわうきく》を采《と》りて
悠然見赤城　悠然《いうぜん》として 赤城《あかぎ》を見る

【語釈】

［登高］124「九月渡海作」の語釈參照。

［聊爾采黄菊、悠然見赤城］晉・陶淵明の「雑詩」（飲酒）に「菊を採る 東籬の下、悠然として南山を見る」とあるのによった。「赤城」は赤城山で、群馬県東部にある。

【訳】
重陽《ちょうよう》の節
高い所に登るのは 昔のことになってしまったが、遠くを望めば 遙かな思いが湧いてくる。
いささか 黄色の菊を採りながら、悠然として赤城山を見る。

133
題水墨蘭横幅
水墨《すゐぼく》の蘭《らん》の横幅《わうふく》に題《だい》す

一幹七花八花　一幹《いつかん》に 七花《しちくわ》 八花《はちくわ》

多而不厭者　多《おほ》くして而《しか》も厭《あ》かざる者《もの》なり
非以風韻而孰能耶　風韻《ふうゐん》を以《もっ》てするに非《あら》ずして孰《なん》ぞ能《よ》くせんや
婌者美至艶極也　婌者《しゅくしゃ》の美《び》なるは艶《えん》の極《きょく》に至《いた》るなり
吾非不欲也　吾《われ》は欲《ほっ》せざるには非《あら》ざるも
懼亶淫奔之悪也　亶《た》だ淫奔《いんぽん》の悪《あく》なるを懼《おそ》るるなり

【語釈】

［風韻］風雅高尚で氣高い趣き。
［婌者］美しいもの。
［淫奔］男女の淫らな付き合い。『詩経』王風・大車の序に「大車は周の大夫を刺《そし》るなり。禮義は陵遅《おとろ》へ、男女淫奔す」とある。

【訳】

水墨で畫いた蘭の横幅に題する
一本の茎に七つ八つの花、多いけれど嫌になることはない。
それは風韻の故でなくて何であろう、その美しさは艶《あで》やかさの極《きわ》みだ。
私も欲しくないわけではないが、ただ淫奔の罪を懼《おそ》れているだけだ。

134
題墨竹　墨竹《ぼくちく》に題《だい》す　二首《にしゅ》
其一
問訊陶靖節　問訊《もんじん》す　陶靖節《たうせいせつ》

頑腰何以折
攷之磵陰詩
應是去年雪

頑腰《ぐわんえう》 何《なに》を以《もつ》て折《お》れたる
之《これ》を磵陰《かんいん》の詩《し》に攷《かんが》ふるに
應《まさ》に是《こ》れ 去年《きよねん》の雪《ゆき》なるべし

【語釈】

［陶靖節］陶淵明のこと。「靖節」は私諡。『南史』隠逸傳に「元嘉四年、將《まさ》に復た徴命あらんとするも、會《たまた》ま卒す。世 靖節先生と諡《おくりな》す」とある。

［頑腰何以折］『晉書』陶潛傳に「郡は督郵を遣《つか》はして県に至らしむ。吏は應《まさ》に束帯《そくたい》して之に見《まみ》ゆべしと白《い》ふ。潛は歎じて曰く、吾は五斗米の爲に腰を折る能はず。拳拳《けんけん》として郷里の小人に事《つか》へんやと」とある。

［磵陰］傍注に「敬叟居簡」とある。宋の僧で、字は敬叟」。著に「北磵集」がある。「磵陰の詩」とは、彼の詩に去年の雪を詠んだものがあったのであろう。

【訳】
墨畫《すみえ》の竹に題する二首
其の一
おたずねするが 陶靖節《せいせつ》の、あの頑固な腰は なぜ折れたのだろう。
磵陰《かんいん》の詩によって考えてみるに、きっとこれは去年の雪のせいにちがいない。

其二
夜來好風吹
折門前一枝松
此君撃節雲相從

夜來《やらい》 好風《かうふう》の吹《ふ》き
門前《もんぜん》 一枝《いつし》の松《まつ》を折《を》る
此《こ》の君《きみ》 節《せつ》を撃《う》てば相從《あひしたが》ひ

分身去化葛陂龍　分身《ぶんしん》去《さ》りて化《くわ》さん　葛陂《かっぱ》の龍《りゅう》

【語釈】

［此君］竹の異名。晉の王徽之の故事による。『晉書』王徽之傳に「嘗《かつ》て空宅中に寄居するに、便ち竹を種えしむ。或る人 其の故を問ふに、但だ嘯詠して竹を指して曰く『何ぞ一日として此の君無かるべけんや』と」とある。

［撃節雲相從］『列子』湯問篇に「薛譚《せったん》は謳《うた》を秦青に學ぶ。未だ青の技を窮めざるに、自ら謂《おも》へらく『之を盡くせり』と。遂に辭して歸らんとす。秦青は止めず。郊衢《かうく》に餞《おく》り、節を撫して悲歌するに、聲は林木を振るはせ、響きは行雲を遏《とど》む。薛譚 乃ち謝して反らんことを求め、終身 敢《あ》へて歸るを言はず」とある。

［分身去化葛陂龍］費長房《ひちょうぼう》の故事による。葛陂は河南省新蔡県の北にある湖沼。『後漢書』方術列傳によれば、費長房は仙翁について仙術を學んだが成らず、故郷に歸ったが、その際に仙翁は長房に杖を與え、それに乘って行かせた。長房は杖に乘って歸り、その杖を葛陂に投げ込んだところ、杖は龍に化したという。

【訳】

其の二

昨夜來 好き風が吹き、門前の松の一枝を折ってしまった。

此の君が拍子をとれば雲はそれに従って起こり、その分身は去って葛陂《かっぱ》の龍と化することだろう。

135 效老杜戲作俳諧體

老杜《らうと》の「戲《たはむ》れに俳諧體《はいかいたい》を作《な》す」に效《なら》ふ

日本自無虎　日本《にほん》には　自《おのづ》から虎《とら》無《な》きに
夜半何有虁　夜半《やはん》何《なん》ぞ虁《き》有《あ》るや
觸藩非羝羊　藩《まがき》に觸《ふ》るるも　羝羊《ていやう》には非《あら》ず
作怪應狐狸」　怪《くわい》を作《な》すは　應《まさ》に狐狸《こり》なるべし
煙荒雲冷處　煙《もや》は荒《あ》れ　雲冷《くもさむ》き處《とき》
天陰月黒時　天陰《てんかげ》り　月黒《つきくろ》き時《とき》
隻履似催我　隻履《せきり》もて　我《われ》を催《うなが》すに似《に》たり
歸去未愆期　歸《かへ》り去《さ》ること　未《いま》だ期《き》を愆《あやま》らずと

【語釈】

［老杜戯作俳諧體］杜甫の作とは「戯作俳諧體遣悶二首」（戯れに俳諧體を作りて悶えを遣《や》る二首）で、次のようなものである。

其一

異俗吁可怪　異俗　吁《ああ》　怪しむ可し
斯人難並居　斯《こ》の人　並び居ること難《かた》し
家家養烏鬼　家家　烏鬼《うき》を養ひ
頓頓食黄魚」　頓頓　黄魚を食ふ
舊識能爲態　舊識　能く態を爲し
新知已暗疎　新知　已に暗に疎なり
治生且耕鑿　治生　且つ耕鑿せん
只有不関渠　只《た》だ渠《かれ》に関はらざる有るのみ

其二

西歴青羌坂　西のかた　青羌の坂を歴《へ》
南留白帝城　南のかた　白帝の城に留まる
於菟侵客恨　於菟《おと》は客恨を侵《をか》し
粔籹作人情」　粔籹《ちまき》もて　人情を作《な》す
瓦卜傳神語　瓦卜　神語を傳へ
畬田費火耕　畬田《よでん》　火耕を費す
是非何處定　是非　何れの處にか定まらむ
高枕笑浮生　枕を高くして　浮世を笑ふ

その晩年、長江を下って白帝城の近くに住んでいた時の作で、土地の異様な風俗について、いささかおどけた調子で詠んだものである。圓月の作とは「其の二」の「於菟侵客恨」が関係する程度で、「戯作俳諧體」という点で共通するだけのようである。

［觸藩非羝羊］『易經』大壯・上六に「羝羊藩《まがき》に觸る。退く能はず、遂《すす》む能はず。利する攸《ところ》無し。艱《くる》しめば吉）とある。

［歸去未愆期］陶淵明の「歸去來兮辭」を意識しているようである。「淵明は期を愆《あやま》ることなく故郷に隠退した。あなたの場合は未だ遅れてはいないけれども、早いほうがよろしいよ」と。

【訳】

老杜の「戯《たわむ》れに俳諧體《はいかいたい》を作《な》す」に効《なら》う

日本にはもともと虎などもいないはずなのに、夜半にまた どうして夔《き》などが出てきたのだろう。

（角があって）藩《まがき》に触れるけれども羝羊《おひつじ》ではない、怪を作《な》すところは狐狸の類に違いない。

靄がかかり 雲が冷たく垂れこめているとき、天が陰《かげ》り 月も隠れている時のことだった。

一本足で 何やら私に催促しているようだ、隠遁の時期は まだ遅れてはいないけれどと。

136

歳次庚子、行年六十一、仲秋無月爲憾、以老矣、明年不可期也、詩與浄業、亦以夫頗聰明故寵之也

歳《とし》は庚子《かうし》に次《やど》り、行年《かうねん》六十一。仲秋《ちゆうしう》に月無《つきな》きを憾《うら》みと爲《な》す。以《すで》に老《お》いたり。明年《みやうねん》期《き》す可《べ》からざるなり。詩《し》もて浄業《じやうげふ》に與《あた》ふ。亦《ま》た夫《か》の頗《すこぶ》る聰明《そうめい》なるの故《ゆゑ》を以《もつ》て之《これ》を寵《ちよう》するなり。

中秋當賞月　中秋《ちゆうしう》 當《まさ》に月《つき》を賞《しやう》すべきに

初夜未遭晴　初夜《しよや》 未《いま》だ晴《は》るるに遭《あ》はず

坐破宵分闇　坐《ざ》して宵分《せうぶん》の闇《やみ》を破《やぶ》り
望回天未明」　望回《ばうくわい》すれども 天《てん》は未《いま》だ明《あき》らかならず
傾將難再覩　傾《かたむ》きては將《もっ》て 再《ふたた》びは覩《み》難《がた》からんも
殘有似新迎　殘《ざん》をば 新《あら》たに迎《むか》ふるに似《に》たる有《あ》り
徹曉忘衰疾　曉《あかつき》を徹《てっ》して 衰疾《すゐしつ》を忘《わす》れたるは
後年恐隔生　後年《こうねん》 生《せい》を隔《へだ》つるを恐《おそ》るればなり

＊右吟、到坐破宵分闇、時陰雲解駁、後發明朗、至將曉、転見光輝、故言及也、中正老病夫、

右の吟、坐して宵分の闇を破るに到りて、時に陰雲は解駁し、後に明朗を發す。將《まさ》に曉《あかつき》ならんとするに至りて転《うた》た光輝を見る。故に言及するなり。中正 老い病みたるかな。

【語釈】

［歳次庚子］傍注に「延文五年」（一三六〇）とある。

［浄業］子建浄業。中巖の弟子。禪文ともにすぐれていたといわれる。

［初夜］初更。日没から夜明けまでを五等分した其の一番目の時間。七時～九時。

［宵分］夜半。

［中正］傍注に「中巖圓月」とある。

【訳】

歳は庚子に次《やど》って、行年六十一。仲秋に月は見えず、遺憾なことであった。老いてしまって、明年 仲秋の名月が見られるかどうかわからない。そこで詩を作って浄業に與えた。彼が頗る聡明であるので期待しているからである。

仲秋にあたり 月を賞すべきに、初更になっても まだ晴れてこない。
坐り込んで夜半の闇も過ぎて、眺めまわしても空はまだ明るくならない。
月が傾けば もはや見ることは難しいので、殘月を 新たに月の出を迎えるような思いで待っていた。
曉に到るまで衰疾を忘れて待っていたのは、來年は生を隔てているのではないかと恐れたからだ。

右の吟、坐りこんで夜半の闇も過ぎる頃になって、やっと陰雲が開き、やがて明るくなった。そうして曉ならんとするときになって次第に光が見えてきた。そこで此の詩に詠《よ》んだ。中正も老い衰えたものだ。

137

軍士圖
軍士《ぐんし》の圖《づ》

其一
沈而思　沈《ちん》にして思《し》
呑而知　呑《どん》にして知《ち》
漾歟乘歟　漾《やう》なる歟《か》　乘《じよう》なる歟《か》
兵莫持疑　兵《へい》は疑《うたが》ひを持《も》つ莫《な》かれ

【訳】
軍士の圖
其の一
沈着にして思慮あり、全てを呑んで智恵あり。
心穏やかなことよ 勢いに乘っていることよ、戰《いくさ》においては疑いを持ってはいけない。

其　二
笑而喜　　笑《せう》にして喜《き》
嗔而恚　　嗔《しん》にして恚《い》
壯哉驕哉　　壯《さう》なる哉《かな》　驕《けう》なる哉《かな》
人馬美矣　　人馬《じんば》　美《び》なり

【訳】
其の二
笑って喜んでいる者、激しく怒り　むっとしている者。
壮《さか》んなことよ　勇み昂《たか》ぶっていることよ、人も馬も　誠に美しい。

138　春　興

其　一
愆期杜牧章臺柳　　期《き》に愆《たが》ふ　杜牧《とぼく》が章臺《しやうだい》の柳《やなぎ》
守約無文雪後梅　　約《やく》を守《まも》る　無文《むもん》が雪後《せつご》の梅《うめ》
柳欲藏鴉梅亦老　　柳《やなぎ》は鴉《からす》を藏《かく》さんと欲《ほつ》し　梅《うめ》も亦《ま》た老《お》ゆ
春風雪後屬章臺　　春風《しゆんぷう》　雪後《せつご》　章臺《しやうだい》に屬《ぞく》す

【語釈】

［愆期杜牧章臺柳］「愆期」は、時期を違えること。約束の期限をやぶる。『詩經』衛風・氓《ぼう》に「我の

期を愆《たが》ふに匪《あら》ず、子に良媒 無し」とある。また杜牧が湖州の長官であった時の話も踏まえているらしい。杜牧はその時、ある女性と十年後に結婚する約束をしたが、その約束が守れず十四年後に湖州へ赴任した。しかし其の時には既に彼女は結婚していて子供が二人もいたという。その時の杜牧の詩は、

　自恨尋芳去較遲、不須惆悵怨芳時。
　如今風擺花狼藉、緑葉成陰子満枝。

自ら恨む 芳《はな》を尋ねて 去《ゆ》くことの較《や》や遲きを、須《もち》ひず 惆悵《ちうちやう》として芳時を怨むを。如今《いま》や 風擺《や》みて 花は狼藉、緑葉 陰《かげ》を成して子は枝に満《み》つ。

というものであった。しかし「章臺柳」との関わりは未詳。

［守約無文雪後梅］「無文」は、元選（一三二三～一三九〇）。無文は号。臨濟宗。遠江の方廣寺の始祖。「知侍者に寄するの詩」に次のようにある。

　手に黄花を把《と》りて後期を語る
　孤山 雪後 早梅の時
　春風 管せず 人に信《たより》無く、
　又た香を吹きて北枝に上るを要す

［柳欲藏鴉］梁・簡文帝の「金樂歌」に「槐香は井を覆《おほ》はんと欲し、楊柳は正《まさ》に鴉を藏《かく》す」とある。

［屬章臺］意味未詳。

【訳】

春 興

其の一

杜牧の 約束の時期を違えたという章臺の柳、無文の 約束を守ったという雪後の梅。
柳は鴉を藏《かく》すほどに茂り 梅も亦た老いた、春風も雪後は 章臺に身を寄せるのだろう。

其 二

門前楊柳半藏鴉　　門前《もんぜん》の楊柳《やうりう》 半《なか》ば 鴉《からす》を藏《かく》し

堦下櫻桃未落花
爲問春風無限意
從今老去屬誰家

堦下《かいか》の櫻桃《あうたう》 未《いま》だ花《はな》を落《ちら》さず
爲《ため》に問《と》ふ 春風《しゆんぷう》 無限《むげん》の意《い》
今《いま》從《よ》り老《お》い去《さ》りて 誰《た》が家《いへ》にか屬《ぞく》さん

【語釈】
［春風無限意］柳宗元「曹侍御の、象県を過ぎて寄せらるるに酬《こた》ふ」詩に「春風は限り無し 瀟湘《せうしやう》の意、蘋花《ひんくわ》を採らんと欲するも自ら由《よ》らず」とある。

［從今老去屬誰家］「老去」は、春の季節が過ぎてゆくこと。「春風」は、どこに身を寄せるのだろう。

【訳】
其の二
門前の楊柳は 半ば鴉を藏《かく》しており、堦下の櫻桃は まだ花を散らしてはいない。
ちょっと問ねるが 春風は無限の思いをさせながら、今からは老いてゆき 誰の所に身を寄せるのだろう。

139 扇面
今日天陰降霡霂
一雙鵓鳩婦未逐
桑葚落盡無可飡
樹間求虫學啄木

今日《けふ》 天《てん》は陰《くら》く 霡霂《こさめ》を降《ふ》らす
一雙《いつさう》の鵓鳩《ぼつきう》 婦《ふ》を未《いま》だ逐《お》はず
桑葚《くはのみ》 落《お》ち盡《つ》くして 飡《くら》ふ可《べ》き無《な》く
樹間《じゆかん》に虫《むし》を求《もと》めて 啄木《きつつき》を學《まな》ぶ

【語釈】
［霡霂］小雨。「霂」字、「霖」に作るも改めた。

［鵓鳩婦未逐］「鵓鳩」は、鳥の名。鳩の一種。天

が曇れば其の婦を逐い、晴れれば呼び戻すという。
（『毛詩草木鳥獣蟲魚疏』）

［桑葚］桑の實。『詩經』衛風・氓に「吁嗟《ああ》 鳩よ、桑葚《くはのみ》を食ふ無かれ」とある。

【訳】

扇面

今日は空が陰《くら》く 小雨が降っており、つがいの鵓鳩は まだ婦を逐《お》い拂わない。
桑の實は落ち盡くして 食べることはできず、樹間で虫を求めて 啄木の眞似をしている。

140

與覺一

覺一《かくいち》に與《あた》ふ

殷鑑昏昏不拂塵
衰周列國併成秦
白旗赤幟相攘敓
一曲琵琶愁殺人

殷鑑《いんかん》 昏昏《こんこん》として 塵《ちり》を拂《はら》はず
衰周《すゐしう》の列國《れっこく》は 併《あは》されて秦《しん》と成《な》る
白旗《はくき》 赤幟《せきし》 相《たが》ひに攘《う》ち敓《やぶ》り
琵琶《びは》 一曲《いっきょく》 人《ひと》を愁殺《しうさつ》す

【語釈】

［覺一］琵琶法師の名。覺一検校。
［殷鑑］『詩經』大雅・蕩に「殷鑑《いんかん》 遠からず、夏后の世に在り」とある。夏の桀王は不仁であった故に殷に滅ぼされたが、殷もそれを教訓にして身を慎まなければならない、という意味。その前例を鏡とすることが無かったために、鏡は汚れて塵も拂われない。
［衰周列國併成秦］戰國時代の列國は、そのために秦に併合されてしまった。
［白旗赤幟相攘敓］日本でも同じことで、源氏と平

家が相争って、結局は共倒れになってしまった。

「攘斂」は、争い奪い合うこと。

〔一曲琵琶愁殺人〕琵琶法師の弾き語る「平家物語」を聞いて、辛く悲しい思いをさせられる。

【訳】

覚一に与える

殷鑑《いんかん》は昏昏《こんこん》として塵を拂わずにいたために、衰えた周の列國は併合されて秦となった。
日本では白旗と赤幟が互いに争った結果、一曲の琵琶が聞く人を愁殺することになった。

141

送令侍者　時佛光 佛國二翁 謚号新降

令侍者《れいじしや》を送《おく》る　時《とき》に佛光《ぶつくわう》・佛國《ぶつこく》の二翁《にをう》、謚号《しがう》新《あら》たに降《くだ》る

敲氣吹黄埃　敲氣《かうき》は黄埃《くわうあい》を吹《ふ》き
満天毒火霾　満天《まんてん》毒火《どくくわ》霾《つちふ》る
居家猶恐暍　家《いへ》に居《を》りてすら猶《な》ほ暍《あつさ》を恐《おそ》るるに
行路何當哉」　路《みち》を行《ゆ》くこと何《なん》ぞ當《あ》たらんや
道人心如鐵　道人《だうじん》心《こころ》は鐵《てつ》の如《ごと》く
冒此驕暘來　此《こ》れを冒《をか》し暘《ひざし》に驕《おご》りて來《きた》り
海濱七里沙　海濱《かいひん》七里《しちり》の沙《すな》
熬脚炎餤埋」　脚《あし》を熬《あぶ》り炎餤《ゑんえん》に埋《う》もる
波濤時送風　波濤《はたう》時《とき》に風《かぜ》を送《おく》り
拂面蒸竈開　面《おもて》を拂《はら》ひて蒸竈《じやうろう》開《ひら》く

問君何爲爾
自甘投火堆」
祖師新得謚
拝迎豈徘徊
棄命報師恩
死生不疑猜」
我聞於是語
嘆嗟感情懷
焉使天下士
如君莫違回」
老吾肝膽激
作詩忘不才

君《きみ》に問《と》ふ 何爲《なんす》れぞ爾《しか》るや
自《みづか》ら甘《あま》んじて火堆《くわたい》に投《とう》ずると
祖師《そし》 新《あら》たに 謚《おくりな》 を得《え》たり
拝迎《はいげい》するに 豈《あ》に徘徊《はいくわい》せん
命《いのち》を棄《す》てて師《し》の恩《おん》に報《むく》い
死生《しせい》 疑猜《ぎさい》せずと
我《われ》は是《こ》の語《ご》を聞《き》きて
嘆嗟《たんさ》して情懷《じやうくわい》を感《かん》ず
焉《いづく》んぞ天下《てんか》の士《し》をして
君《きみ》の如《ごと》く違回《ゐくわい》すること莫《な》からしめん
老《お》いたる吾《われ》も 肝膽《かんたん》は激《げき》し
詩《し》を作《つく》りて 不才《ふさい》を忘《わす》る

【語釈】

［令侍者］佛光・佛國の弟子であろう。

［佛光］無學祖元（一二二六～一二八六）。佛光はその國師号。臨濟宗。鎌倉円覺寺開山。佛光派の祖。浙江省の人。弘安二年（一二七九）に北条時宗は迎えて建長寺に住せしめ、五年に円覺寺を建てて祖元を迎え、開山初祖とした。

［佛國］高峰顕日。（一二四一～一三一六）臨濟宗、佛光派。後嵯峨天皇の子。無學祖元が來朝して建長寺に住するや、それに參じ、久しくして旨を得る。無學はこれを印可して信衣、法語を授ける。佛國國師と謚された。

［敲氣］熱氣。

［喝］暑さあたり。日射病。

［道人］令侍者を指す。

［驕暘來］「暘」は日照り。もと「暍」に作るが改めた。

［海濱七里沙］鎌倉では稲村崎から腰越に至る其の間を七里濱と謂う。この濱は沙が細黒で漆のようである。

［問君何爲爾］陶潛「飲酒」（其の五）に「廬を結びて人境に在り、而も車馬の喧《かまびす》しき無し。君に問ふ 何ぞ能く爾《しか》るや、心遠ければ地は自ら偏《かたよ》るなり」とあるのに拠った。

［火堆］うず高く積まれた火。

［祖師新得謚］序にあるように無學祖元が佛光、高峰顕日が佛國と謚されたことをいう。祖元と顕日は令侍者にとって「祖師」である。

［違回］「違」字、「遲」字の誤りか。

【訳】

令侍者に送る

時に佛光・佛國の二翁に、新たに謚号が降された。


打ち付けるような風が 黄埃を吹き上げ、満天 毒火が 降ってくる。

家の中に居てさえ暑さが恐ろしいのに、路を歩くことなど とんでもないことだ。

しかし道人の心は鐵のようであり、それを冒《おか》して日照りをものともせずにやって來た。

海邊の七里の沙浜を、脚を煎《い》られ 炎熱に埋もれながら。

波濤が時に風を送り、面を拂って蒸し暑さがしばし除かれはするが。

君に問う「どうしてそのようなことができたのですか、自ら甘んじて火の堆《やま》に身を投ずることが」と。

「祖師が此のたび 新たに謚号を得られた、拝迎するのに どうしてぐずぐずしておれようか。

命を棄てて師の恩に報いなければならないのに、死生など氣にはしておれません。」

私は此の言葉を聞き、溜め息ついて その思いに感じ入った。

どうすれば天下の士たちを、あなたのように逃げ腰でなくさせられるのだろう。

老いた私ながら心肝は激《げき》して、不才も忘れて詩を作ってしまった。

142

題扇面

扇面《せんめん》に題《だい》す

其一

自是江湖似畫圖
畫圖還不與眞殊
樓臺煙雨千山遠
薄暮舟檣淡欲無

自《おの》ら是《こ》れ江湖《かうこ》は　畫圖《ぐわづ》に似《に》たるも
畫圖《ぐわづ》は還《ま》た眞《しん》と殊《こと》ならず
樓臺《ろうだい》煙雨《えんう》　千山《せんざん》遠《とほ》く
薄暮《はくぼ》舟檣《しうしやう》　淡《あは》くして無《な》からんと欲《ほっ》す

【語釈】

［樓臺煙雨］杜牧「江南春」の「南朝四百八十寺、　多少の樓臺　煙雨の中」を踏まえる。

【訳】

扇面に題す

其の一

當然のことながら江湖は畫のようであるが、この畫はまた本物と殊《こと》ならない。
樓臺は煙雨のなか　千山が遠くにかすむ、薄暮　舟の帆柱が　淡くして有るか無きか。

其二

學鉤月鉤下灘水

鉤月《こうげつ》を學《ま》ねたる　鉤《つりばり》を　灘水《だんすゐ》に下《くだ》す

灘水急流魚不游　灘水《だんすゐ》 急流《きふりう》にして 魚《うを》は游《およ》がず
黯黮雲中何所見　黯黮《あんちゆつ》なる雲中《うんちゆう》 何《なに》の見《み》る所《ところ》ぞ
翩翩一鳥影悠悠　翩翩《へんぺん》たる一鳥《いつてう》 影《かげ》は悠悠《いういう》

【語釈】
［鉤月］三日月のこと。
［翩翩］鳥が身輕に飛ぶさま。ひらひらと。

【訳】
其の二
三日月のような釣り針を灘水に下すも、灘水は流れが急で 魚は泳いでいない。
黒々とした雲の中に何が見えるかといえば、翩々《へんぺん》と飛ぶ一羽の鳥の 悠々たる影。

其 三
排窓迎遠山　窓《まど》を排《ひら》きて 遠山《ゑんざん》を迎《むか》へ
伏見碧孱顔　伏《ふ》して見《み》る 碧孱顔《へきせんがん》
雨後半天黒　雨後《うご》 半天《はんてん》 黒《くろ》く
斷雲呑日殘　斷雲《だんうん》 日《ひ》の殘《ざん》するを呑《の》む

【語釈】
［碧孱顔］深緑の山の高く険しいさま。
［斷雲呑日殘］殘日は夕日。ちぎれ雲に夕日が隠れようとしている様子をいう。

【訳】
其の三

窓を押し開いて 遠くの山を迎え入れ、伏しては 碧の高く険《けわ》しい山を見る。
雨のあとで半天は黒く、斷雲が 夕日を呑みこもうとしている。

其 四

片雲頭上垂　片雲《へんうん》 頭上《ずじやう》に垂《た》れ
清風満座吹　清風《せいふう》 満座《まんざ》に吹《ふ》く
騒人心似鐵　騒人《さうじん》 心《こころ》は鐵《てつ》に似《に》たり
孤負此催詩　孤負《こふ》して 此《ここ》に詩《し》を催《もよほ》す

【語釈】

［騒人］廣く詩人をいう。
［孤負］背くこと。李陵の「蘇武に答ふる書」に「功大にして罪小なるに、明察を蒙らず、陵の心に孤負《そむ》く」とある。

【訳】

其の四

片雲は頭上に垂れさがり、清風が座敷いっぱいに吹いてくる。
詩人は心が鐵のようであり、世に背《そむ》いて ここに詩を詠じている。

其 五

黒雲似欲雨　黒雲《こくうん》は 雨《あめ》ならんと欲《ほっ》するに似《に》
溌墨半天布　墨《すみ》を溌《そそ》ぎて 半天《はんてん》に布《し》く
癡龍眠不知　癡龍《ちりゆう》 眠《ねむ》りて 知《し》らず

地無一滴下　　地《ち》に一滴《いってき》の下《ふ》る無《な》し

【語釈】

［癡龍］愚かな龍。

［眠不知］龍は雲に乗って天に昇り、雨を降らせる。しかしこの愚かな龍は眠っていて、雲が出たのがわからない。

【訳】

其の五

黒雲は 雨を降らそうとしているようで、墨を注いで天の半分に布いている。

愚かな龍は眠っていてそれがわからず、地には一滴の雨も降らない。

其 六

釣艇泛平湖　　釣艇《てうてい》 平湖《へいこ》に泛《うか》ぶ

雲容俄頃粗　　雲容《うんよう》 俄頃《にはか》に粗《あら》し

漁翁理蓑笠　　漁翁《ぎよをう》は 蓑笠《さりふ》を理《をさ》め

急櫂入黄蘆　　櫂《かい》を急《きふ》にして 黄蘆《くわうろ》に入《い》る

【語釈】

［黄蘆］枯れて黄色になった蘆。その中で雨風を避けるのであろう。

【訳】

其の六

釣り舟が 穏やかな湖に泛《うか》んでいる、雲の様子が 俄かに粗《あら》くなった。

漁翁は蓑笠を着け、櫂《かい》をいそがせて枯れた蘆の中に入っていく。

其 七

涼月當湖上　涼月《りやうげつ》 湖上《こじやう》に當《あ》たり
白蓮出海宮　白蓮《はくれん》 海宮《かいきゆう》より出《い》づ
轂推龍伯手　轂《くるま》は 龍伯《りゆうはく》の手《て》に推《お》され
高脱黒雲中　高《たか》く脱《だつ》す 黒雲《こくうん》の中《なか》

【語釈】

［海宮］湖底の宮殿か。「海宮」の用例は未見であるが、「海室」であれば羅隠の「寄せて鄴王羅令公に酬《こた》ふ」詩に「綃《きぎぬ》は海室從《よ》りして煙霧を奪ひ、楽《がく》は帝宮に奏されて管弦に勝《まさ》る」と見える。

［龍伯］古の大人國の人で、超大力であった。『列子』湯問篇に「龍伯の國に大人有り。足を擧ぐること数歩に盈《み》たざるに、而も五山の所に暨《およ》ぶ。一たび釣りて六鼇《がう》を連ね、合わせ負ひて其の國に趣《おもむ》き帰る」とある。

【訳】

其の七

涼月は湖の上に出ており、白蓮は海宮から咲き出ている。車は龍伯の手で推され、高く黒雲の中から脱け出していく。

其 八

秋至病身先怯風　秋至《あきいた》りて 病身《びやうしん》 先《ま》づ風《かぜ》に怯《おび》ゆ
豈應淹爾袖懷中　豈《あ》に應《まさ》に爾《なんぢ》を袖懷《しうくわい》の中《なか》に淹《とど》むべけん

一揺置我青冥上　一揺《いちえう》 我《われ》を青冥《せいめい》の上《うえ》に置《お》くに
不見星河碧霧籠　星河《せいか》を見《み》ず 碧霧《へきむ》 籠《こも》る

【語釈】
「淹爾袖懐中」「爾」は、扇を指す。　「星河」天の河。

【訳】
其の八
秋が来ると病身の私は 先ず風に怯える、どうしてお前を袖懐《ふところ》の中に留めておけようか。
ひとたび揺らせば 私を青空の上に置く、しかし星河は見えず 碧霧が立ちこめているだけだ。

143 示僧童道秀
僧童道秀《そうどうだうしう》に示《しめ》す

蔗苗地不腴　蔗苗《しよべう》 地《ち》の腴《こ》えざれば
道秀亦何如　道《みち》の秀《ひい》づること 亦《ま》た何如《いかん》
童穉無攸往　童穉《どうち》は 往《ゆ》く攸《ところ》無《な》し
昏蒙可撃乎」　昏蒙《こんまう》 撃《う》つ可《べ》きか
今年天大旱　今年《ことし》 天《てん》は大《おほ》いに旱《ひでり》し
盈科詎庸需　科《あな》に盈《み》つること 詎《なに》を庸《もつ》てか需《もと》めん
爲憐山下水　爲《ため》に憐《あは》れむ 山下《さんか》の水《みづ》の
竟弗知所於」　竟《つひ》に於《ゆ》く所《ところ》を知《し》らざるを

而矧若爾輩
育德少居諸
吾詩有深誡
似示城南符」
龍魚各異志
争敢怪豫且

而《しか》も矧《いは》んや爾《なんぢ》の輩《はい》の若《ごと》きは
德《とく》を育《やしな》ふこと居諸《ひ》少《すく》なし
吾《わ》が詩《し》に深《ふか》き誡《いまし》め有《あ》り
城南《じやうなん》の符《ふ》に示《しめ》すに似《に》たり
龍魚《りゆうぎよ》各《おのお》の志《こころざし》を異《こと》にす
争《な》んぞ敢《あ》へて豫且《よしよ》を怪《あや》しまん

【語釈】

［僧童道秀］後の岐陽方秀。（一三六一～一四二四）初めの法名が道秀。讃岐の人で、東福寺で修業。のちに其の住持となり、晩年は天龍寺に移った。

［蔗苗］甘諸は佛の族姓。甘蔗の苗は僧童を喩えた。

［地不腴］苗を育てるための土地が肥えていない。作者の謙遜の辭。

［童穉］童稚。童幼。

［昏蒙］『易』蒙卦に「我の童蒙を求むるに匪《あら》ず、童蒙の來たりて我に求むるなり」とあり、上九の爻辭に「蒙を撃つ。寇を爲すに利あらず、寇を禦《ふせ》ぐに利あり」とある。過度な攻撃を止めて、外からの悪の誘惑を防いで天性の純眞さを失わないようにするがよいということ。

［今年天大旱］戦亂による世情の荒廢を喩えているのであろう。

［盈科］山の水が勢いよく流れ下る時、穴を一つ一つ満たしながら進んでいく。『孟子』離婁篇下に「原泉混混として、晝夜を舍《お》かず。科《あな》を盈《み》たして後に進み、四海に放《いた》る」とある。人が學問を成すには漸《ぜん》を以て進むべきであることをいう。

［爲憐山下水］「山下水」は、山から流れ始めた細い水のことで、童蒙にたとえる。『易』蒙卦・象傳の「山下に泉を出だすは蒙なり」による。

［育德］『易』蒙卦の象傳の「山下に泉を出だすは蒙なり。君子は以て行ひを果たし德を育ふ」による。

［居諸］日月。時間。
［似示城南符］韓愈の「符、城南に讀書す」の詩を踏まえる。「符」は、韓愈の子の幼名で、詩の内容は、學問の道を説いて励ましたもの。「豈に日夕に念《おも》はざらんや、爾《なんぢ》の爲に居諸を惜しむ」という句もある。
［龍魚〜、〜豫且］『莊子』外物篇の話を踏まえる。「豫且」は、漁師で、河伯の使者の神龜を捕らえ、その龜は宋の元君に献上された。元君はそれを殺して占いに使ったが、七十二回占って吉凶が全て當たったという。ここは、龍と魚はそれぞれ生き方を異にしているとはいえ、龍でありながら豫且の網にかかることになってもそれは仕方のないことである。そなたも龍になるかもしれないし魚として終わるかもしれない。また龍になっても不慮の事故に遭うかも知れない。そこのところは覚悟しておかなければならないであろう、という意味。

【訳】

僧童の道秀に示す

甘蔗の苗のようなそなた 土地が肥えていなければ、道の秀づることは望むべくもない。
まだ幼くて 往く所もわかっていないようだが、その愚かさは撃つべきものであろうか。
今年は天が大いに旱《ひでり》したので、水が穴を盈《み》たしながら進むことを どうして期待できよう。
心配なことは 流れ始めた山下の水が、結局どこへ行くことになるのかわからないことだ。
しかも ましてそなたたちのように、徳を養うこと まだ日も浅い者のことはなおさら氣になる。
私の詩には深い誡めが込められており、それは（韓愈の）「城南の符に示した」詩にも似ていよう。
龍と魚は 各々志を異《こと》にしているとはいえ、どうして豫且《よしょ》を怪しんだりすることがあろうか。

144

夜起求火
夜《よ》 起《お》きて火《ひ》を求《もと》む

秋風吼林埛　秋風《あきかぜ》は林《はやし》の埛《はて》に吼《ほ》え
秋虫泣莎庭　秋《あき》の虫《むし》は莎庭《さてい》に泣《な》く
遠近秋聲併　遠《とほ》く近《ちか》く 秋《あき》の聲《こゑ》は併《あは》さり
入枕雨冷冷」　枕《まくら》に入《い》りて 雨《あめ》は冷冷《れいれい》たり
得句書無燈　句《く》を得《え》て 書《か》かんとするも 燈《ともしび》無《な》く
覔照四隣扃　照《あかり》を四隣《となり》の扃《と》に覔《もと》む
火刀鈍且渋　火刀《ひうちいし》は 鈍《にぶ》く且《か》つ渋《しぶ》く
百打無一星」　百打《ひやくだ》するも 一星《いっせい》 無《な》し
癡童眠重稔　癡童《ちどう》は 眠《ねむ》りの重稔《ふか》く
戞戞或夢聴　戞戞《かつかつ》 或《ある》いは夢《ゆめ》に聴《き》く
驚起蒼頭僕　驚《おどろ》き起《お》きたる 蒼頭《さうとう》の僕《しもべ》
負贔致丁寧」　負贔《ふひ》として 丁寧《ていねい》を致《いた》す
一撃石火迸　一撃《いちげき》 石火《せきくわ》 迸《はし》り
灰紙著流蛍　灰紙《くわいし》もて 流蛍《りうけい》を著《つ》く
硫点微明發　硫《いわう》に点《てん》ずれば 微《かす》かな明《あか》りの發《はっ》し
耿耿照窓櫺」　耿耿《かうかう》として 窓《まど》の櫺《かうし》を照《て》らす
爨餘爐邊掇　爨餘《さんよ》をば 爐邊《ろへん》に掇《あつ》め
裂破瑣砕零　裂破《れっは》す 瑣砕《ささい》の零《くづ》

投焼附麩炭
暗室回嚨昤」
老眼勝對月
可讀細字經
即燭磨玄玉
揮毫手不停」
詩成人不見
字字徒然馨
降俾丁七嫁
頗自惜娉婷

焼《つけび》を投《とう》じて麩炭《けしずみ》に附《ふ》すれば
暗室《あんしつ》に 嚨昤《ろうれい》 回《かへ》る
老眼《らうがん》 月《つき》に對《たい》するに勝《まさ》り
細字《さいじ》の 經《きやう》を讀《よ》む可《べ》し
燭《ともしび》に即《つ》きて 玄玉《すみ》を磨《す》り
毫《ふで》を揮《ふる》ひて 手《て》は停《と》めず
詩《し》の成《な》るも 人《ひと》は見《み》ず
字字《じじ》 徒然《いたづら》に馨《かほ》るのみ
俾丁《ひてい》に七《しち》にんの嫁《よめ》を降《くだ》すがごとく
頗自《いささ》か 娉婷《へいてい》を惜《を》しむ

【語釈】

［莎］草の名。はますげ。
［火刀］火打ち鎌。火打ち石に打ち付ける鐵。
［癡童］愚かな童。召し使っている小僧であろう。
［重稔］（眠りが）積み重なり深まっている。「稔」字、もと「倦」に作る。
［憂憂］火打ち石の音。
［負贔］あれこれ手を盡くすさま。
［灰紙］火打ち石で出した火花を受ける紙であろう。
［爨餘］薪の燃えかす。
［爐邊掇］「掇」は、拾う。もと「擬」に作るが、いま改めた。
［麩炭］消し炭。
［降俾丁七嫁］未詳。「俾丁」は下男。召使。
［娉婷］女性の穏やかで美しいさま。

【訳】

夜に起きて火を求める

秋の風は　林の果てで吼《ほ》え、秋の虫は　莎《はますげ》の生えた庭で泣いている。
遠くから近くから　秋の聲は併《あ》わさり、枕もとに入ってきて　雨は冷々《ひえびえ》と降っている。
句を得て　書き付けようとしたが燈が無いので、　明かりを四方の戸口に求めた。
火刀は鈍く　そのうえ渋く、　百回打っても　火花ひとつ出ない。
愚かな童は　眠り込んでしまって、　カチカチの音を　夢の中で聞いているのだろう。
驚いて起きてきた白髪の下僕が、　あれこれと手を盡くしてくれた。
さて　一撃で石火が散り、　灰紙で流蛍のような火を受ける。
硫黄に火をつけると微《かす》かな明かりが灯り、　やがて耿々《こうこう》と窓の格子を照らす。
燃えかすを爐端に拾い集め、　こまかく裂いて細くする。
点《つ》け木を入れて消し炭に着けると、　暗い部屋に明るさが回ってきた。
老いた眼には　月に對《むか》うより勝っており、　細字の經でも讀むことができる。
燭の下で墨をすり、　筆を揮《ふる》えば　手は停《と》まらない。
さて詩はできたが　見せる人はおらず、　字字　徒《いたづ》らに馨《かお》っているだけ。
しもべに七人の嫁を降すがごとく、　いささか其の美しさが惜しまれることだ。

145　追和磵陰翁雲錦亭
追《お》ひて磵陰翁《かんいんをう》の「雲錦亭《うんきんてい》」に和《わ》す

芳草叢兮嘉樹林　　芳草《はうさう》　叢《むらが》る　嘉樹《かじゅ》の林《はやし》
慶雲羅織錦花深　　慶雲《けいうん》は羅織《きぬおり》のごとく　錦花《きんくわ》は深《ふか》し

燕泥不敢汚簾幙　燕泥《えんでい》も 敢《あ》へて簾幙《れんばく》を汚《けが》さず
合著禪僧坐月陰　合著《がふちやく》の禪僧《ぜんそう》は 月陰《つきかげ》に坐《さ》す

【語釈】

［磵陰翁］敬叟居簡。
［雲錦亭］建物の名であろう。此の詩は、送られてきた磵陰翁の「雲錦亭」詩に和した作のようである。「雲錦」は蜀葵の花。
［燕泥］燕が巣を作るために運ぶ泥。
［合著］佛理と一つになること。

【訳】

追いて磵陰翁《かんいんおう》の「雲錦亭」の詩に和す
芳《かぐ》わしい草が叢《むらが》り生えている 嘉樹の林、慶《めでた》き雲は薄絹の織物のようで 錦花は深々と咲いている。
燕泥も簾や幕を汚すようなことはせず、佛理と合した禪僧たちが 月の光のもとに坐している。

146 瀟湘八景

山市晴嵐吹　山《やま》の市《むら》に晴嵐《せいらん》は吹《ふ》き
洞庭秋月照　洞庭《どうてい》に秋月《しうげつ》は照《て》る
開圖圖亦展　圖《づ》を開《ひら》けば 圖《づ》も亦《ま》た展《の》び
通神畫工妙　神《しん》に通《つう》ずる 畫工《ぐわこう》の妙《めう》
漁網曛斜曬　漁網《ぎよまう》は斜曬《ゆふひ》に曛《て》らされ
歸舟帆影遠　歸舟《きしう》 帆影《ほかげ》 遠《とほ》し

陰森夏木中
幽鳥聲睍睆
寺遠鐘聲韽
雨疎野樹暗
想見湘夫人
嘯吟情惨憺
江雪乍暗後
枯葦聲送寒
落雁無可食
苔荒沙家殘

陰森《いんしん》たる 夏木《なつき》の中《なか》
幽鳥《いうてう》 聲《こゑ》は睍睆《けんくわん》たり
寺遠《てらとほ》くして 鐘《かね》の聲《こゑ》は韽《かす》かに
雨疎《あめまば》らにして 野樹《やじゅ》 暗《くら》し
湘《しやう》 夫人《ふじん》を想見《さうけん》し
嘯吟《せうぎん》すれば 情《おもひ》は惨憺《さんたん》たり
江雪《かうせつ》 乍《たちま》ち暗《くら》くするの後《のち》
枯《か》れ葦《あし》 聲《こゑ》は寒《さむ》さを送《おく》る
落雁《らくがん》 食《くら》ふ可《べ》き無《な》く
苔荒《こけあ》れて 沙家《さか》 殘《くづ》る

【語釈】

＊宋の宋迪《そうてき》が、瀟湘の風景を畫いて次のような八幅を作った。
「平沙落雁」「遠浦歸帆」「山市晴嵐」「江天暮雪」「洞庭秋月」「瀟湘夜雨」「漁村夕照」「煙寺晩鐘」

此の詩は、それら八景を鏤めての作である。


［山市］山間の村。

［晴嵐］晴れた日の山の霞。

［斜曬］夕日の光。

［陰森］樹々が深く茂っているさま。

［幽鳥］森の奥深くに棲んでいる鳥。

［睍睆］鳥の啼き聲の形容。また、麗しいさま。『詩経』邶風・凱風に「睍睆たる黄鳥は、載《すなは》ち其の音《ね》を好くす」とある。

［野樹晴］「晴」字、「暗」に改めた。

［湘夫人］湘水の神。『楚辞』屈原の「九歌」に「湘夫人」の一篇がある。
［嘯吟］『楚辞』の「湘夫人」を思って嘯吟するのであろう。
［落雁］空から舞い下りてくる雁。

【訳】

瀟湘八景

山村に晴嵐は流れ、洞庭に秋の月が照る。
圖を開けば 圖の景色は展開され、畫工の妙は 神に通ずる。
魚網は夕日に照らされ、歸舟の帆影が遠く浮かんでいる。
欝蒼《うっそう》と茂った夏の木々の中、幽鳥の囀《さえず》る聲がする。
遠くの寺から 鐘の聲が微《かす》かに響く、雨はまばらに 野づらの樹々は暗い。
湘夫人を想い浮かべながら、其の篇を嘯吟《しょうぎん》すれば 情は悲しく痛む。
江雪が降って急に邊りが暗くなり、枯れた葦の葉ずれが 寒々と聞こえてくる。
落雁は食べる餌も無く、苔は荒れて砂浜の家は崩れかけている。

佛種慧濟禪師中巖月和尚自歴譜

『続群書類聚』本「佛種慧濟禪師中巖月和尚自歴譜」を主とし、明和元年板行『東海一漚集』所収「自歴譜」を参考にした。双行の注、傍注などは（ ）の中に入れた。

後伏見天皇　**正安**二年庚子（一三〇〇）
正月初六日晡時、予生まる。小名は吉祥。是の歳二月、父は坐して貶せらる。乳母　予を抱きて武州烏山に帰る。（師は相州鎌倉県の人なり。姓は平氏、桓武天皇の第二聖子なる葛原親王の後裔、土屋の族なり）
三年辛丑
後二条天皇　**乾元**元年壬寅（一三〇二）
嘉元元年癸卯（一三〇三）
二年甲辰
三年乙巳
予　**六歳**。外祖父　予を名越に迎ふも、病を以て烏山に帰る。
徳治元年丙午（一三〇六）
是の歳、予方《まさ》に支干を知る。六十一歳の人有り、曰く「吾が生年なり」と。予は之を怪しみ、之を問ふ。老人曰く「教ふ可きなり。乃ち能く之を学べ」と。
二年丁未
予　**八歳**。春、祖母は予を亀谷に迎へ、送りて壽福に入れ

後伏見天皇正安二年庚子
正月初六日晡時、予生、小名吉祥、是歳二月、父坐貶、乳母抱予而帰武州烏山、（師相州鎌倉人也、姓平氏、桓武天皇第二聖子葛原親王後裔、土屋之族也）
三年辛丑
後二条天皇乾元元年壬寅
嘉元元年癸卯
二年甲辰
三年乙巳
予六歳、外祖父迎予於名越、以病帰烏山、
徳治元年丙午
是歳、予方知支干、有六十一歳人、曰、吾生年也、予怪之、問之、老人曰、可教也、乃能学之、
二年丁未
予八歳、春、祖母迎予亀谷、送入壽福為僧童、名

て僧童と為す。名づけて至道と曰ふ。是の歳、洪水あり、民間に赤疱瘡を患ふもの多し。

萩原（花園）天皇　延慶元年戊申（一三〇八）

予　**九歳**。背に瘡を生ず。基立翁に随って、大慈寺に遷る。

二年己酉

三年庚戌

是の歳、鎌倉に大災あり。

應長元年辛亥（一三一一）

春、池房に在り。道恵和尚に就きて、『孝経』『論語』を読み、且つ九章算法を学ぶ。秋、大慈寺に帰る。

冬十月二十六日、平貞時　薨ず。其の朝　日に光無くして色は赤く、血に似たり。予は年少にして先ず此の怪を見、甚だ奇とす。

正和元年壬子（一三一二）

是の歳、予は十三。立翁　命じて梓山律師に禮して剃髪せしむ。後　秘密の教を三宝院に学ぶ。日々　詫間寺に詣《いた》りて、宝篋印塔に禮し、百匝を巡りて帰り、弘法大師（空海）の像を拝して百拝す。

二年癸丑

春、密教を学び、胎蔵・金剛の二部を学び、且つ諸尊法を行ふも、棄てて学ばず。

夏、壽福に於て未だ掛搭するを得ず。浩玄山主の房に在りて師寛通円の首座寮に往来し、諸家の語録を読む。未だ禪意を会得せずと雖も、然れども略《ほ》ぼ語話を弄す。

曰至道、是歳洪水、民間多患赤疱瘡也、

荻原天皇　延慶元年戊申

予九歳、背生瘡、随基立翁、遷大慈寺、

二年己酉

三年庚戌

是歳、鎌倉大災、

應長元年辛亥

春、在池房、就道恵和尚、読孝経・論語、且学九章算法、秋帰大慈寺、

冬、十月二十六日、平貞時薨、其朝日無光而色赤似血、予年少而先見此怪、甚奇、

正和元年壬子

是歳、予十三、立翁命禮梓山律師剃髪、後学秘密教於三宝院、日日詣詫間谷、禮宝篋印塔、巡百匝而帰、拝弘法大師像百拝、

二年癸丑

春学密教、至胎蔵・金剛二部、且行諸尊法、棄而不学、

夏、於壽福未得掛搭、在浩玄山主房、往来師寛通円首座寮、読諸家語録、雖未会得禪意、然略弄語話、時嶮崖和尚、退聖福席、客亀谷、作頌二首、

時に嶮崖（巧安）和尚は、聖福の席を退きて、亀谷（壽福寺）に客たり。頌二首を作り、諸方の名勝、競ひて其の韻に和す。予は**十四歳**、敢へて乃押を用ひて意を寄す。嶮崖甚だ喜びて、建長の佛燈（約翁徳倹）に語る。燈も亦た年少の故を以て異と為すなり。

三年甲寅

予は万壽の雲屋和尚の会下に在りて、頌を作ること甚だ多し。雲屋　奇と称するなり。

是の歳、建長　災あり、佛燈（約翁徳倹）退院す。

冬、円覚の東明（慧日）和尚に禮し、受業の師と為す。

四年乙卯

是の歳　十六。春、円覚に掛搭す。夏　三日　病む。

五年丙辰

象外（禪鑑）は予を東明（慧日）和尚に援《ひ》きて、扣くに洞下の旨を以てす。然れども予が心の粗にして、其の密意に達する能はず。

文保元年丁巳（一三一七）

東明（慧日）和尚　壽福に遷る。南山（士雲）和尚　円覚に上る。

二年戊午

予　**十九歳**。円覚を起ち博多に到る。江南に出でんと欲するも、綱司は舶に上るを許さざれば帰る。

夏、京の万壽　絶崖（宗卓）和尚の会下に在り。

冬、越前に到り、永平の義雲に参じ、略《ほ》ぼ洞宗の語言に通

諸方名勝、競和其韻、予十四歳、敢用乃押寄意、
嶮崖甚喜、而語建長佛燈、燈亦以年少故為異也、

三年甲寅

予在万壽雲居和尚会下、作頌甚多、雲屋和尚会下、作頌甚多、雲屋称奇也、

是歳、建長災、佛燈退院、

冬、禮円覚東明和尚、為受業師、

四年乙卯

是年十六、春、掛搭円覚、夏三日病、

五年丙辰

象外援予於東明和尚、扣以洞下之旨、然予心粗、不能達其密意、

文保元年丁巳

東明和尚遷壽福、南山和尚上円覚、

二年戊午

予十九歳、起円覚到博多、欲出江南、綱司不許上舶而帰、

夏、在京之万壽絶崖和尚会下、

冬、到越前、参永平義雲、略通洞宗語言、

ず。

是の歳、霊山（道隠）和尚　国を観、韶石門　同《とも》に帰朝す。

後醍醐天皇　**元應**元年己未（一三一九）

春、永平を辞し、鎌倉に帰り、浄妙の玉山（徳璇）和尚、不契に参ず。再び東明（慧日）和尚に建長に観《まみ》え掛搭す。

同十月、東明和尚　退く。霊山（道隠）和尚　建長に住す。朝夕　入室して参問す。

二年庚申

冬、羽州に往く。阿姉・阿甥の難を救はんが為なり。

是の歳、南山（士雲）和尚　建長に遷る。曽て円覚に在りて相ひ識るを以て、異《こと》に愛され、常に頌を作りて、称賞さるること多し。

元亨元年辛酉（一三二一）

冬、不聞（契聞）を拉《ひ》きて上京し、闡提（正具）和尚に見《あ》はんと欲す。闡提は閑を愛し、衲子の来附するを厭ひ、深く山に入る。予は祚希明と旧交あり、唱和し尤も親しむを以て、故に榻を南禅の帰雲庵に借り、且に濟北庵に往来し、虎関（師錬）和尚に親しまんとす。関は時に釈書（元亨釈書）を撰すれば、諸客を容れず。独り予と不聞のみ来り扣くを許し、以て愛せらる。話は本朝高僧の事迹に及び、予は甚だ博識に服す。

二年壬戌

夏、南禪の雙峯和尚の会下にて、五家符命を作る。濟北（虎関師錬）和尚　甚だ賞す。

是歳、霊山和尚観国、韶石門同帰朝、

後醍醐天皇元應元年己未

春、辞永平、帰鎌倉、参浄妙玉山和尚、不契、再観東明和尚於建長掛搭、

同十月、東明和尚退、霊山和尚住建長、朝夕入室参問、

二年庚申

冬、往羽州、為救阿姉阿甥難、是歳、南山和尚遷建長、以曽在円覚相識、見異愛、常作頌、多称賞、

元亨元年辛酉

冬、拉不聞上京、欲見闡提和尚、闡提愛閑、厭衲子来附、深入山、予以旧交祚希明、唱和尤親、故借榻於南禅帰雲庵、且往来濟北庵、親虎関和尚、関時撰釈書、不容諸客、独許予与不聞来扣、以見愛也、話及本朝高僧事迹、予甚服博識、

二年壬戌

夏、南禪雙峯和尚会下、作五家符命、濟北和尚甚賞、

三年癸亥
建長に帰り、内記を掌る。**年二十四歳**なり。
正中元年甲子（一三二四）
春、建長を起ち、再び筑紫に往き、以て出唐の船を待つなり。吉野帝　関東に亡《のが》れんと欲す。
夏、大友江州（貞宗）に吉津亀の第にて見ゆ。豊後に往き、遂に闡提（正具）和尚に万壽にて参ず。
秋、博多に帰る。商船　未だ碇を起こす可からず。京師の乱るるを以て也。
冬、豊後に帰る。
是の歳、冬至　朔旦に在り。乃ち日路　球朱郡を過ぐるに、異人有り、予に蓍草を示す。時に予は**二十五歳**。以為へらく、王輔嗣『易』を学ぶの歳にして、且つ孔夫子が知命の年の半なり。自ら奇と謂ひ、作りて「蓍賦」を得たり。
二年乙丑
秋九月、江南に到る。即ち泰定二年なり。雪竇（資聖寺）にて冬を過ごし、旧友　全珠侍者に中巌庵に会ひ、同に浙西の嘉興に往き、霊石（如芝）和尚に参じ、天寧にて年を過ごす。
大元泰定三年丙寅　本朝**嘉暦**元年（一三二六）
春、呉の霊巌に掛搭す。幾くも無くして建康に往き、古林（清茂）和尚に保寧に見ゆ。遂に江西・洪州、西山・雲蓋に上り、夏を過ごす。瘧を発す。
冬、雲巌に抵《いた》りて掛搭し、濟川（若檝）和尚に見ゆ。時に

三年癸亥
帰建長、掌内記、年二十四歳也、
正中元年甲子
春、起建長、再往筑紫、以待出唐之舶也、吉野帝欲亡関東、
夏、見大友江州於吉津亀之第、往豊後、遂参闡提和尚於万壽、
秋帰博多、商船未可起碇、以京師乱也、
冬、帰豊後、
是歳、冬至在朔旦、乃日路過球朱郡、有異人、示予蓍草、時予二十五歳、以為王輔嗣学易之歳、且孔夫子知命年之半也、自謂奇而作得蓍賦、
二年乙丑
秋九月、到江南、即泰定二年也、雪竇過冬、会旧友全珠侍者於中巌庵、同往浙西嘉興、参霊石和尚、天寧過年、
大元泰定三年丙寅　本朝嘉暦元年
春、掛搭呉之霊巌、無幾往建康、見古林和尚於保寧、遂上江西洪州、西山雲蓋過夏、発瘧、
冬、抵雲巌掛搭、見濟川和尚、時龍山和尚在単寮、以郷之尊宿、朝夕参扣、

龍山（徳見）和尚　単寮に在り。郷の尊宿なるを以て、朝夕　参扣す。

泰定四年丁卯

夏、雲巌に在り。

秋、保寧に帰り、再び古林和尚に参ず。

冬、呉門幻住に往き、年を過ごす。中絶際（会中）甚だ温かく顧る。

泰定五年戊辰　本朝嘉暦三年

春、呉門を起つ。

夏、道場に過《よ》ぎる。時に東陵（永璵）・雪村（友梅）は四禪に居り。

秋、浄慈に往き、再び雲巌（済川若檝）和上に参じ、錫を掛けて冬を過ごす。

元文宗天暦元年己巳　本朝**元徳**元年（一三二九）

春、銭唐を起ちて閩に入る。倭舶の長楽に在るの故を以て、閩中に住《とど》まらず、即ち江西に旋《かへ》る。再び龍山（徳見）和尚を訪れて夏を過ごす。武昌に往く。不聞の難を救はんが為なり。不聞　既に難を脱すれば、后に復た江西の東林に回り、古林（清茂）和尚に参ず。書記を請はるるも、受けず。

冬、百丈に抵《いた》る。是の歳、大荒なり。

至順元年庚午　本朝元徳二年（一三三〇）

梁王　再び皇帝の位に登り、后に文宗と称するなり。予は**三十一歳**。

夏五月、書記を掌る。天下師表閣　建ち、上梁文を作る。

泰定四年丁卯

夏、在雲巌、

秋、帰保寧、再参古林和尚、

冬、往呉門幻住過年、中絶際甚温顧、

泰定五年戊辰　本朝嘉暦三年

春、起呉門、

夏、過道場、時東陵・雪村居居四禪、

秋、往浄慈、再参雲巌和上、掛錫過冬、

元文宗天暦元年己巳　本朝元徳元年

春、起銭唐入閩、以倭舶在長楽故、不住閩中、即旋江西、再訪龍山和尚過夏、往武昌、為救不聞難也、不聞既脱難、后復回江西東林、参古林和尚、請書記、不受、

冬、抵百丈、是歳、大荒、

至順元年庚午　本朝元徳二年

梁王再登皇帝位、后称文宗也、予三十一歳、

夏五月、掌書記、建天下師表閣、作上梁文、至

節に至りて秉拂の后、職を解かれて、路を廬阜に借り、龍巌（徳真）・柏叡の二老を訪れ、鄱陽を過ぎて竺田（悟心）和尚に永福に参じ、歳を過ごす。

至順二年辛未　本朝光厳院践祚、**元弘**元年（一三三一）なり。

春、金華に到る。

夏、雙林に於てす。

秋、智者に到り、蒙堂に帰す。

元仁宗三年壬申　本朝元弘二年

春、南屏（浄慈寺）に帰り、郷人訥大辯（正訥）を領して、径山（興聖万壽寺）に上る。淛を経て、再び閶門に往く。幻住老人絶際（会中）既に逝く。文を作りて之を祭る。

夏の初め、玄一峯（通玄）と偕《とも》に淛東に過《よぎ》り、倭舶に下りて帰郷す。顕孝寺に在りて、夏を過ごし冬を経る。即ち日本の元弘二年なり。

元弘三年癸酉

予は**三十四歳**。夏五月、関東　亡ぶ。時に予は豊後万壽の西方丈に在り。

秋、博多に帰る。

冬、大友江州（貞宗）に随って上京。南禪寺の明極（楚俊）和尚会下に在り。帰蒙堂、「原民」「原僧」二篇を作り、上表以聞す。

十二月三日、江州　薨ず。

後醍醐天皇再祚　**建武**元年甲戌（一三三四）

春、円覚に帰る。『中正子』十篇を作る。

節秉拂后、解職、借路廬阜、訪龍巌・柏叡二老、過鄱湖、参竺田和尚於永福、過歳、

至順二年辛未　本朝光厳院践祚、元弘元年也、

春、到金華、

夏、於雙林、

秋、到智者、帰蒙堂、

元仁宗三年壬申　本朝元弘二年

春、帰南屏、領郷人訥大辯上径山、過淛、再往閶門、幻住老人絶際既逝、作文祭之、

夏初、偕玄一峯過淛東、下倭舶帰郷、在顕孝寺、過夏経冬、即日本元弘二年也、

元弘三年癸酉

予三十四歳、夏五月、関東亡、時予在豊後万壽西方丈、

秋、帰博多、

冬、随大友江州上京、在南禪　明極和尚会下、帰蒙堂、作原民・原僧二篇、上表以聞、

十二月三日、江州薨、

後醍醐天皇再祚　建武元年甲戌

春、帰円覚、作中正子十篇、

二年乙亥
予は**三十六歳**。春正月、東明（慧日）和尚、予に請ふに後版に帰するを以てするも、固辞す。

夏の後、東明 退寺を称するも粮無し。大川（道通）は円覚に住し、亦た後版に帰せんことを請ふも、又た受けず。

八月、東明和尚、聖旨を以て建長に住す。予は参随して方《はじ》めて後版に遷る。

三年丙子 後伏見上皇の第二皇子 践祚す。乃ち光明院なり
夏、円覚に帰る。

秋、宇都宮に住す。

冬、常州鹿島に抵《いた》り、榻を安坊寺に借る。又た乱を避けて相馬に至り、龍沢庵に居る。

四年丁丑
春、建長に帰る。源将軍（足利尊氏）、筑紫より帰りて京師に鎮す。大友吏部（氏泰）、乃祖 藤谷（崇福庵）に墳あるを以て住せんことを請ふ。

冬、浄智の竺遷（梵遷）和尚、旧交の厚きを以て、因りて前版に帰せんことを請ふ。時に**三十八歳**なり。

暦應元年戊寅（一三三八）

結夏 秉拂す。

秋、職を解きて、利根の庄に下る。

冬、建長の蘸碧に居す。時に竺仙（梵僊）、浄智の事を謝せんと欲す。

二年己卯

二年乙亥
予三十六歳、春正月、東明和尚請予以帰後版、固辞、
夏後、東明称退寺無粮、大川住円覚、亦請帰後版、又不受、
八月、東明和尚、以聖旨住建長、予参随而方遷後版、
三年丙子 後伏見上后第二皇子践祚、乃光明院也
夏、帰円覚、
秋、住宇都宮、
冬、抵常州鹿島、借榻安坊寺、又避乱至相馬、居龍沢庵、
四年丁丑
春、帰建長、源将軍、自筑紫帰鎮京師、大友吏部、以乃祖墳藤谷請住、
冬、浄智竺遷和尚、以旧交之厚、因請予帰前版、時三十八歳也、
暦應元年戊寅
結夏秉拂、
秋、解職、下利根庄、
冬、居建長蘸碧、時竺仙欲謝浄智事、
二年己卯

春、東明（慧日）和尚は、又た請ふに前版を以てするも固辞す。逼らるるに及び、棄てて上京す。東明和尚、亦た建長を退き、復た予に因りて奏聞し、浄智の養閑を得んと欲す。予は臨川に到り、夢窓（疎石）国師に禮し、又た三条殿（足利直義）に上る。皆な東明和尚の為に、浄智を求むるなり。天竜は既に浄智の命を得、国師は浄智を以て東明和尚の養閑所と為さんと欲す。時に円覚の大川（道通）の訃を聞く。素より以《すで》に大川は建長の命を得たり。然れども俄かに亡したれば、建長は更に主人とす可き無し。故に三条殿の鈞命を以て、固く東明の帰鎮を請ふ。予は既に国師及び三条殿の手帖を得て、関東に帰り、白雲師（東明慧日）に建長に帰せんことを請ふ。

夏、藤谷（崇福院）に在りて安衆。

冬、上州利根に下り、吉祥寺を刱《はじ》む。

十二月初三。江州（大友貞宗）を追薦し、陸座の次、百丈（東陽徳輝）老師を法嗣するの意を表す。既に鎌倉に上るに、洞宗の徒は、憤然として予を害せんと欲す。時に不聞（契聞）は京に在れば、別源・東白　和会し、事無きのみ。

三年庚辰
是の歳、『瑣細集』を作る。誓ひて藤谷（崇福庵）の門を杜《とざ》す。

夏、病む。山頂の老狐死して病は愈《い》ゆ。稲荷の廟　災あり。

四年辛巳
門を藤谷に杜《とざ》し、「日本書」を修す。

春、東明和尚、又請以前版、固辞、及乎被逼、棄而上京、東明和尚、亦退建長、復欲因予奏聞、得浄智養閑、予到臨川、禮夢窓国師、又上三条殿、皆為東明和尚、求浄智也、天龍既得浄智命、国師欲以浄智為東明和尚養閑所、時聞円覚大川訃、素以大川得建長命、然俄亡矣、建長更無可主人、故以三条殿鈞命、固請東明帰鎮、予既得国師及三条殿手帖、帰関東、請白雲師帰建長、
夏、在藤谷安衆、
冬、下上州利根、刱吉祥寺、
十二月初三、追薦江州陸座次、表法嗣百丈老師之意、既上鎌倉、洞宗之徒、憤然欲害予、時不聞在京、別源・東白和会、無事而已、
三年庚辰
是歳、作瑣細集、誓杜藤谷門、
夏、病、山頂老狐死而病愈、稲荷廟災、
四年辛巳
杜門於藤谷、修日本書、

康永元年壬午（一三四二）

夏、鎮西に下る。宮司の文書　下り、乗船を禁ず。故に再び出づるを得ずして帰る。藤谷にて歳を過ごす。

二年癸未
四月、利陽に下り、年を過ごす。

三年甲申
正月二日、吉祥寺の佛殿を建つ。

三月、永禪（橘）禪門に代りて鎮西に下る。

夏、崇福に帰る。

秋、利根に下る。

冬、嵩山（居中）、建長用則寮に帰らんことを請ふ。

貞和元年乙酉（一三四五）

春正月、前版に帰す。嵩山（居中）死す。

二月、藤谷（崇福庵）に帰る。

夏、大友の庄の人「佛　夜半に飛び去る」と報ず。

秋、利根に下る。路を諸方の店に借り、佛を偸《ぬす》みし人の名を聞き得たり。金田に到り、文字海を訪ぬ。

冬十月、上京し、檀那（大友氏泰）を待つ。檀那の舶破れて帰る。時に予は今熊野の宗猷庵にて歳を過ごす。虎関（師錬）和尚を海蔵院に訪ね、『元亨釈書』を借りて泛覧す。

二年丙戌
春正月、居を正帰庵に移す。

三月、崇福に帰りて夏を過ごす。

秋、利根に帰りて年を過ごす。

康永元年壬午
夏、下鎮西、宮司文書下、禁乗舶、故不得再出而帰、藤谷過歳、
二年癸未
四月、下利陽、過年、
三年甲申
正月二日、建吉祥寺佛殿、
三月、代永禪禪門下鎮西、
夏、帰崇福、
秋、下利根、
冬、嵩山請帰建長用則寮、
貞和元年乙酉
春正月、帰前版、嵩山死、
二月帰藤谷、
夏、大友庄人報、佛夜半飛去、
秋、下利根、借路諸方店、得聞偸佛人名、到金田、訪文字海、
冬十月、上京、待檀那、檀那舶破而帰、時予在今熊野宗猷庵過歳、訪虎関和尚於海蔵院、借元亨釈書泛覧、
二年丙戌
春正月、移居正帰庵、
三月、帰崇福過夏、
秋、帰利根過年、

三年丁亥
春、僧堂を起す。安衆四十餘員あり。

夏秋、叢林の規模　齊整す。

冬十二月初六、方丈　災あり。止止庵を剏建して退居するも、臘末に迫りて再び住す。

四年戊子
二月、檀家　乱れ、兄弟　事有り。

三月、檀家の事を聞き、止止庵に帰る。久しからずして、復た寺に住す。

五年己丑
春三月、寺事を謝して、鎌倉に上る。

夏の首、全提（志令）壽福に住し、固く予に前版に帰せんことを請ふ。結夏　秉拂の罷《をは》り、職を解き、榻を松鵠に借る。

秋、又た吉祥の寺務を領す。

冬、乱を避けて壽福に帰る。文甫の焼香寮に在るを以てなり。

観應元年庚寅（一三五〇）崇光院践祚
正月、兜率寺に在り。

三月、利根の止止庵に下る。

夏、藤谷（崇徳庵）にて、素一（大素）・素璞、『中庸』を問ふ。

秋、利根に下る。

冬、壽福の明巌（正因）和尚　住持す。

三年丁亥
春、起僧堂、安衆四十餘員、
夏秋、叢林規模齊整、
冬十二月初六、方丈災、剏建止止庵退居、迫乎臘而末而再住、
四年戊子
二月、檀家乱、兄弟有事、
三月、聞檀家事、帰止止庵、不久、復住寺、
五年己丑
春三月、謝寺事、上鎌倉、
夏首、全提住壽福、固請予帰前版、結夏秉拂罷、解職、借榻松鵠、
秋、又領吉祥寺務、
冬、避乱帰福壽、以文甫在焼香寮、
観應元年庚寅　崇光院践祚
正月、在兜率寺、
三月、下利根止止庵、
夏、藤谷、素一・素璞、問中庸、
秋、下利根、
冬、壽福明巌和尚住持、

十二月、高播州（師冬）敗る。上杉戸部小君（上杉能憲）鎌倉に帰り、来たる正月初一を以て府に入るなり。

二年辛卯

春正月、明巌（正因）は座元に帰せんことを請ひ、秉拂す。職を解き、惜陰に帰りて夏を過ごす。

夏罷り、利根に下る。大風の藤谷庵（崇徳庵）を破るを聞き、鎌倉に帰りて修補す。

冬、左武衛（足利直義）鎌倉に入る。予は選無文（元選）と、古先（印元）を訪ひて武衛に参謁す。

十二月、大将軍（足利尊氏）京より駿州に抵り、戸部（上杉憲顕）豆州に下る。

後光厳院　文和元年壬辰（一三五二）

春、戸部（上杉憲顕）は武衛（足利直義）に豆州に下らんことを請ひ、而して敗績す。大将軍（足利尊氏）は武衛を領して鎌倉に入る。大喜（法忻）は浄妙に住し、予に命じて疏を製せしむ。

三月、利根に帰る。永磾（橘）の軍と同《とも》に帰る。

夏、吉祥。而して秋に豊後に往かんと欲し、路を鎌倉に借るに、大喜は予の西往を肯んぜず。故に利根に帰る。

十月四日、白雲庵の諷経罷り、便ち下村。吉祥にて冬を過ごす。

二年癸巳

春正月、河田観音殿にて慶讃。帰路　雷に逢ひて、病死すること半日。

十二月、高播州敗、上杉戸部小君帰鎌倉、以来正月初一入府也、

二年辛卯

春正月、明巌請帰座元、秉拂了、解職帰惜陰過夏、

夏罷、下利根、聞大風破藤谷庵、帰鎌倉修補、

冬、左武衛入鎌倉、予与選無文、訪古先而参謁武衛、

十二月、大将軍自京抵駿州、戸部下豆州、

後光厳院文和元年壬辰

春、戸部請武衛下豆州而敗績、大将軍武衛入鎌倉、大喜住浄妙、命予製疏、

三月、帰利根、永磾軍同帰、

夏、吉祥、而秋欲往豊後、借路鎌倉、大喜不肯予西往、故帰利根、

十月四日、白雲庵諷経罷、便下村、吉祥過冬、是歳、吉祥為御願所、

二年癸巳

春正月、河田観音殿慶讃、帰路逢雷、而病死半日、

二月、乾明万壽に住す。

夏、罷り、乾明（相模万壽寺）の事を謝して、蔣山（豊後万壽寺）に赴く。

冬十二月、入院す。

三年甲午
春、蔣山に在り。

夏、開山（直翁智侃）の塔（常楽院）に就きて陞座す。獲る所の嚫は、皆な捨して山門・外門の牌額を修す。

冬、蔣山の事を謝して、上州に帰る。

十二月末旬、吉祥に到る。

四年乙未
春正月、二日の夜、吉祥の方丈　災あり。止止庵に帰りて夏を過ごす。是の歳、広惠禪師（東陽徳輝）の為に、哀を挙げ香を拈す。

延文元年丙申（一三五六）

春、竹所坊を止止庵の西に創《はじ》めて焉に居す。

冬、上京し、榻を天龍寺に借る。居る所の軒を先照と名づく。

二年丁酉
春、伏見殿に朝見し、大慧普説を講ず。

秋、利根に帰り、瘧を病む。

冬、吉祥寺の廊下・庫司　災あり。

是の歳十月、浄智　災あり。

十二月、吉祥寺　本尊像の帰るを迎ふ。

二月、住乾明万壽、
夏罷、謝乾明事、而赴蔣山、
冬十二月、入院、
三年甲午
春、在蔣山、
夏、就開山塔陞座、所獲嚫、皆捨而修山門外門牌額
冬、謝蔣山事、而帰上州、
十二月末旬、到吉祥、
四年乙未
春正月、二日夜、吉祥方丈災、帰止止庵過夏、是歳、為広惠禪師、挙哀拈香、
延文元年丙申
春、創竹所坊於止止庵之西而居焉、
冬、上京、借榻於天龍寺、所居軒名先照、
二年丁酉
春、朝見伏見殿、講大惠普説、
秋、帰利根、病瘧
冬、吉祥寺廊下庫司災、
是歳十月、浄智災、
十二月、吉祥寺迎本尊像帰、

三年戊戌
春正月四日、天龍寺　災あり。

二月十六日、利根を出でて上京す。

三月、善護庵を借りて居す。

四月、巌生庵に病臥す。将軍（足利尊氏）薨ず。

六月、天龍の亀頂塔下の房（先照軒）に帰る。

秋冬、蒲室集を注釈す。

是の歳、「龍山和尚行状」を作る。

四年己亥
六十歳なり。春、利根に帰らんと欲して、京に出づ。官留めて等持寺に在りて結夏せしむ。長寿寺殿（足利尊氏）の小祥忌を追修するが為なり。

六月、洛の万壽の命を得、七月八日　寺に入る。

秋、『勅修清規』（勅修百丈清規）を講ず。

五年庚子
夏、『楞厳経』を講ず。兼ねて『普燈』（嘉泰普燈録）を談ず。

秋、妙喜世界を万壽の東北の隅に剏《はじ》む。

冬、焉に居る。

六年辛丑
春、万壽の事を謝す。

三月、妙喜を出で、東して近江を経、利根に帰る。是の**歳**、改元して**康安**元年と為す。

冬、立（龍）沢寺を得、相馬にて**歳**を過ごす。

三年戊戌
春正月四日、天龍寺災、
二月十六日、出利根上京、
三月、借善護庵居、
四月、病臥巌生庵、将軍薨、
六月、帰天龍亀頂塔下房、
秋冬、注釈蒲室集、
是歳、作龍山和尚行状、
四年己亥
六十歳也、春、欲帰利根、出京、官使留在等持寺結夏、為追修長壽寺殿小祥忌、
六月、得洛之万壽命、七月八日入寺、
秋、講勅修清規、
五年庚子
夏、講楞厳経、兼談普燈、
秋、剏妙喜世界於万壽東北之隅、
冬、居焉、
六年辛丑
春、謝万壽事、
三月、出妙喜、而東経近江、帰利根、是歳、改元為康安元年、
冬、得立沢寺、相馬過歳、

康安二年壬寅（一三六二）

春、吉祥に帰る。

三月、純書記、建仁の御教書を持ちて至る。即ち上京す。

四月十九日、寺に入る。

秋八月、天子（後光厳天皇）に召見さる。

九月、妙喜を東山（建仁寺）に移す。

十二月八日五更、衆に陪して坐禅せんと欲し、僧堂に至り、暖簾を掲ぐ。時に義天（無雲）の、義俊をして両箭を射さしむるを被る。十五日、退院し、十七日、近江州（金剛寺）に下りて歳を過ごす。是の歳 貞治元年と改元す。

貞治二年癸卯（一三六三）

金剛寺に在りて年を過ごす。

閏正月二十日 帰京す。

二月一日、等持寺に住す。

四月晦、一品（上杉清子）を追薦し罷り、妙喜に帰隠す。官使 数《しばし》ば臻《いた》るも、堅く閉ざして臥す。

三年甲辰
（是の歳、師は事に触れて大笑して休まず。左右 皆な謂ふ、吾輩の潜密に行持する、或いは法の如からず、故に師に笑はるるかと。往々 引きて退く者多し）

冬十一月、近江の杣庄へ往き、龍興寺を創め年を過ごす。

康安二年壬寅
春、帰吉祥、
三月、純書記持建仁御教書至、即上京、
四月十九日、入寺、
秋八月、召見天子、
九月、移妙喜於東山、
十二月八日五更、欲陪衆坐禅、至僧堂、掲暖簾、時被義天使義俊射両箭、十五日、退院、十七日、下近江州過俊、是歳改元貞治元年、
貞治二年癸卯
在金剛寺過年、
閏正月二十日帰京、
二月一日、住等持寺、
四月晦、追薦一品罷、帰隠妙喜、官使数臻、堅閉而臥、
三年甲辰
（是歳、師触事大笑不休、左右皆謂、吾輩潜密行持、或不如法、故見師笑、往々引而退者多矣）
冬十一月、往近江杣庄、創龍興寺過年、

＊「是歳～多矣」の部分、『続群書類聚』所収「自歴譜」には有るが、明和版「自歴譜」には無い。門弟の加筆

四年乙巳
二月、甲良に之き、檀那の源禮部に見え、留まりて澄禪庵に在り。

三月、帰京す。

四月、龍興に帰り結制す。

五月、将軍の母（渋川幸《はげ》子）薨ず。上京し、弔して即ち龍興に帰る。今夏　暑さ劇しければ、夏罷《をは》りて京に帰る。

秋・冬、妙喜に在り。

臘月、龍興に帰り歳を過ごす。

五年丙午
春、龍興に在り。

四月、帰京し、夏を過ごす。夏罷りて、杣庄に帰り、専ら六角（氏頼）・甲良二檀那の北征の為に祈祷す。

冬、旧佛堂を撤《をさ》めて、新築の地に移し、佛像を成願寺の佛堂の脇に奉安す。

是の歳十二月九日、浄業（子建）の父死す。

六年丁未
春正月、臘末なるも傷風　未だ愈《い》えず。末旬　猶ほ咳嗽あり。

二月二十四日、宗蔵　帰京す。


であろう。

四年乙巳
二月、之甲良、見檀那源禮部、留在澄禪庵、
三月、帰京、
四月、帰龍興結制、
五月、将軍母薨、上京、弔即帰龍興、今夏暑劇、夏罷、帰京。
秋冬、在妙喜、
臘月、帰龍興過歳、
五年丙午
春、在龍興、
四月、帰京、過夏、夏罷、帰杣、専為六角・甲良二檀那北征祈祷、
冬、撤旧佛堂、移於新築之地、奉安佛像於成願寺佛堂之脇、
是歳十二月九日、浄業父死、
六年丁未
春正月、臘末傷風未愈、末旬猶咳嗽、
二月二十四日、宗蔵帰京、

（「自歴譜」はここで終わり、以下は門弟の補足による）

秋、建長の請ひを受け、冬十月初三日　寺に入る。師は六十八歳なり。是の歳十二月七日、源將軍（足利）義詮　薨ず。

應安元年戊申（一三六八）

春、建長の事を謝し、帰京す。蓋し源将軍（足利義詮）の薨を以てならん。

是の歳、二条（良基）関白藤丞相殿下の池中に龍の見《あら》はるる有り。

秋、師に命じて記を作らしむ。

冬十月望、師は夢に請を受けて小院に住す。便ち山門を指して云ふ「嘉元壬寅、此の門　建立す。應安元年、老僧入るを得ん云々」と。事は『雑談』（文明軒雑談）に見ゆ。

二年己酉

春、龍興に在り。『雑談』に云ふ「己酉の春、村里の梅　開くも、蘭は未だ花を放《ひら》かず。詩をば妙喜の看屋浄業（子建）に寄せ、為に水仙は如何と問ふ。詩に云ふ、

幽蘭　雪に厄《わずら》はされて　未だ全ては開かず
先ず春風を譲りて　野梅に与ふ
梅下の水仙　花を着けしや否や
新詩の撩撥　相催すに好し

是の歳、霊洞院の文殊の点眼あり、佛事を挙揚す。

三年庚戌

師は**七十一歳**。龍興に在り。

秋、受建長之請、冬十月初三日入寺、師六十歳也、是歳十二月七日、源将軍義詮薨、

應安元年戊申

春、謝建長事、帰京、蓋以源将軍薨也、

夏五月、作祭無夢和尚文、

是歳、二条関白藤丞相殿下池中有龍見焉、

秋、命師俾作記、

冬十月望、師夢受請住小院、便指山門云、壬寅、此門建立、應安元年、老僧得入云々、事見雑談、

二年己酉

春、在龍興、雑談云、己酉春、村里梅開、蘭未放花、詩寄妙喜看屋浄業、為問水仙花如何、詩云、

幽蘭厄雪未全開
先譲春風与野梅
梅下水仙着花否
新詩撩撥好相催

是歳、霊洞院文珠点眼、挙揚佛事、

三年庚戌

師七十一歳、在龍興。

是の歳、南禪の請ひを受くるも、堅く辞して起たず。

四年辛亥
師は**七十二歳**。

春正月十七日、禪居庵の觀音安座に佛事を挙揚す。

夏、別源（円旨）和尚の塔銘を作る。

秋、讃州の禪修寺　康長老の請ひに赴きて『一切経』を供養し、座に陞りて説法す。便ち帰京。

後円融院　五年壬子
師は**七十四歳**、龍興寺に在りて夏を過ごす。

秋八月二十五日、佐佐木源廷尉（京極高氏）徳翁卒し、甲良の勝楽寺に在りて闍維にす。師は往きて為に秉炬し、便ち龍興に帰る。

九月、天龍寺　災あり。

是の歳、等持の古剣（妙快）和尚、総管源公細川（頼之）武州太守の命を伝へ、天龍を以て請ふ。蓋し火後の廃を興さしめんと欲するなり。師は老を以て遂に辞す。

七年甲寅
師は**七十五歳**。

是の歳十一月、夢巖（祖應）和尚を祭る文を作る。又た定山（祖禪）和尚を祭る文を作る。

冬、已に微恙を示す。

八年乙卯　改元**永和**
師は七十六歳。

正月初八日己巳凌晨、侍僧は師の世に意無きを識るも、末

是歳、受南禪之請、堅辞不起、
四年辛亥
師七十二歳、
春正月十七日、禪居庵觀音安坐、挙揚佛寺、
夏、作別源和尚塔銘、
秋、赴讃州禪修寺康長老請、供養一切経、陞座説法、便帰京、
後円融院　五年壬子
師七十四歳、在龍興寺過夏、
秋、八月二十五日、佐佐木源廷尉徳翁）卒、在甲良勝楽寺闍維、師往為秉炬、便帰　龍興、
九月、天龍寺災、
是歳、等持古剣和尚、伝総管細川武州之命、以天龍請、蓋欲令興火後之廃也、師以老遂辞焉、
七年甲寅
師七十五歳、
是歳十一月、作祭夢巖和尚文、又作祭定山和尚文、
冬已示微恙、
八年乙卯　改元永和
師七十六歳、
正月初八日己巳凌晨、侍僧識師無意於世、求末後

後の句を求む。師は声を励まして之を搊して曰く「吾は平生 口過少なからず。今尚ほ何をか言はん。去れ去れ」と。遂に午の時に至りて。正寝に就き、吉祥にて逝く。門人は遺命を以て、全身を奉じて東山の妙喜世界の後に塔す。斯の日、天は大雪を降らす。此山（妙在）和尚は悼みて偈して曰く「應安乙卯　正月初五夜、夢の中に一偈を作り、妙喜中巖和尚を悼み奉る。覚めし後に之を記し、諸友と此の事を話す。初八日午の時に至りて唱滅し、云ふ、

虚空　迸裂して　天は雪を翻し
舜《には》かに胸を推さるるが若し
是れ涅槃にして涅槃ならず
巖前　夜々　団々の月

と。師は平生　毎々　徒に謂ひて曰く「吾が祖　大惠（宗杲）、七十五歳にして示滅す。老僧も亦た七十五歳を以て行かん」と。今、纔《わづ》かに八日を餘すと雖も、是の歳の立春は正月の初九日に在れば、言に実効有りと謂ふ可し。同二月十四日、朝廷　謚を賜ひ、佛種惠濟禪師と曰ふ。

先師の「自歴譜」は、六十八歳にして止む。以下は略考して、以て之を補書すと云ふ。應永癸卯（三十年）孟冬の日。小師　建幢（南宗）志《しる》す。

句、師励声搊曰、吾平生口過不少、今尚何言、去々矣、遂至午時、就正寝、吉祥而逝、門人以遺命、奉全身塔於東山妙喜世界之後、斯日、天降大雪、此山和尚悼偈曰、應安乙卯正月初五夜、夢中作一偈、奉悼妙喜中巖和尚、覚後記之、与諸友話此事、至初八日午時唱和滅云、

虚空迸裂天翻雪
舜若推胸驚吐舌
是涅槃兮不涅槃
巖前夜夜団団月

師平生毎毎謂徒曰、吾祖大惠、七十五歳而示滅、老僧亦以七十五歳行矣、今纔雖餘八日、是歳立春在正月初九日、可謂言有実効矣、同二月十四日、朝廷賜謚、曰佛種惠濟禪師、

先師自歴譜、至六十八歳而止、以下略考、以補書之云、應永癸卯孟冬日、小師建幢志、

あとがき

平成元年、私は修士論文で鎌倉五山の僧 中巌円月の作品を取り上げようと考えた。指導教官であった朝倉尚先生は「それは無謀だ。大胆すぎる。」と言われた。そして、五山文学の中でも、もう少し読み易い作品を扱ったらどうかとアドバイスしてくださった。五山文学の勉強を始めたばかりで何の知識も無い私に対して、それは当然の忠告であったが、何もわかっていない故の強情さで、「どうせやるなら高校の教科書に名前が出ていない方がよい。どうしても中巌をやるのだ」と、先生の忠告も聞かずに中巌円月の漢詩を読み始めてしまった。

中巌円月の詩には、仏典を始めとして中国の典故が多く読み込まれている。そこで中国の典故に絞り、中巌の詩にはどのような漢籍、詩文が踏まえられているのかということを調べることにして、修士論文の題目を「中巌円月詩研究―中国文学受容の一側面―」と決めた。そこで先ず中巌の『東海一漚集』の詩の部分を読むことにしたが、訳註を作りながら、朝倉先生の忠告はもっともであったと実感した。しかし後悔しても今更 引き返すわけにはいかず、解釈がどうしてもわからない箇所は未詳として読み進め、やっとのことで『東海一漚集』の詩の部分を読み終えた。

修士課程を修了して高校に就職したが、中巌研究のための時間がとれないまま、目の前の仕事に追われて日々が過ぎてゆき、自分なりに懸命に取り組んだ中巌円月の詩もそのままになっていた。そのような時、広島大学の森野繁夫教授（現在は安田女子大学教授）が中巌詩の訳註を『中国学論集』（安田女子大学 中国文学研究会）に掲載してはどうかと言ってくださった。そこで訳註に手を入れて第五号（平成五年）から第二十号（平成十年）まで連載させていただいた。

掲載が終わったところで、中川徳之助先生（広島大学名誉教授）に全体に目を通していただき、建仁寺両足院所蔵の『一漚集事苑補』を見て仕上げをするように御教示を受けた。そこで朝倉尚先生、太田亨君を通して両足院の御厚意をいただき、『一漚集事苑補』を参考することができた。仏典は勿論、漢籍、詩文に至るまで、『一漚集事苑補』の指摘は実に広範囲で的確であった。しかしながら詩の解釈については、私の浅学菲才ゆえになおも未詳としたところもあり、また誤訳もあるに違いない。それらについては後日また補足と訂正を加えたいと考えている。

仕上げの校正は安田女子大学の先坊幸子さんにお願いした。また此の書を世に出すにあたっては、白帝社の佐藤康夫社長、小原恵子さんにたいへんお世話になった。私の拙い訳註に光を当ててくださった皆様に、心より御礼申し上げる。

人生如夢幻　凡百應無常
愛別怨憎苦　日夜焦中腸
何當乗雲去　飄然入帝郷

人生《じんせい》夢幻《むげん》の如《ごと》し、凡百《ぼんぴゃく》應《まさ》に無常《むじょう》なるべし。
愛別《あいべつ》怨憎《えんぞう》の苦《くる》しみは、日夜《にちや》中腸《ちゅうちょう》を焦《こ》がす。
何《なん》ぞ當《まさ》に雲《くも》に乗《の》りて去《さ》り、飄然《ひょうぜん》帝郷《ていきょう》に入《い》るべき。（「擬古」三首其二）

紫陽花が梅雨に濡れていた　未央の日に

平成十四年七月五日　　増田知子

増田知子（ますだともこ）

平成２年　広島大学大学院社会科学研究科修士課程修了
現　　在　広島県立皆実高等学校教諭
著書・論文
『漢文の教材研究』史伝①②
「中巖圓月の典故技法」
「中巖圓月の詩における典故の使い方」
「中巖圓月自歴譜」「中巖圓月詩集訳注」①〜⑭
「中巖圓月と別源圓旨」など。

中巖圓月 東海一漚詩集

2002年6月30日　初版発行

著　者　増田知子
発行者　佐藤康夫
発行所　㈱白帝社
〒171-0014 東京都豊島区池袋2-65-1
TEL 03-3986-3271 FAX 03-3986-3272
http://www.hakuteisha.co.jp/

印刷／大倉印刷㈱　製本／カナメブックス

Printed in Japan　ISBN4-89174-568-1